민족의 영원한 별 윤동주 탄생 100주년 스페셜 에디션

윤동주 전집

문학사상

▲ 연희전문 졸업사진.

▶ 윤동주의 조부 윤하현(왼쪽)과 윤동주의 큰외삼촌 김약연. 윤하현은 1900년 간도로 이주한 유학자로, 독립운동가이자 교육자였다. 김약연 역시 독립운동가로 활동하였으며 명동서숙(은진중학교의 전신)과 명동교회를 설립했다. 윤하현과 김약연은 명동촌을 세우는데 선구자적 역할을 하였으며, 뜻을 같이하여 기독교로 개종하였다.

▶ 윤동주의 아버지 윤영석(왼쪽)과 어머니 김용 여사.

◀ 북간도의 명동소학교를 졸업할 무렵의 윤동주(두 번째 줄 오른쪽 끝). 두 번째 줄 왼쪽 끝은 윤동주의 고종사촌이자 항일운동의 동반자인 송몽규이다.

▲ 연희전문 시절, 강화도에서 농구 경기를 끝낸 뒤. (오른쪽 끝이 윤동주)

▲ 연희전문 시절, 함께 하숙 생활을 했던 2년 후배 정병욱(오른쪽)과 윤동주.

▲ 연희전문 재학 중 교수, 동료들과 환담 중인 윤동주. (뒷줄 왼쪽 두 번째가 윤동주)

▲ 연희전문 재학 시절 윤동주는 이화여전 내의 협성교회에 다니며, 케이블 목사 부인이 지도하던 영어 성서반에 들어가 공부했다. (뒷줄 오른쪽 첫 번째가 윤동주(원 안), 왼쪽에서 일곱 번째가 정병욱, 두 번째 줄 가운데 앉아 있는 사람은 케이블 목사 부인)

▶ 윤동주가 읽던 영어 성경책.

▲ 연희전문 시절 교우들과 함께. (왼쪽에서 네 번째가 윤동주, 아홉 번째가 송몽규)

▲ 연희전문 시절 교수, 동료들과 대화를 나누는 모습. (서 있는 학생 가운데 원 안이 윤동주)

▲ 윤동주는 연희전문에서 수학하는 동안 많은 시와 산문을 썼는데, 이때의 작품들은 매우 높은 평가를 받고 있다. (앞줄 오른쪽 두 번째가 윤동주)

▲ 연희전문 언더우드관 앞에서 교우들과 찍은 사진. 앞쪽 오른쪽에서 두 번째가 윤동주이다.
언더우드는 연희전문의 설립자이며, 1925년에 준공된 언더우드관은 사적 제276호로 등록되어 있다.

▲ 연희전문 핀슨홀. 1938년에 연희전문에 입학한 윤동주가 2년간 머문 곳이다.
현재는 학교 재단의 사무실과 회의실로 사용되고 있으며, 2층에는 윤동주 기념실이
있다.

▲ 릿쿄(立敎) 대학 1학년 여름방학 때 룽징(龍井)에 돌아와 친지와 찍은 사진. 서 있는 사람이 윤동주.

▲ 윤동주는 1942년 일본으로 건너가 릿쿄 대학 영문과에 입학한다. 사진은 유학 첫해 여름방학 때 귀국하여 찍은 것으로, 앞줄 가운데가 송몽규, 뒷줄 오른쪽이 윤동주.

▲ 1943년 6월 귀국을 앞둔 윤동주와 그를 송별하기 위해 모인 도시샤 대학 학생들. 교토 우지 강가에서 촬영되었다. 현재까지 그의 가장 마지막 모습을 담은 사진으로 알려져 있다. 앞줄 왼쪽에서 두 번째가 윤동주.

▲ 룽징 윤동주의 고향 집에서 치러진 윤동주의 장례식. 영정의 오른쪽은 가족들이고, 왼쪽 첫 번째가 장례식을 집례한 문재린 목사이다. 사진 윗부분에는 사망 장소와 시간이 명기되어 있다.

▲ 윤동주의 가족사진. 조부모와 부모, 동생 일주와 광주의 모습이 보인다. 윤동주의 장례식을 치른 뒤 촬영된 것으로 알려져 있다.

▲ 윤동주 묘비 옆의 가족들. 왼쪽부터 윤동주의 동생인 윤영선, 윤광주, 윤혜원과 윤혜원의 남편 오형범.

▲ 윤동주가 수학했던 도시샤〔同志社〕대학(왼쪽)과 릿쿄 대학.

▲ 윤동주가 옥사한 일본 후쿠오카(福岡) 형무소. 평생의 동지였던 송몽규도 윤동주가 숨을 거둔 지 23일 만인 3월 10일 이곳에서 옥사하였다.

▲ 후쿠오카 형무소 전경. 윤동주는 이곳에 수감된 지 11개월 만인 1945년 2월에 옥사하였다.

▲ 윤동주가 옥사한 후쿠오카 형무소의 정문.

▲ 룽징에 있는 윤동주의 묘비(왼쪽)와 윤동주의 모교인 연희전문(현 연세대학교)에 있는 윤동주 시비.

▲ 습작 노트와 자선 시고집의 표지. 윤동주는 송몽규가 신춘문예에 당선된 무렵부터 날짜를 명기해 가며 습작품을 보관했다.

▶ 1948년 1월 유고 30편을 모아 정지용의 서문과 강처중의 발문을 붙여 출간된 윤동주의 시집《하늘과 바람과 별과 시》초판본(왼쪽)과 1955년도 판 표지.

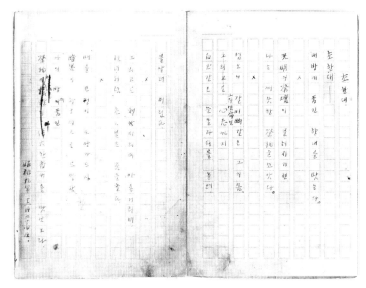

◀ 윤동주의 첫 작품 〈초한 대〉의 육필 원고.

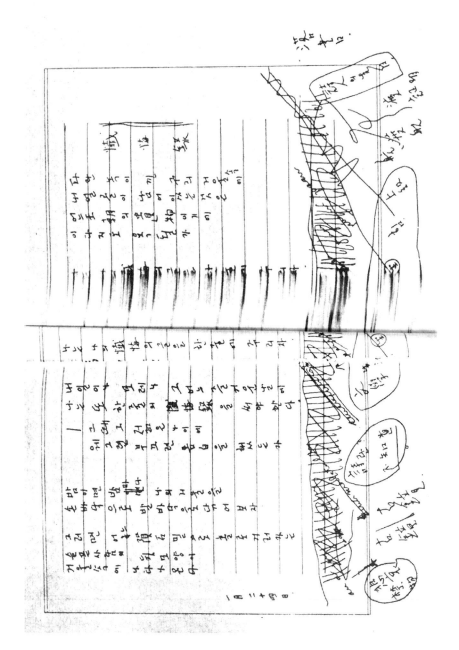

▲ 노트에 적은 〈참회록〉의 원고. 무척 고민하면서 시를 쓴 흔적이 여백의 낙서를 통해 엿보인다. '비애 금물(悲哀禁物)', '고경(古鏡)'이라 쓴 것은 〈별 헤는 밤〉에 나오는 어릴 적 여자 친구 경(鏡)을 생각한 것일까. 그 옆으로 '시란 알 수 없다〔詩란 不知道〕', '문학 생활(文學生活)', '힘', '상급(上級)', '시인의 생일(詩人의 生日)', '도항 증명(渡航證明: 당시에는 이 증명서가 있어야 일본에 갈 수 있었음)' 등의 글씨가 보인다. (왼쪽부터) 또한 영어로 쓴 낙서를 전혀 알아보지 못하도록 지운 것은 당시에는 영어를 쓰면 '비국민(불온한 조선인)'으로 보았기 때문인 듯하다.

윤동주 전집

권영민 엮음

문학사상

윤동주 전집을 다시 엮으며

권영민

윤동주는 1917년 북만주 땅에서 태어났다. 그는 스물다섯 살에 연희전문학교를 졸업하였지만 문단에 이름을 올린 시인은 아니었다. 그가 일본 유학길에 올라 교토의 동지사대학에서 영문학을 공부하기 시작했을 때에도, 이 순결의 문학청년이 가슴에 안고 있던 뜨거운 목소리를 제대로 알아본 사람은 많지 않았다.

그는 독립운동 혐의로 일경에게 체포되어 2년형을 받고 후쿠오카 형무소에 수감되었고, 해방을 눈앞에 둔 1945년 2월 16일 참혹하게 옥중에서 세상을 떠났다.

윤동주는 연희전문학교를 졸업할 당시에 자신이 써두었던 작품들을 모아 한 권의 시집을 출판할 계획을 세웠었다. 그는 시집의 제목을 '하늘과 별과 바람과 시'라고 붙였고, 맨 앞에 '죽는 날까지 하늘을 우러러/한 점 부끄럼이 없기를'이라고 시작하는 〈서시序詩〉를 써넣었다.

그러나 시집 출간은 일제의 식민지 지배 상황 속에서 시국이 허락하지 않았다. 일본의 한국어 말살정책으로 우리말로 된 책자 발간을 금지했기 때문이다. 그는 자신이 만든 원고본 중의 한 벌을 함께 하숙하면서 친하게 지냈던 연희전문 후배 정병욱에게 건넨 후 1942년 일본 유학길에 올랐다. 그러나 그것이 그의 마지막 길이었다.

윤동주가 자신의 시집《하늘과 바람과 별과 시》의 원고본을 선물했던 정병욱은 연희전문 문과의 두 해 후배였다. 정병욱이 일간지 학생란에 투고한 글을 보고 윤동주가 먼저 그를 찾았다. 윤동주는 정병욱의 글재주를 칭찬했다. 두 사람은 글을 통해 가까워졌고, 정병욱은 연희전문 기숙사 생활부터 학교 공부까지 윤동주의 도움으로 낯선 서울생활에 적응해갔다. 윤동주와 정병욱은 이듬해 봄 학교 기숙사를 나와 종로 누상동에서 함께 하숙을 하기도 했다.

1945년 해방이 찾아왔다. 정병욱은 해방과 함께 서울대학교 국어국문학과에 편입하였다. 일제 때 끝내지 못한 학업을 계속하기 위해서였다. 격랑의 세월 속에서 일본으로 유학을 떠난 윤동주와는 소식이 끊겼다. 정병욱은 해방이 된 뒤에야 서울에서 윤동주의 죽음에 관한 소식을 들었다. 그는 윤동주가 일본 후쿠오카 감옥에서 죽었다는 사실이 믿어지지 않았다. 윤동주의 아름다운 시 정신을 꺾어놓은 일본의 폭압에 치를 떨었다. 시집《하늘과 바람과 별과 시》는 윤동주의 죽음이 세상에 알려진 뒤 그 원고본을 소중하게 보관하고 있던 정병욱의 주선으로 유족들의 뜻에 따라 빛을 보게 되었다. 이 시집이 발간되면서 비로소 윤동주는 시인이 되었다. 참혹한 죽음을 당한 뒤에야 그는 빛나는 시인으로 살아난 것이다.

윤동주의 시는 순결한 동심童心 지향적 세계와 함께 실향 의식을 강하게 드러낸다. 그리고 그의 많은 작품에는 어두운 현실 속에서 떳떳하게 살아가지 못하는 자기 자신에 대한 비판적 성찰이 여러 가지 방법으로 형상화되고 있다. 특히 식민지 상황에 대한 불안 의식과 함께 끝없는 자기 성찰이 특이한 긴장을 드러낸다. 그의 시가 내적으로는 자아에 대한 성찰을, 외적으로는 식민지 현실에 대한 비판을 통합적으로 형상화하고 있다는 평가를 받는 것은 이 때문이다.

그의 시들은 시대적인 고뇌를 시적으로 형상화하는 데에 성공하고 있으며 현실의 괴로움과 삶의 어려움을 철저하게 내면화하여 그 시적 긴장을 지탱하고 있음은 물론이다. 그리고 바로 이 점이 시인 윤동주의 시인다움을 말해주는 특징이라고 할 수 있다.

시인 정지용은 시집《하늘과 바람과 별과 시》의 서문에 이렇게 적었다. "무시무시한 고독孤獨에서 죽었고나! 29세가 되도록 시詩도 발표하여 본 적도 없이! 무명無名 윤동주가 부끄럽지 않고 슬프고 아름답기 한이 없는 시를 남기지 않았나? 시와 시인은 원래 이러한 것이다." 시대의 어둠 속에서도 새벽을 노래하고자 했던 윤동주의 고결한 시 정신을 정지용은 시인의 천명이라고 말하기도 했다. 윤동주의 시가 식민지 시대의 고통 속에서 홀로 빛나고 있었다는 사실은 누구도 부인할 수 없는 일이다.

올해는 시인 윤동주가 태어난 지 백 년이 되는 해다. 문학사상에서는 이를 기념하기 위해 〈윤동주 전집〉을 새롭게 펴낸다. 이 책은 지난 1995년 광복 50년을 맞아 발간했던 〈윤동주 전집 1, 2〉를 한 권으로 새롭게 개편하고 증보한 것이다.

이 책의 1부에서는 윤동주가 남긴 모든 시 작품과 함께 윤동주의 시작 활동을 증언하고 있는 글들을 함께 실었고, 2부에서는 광복 이후 우리 문단과 학계에서 주목되었던 윤동주 시에 대한 연구 논문과 평론들을 골라 실었다.

이 책이 윤동주의 삶과 그의 고결한 시 정신을 함께 더듬어 볼 수 있는 길잡이가 되길 기대한다.

윤동주를 사랑하는 모든 독자들에게 이 책을 바친다.

차례

책머리에

윤동주 전집을 다시 엮으며 • 권영민 • 3

제1부 시·산문·해설 자료

시|
윤동주가 남긴 시 작품의 전부(97편)

서시序詩 • 14 | 초 한 대 • 15 | 삶과 죽음 • 17 | 거리에서 • 18 | 창공蒼空 • 20 | 남南쪽 하늘 • 22 | 조개 껍질 • 23 | 병아리 • 24 | 오줌싸개 지도 • 25 | 기왓장 내외 • 26 | 비둘기 • 27 | 황혼 • 28 | 가슴 1 • 29 | 산상山上 • 30 | 이런 날 • 31 | 양지陽地쪽 • 32 | 산림山林 • 33 | 닭 • 34 | 가슴 2 • 35 | 꿈은 깨어지고 • 36 | 빨래 • 38 | 빗자루 • 39 | 햇비 • 40 | 굴뚝 • 41 | 무얼 먹고 사나 • 42 | 봄 • 43 | 참새 • 44 | 편지 • 45 | 버선본 • 46 | 눈 • 47 | 아침 • 48 | 겨울 • 49 | 황혼黃昏이 바다가 되어 • 50 | 거짓부리 • 51 | 둘 다 • 52 | 반딧불 • 53 | 밤 • 54 | 장 • 55 |

달밤 • 56 | 풍경風景 • 57 | 한란계寒暖計 • 58 | 소낙비 • 60 | 명상瞑想 • 61 | 바다 • 62 | 산협山
峽의 오후午後 • 64 | 비로봉毘盧峯 • 65 | 창窓 • 66 | 유언遺言 • 67 | 새로운 길 • 68 | 비 오는 밤
• 69 | 사랑의 전당殿堂 • 70 | 이적異蹟 • 72 | 아우의 인상화印象畵 • 73 | 슬픈 족속族屬 • 74 |
고추밭 • 75 | 햇빛·바람 • 76 | 해바라기 얼굴 • 77 | 애기의 새벽 • 78 | 귀뚜라미와 나와 •
79 | 산울림 • 80 | 달같이 • 81 | 투르게네프의 언덕 • 82 | 산골 물 • 84 | 자화상自畵像 • 85 |
소년少年 • 86 | 팔복八福 • 87 | 위로慰勞 • 88 | 병원病院 • 89 | 무서운 시간時間 • 90 | 눈오는 지
도地圖 • 91 | 태초太初의 아침 • 92 | 또 태초太初의 아침 • 93 | 새벽이 올 때까지 • 94 | 십자
가十字架 • 95 | 눈감고 간다 • 96 | 못 자는 밤 • 97 | 돌아와 보는 밤 • 98 | 간판看板 없는 거
리 • 99 | 바람이 불어 • 101 | 또 다른 고향故鄕 • 102 | 길 • 104 | 별 헤는 밤 • 106 | 간肝 • 108
| 참회록懺悔錄 • 109 | 흰 그림자 • 111 | 흐르는 거리 • 113 | 사랑스런 추억追憶 • 114 | 쉽게
씌어진 시詩 • 116 | 봄 • 118 | 유고를 공개하면서 • **윤일주** • 119 | 밤에 뿌린 씨앗들 •
김우규 • 122 | 곡간谷間 • 126 | 비애悲哀 • 128 | 장미薔薇 병들어 • 129 | 내일은 없다 • 130 |
비행기 • 131 | 호주머니 • 132 | 개 • 133 | 고향 집 • 134

산문
윤동주가 남긴 산문의 전부(4편)

화원花園에 꽃이 핀다 • 136 | 종시終始 • 139 | 별똥 떨어진 데 • 145 | 달을 쏘다 • 148

해설 자료
윤동주 시의 깊고 바른 이해와 감상을 위하여

슬프도록 아름다운 시들 • 정지용 • 152 | 내가 아는 시인 윤동주 형 • 문익환 • 158 |

윤동주의 시 이렇게 읽는다 • 이승훈 • 162 | 일제 암흑기의 찬란한 빛 •《문학사상》

자료연구실 • 203

제2부 연구 논문

김남조 • 윤동주 연구 • 215

김용직 • 어두운 시대의 시인과 십자가 • 257

김윤식 • 어둠 속에 익은 사상 • 281

김현자 • 대립의 초극과 화해의 시학 • 299

김흥규 • 윤동주론 • 331

오세영 • 윤동주의 시는 저항시인가? • 389

이어령 • 어둠에서 생겨나는 빛의 공간 • 409

오무라 마쓰오 • 나는 왜 윤동주의 고향을 찾았는가 • 424

- 윤동주의 사적 조사 보고 • 428

- 윤동주 시의 원형은 어떤 것인가 • 446

제3부 부록

윤동주에 내려진 판결문 전문 • 461

판결문 입수 경위와 해설 • 새삼 이는 울분을 가누며 • 윤일주 • 468

순절의 시인 윤동주에 대한 일본 특별 고등 경찰 엄비 기록 • 473

새 자료 발굴의 경위 • 가슴에는 고초의 흔적 • 윤일주 • 480

새 자료에 대한 평가 • 동주의 독립 운동의 구체적 증거 • 정병욱 • 484

윤동주 관련 단행본 및 논문 목록 • 486

윤동주 가계 • 497

윤동주 연보 • 498

작품 연보 • 507

제1부

시·산문·해설 자료

• 윤동주가 남긴 시 작품의 전부 97편

• 윤동주가 남긴 산문의 전부 4편

• 윤동주 시의 깊고 바른 이해와 감상을 위하여

— 슬프도록 아름다운 시들 정지용

— 내가 아는 시인 윤동주 형 문익환

— 윤동주의 시 이렇게 읽는다 이승훈

— 일제 암흑기의 찬란한 빛 《문학사상》 자료연구실

시

윤동주가 남긴 시 작품의 전부(97편)

별 하나에 추억과

별 하나에 사랑과

별 하나에 쓸쓸함과

별 하나에 동경과

별 하나에 시와

별 하나에 어머니, 어머니,

—〈별 헤는 밤〉 중에서

서시序詩

죽는 날까지 하늘을 우러러
한 점 부끄럼이 없기를,
잎새에 이는 바람에도
나는 괴로워했다.
별을 노래하는 마음으로
모든 죽어가는 것을 사랑해야지
그리고 나한테 주어진 길을
걸어가야겠다.

오늘 밤에도 별이 바람에 스치운다.

1941년 11월 20일

초 한 대

초 한 대—
내 방에 품긴* 향내를 맡는다.

광명의 제단이 무너지기 전
나는 깨끗한 제물을 보았다.

염소의 갈비뼈 같은 그의 몸,
그의 생명인 심지心志까지
백옥 같은 눈물과 피를 흘려
불살라 버린다.

그리고도 책상머리에 아롱거리며
선녀처럼 촛불은 춤을 춘다.

매를 본 꿩이 도망하듯이
암흑이 창구멍으로 도망한
나의 방에 품긴

제물의 위대한 향내를 맛보노라.

1934년 12월 24일

---

* 품긴: 뿜긴

삶과 죽음

삶은 오늘도 죽음의 서곡을 노래하였다.
이 노래가 언제나 끝나랴

세상 사람은—
뼈를 녹여 내는 듯한 삶의 노래에
춤을 춘다
사람들은 해가 넘어가기 전
이 노래 끝의 공포를
생각할 사이가 없었다.

하늘 복판에 알 새기듯이
이 노래를 부른 자가 누구뇨

그리고 소낙비 그친 뒤같이도
이 노래를 그친 자가 누구뇨

죽고 뼈만 남은
죽음의 승리자 위인들!

1934년 12월 24일

거리에서

달밤의 거리
광풍이 휘날리는
북국北國의 거리
도시의 진주眞珠
전등 밑을 헤엄치는
조그만 인어나,
달과 전등에 비쳐
한 몸에 둘 셋의 그림자,
커졌다 작아졌다.

괴롬의 거리
회색빛 밤거리를
걷고 있는 이 마음
선풍旋風*이 일고 있네
외로우면서도
한 갈피 두 갈피
피어나는 마음의 그림자,
푸른 공상空想이

높아졌다 낮아졌다.

1935년 1월 18일

---

* 선풍: 회오리바람

창공蒼空

그 여름날
열정의 포플러는
오려는 창공의 푸른 젖가슴을
어루만지려
팔을 펼쳐 흔들거렸다.
끓는 태양 그늘 좁다란 지점에서.

천막 같은 하늘 밑에서
떠들던 소나기
그리고 번개를,
춤추던 구름은 이끌고
남방南方으로 도망하고,
높다랗게 창공은 한 폭으로
가지 위에 퍼지고
둥근 달과 기러기를 불러왔다.

푸드른* 어린 마음이 이상理想에 타고,
그의 동경憧憬의 날 가을에

조락澗落**의 눈물을 비웃다.

1935년 10월 20일

---

* 푸드른: 푸들다, 살이 오른다는 뜻의 북도 사투리

** 조락: 초목의 잎이 시들어 떨어진다는 뜻

남南쪽 하늘

제비는 두 나래를 가지었다.
시산한* 가을날—

어머니의 젖가슴이 그리운
서리 내리는 저녁—
어린 영靈은 쪽나래의 향수를 타고
남쪽 하늘에 떠돌 뿐—

1935년 10월

---

* 시산한: 스산한

조개 껍질

아롱아롱 조개 껍데기
울 언니 바닷가에서
주워 온 조개 껍데기

여긴여긴 북쪽 나라요
조개는 귀여운 선물
장난감 조개 껍데기

데굴데굴 굴리며 놀다
짝 잃은 조개 껍데기
한 짝을 그리워하네

아롱아롱 조개 껍데기
나처럼 그리워하네
물 소리 바닷물 소리

1935년 12월

병아리

"뽀, 뽀, 뽀,
엄마 젖 좀 주"
병아리 소리.

"꺽, 꺽, 꺽,
오냐 좀 기다려"
엄마 닭 소리.

좀 있다가
병아리들은
엄마 품속으로
다 들어갔지요.

1936년 1월 6일

오줌싸개 지도

빨랫줄에 걸어 논
    요에다 그린 지도
지난밤에 내 동생
    오줌싸 그린 지도

꿈에 가본 엄마 계신
    별나라 지돈가?
돈 벌러 간 아빠 계신
    만주 땅 지돈가?

1936년초

기왓장 내외

비 오는 날 저녁에 기왓장 내외
잃어버린 외아들 생각나선지
꼬부라진 잔등을 어루만지며
쭈룩쭈룩 구슬피 울음 웁니다.

대궐 지붕 위에서 기왓장 내외
아름답던 옛날이 그리워선지
주름잡힌 얼굴을 어루만지며
물끄러미 하늘만 쳐다봅니다.

1936년 초 추정

비둘기

안아 보고 싶게 귀여운
산비둘기 일곱 마리
하늘 끝까지 보일 듯이 맑은 공일날 아침에
벼를 거두어 빤빤한 논에
앞을 다투어 모이를 주우며
어려운 이야기를 주고받으오.

날씬한 두 나래로 조용한 공기를 흔들어
두 마리가 나오
집에 새끼 생각이 나는 모양이오.

1936년 2월 10일

황혼黃昏

햇살은 미닫이 틈으로
길쭉한 일자—字를 쓰고…… 지우고……

까마귀 떼 지붕 우으로
둘, 둘, 셋, 넷, 자꾸 날아 지난다.
쑥쑥, 꿈틀꿈틀 북쪽 하늘로,

내사……
북쪽 하늘에 나래를 펴고 싶다.

1936년 3월 25일

가슴 1

소리 없는 북,
답답하면 주먹으로
두드려 보오.

그래 봐도
후—
가아는 한숨보다 못하오.

1936년 3월 25일

산상山上

거리가 바둑판처럼 보이고,
강물이 배암의 새끼처럼 기는
산 위에까지 왔다.
아직쯤은 사람들이
바둑돌처럼 벌여 있으리라.

한나절의 태양이
함석지붕에만 비치고,
굼벙이 걸음을 하던 기차가
정거장에 섰다가 검은 내를 토하고
또 걸음발을 탄다.

텐트 같은 하늘이 무너져
이 거리를 덮을까 궁금하면서
좀더 높은 데로 올라가고 싶다.

1936년 5월

이런 날

사이 좋은 정문의 두 돌기둥 끝에서
오색기五色旗*와 태양기太陽旗**가 춤을 추는 날,
금을 그은 지역의 아이들이 즐거워하다.

아이들에게 하로의 건조한 학과學課로
해말간 권태倦怠가 깃들고
'모순矛盾' 두 자를 이해치 못하도록
머리가 단순하였구나.

이런 날에는
잃어버린 완고하던 형을
부르고 싶다.

1936년 6월 10일

---

* 오색기: 만주 제국의 국기

** 태양기: 일본 국기

양지陽地 쪽

저쪽으로 황토 실은 이 땅 봄바람이
호인胡人*의 물레바퀴처럼 돌아 지나고

아롱진 4월 태양의 손길이
벽을 등진 설은 가슴마다 올올이 만진다.

지도째기 놀음**에 뉘 땅인 줄 모르는 애 둘이
한 뼘 손가락이 짧음을 한恨함이여,

아서라! 가뜩이나 엷은 평화가
깨어질까 근심스럽다.

1936년 6월 26일

---

* 호인: 만주 사람을 일컫는 말

** 지도째기 놀음: 일종의 땅 따먹기 놀이. 시인이 만든 말

산림山林

시계時計가 자근자근 가슴을 때려
불안한 마음을 산림이 부른다.

천년 오래인 연륜에 짜들은 유암幽暗한 산림이,
고달픈 한 몸을 포옹할 인연을 가졌나 보다.

산림의 검은 파동 우으로부터
어둠은 어린 가슴을 짓밟고

이파리를 흔드는 저녁 바람이
쇠― 공포에 떨게 한다.

멀리 첫여름의 개고리 재질댐에
흘러간 마을의 과거는 아질타.

나무 틈으로 반짝이는 별만이
새날의 희망으로 나를 이끈다.

1936년 6월 26일

닭

한 간(間) 계사(鷄舍) 그 너머 창공이 깃들어
자유의 향토를 잊은 닭들이
시들은 생활을 주잘대고
생산의 고로(苦勞)를 부르짖었다.

음산한 계사에서 쏠려 나온
외래종 레구홍,
학원에서 새무리가 밀려나오는
3월의 맑은 오후도 있다.

닭들은 녹아 드는 두엄을 파기에
아담한 두 다리가 분주하고
굶주렸던 주두리*가 바지런하다.
두 눈이 붉게 여무도록―

                                        1936년 봄

―――――――――
* 주두리: 주둥이의 함경도 사투리

가슴 2

불 꺼진 화火독을
안고 도는 겨울 밤은 깊었다.

재(灰)만 남은 가슴이
문풍지 소리에 떤다.

1936년 7월 24일

꿈은 깨어지고

꿈은 눈을 떴다
그윽한 유무幽霧에서.

노래하는 종달이
도망쳐 날아가고,

지난날 봄 타령하던
금잔디밭은 아니다.

탑은 무너졌다,
붉은 마음의 탑이—

손톱으로 새긴 대리석 탑이—
하루 저녁 폭풍에 여지없이도,

오오 황폐의 쑥밭,
눈물과 목메임이여!

꿈은 깨어졌다

탑은 무너졌다.

1936년 7월 27일

빨래

빨랫줄에 두 다리를 드리우고
흰 빨래들이 귓속 이야기하는 오후,

쨍쨍한 칠월 햇발은 고요히도
아담한 빨래에만 달린다.

1936년

빗자루

요오리 조리 베면 저고리 되고
이이렇게 베면 큰 총 되지.
　　　누나하고 나하고
　　　가위로 종이 쏠았더니
　　　어머니가 빗자루 들고
　　　누나 하나 나 하나
　　　엉덩이를 때렸소
　　　방바닥이 어지럽다고—

　　　아아니 아니
　　　고 놈의 빗자루가
　　　방바닥 쓸기 싫으니
　　　그랬지 그랬어
패씸하여 벽장 속에 감췄더니
이튿날 아침 빗자루가 없다고
어머니가 야단이지요.

1936년 9월 9일

햇비

아씨처럼 나린다
보슬보슬 해ㅅ비
맞아 주자 다 같이
　　옥수숫대처럼 크게
　　닷 자 엿 자 자라게
　　햇님이 웃는다
　　나보고 웃는다.

하늘 다리 놓였다
알롱알롱 무지개
노래하자 즐겁게
　　동무들아 이리 오나
　　다 같이 춤을 추자
　　햇님이 웃는다
　　즐거워 웃는다

1936년 9월 9일

굴뚝

산골짜기 오막살이 낮은 굴뚝엔
몽기몽기 웨인 연기 대낮에 솟나,

감자를 굽는 게지 총각 애들이
깜박깜박 검은 눈이 모여 앉아서
입술에 꺼멓게 숯을 바르고
옛이야기 한 커리에 감자 하나씩.

산골짜기 오막살이 낮은 굴뚝엔
살랑살랑 솟아나네 감자 굽는 내.

1936년 가을

무얼 먹고 사나

바닷가 사람
물고기 잡아먹고 살고

산골엣 사람
감자 구워 먹고 살고

별나라 사람
무얼 먹고 사나.

1936년 10월

봄

우리 애기는
아래 발치에서 코올코올,

고양이는
부뚜막에서 가릉가릉,

애기 바람이
나뭇가지에서 소올소올,

아저씨 해님이
하늘 한가운데서 째앵째앵.

1936년10월

참새

가을 지난 마당은 하이얀 종이
참새들이 글씨를 공부하지요.

째액째액 입으로 받아 읽으며
두 발로는 글씨를 연습하지요.

하루 종일 글씨를 공부하여도
쩩 자 한 자밖에는 더 못 쓰는걸.

1936년 12월

편지

누나!
이 겨울에도
눈이 가득히 왔습니다.

흰 봉투에
눈을 한줌 넣고
글씨도 쓰지 말고
우표도 붙이지 말고
말쑥하게 그대로
편지를 부칠까요?

누나 가신 나라엔
눈이 아니 온다기에.

1936년 12월 추정

버선본

어머니
누나 쓰다 버린 습자지는
두었다간 뭣에 쓰나요?

그런 줄 몰랐더니
습자지에다 내 버선 놓고
가위로 오려
버선본 만드는걸.

어머니
내가 쓰다 버린 몽당연필은
두었다간 뭣에 쓰나요?

그런 줄 몰랐더니
천 위에다 버선본 놓고
침 발라 점을 찍곤
내 버선 만드는걸.

1936년 12월초

눈

눈이
새하얗게 와서
눈이
새물새물하오.

1936년 12월추정

아침

훡, 훡, 훡,
소 꼬리가 부드러운 채찍질로
어둠을 쫓아,
캄, 캄, 어둠이 깊다깊다 밝으오.

이제 이 동리洞里의 아침이
풀살 오른 소 엉덩이처럼 푸드오.
이 동리 콩죽 먹은 사람들이
땀물을 뿌려 이 여름을 길렀소.

잎, 잎, 풀잎마다 땀방울이 맺혔소.

구김살없는 이 아침을
심호흡하오 또 하오.

1936년

겨울

처마 밑에
시래기 다래미
바삭바삭
추워요.

길바닥에
말똥 동그래미
달랑달랑
얼어요.

1936년 겨울

황혼黃昏이 바다가 되어

하로도 검푸른 물결에
흐느적 잠기고…… 잠기고……

저— 웬 검은 고기 떼가
물든 바다를 날아 횡단할꼬.

낙엽이 된 해초
해초마다 슬프기도 하오.

서창西窓에 걸린 해말간 풍경화.
옷고름 너어는* 고아孤兒의 설움.

이제 첫 항해하는 마음을 먹고
방바닥에 나딩구오…… 딩구오……

황혼이 바다가 되어
오늘도 수많은 배가
나와 함께 이 물결에 잠겼을 게오.

1937년 1월

_____

* 너얼다: 씹다, 빨다의 북도 사투리

거짓부리

똑, 똑, 똑,
문 좀 열어 주세요
하룻밤 자고 갑시다.
　　밤은 깊고 날은 추운데
　　거 누굴까?
문 열어 주고 보니
검둥이의 꼬리가
거짓부리한걸.

꼬기요, 꼬기요,
달걀 낳았다.
간난아 어서 집어 가거라.
　　간난이 뛰어가 보니
　　달걀은 무슨 달걀,
고 놈의 암탉이
대낮에 새빨간
거짓부리한걸.

1937년

둘 다

바다도 푸르고
하늘도 푸르고

바다도 끝없고
하늘도 끝없고

바다에 돌 던지고
하늘에 침 뱉고

바다는 벙글
하늘은 잠잠.

1937년

반딧불

가자 가자 가자
숲으로 가자
달 조각을 주으러
숲으로 가자.

　　그믐밤 반딧불은
　　부서진 달 조각,

가자 가자 가자
숲으로 가자
달 조각을 주으러
숲으로 가자.

1937년

밤

오양간 당나귀
아―ㅇ 외마디 울음 울고,

당나귀 소리에
으―아 아 애기 소스라쳐 깨고,

등잔에 불을 다오.

아버지는 당나귀에게
짚을 한 키 담아 주고,

어머니는 애기에게
젖을 한 모금 먹이고,

밤은 다시 고요히 잠드오.

1937년 3월

장

이른 아침 아낙네들은 시들은 생활을
바구니 하나 가득 담아 이고……
업고 지고…… 안고 들고……
모여드오 자꾸 장에 모여드오.

가난한 생활을 골골이 벌여 놓고
밀려가고 밀려오고……
저마다 생활을 외치오…… 싸우오.

왼 하로 올망졸망한 생활을
되질하고 저울질하고 자질하다가
날이 저물어 아낙네들이
쓴 생활과 바꾸어 또 이고 돌아가오.

                                        1937년 봄

달밤

흐르는 달의 흰 물결을 밀쳐
여윈 나무 그림자를 밟으며
북망산*을 향한 발걸음은 무거웁고
고독을 반려한 마음은 슬프기도 하다.

누가 있어야만 싶은 묘지엔 아무도 없고,
정적만이 군데군데 흰 물결에 폭 젖었다.

1937년 4월 15일

---

* 북망산: 무덤이 많은 곳. 또는 사람이 죽어 묻히는 곳

풍경風景

봄바람을 등진 초록빛 바다
쏟아질 듯 쏟아질 듯 위태롭다.

잔주름 치마폭의 두둥실거리는 물결은,
오스라질 듯 한껏 경쾌롭다.

마스트 끝에 붉은 기旗ㅅ발이
여인의 머리칼처럼 나부낀다.

          *   *

이 생생한 풍경을 앞세우며 뒤세우며
외—ㄴ 하로 거닐고 싶다.

―우중충한 오월 하늘 아래로,
―바닷빛 포기 포기에 수놓은 언덕으로.

1937년 5월 29일

한란계|寒暖計

싸늘한 대리석 기둥에 모가지를 비틀어 맨 한란계寒暖計,
문득 들여다볼 수 있는 운명運命한 오 척 육 촌五尺六寸의 허리 가는 수은주,
마음은 유리관보다 맑소이다.

혈관이 단조로워 신경질인 여론 동물輿論動物,
가끔 분수 같은 냉冷침을 억지로 삼키기에
정력을 낭비합니다.

영하로 손가락질할 수돌네 방처럼 추운 겨울보다
해바라기가 만발할 팔월 교정이 이상理想곺소이다.
피 끓을 그날이—

어제는 막 소낙비가 퍼붓더니 오늘은 좋은 날씨올시다.
동저고리 바람에 언덕으로, 숲으로 하시구려—
이렇게 가만가만 혼자서 귓속 이야기를 하였습니다.
나는 또 내가 모르는 사이에—

나는 아마도 진실한 세기의 계절을 따라—
하늘만 보이는 울타리 안을 뛰쳐,

역사 같은 포지션을 지켜야 봅니다.

1937년 7월 1일

소낙비

번개, 뇌성, 왁자지근 두다려
머언 도회지에 낙뢰落雷가 있어만 싶다.

벼루짱 엎어논 하늘로
살 같은 비가 살처럼 쏟아진다.

손바닥만한 나의 정원이
마음같이 흐린 호수 되기 일쑤다.

바람이 팽이처럼 돈다.
나무가 머리를 이루 잡지 못한다.

내 경건한 마음을 모셔 드려
노아 때 하늘을 한 모금 마시다.

1937년 8월 9일

명상瞑想

가츨가츨한* 머리칼은 오막살이 처마끝,
쉬파람**에 콧마루가 서운한 양 간질키오.

들창窓 같은 눈은 가볍게 닫혀
이 밤에 연정戀情은 어둠처럼 골골이 스며드오.

1937년 8월 20일

---

* 가츨가츨한: 가지런한의 함경도 사투리

** 쉬파람: 휘파람

바다

실어다 뿌리는
바람조차 시원타.

소나무 가지마다 새침히
고개를 돌리어 삐들어지고,

밀치고
밀치운다.

이랑을 넘는 물결은
폭포처럼 피어 오른다.

해변에 아이들이 모인다
찰찰 손을 씻고 구보로,

바다는 자꾸 섧어진다.
갈매기의 노래에……

돌아다보고 돌아다보고
돌아가는 오늘의 바다여!

1937년9월

산협山峽의 오후午後

내 노래는 오히려
설운* 산울림.

골짜기 길에
떨어진 그림자는
너무나 슬프구나

오후의 명상은
아— 졸려.

1937년 9월

---

* 설운: 서러운

비로봉 毘盧峯

만상萬象을
굽어보기란—

무릎이
오들오들 떨린다.

백화白樺 *
어려서 늙었다.

새가
나비가 된다.

정말 구름이
비가 된다.

옷자락이
춥다.

1937년 9월

———————————

* 백화: 자작나무

창窓

쉬는 시간마다
나는 창녘으로 갑니다.

─창은 산 가르침.

이글이글 불을 피워 주소,
이 방에 찬 것이 서럽니다.

단풍잎 하나
맴도나 보니
아마도 자그마한 선풍旋風이인 게외다.

그래도 싸느란 유리창에
햇살이 쨍쨍한 무렵,
상학종上學鐘*이 울어만 싶습니다.

1937년 10월

---

* 상학종: 수업 시간을 알리는 종

유언遺言

후어―ㄴ 한 방에
유언은 소리 없는 입놀림.

―바다에 진주 캐러 갔다는 아들
  해녀와 사랑을 속삭인다는 맏아들
  이 밤에사 돌아오나 내다봐라―

평생 외롭던 아버지의 운명殞命,
감기우는 눈에 슬픔이 어린다.

외딴집에 개가 짖고
휘양찬 달이 문살에 흐르는 밤.

1937년 10월 24일

새로운 길

내를 건너서 숲으로
고개를 넘어서 마을로

어제도 가고 오늘도 갈
나의 길 새로운 길

민들레가 피고 까치가 날고
아가씨가 지나고 바람이 일고

나의 길은 언제나 새로운 길
오늘도…… 내일도……

내를 건너서 숲으로
고개를 넘어서 마을로

1938년 5월 10일

비 오는 밤

쏴―철석! 파도 소리 문살에 부서져
잠 살포시* 꿈이 흩어진다.

잠은 한낱 검은 고래 떼처럼 살래어,
달랠 아무런 재주도 없다.

불을 밝혀 잠옷을 정성스레 여미는
삼경三更.
염원念願.

동경의 땅 강남에 또 홍수질 것만 싶어,
바다의 향수보다 더 호젓해진다.

1938년 6월 11일

사랑의 전당殿堂

순順아 너는 내 전殿에 언제 들어왔던 것이냐?
내사 언제 네 전에 들어갔던 것이냐?

우리들의 전당은
고풍古風한 풍습이 어린 사랑의 전당

순아 암사슴처럼 수정水晶 눈을 내려 감아라.
난 사자처럼 엉클린 머리를 고르련다.

우리들의 사랑은 한낱 벙어리였다.

성스런 촛대에 열熱한 불이 꺼지기 전
순아 너는 앞문으로 내달려라.

어둠과 바람이 우리 창窓에 부닥치기 전
나는 영원한 사랑을 안은 채
뒷문으로 멀리 사라지련다.

이제 네게는 삼림 속의 아늑한 호수가 있고

내게는 험준한 산맥이 있다.

1938년 6월 19일

이적異蹟

발에 터분한 것을 다 빼어 버리고
황혼이 호수 위로 걸어오듯이
나도 사뿐사뿐 걸어 보리이까?

내사 이 호수 가로
부르는 이 없이
불리어 온 것은
참말 이적異蹟이외다.

오늘따라
연정戀情, 자홀自惚, 시기猜忌, 이것들이
자꾸 금메달처럼 만져지는구려

하나, 내 모든 것을 여념 없이
물결에 씻어 보내려니
당신은 호면湖面으로 나를 불러내소서.

1938년 6월 19일

아우의 인상화印像畵

붉은 이마에 싸늘한 달이 서리어
아우의 얼굴은 슬픈 그림이다.

발걸음을 멈추어
살그머니 앳된 손을 잡으며
"늬는 자라 무엇이 되려니"
"사람이 되지"
아우의 설은 진정코 설은 대답이다.

슬며시 잡았던 손을 놓고
아우의 얼굴을 다시 들여다본다.

싸늘한 달이 붉은 이마에 젖어
아우의 얼굴은 슬픈 그림이다.

1938년 9월 15일

슬픈 족속族屬

흰 수건이 검은 머리를 두르고
흰 고무신이 거친 발에 걸리우다.

흰 저고리 치마가 슬픈 몸집을 가리고
흰 띠가 가는 허리를 질끈 동이다.

1938년 9월

고추밭

시들은 잎새 속에서
고 빠알간 살을 드러내 놓고,
고추는 방년芳年된 아가씬양
땍볕*에 자꾸 익어 간다.

할머니는 바구니를 들고
밭머리에서 어정거리고
손가락 너어는 아이는
할머니 뒤만 따른다.

1938년 10월 26일

---

* 땍볕: 뙤약볕

햇빛·바람

손가락에 침 발라
쏘옥, 쏙, 쏙,
장에 가는 엄마 내다보려
문풍지를
쏘옥, 쏙, 쏙,

아침에 햇빛이 반짝,

손가락에 침 발라
쏘옥, 쏙, 쏙,
장에 가신 엄마 돌아오나
문풍지를
쏘옥, 쏙, 쏙,

저녁에 바람이 솔솔.

1938년 추정

해바라기 얼굴

누나의 얼굴은
　　　해바라기 얼굴
해가 금방 뜨자
　　　일터에 간다.

해바라기 얼굴은
　　　누나의 얼굴
얼굴이 숙어들어
　　　집으로 온다.

1938년추정

애기의 새벽

우리 집에는
닭도 없단다.
다만
애기가 젖달라 울어서
새벽이 된다.

우리 집에는
시계도 없단다.
다만
애기가 젖달라 보채어
새벽이 된다.

1938년추정

귀뚜라미와 나와

귀뚜라미와 나와
잔디밭에서 이야기했다.

귀뜰귀뜰
귀뜰귀뜰

아무게도* 알으켜 주지 말고
우리 둘만 알자고 약속했다.

귀뜰귀뜰
귀뜰귀뜰

귀뚜라미와 나와
달 밝은 밤에 이야기했다.

1938년 추정

---

* 아무게도: 아무에게도

산울림

까치가 울어서
산울림,
아무도 못 들은
산울림.

까치가 들었다,
산울림,
저 혼자 들었다,
산울림.

1938년 5월

달같이

연륜年輪이 자라듯이
달이 자라는 고요한 밤에
달같이 외로운 사랑이
가슴 하나 뼈근히
연륜처럼 피어 나간다.

1939년 9월

투르게네프의 언덕

나는 고갯길을 넘고 있었다…… 그때 세 소년 거지가 나를 지나쳤다.

첫째 아이는 잔등에 바구니를 둘러메고, 바구니 속에는 사이다 병, 간즈메 통, 쇳조각, 헌 양말짝 등 폐물廢物이 가득하였다.

둘째 아이도 그러하였다.

셋째 아이도 그러하였다.

텁수룩한 머리털, 시커먼 얼굴에 눈물 고인 충혈된 눈, 색 잃어 푸르스름한 입술, 너덜너덜한 남루, 찢겨진 맨발,

아아 얼마나 무서운 가난이 이 어린 소년들을 삼키었느냐!

나는 측은한 마음이 움직이었다.

나는 호주머니를 뒤지었다. 두툼한 지갑, 시계, 손수건…… 있을 것은 죄다 있었다.

그러나 무턱대고 이것들을 내줄 용기는 없었다. 손으로 만지작만지작거릴 뿐이었다.

다정스레 이야기나 하리라 하고 '얘들아' 불러 보았다.

첫째 아이가 충혈된 눈으로 흘끔 돌아다볼 뿐이었다.

둘째 아이도 그러할 뿐이었다.

셋째 아이도 그러할 뿐이었다.

그리고는 너는 상관없다는 듯이 자기네끼리 소근소근 이야기하면서 고개로 넘어갔다.

언덕 위에는 아무도 없었다.

짙어 가는 황혼이 밀려들 뿐——

1939년 9월

산골 물

괴로운 사람아 괴로운 사람아
옷자락 물결 속에서도
가슴속 깊이 돌돌 샘물이 흘러
이 밤을 더불어 말할 이 없도다.
거리의 소음과 노래부를 수 없도다.
그신 듯이 냇가에 앉았으니
사랑과 일을 거리에 맡기고
가만히 가만히
바다로 가자,
바다로 가자.

1939년 9월 추정

자화상自畵像

산모퉁이를 돌아 논 가 외딴 우물을 홀로 찾아가선 가만히 들여다봅니다.

우물 속에는 달이 밝고 구름이 흐르고 하늘이 펼치고 파아란 바람이 불고 가을이 있습니다.

그리고 한 사나이가 있습니다.
어쩐지 그 사나이가 미워져 돌아갑니다.

돌아가다 생각하니 그 사나이가 가엾어집니다.
도로 가 들여다보니 사나이는 그대로 있습니다.

다시 그 사나이가 미워져 돌아갑니다.
돌아가다 생각하니 그 사나이가 그리워집니다.

우물 속에는 달이 밝고 구름이 흐르고 하늘이 펼치고 파아란 바람이 불고 가을이 있고 추억처럼 사나이가 있습니다.

1939년 9월

소년少年

　여기저기서 단풍잎 같은 슬픈 가을이 뚝뚝 떨어진다. 단풍잎 떨어져 나온 자리마다 봄을 마련해 놓고 나뭇가지 위에 하늘이 펼쳐 있다. 가만히 하늘을 들여다보려면 눈썹에 파란 물감이 든다. 두 손으로 따뜻한 볼을 쓸어* 보면 손바닥에도 파란 물감이 묻어 난다. 다시 손바닥을 들여다본다. 손금에는 맑은 강물이 흐르고, 맑은 강물이 흐르고, 강물 속에는 사랑처럼 슬픈 얼굴―아름다운 순이順伊의 얼굴이 어린다. 소년은 황홀히 눈을 감아 본다. 그래도 맑은 강물은 흘러 사랑처럼 슬픈 얼굴―아름다운 순이의 얼굴은 어린다.

1939년

---

* 쓸어: 씻어

팔복八福
－마태복음 5장 3~12

슬퍼하는 자는 복이 있나니
슬퍼하는 자는 복이 있나니
슬퍼하는 자는 복이 있나니
슬퍼하는 자는 복이 있나니
슬퍼하는 자는 복이 있나니
슬퍼하는 자는 복이 있나니
슬퍼하는 자는 복이 있나니
슬퍼하는 자는 복이 있나니

저희가 영원히 슬플 것이오.

1940년 12월 추정

위로慰勞

거미란 놈이 흉한 심보로 병원 뒤뜰 난간과 꽃밭 사이 사람 발이 잘 닿지 않는 곳에 그물을 쳐놓았다. 옥외 요양을 받는 젊은 사나이가 누워서 치어다보기 바르게―

나비가 한 마리 꽃밭에 날아들다 그물에 걸리었다. 노오란 날개를 파득거려도 파득거려도 나비는 자꾸 감기우기만 한다. 거미가 쏜살같이 가더니 끝없는 끝없는 실을 뽑아 나비의 온몸을 감아 버린다. 사나이는 긴 한숨을 쉬었다.

나이보담 무수한 고생 끝에 때를 잃고 병을 얻은 이 사나이를 위로할 말이―거미줄을 헝클어 버리는 것밖에 위로의 말이 없었다.

1940년 12월 3일

병원病院

　살구나무 그늘로 얼굴을 가리고, 병원 뒤뜰에 누워, 젊은 여자가 흰옷 아래로 하얀 다리를 드러내 놓고 일광욕을 한다. 한나절이 기울도록 가슴을 앓는다는 이 여자를 찾아오는 이, 나비 한 마리도 없다. 슬프지도 않은 살구나무 가지에는 바람조차 없다.

　나도 모를 아픔을 오래 참다 처음으로 이곳에 찾아왔다. 그러나 나의 늙은 의사는 젊은이의 병을 모른다. 나한테는 병이 없다고 한다. 이 지나친 시련, 이 지나친 피로, 나는 성내서는 안 된다.

　여자는 자리에서 일어나 옷깃을 여미고 화단에서 금잔화 한 포기를 따 가슴에 꽂고 병실 안으로 사라진다. 나는 그 여자의 건강이─아니 내 건강도 속히 회복되기를 바라며 그가 누웠던 자리에 누워 본다.

1940년 12월

무서운 시간時間

거 나를 부르는 것이 누구요,

가랑잎 이파리 푸르러 나오는 그늘인데,
나 아직 여기 호흡이 남아 있소.

한 번도 손들어 보지 못한 나를
손들어 표할 하늘도 없는 나를

어디에 내 한 몸 둘 하늘이 있어
나를 부르는 것이오.

일을 마치고 내 죽는 날 아침에는
서럽지도 않은 가랑잎이 떨어질 텐데……

나를 부르지 마오.

1941년 2월 7일

눈 오는 지도地圖

　순이順伊가 떠난다는 아침에 말못할 마음으로 함박눈이 내려, 슬픈 것처럼 창 밖에 아득히 깔린 지도 위에 덮인다. 방안을 돌아다보아야 아무도 없다. 벽과 천정이 하얗다. 방안에까지 눈이 내리는 것일까. 정말 너는 잃어버린 역사처럼 홀홀이 가는 것이냐, 떠나기 전에 일러둘 말이 있던 것을 편지를 써서도 네가 가는 곳을 몰라 어느 거리, 어느 마을, 어느 지붕 밑, 너는 내 마음속에만 남아 있는 것이냐, 네 조그만 발자욱을 눈이 자꾸 내려 덮여 따라갈 수도 없다. 눈이 녹으면 남은 발자욱 자리마다 꽃이 피리니 꽃 사이로 발자욱을 찾아 나서면 일 년 열두 달 하냥* 내 마음에는 눈이 내리리라.

1941년 3월 12일

---

* 하냥: 늘

태초太初의 아침

봄날 아침도 아니고
여름, 가을, 겨울,
그런 날 아침도 아닌 아침에

빠알간 꽃이 피어났네,
햇빛이 푸른데,

그 전날 밤에
그 전날 밤에
모든 것이 마련되었네,

사랑은 뱀과 함께
독毒은 어린 꽃과 함께.

1941년

또 태초_{太初}의 아침

하얗게 눈이 덮이었고
전신주가 잉잉 울어
하나님 말씀이 들려 온다.

무슨 계시_{啓示}일까.

빨리
봄이 오면
죄를 짓고
눈이
밝아

이브가 해산하는 수고를 다하면

무화과 잎사귀로 부끄런 데를 가리고

나는 이마에 땀을 흘려야겠다.

1941년 5월 31일

새벽이 올 때까지

다들 죽어 가는 사람들에게
검은 옷을 입히시오.

다들 살아가는 사람들에게
흰옷을 입히시오.

그리고 한 침대에
가즈런히 잠을 재우시오.

다들 울거들랑
젖을 먹이시오.

이제 새벽이 오면
나팔 소리 들려 올 게외다.

1941년 5월

십자가十字架

쫓아오던 햇빛인데
지금 교회당 꼭대기
십자가에 걸리었습니다.

첨탑尖塔이 저렇게도 높은데
어떻게 올라갈 수 있을까요.

종소리도 들려 오지 않는데
휘파람이나 불며 서성거리다가,

괴로웠던 사나이,
행복한 예수 그리스도에게
처럼
십자가가 허락된다면

모가지를 드리우고
꽃처럼 피어나는 피를
어두워 가는 하늘 밑에
조용히 흘리겠습니다.

1941년 5월 31일

눈감고 간다

태양을 사모하는 아이들아
별을 사랑하는 아이들아

밤이 어두웠는데
눈감고 가거라.

가진 바 씨앗을
뿌리면서 가거라.

발부리에 돌이 채이거든
감았던 눈을 와짝 떠라.

1941년 5월 31일

못 자는 밤

하나, 둘, 셋, 넷
....
밤은
많기도 하다.

1941년 6월 추정

돌아와 보는 밤

세상으로부터 돌아오듯이 이제 내 좁은 방에 돌아와 불을 끄옵니다. 불을 켜두는 것은 너무나 피로롭은 일이옵니다. 그것은 낮의 연장이옵기에—

이제 창을 열어 공기를 바꾸어 들여야 할 텐데 밖을 가만히 내다보아야 방안과 같이 어두워 꼭 세상 같은데 비를 맞고 오던 길이 그대로 빗속에 젖어 있사옵니다.

하루의 울분을 씻을 바 없어 가만히 눈을 감으면 마음속으로 흐르는 소리, 이제, 사상思想이 능금처럼 저절로 익어가옵니다.

1941년6월

간판看板 없는 거리

정거장 플랫폼에
내렸을 때 아무도 없어,

다들 손님들뿐,
손님 같은 사람들뿐,

집집마다 간판이 없어
집 찾을 근심이 없어

빨갛게
파랗게
불붙는 문자文字도 없이

모퉁이마다
자애로운 헌 와사등瓦斯燈에
불을 혀놓고,

손목을 잡으면
다들, 어진 사람들
다들, 어진 사람들

봄, 여름, 가을, 겨울
순서로 돌아들고.

1941년

바람이 불어

바람이 어디로부터 불어와
어디로 불려 가는 것일까,

바람이 부는데
내 괴로움에는 이유가 없다.

내 괴로움에는 이유가 없을까,

단 한 여자를 사랑한 일도 없다.
시대를 슬퍼한 일도 없다.

바람이 자꾸 부는데
내 발이 반석 위에 섰다.

강물이 자꾸 흐르는데
내 발이 언덕 위에 섰다.

1941년 6월 2일

또 다른 고향故鄉

고향에 돌아온 날 밤에
내 백골白骨이 따라와 한 방에 누웠다.

어둔 방은 우주로 통하고
하늘에선가 소리처럼 바람이 불어온다.

어둠 속에 곱게 풍화 작용風化作用 하는
백골을 들여다보며
눈물짓는 것이 내가 우는 것이냐
백골이 우는 것이냐
아름다운 혼魂이 우는 것이냐

지조 높은 개는
밤을 새워 어둠을 짖는다.

어둠을 짖는 개는
나를 쫓는 것일 게다.

가자 가자
쫓기우는 사람처럼 가자
백골 몰래
아름다운 또 다른 고향에 가자.

1941년9월

길

잃어버렸습니다.
무얼 어디다 잃었는지 몰라
두 손이 주머니를 더듬어
길에 나아갑니다.

돌과 돌과 돌이 끝없이 연달아
길은 돌담을 끼고 갑니다.

담은 쇠문을 굳게 닫아
길 위에 긴 그림자를 드리우고

길은 아침에서 저녁으로
저녁에서 아침으로 통했습니다.

돌담을 더듬어 눈물짓다
쳐다보면 하늘은 부끄럽게 푸릅니다.

풀 한 포기 없는 이 길을 걷는 것은
담 저쪽에 내가 남아 있는 까닭이고,

내가 사는 것은, 다만,
잃은 것을 찾는 까닭입니다.

1941년 9월 31일

별 헤는 밤

계절이 지나가는 하늘에는
가을로 가득 차 있습니다.

나는 아무 걱정도 없이
가을 속의 별들을 다 헤일 듯합니다.

가슴속에 하나 둘 새겨지는 별을
이제 다 못 헤는 것은
쉬이 아침이 오는 까닭이요,
내일 밤이 남은 까닭이요,
아직 나의 청춘이 다하지 않은 까닭입니다.

별 하나에 추억과
별 하나에 사랑과
별 하나에 쓸쓸함과
별 하나에 동경과
별 하나에 시와
별 하나에 어머니, 어머니,

어머님, 나는 별 하나에 아름다운 말 한마디씩 불러 봅니다. 소학교 때 책상을 같이했던 아이들의 이름과, 패佩, 경鏡, 옥玉 이런 이국 소녀들의 이름과, 벌써 애기 어머니 된 계집애들의 이름과, 가난한 이웃 사람들의 이

름과, 비둘기, 강아지, 토끼, 노새, 노루, 프랜시스 잠, 라이너 마리아 릴케,
이런 시인의 이름을 불러 봅니다.

이네들은 너무나 멀리 있습니다.
별이 아슬히 멀듯이,

어머님,
그리고 당신은 멀리 북간도에 계십니다.

나는 무엇인지 그리워
이 많은 별빛이 내린 언덕 위에
내 이름자를 써보고,
흙으로 덮어 버리었습니다.

딴은 밤을 새워 우는 벌레는
부끄러운 이름을 슬퍼하는 까닭입니다.

그러나 겨울이 지나고 나의 별에도 봄이 오면
무덤 위에 파란 잔디가 피어나듯이
내 이름자 묻힌 언덕 위에도
자랑처럼 풀이 무성할 게외다.

1941년 11월 5일

간肝

바닷가 햇빛 바른 바위 위에
습한 간肝을 펴서 말리우자,

코카서스 산중山中에서 도망해 온 토끼처럼
둘러리를 빙빙 돌며 간을 지키자,

내가 오래 기르던 여윈 독수리야!
와서 뜯어먹어라, 시름없이

너는 살찌고
나는 여위어야지, 그러나,

거북이야!
디시는 용궁의 유혹에 안 떨어진다.

프로메테우스 불쌍한 프로메테우스
불 도적한 죄로 목에 맷돌을 달고
끝없이 침전沈澱하는 프로메테우스.

1941년 11월 29일

참회록懺悔錄

파란 녹이 낀 구리 거울 속에
내 얼굴이 남아 있는 것은
어느 왕조王朝의 유물遺物이기에
이다지도 욕될까

나는 나의 참회懺悔의 글을 한 줄에 줄이자
―만 이십사 년 일 개월을
   무슨 기쁨을 바라 살아왔던가

내일이나 모레나 그 어느 즐거운 날에
나는 또 한 줄의 참회록을 써야 한다.
―그때 그 젊은 나이에
   왜 그런 부끄런 고백을 했던가

밤이면 밤마다 나의 거울을
손바닥으로 발바닥으로 닦아 보자.

그러면 어느 운석隕石 밑으로 홀로 걸어가는
슬픈 사람의 뒷모양이

거울 속에 나타나 온다.

1942년 1월 24일

흰 그림자

황혼이 짙어지는 길모금에서
하루 종일 시들은 귀를 가만히 기울이면
땅검의 옮겨지는 발자취 소리,

발자취 소리를 들을 수 있도록
나는 총명했던가요.

이제 어리석게도 모든 것을 깨달은 다음
오래 마음 깊은 속에
괴로워하던 수많은 나를
하나, 둘, 제고장으로 돌려보내면
거리 모퉁이 어둠 속으로
소리 없이 사라지는 흰 그림자,

흰 그림자들
연연히 사랑하던 흰 그림자들,

내 모든 것을 돌려보낸 뒤
허전히 뒷골목을 돌아
황혼처럼 물드는 내 방으로 돌아오면

신념이 깊은 의젓한 양¥처럼

하루 종일 시름없이 풀포기나 뜯자.

1942년 4월 14일

흐르는 거리

으스름히 안개가 흐른다. 거리가 흘러간다. 저 전차, 자동차, 모든 바퀴가 어디로 흘리워 가는 것일까? 정박할 아무 항구도 없이, 가련한 많은 사람들을 신고서, 안개 속에 잠긴 거리는,

거리 모퉁이 붉은 포스트 상자를 붙잡고 섰을라면 모든 것이 흐르는 속에 어렴풋이 빛나는 가로등, 꺼지지 않는 것은 무슨 상징일까? 사랑하는 동무 박朴이여! 그리고 김金이여! 자네들은 지금 어디 있는가? 끝없이 안개가 흐르는데,

'새로운 날 아침 우리 다시 정답게 손목을 잡아 보세' 몇 자 적어 포스트 속에 떨어뜨리고, 밤을 새워 기다리면 금휘장金徽章에 금단추를 삐었고 거인처럼 찬란히 나타나는 배달부, 아침과 함께 즐거운 내림來臨,

이 밤을 하염없이 안개가 흐른다.

1942년 5월 12일

사랑스런 추억追憶

봄이 오던 아침, 서울 어느 조그만 정거장에서
희망과 사랑처럼 기차를 기다려,

나는 플랫폼에 간신한 그림자를 떨어뜨리고,
담배를 피웠다.

내 그림자는 담배 연기 그림자를 날리고
비둘기 한 떼가 부끄러울 것도 없이
나래 속을 속, 속, 햇빛에 비춰, 날았다.

기차는 아무 새로운 소식도 없이
나를 멀리 실어다 주어,

봄은 다 가고─동경東京 교외 어느 조용한 하숙방에서, 옛 거리에 남은
나를 희망과 사랑처럼 그리워한다.

오늘도 기차는 몇 번이나 무의미하게 지나가고,

오늘도 나는 누구를 기다려 정거장 가차운 언덕에서 서성거릴 게다.

—아아 젊음은 오래 거기 남아 있거라.

1942년 5월 13일

쉽게 씌어진 시詩

창 밖에 밤비가 속살거려
육첩방六疊房은 남의 나라,

시인이란 슬픈 천명天命인 줄 알면서도
한 줄 시를 적어 볼까,

땀내와 사랑내 포근히 품긴
보내 주신 학비 봉투를 받아

대학 노―트를 끼고
늙은 교수의 강의 들으러 간다.

생각해 보면 어린 때 동무를
하나, 둘, 죄다 잃어버리고

나는 무얼 바라
나는 다만, 홀로 침전沈澱하는 것일까?

인생은 살기 어렵다는데
시가 이렇게 쉽게 씌어지는 것은
부끄러운 일이다.

육첩방은 남의 나라
창 밖에 밤비가 속살거리는데,
등불을 밝혀 어둠을 조금 내몰고,
시대처럼 올 아침을 기다리는 최후의 나,

나는 나에게 작은 손을 내밀어
눈물과 위안으로 잡는 최초의 악수.

1942년 6월 3일

봄

봄이 혈관 속에 시내처럼 흘러
돌, 돌, 시내 가차운 언덕에
개나리, 진달래, 노오란 배추꽃

삼동三多을 참아 온 나는
풀 포기처럼 피어난다.

즐거운 종달새야
어느 이랑에서나 즐거웁게 솟쳐라.*

푸르른 하늘은
아른아른 높기도 한데……

1942년

---

* 솟치다: 깊거나 낮게 있는 물건을 위로 높게 올리다

유고를 공개하면서

윤일주

여기 처음 발표하는 사형師兄의 유고들은 새로 발견된 것이 아니다.

1946년에 출간된 유작 시집《하늘과 바람과 별과 시》(작품 30편 수록)과 1955년 출간된 유고 전집(책 제목은 같으며, 93편 수록)을 편집할 때, 고인이 살아 계시다면 탐탁치 않게 생각하리라고 믿어져 미루어 놓았던 몇 편의 작품이 있었다(물론 출간 시집에도 그런 것이 섞여 있을 것이다). 그 후 20년 가까이 경과하는 동안, 많은 분들이 유고의 출처에 대하여 물어 왔고, 또한 미발표 원고의 발표를 간청하기도 했다.

원고의 출처는 1967년, 시집을 중간重刊할 때 말미에 추가로 밝혔고, 또한 1970년에 고인의 25주기를 기념하여 친필 원고 전부와 유품들을 전시회 형식으로 공개한 바 있다.

그러나 미발표분의 인쇄화는 늘 보류해 왔으며, 이번에 이것을 발표하면서도 무척 망설였다. 형님은 작품을 닦고 다듬어 완성되기 전에는 남에게 보이지 않았고, 앞뒤에 쓸데없는 자랑 같은 것이 붙은 시집은 못마땅하게 생각했었다.

그만큼 깔끔했다. 1941년 연회전문을 졸업할 때, 졸업 기념으로 출간하려다 뜻을 이루지 못한 자선自選 시집《하늘과 바람과 별과 시》도 근 100여 편 되는 작품 중에서 19편만 추렸을 뿐 아니라, 그것도 초판 77부—그 숫자에 무슨 뜻이 있는지—한정판으로 하려고 했었다.

일제 말인 그 뒤에도 언제 발표될지 모를 시를 홀로 외롭게 써 모았던 것을 보면 그의 시에 대한 태도를 알 수 있을 것이다. 그러한 형님이었기에, 그가 살아 있다면 더 다듬거나 없애버렸을 것이라고 생각되는 작품들을 내가 함부로 발표할 수 있겠는가 하는 마음이 늘 앞섰다.

그러나 형님이 가신 지 이미 30년이 가깝고, 초판 시집이 나온 지도 25년이 지났다. 그간 '동주'의 작품은 만인이 애송하는 바가 되었고, 나에게도 거듭되어 오는 외부적인 반영으로, 다각도로 그를 연구하려는 기운을 느낄 수 있다.

그런 시기가 되었나 보다.

나 개인의 것이 아닌 이 원고의 발표는 그것을 보관하셨던 분들과 시집 편집에 관여하셨던 분들과도 의논을 드려야겠다는 나의 말에, "이제는 우리 모두의 것이 아닙니까?"라고 하던 《문학사상》 기자의 말을 위안의 자료로 삼을까 한다.

동생들의 응석을 빙그레 웃음으로 받아 주던 그때처럼 나의 독단을 용서해 주실 것으로 믿는다.

시집 후기에도 썼듯이, 일제 말 땅속에 묻혔다 햇빛을 보게 되었거나 해방 후 죽음의 3·8선을 넘어서 가져온 유고들이 6·25동란을 거쳐 지금 친필 원고 그대로 남아 있는 것은 얼마나 다행한 일인지.

남긴 글이 아니면 누가 '동주'를 알았으랴.

동주 형의 유고는 6가지 부류로 나눌 수 있다. ① 〈나의 습작기의 시 아닌 시〉란 제목이 붙은 시고집(1934~1937) ② 〈창窓〉이란 제목이 붙은 시고집(~1939) ③ 자선 시집 원고 《하늘과 바람과 별과 시》(19편) ④ 산문 원고 ⑤ 1942년 도쿄에서 편지와 함께 보낸 시 작품 ⑥ 기타 낱장으로 된 원고들이다.

이 중 ①은 중학 시절의 것이며 ②는 대체로 전문학교 시절의 것이지만 ① 중에서 애착이 있는 것은 뽑아서 옮겨 싣고 있다. 다시 그것과 다른 것 중에서 스스로 추려 ③을 정서하여 묶었던 것이다.

여기 발표한 8편 중 7편은 1936~1937년의 작품으로 평양의 숭실중학교와 간도의 광명중학교 시절에 해당된다.

그 시절, 어린 나에게까지 고국에 대한 동경과 문학에 대한 열의를 알 수 있게 했던 분위기와 여러 장면들이 지금도 눈에 선하게 기억된다.

초기 작품에 해당하는 이들 작품 속에서도 그의 시의 바탕은 세워져 있었다고 외람되이 생각해 본다. 일본에서 체포될 때 압수당한 많은 작품들이 언젠가 드러나 이렇게 발표되었으면 얼마나 좋을까 생각을 해본다.

편집자 주: 〈유고를 공개하면서〉·〈밤에 뿌린 씨앗들〉·유고 〈곡간谷間〉 등은 《문학사상》 1973년 3월호에 실렸던 원고를 전재한 것이다. 이때 《문학사상》을 통해 미발표작이었던 시 8편이 처음으로 공개되었다.

윤일주: 1927~1985년. 윤동주의 둘째 동생으로 성균관대학 교수를 지냈음.

밤에 뿌린 씨앗들

김우규

한 시인의 존재가 새로운 평가를 받아 종래의 기록을 뜯어고쳐야 할 경우는 얼마든지 있다.

그러나 일찍이 이름 없던 시인의 작품이 사후에 느닷없이 튀어나와 문학사에 소중한 항목으로 추가되는 예는 그리 흔한 일이 아니다.

시인 윤동주는 그런 흔하지 않은 희귀한 존재다.

1948년, 그의 유작들이 시집이 되어 나오기까지 시단에서 그를 기억하는 사람은 하나도 없었다.

이른바 시단에 데뷔한 일이 없었기 때문이다.

그래서 만일 그의 유작들이 그의 생애만큼이나 기박하여 끝내 사장되었더라면 우리 문학사에 1940년대는 그대로 어두운 진공의 시대로 남았을 것이다.

그러나 우리의 문학사는 그 뒤에 다행히도 윤동주를 찾아냄으로써 그 여백을 메울 수 있게 되었다.

여기 한 위대한 수난의 증인이 있었다고.

그것은 정히 경이에 값하는 천혜의 선물이 아닐 수 없다. 이름하여《하늘과 바람과 별과 시》—이 한 권의 시집이 지닌 비중은 그렇게도 값진 것이었다.

그래서 이 시집의 성가聲價만큼이나 여기에 기울인 비평적인 관심도 컸던 것이다.

그러나 아직도 윤동주의 시 세계는 충분히 해명되었다고 보기는 어렵다. 누군가의 손으로 그 전모가, 그 본질이 더욱 천착되어야 할 여지가 많은 것으로 안다.

그럴수록 우리는 호기심 이상의 기대로 누실된 작품이나 그 밖의 자료들을 찾게도 된다.

그런데 과연 이 같은 기대가 헛되지 않아 이번에 유족들의 주선으로 미발표 유작들을 얻어 지상에 소개하게 된 것은 여간 반가운 일이 아니다.

무릇 작자 자신의 의사와는 상관없이 사장되었던 유고가 나타나는 경우에는 그것이 종래의 평가를 뒤엎거나 재해석의 기틀이 되는 수도 있겠고, 지금까지의 이해를 재확인케 하는 자료로 제공될 수도 있다. 그 어느 편이나 문학사가의 입장에서는 다 뜻 깊은 일이 될 수 있다.

그러면 이번에 소개되는 윤동주의 유작의 경우는 어떤가? 이 작품들은 일찍이 시집 《하늘과 바람과 별과 시》를 간행할 당시에 '고인이 살아계시다면 탐탁케 생각지 않으리라'는 배려에서 유족들이 보류했던 동시 계열의 습작들이 대부분이어서 새로운 평가의 자료로서는 미흡할지 모른다. 그러나 숭실 학생이던 16~7세의 나이에 벌써 수월찮은 시적 천품을 보이고 있다는 점과 또 시정신의 지향이 그때부터 이미 내일을 예감하게 하는 실마리를 제공하고 있다는 점만으로도 일단 주목할 만하다고 하겠다.

〈곡간〉 같은 작품은 서경적이면서도 단순히 서경 그것에 머무르지 않고, 맑게 순화된 내심의 정경마저 투영된 건강한 자연 친화의 한 경지를 보이고 있다.

이것은 '가난한 이웃들'을 비롯해서 '잎새에 이는 바람'이며 '풀 한 포기'에까지 마음을 쓰고 따뜻한 입김을 불어넣는 섬세한 애정이 깔린 시심의 기조라고 보여진다.

그리고 〈비애〉에서는 자신의 존재의 배경으로 감지했던 '밤'의 상황을 진작 예시하고 있다.

그의 '밤'은 이미 한 개인의 실존적인 밤이면서 동시에 '세기의 밤'으로 확대되고 있음을 보게 된다.

그의 많은 시편을 꿰뚫고 있는 역사 의식이 이때에 벌써 배태胚胎되었다고 보아도 좋을 것이다.

"아닌 밤중에 튀기듯이/잠자리를 뛰쳐/끝없는 광야를 홀로 거니는" 고독한 순례자의 고행도 이때부터 비롯한 것이 아닌가 한다. 여기서 우리는 단순히 한 서정 시인에 그치지 않는, 아니 그 속에 민족적인 운명과 이에 도전하는 한 시인의 치열한 사혼이 깃들여 있음을 보게 된다.

어둠을 통렬하게 의식했고, 또 그 어둠을 철저하게 수용했던 이 시인의 모습을.

"나는 어둠에서 배태되고 이 어둠에서 생장해서 아직도 이 어둠 속에 그대로 생존하나 보다." 그래서 그의 사상은 이런 밤의 상황 속에서 '능금처럼 익어 갔던 것이다'.

그렇다고 그는 이 어둠에 짓눌려 거기에 주저앉은 것이 아니다. 자기의 전존재를 압도하는 어둠의 중량을 의식하면 할수록 그 '대칭 위치'에 도사린 밝음을 예지했던 것이다.

"밤이 어두웠는데 눈을 감고 가거라. 씨앗을 뿌리며 가거라." 이것은 밝음을 내다보는 사람이 아니고는 할 수 없는 말이다. 그는 어둠 저쪽에 도사린 밝음을 믿고 있다.

그렇다고 그것만을 좇는 사람은 아니었다.

아니, 어둠을 응시하면서 밝음의 참뜻을, 그리고 존재의 참뜻을 해명하려고 한 것이 아닐까? 그래서 그는 밤에 씨앗을 뿌리는 것이다. 밤에 씨앗을 뿌리는 마음은 곧 "십자가가 허락된다면/모가지를 드리우고/꽃처럼 피어나는 피를/어두워 가는 하늘 밑에/조용히 흘리겠습니다" 하는 높은 순절殉節로 이어지는 기개가 아니고 무엇이겠는가? 내일을 믿고, 밝음을 믿고, 구원을 믿었기에 감히 발할 수 있는 말이다.

이 글에서 윤동주 시에 장황한 꼬리표를 달고 싶은 생각은 없다. 다만 이런 미발표 유작의 발굴로 윤동주에 대한 이해의 지평이 좀 더 넓게 트이는 계기가 되었으면 하는 기원에서 몇 마디의 사족을 달았다.

그리고 교토 시절에 썼다가 일본 관헌에게 압수됐다는 유작들이 요행 발굴되어 공개되는 날이 어서 오기를 기다릴 뿐이다.

김우규 : 1935년 황해도 송림 출생. 문학평론가. 서울예술신학교 문예창작학과 교수 역임. 저서로는 《한국 근대 문화와 성서》·《기독교와 문학》 등이 있음.

곡간谷間

산들이 두 줄로 줄달음질치고,
여울이 소리쳐 목이 잦았다.
한여름의 햇님이 구름을 타고
이 골짜기를 빠르게도 건너려 한다.

산등아리에 송아지 뿔처럼
울뚝불뚝히 어린 바위가 솟고,
얼룩소의 보드라운 털이
산등서리에 퍼—렇게 자랐다.

삼 년 만에 고향에 찾아드는
산골 나그네의 발걸음이
타박타박 땅을 고눈다.
벌거숭이 두루미 다리같이……

헌신짝이 지팡이 끝에
모가지를 매달아 늘어지고,
까치가 새끼의 날발을 태우며 날 뿐,

골짝은 나그네의 마음처럼 고요하다.

1936년 여름

비애悲哀

호젓한 세기世紀의 달을 따라
알 듯 모를 듯한 데로 거닐고저!

아닌 밤중에 튀기듯이
잠자리를 뛰쳐
끝없는 광야를 홀로 거니는
사람의 심사는 외로우려니

아 — 이 젊은이는
피라미드처럼 슬프구나

1937년 8월 18일

장미薔薇 병들어

장미 병들어
옮겨 놓을 이웃이 없도다.

달랑달랑 외로이
황마차幌馬車 태워 산에 보낼거나

뚜ー 구슬피
화륜선 태워 대양에 보낼거나

프로펠러 소리 요란히
비행기 태워 성층권에 보낼거나

이것저것
다 그만두고

자라 가는 아들이 꿈을 깨기 전
이 내 가슴에 묻어다오.

1939년 9월

내일은 없다
―어린 마음이 물은

내일 내일 하기에
물었더니,
밤을 자고 동틀 때
내일이라고

새날을 찾던 나는
잠을 자고 돌보니
그때는 내일이 아니라
오늘이더라
무리여! 동무여!
내일은 없나니
············

1934년 12월 24일

비행기

머리에 프로펠러가
연잣간* 풍체보다
더—빨리 돈다.

땅에서 오를 때보다
하늘에 높이 떠서는
빠르지 못하다
숨결이 찬 모양이야.

비행기는—
새처럼 나래를
펄럭거리지 못한다
그리고 늘—
소리를 지른다.
숨이 찬가 봐.

1936년 10월초

---

* 연잣간: 연자매로 곡식을 찧는 방앗간

호주머니

넣을 것 없어
걱정이던
호주머니는,

겨울만 되면
주먹 두 개 갑북갑북.*

1936년

---

* 갑북갑북: 가뜩가뜩

개

눈 위에서
개가

꽃을 그리며
뛰오.

1936년

고향 집
―만주에서 부른

헌 짚신짝 끄을고
　　나 여기 왜 왔노
두만강을 건너서
　　쓸쓸한 이 땅에

남쪽 하늘 저 밑에
　　따뜻한 내 고향
내 어머니 계신 곳
　　그리운 고향 집

1936년 1월 6일

산문

윤동주가 남긴 산문의 전부(4편)

• 화원花園에 꽃이 핀다

• 종시終始

• 별똥 떨어진 데

• 달을 쏘다

그 찰나

달이 원망스럽고 달이 미워진다.

더듬어 돌을 찾아 달을 향하여

죽어라고 팔매질을 하였다.

통쾌!

달은 산산이 부서지고 말았다.

— 〈달을 쏘다〉 중에서

화원花園에 꽃이 핀다

개나리, 진달래, 앉은뱅이, 라일락, 민들레, 찔레, 복사, 들장미, 해당화, 모란, 릴리, 창포, 튤립, 카네이션, 봉선화, 백일홍, 채송화, 달리아, 해바라기, 코스모스—코스모스가 홀홀히 떨어지는 날 우주의 마지막은 아닙니다. 여기에 푸른 하늘이 높아지고 빨간 노란 단풍이 꽃에 못지않게 가지마다 물들었다가 귀또리 울음이 끊어짐과 함께 단풍의 세계가 무너지고 그 위에 하룻밤 사이에 소복이 흰 눈이 내려, 내려 쌓이고 화로에는 빨간 숯불이 피어오르고 많은 이야기와 많은 일이 이 화롯가에서 이루어집니다.

독자 제현! 여러분은 이 글이 씌어지는 때를 독특한 계절로 짐작해서는 아니 됩니다. 아니, 봄, 여름, 가을, 겨울, 어느 철로나 상정하셔도 무방합니다. 사실 일 년 내내 봄일 수는 없습니다. 하나 이 화원에는 사철 내 봄이 청춘들과 함께 싱싱하게 등대하여 있다고 하면 과분한 자기 선전일까요. 하나의 꽃밭이 이루어지도록 손쉽게 되는 것이 아니라 고생과 노력이 있어야 하는 것입니다. 딴은 얼마의 단어單語를 모아 이 졸문을 지적거리는 데도 내 머리는 그렇게 명석한 것은 못 됩니다. 한 해 동안을 내 두뇌로써가 아니라 몸으로써 일일이 헤아려 세포 사이마다 간직해 두어서야 겨우 몇 줄의 글이 이루어집니다. 그리하여 나에게 있어 글을 쓴다는 것이 그리 즐거운 일일 수는 없습니다. 봄바람의 고민에 짜들고, 녹음의 권태에 시들고, 가을 하늘 감상에 울고, 노변爐邊의 사색思索에 졸다가 이 몇 줄의 글과 나의 화원과 함께 나의 일 년은 이루어집니다.

시간을 먹는다는(이 말의 의의와 이 말의 묘미는 칠판 앞에 서보신 분과 칠판 밑에 앉아 보신 분은 누구나 아실 것입니다) 것은 확실히 즐거운 일임에 틀림

없습니다. 하루를 휴강한다는 것보다(하긴 슬그머니 까먹어버리면 그만이지만) 다못 한 시간, 숙제를 못해 왔다든가 따분하고 졸리고 한 때, 한 시간의 휴강은 진실로 살로 가는 것이어서, 만일 교수가 불편하여서 못 나오셨다고 하더라도 미처 우리들의 예의를 갖출 사이가 없는 것입니다. 그러나 이것을 우리들의 망발과 시간의 낭비라고 속단하셔서 아니 됩니다. 여기에 화원이 있습니다. 한 포기 푸른 풀과 한 떨기의 붉은 꽃과 함께 웃음이 있습니다. 노트장을 적시는 것보다 한우충동汗牛充棟에 묻혀 글줄과 씨름하는 것보다 더 정확한 진리를 탐구할 수 있을는지, 보다 더 많은 지식을 획득할 수 있을는지, 보다 더 효과적인 성과가 있을지를 누가 부인하겠습니까.

나는 이 귀한 시간을 슬그머니 동무들을 떠나서 단 혼자 화원을 거닐 수 있습니다. 단 혼자 꽃들과 풀들과 이야기할 수 있다는 것이 얼마나 다행한 일이겠습니까. 참말 나는 온정으로 이들을 대할 수 있고 그들은 나를 웃음으로 맞아 줍니다. 그 웃음을 눈물로 대한다는 것은 나의 감상일까요. 고독, 정적도 확실히 아름다운 것임에 틀림이 없으나, 여기에 또 서로 마음을 주는 동무가 있는 것도 다행한 일이 아닐 수 없습니다. 우리 화원 속에 모인 동무들 중에, 집에 학비를 청구하는 편지를 쓰는 날 저녁이면 생각하고 생각하던 끝 겨우 몇 줄 써 보낸다는 A군, 기뻐해야 할 서류(통칭 월급봉투)를 받아 든 손이 떨린다는 B군, 사랑을 위하여서는 밥맛을 잃고 잠을 잊어버린다는 C군, 사상적 당착에 자살을 기약한다는 D군…… 나는 이 여러 동무들의 갸륵한 심정을 내 것인 것처럼 이해할 수 있습니다. 서로 너그러운 마음으로 대할 수 있습니다.

나는 세계관, 인생관, 이런 좀 더 큰 문제보다 바람과 구름과 햇빛과 나무와 우정, 이런 것들에 더 많이 괴로워해 왔는지도 모르겠습니다. 단지 이 말이 나의 역설이나 나 자신을 흐리우는 데 지날 뿐일까요. 일반一般은 현대 학생 도덕이 부패했다고 말합니다. 스승을 섬길 줄을 모른다고들

합니다. 옳은 말씀들입니다. 부끄러울 따름입니다. 하나 이 결함을 괴로워하는 우리들 어깨에 지워 광야로 내쫓아 버려야 하나요. 우리들의 아픈 데를 알아주는 스승, 우리들의 생채기를 어루만져 주는 따뜻한 세계가 있다면 박탈된 도덕일지언정 기울여 스승을 진심으로 존경하겠습니다. 온정의 거리에서 원수를 만나면 손목을 붙잡고 목 놓아 울겠습니다.

　세상은 해를 거듭 포성에 떠들썩하건만 극히 조용한 가운데 우리들 동산에서 서로 융합할 수 있고 이해할 수 있고 종전의 X가 있는 것은 시세時勢의 역효과일까요.

　봄이 가고, 여름이 가고, 가을, 코스모스가 홀홀히 떨어지는 날 우주의 마지막은 아닙니다. 단풍의 세계가 있고―이상이견빙지履霜而堅氷至―서리를 밟거든 얼음이 굳어질 것을 각오하라가 아니라, 우리는 서릿발에 끼친 낙엽을 밟으면서 멀리 봄이 올 것을 믿습니다.

　노변爐邊에서 많은 일이 이루어질 것입니다.

《신천지新天地》1948년 11·12월호

종시終始

종점終點이 시점始點이 된다. 다시 시점이 종점이 된다.

아침저녁으로 이 자국을 밟게 되는데 이 자국을 밟게 된 연유가 있다. 일찍이 서산대사西山大師가 살았을 듯한 우거진 송림 속, 게다가 덩그러시 살림집은 외따로 한 채뿐이었으나 식구로는 굉장한 것이어서 한 지붕 밑에서 팔도 사투리를 죄다 들을 만큼 모아 놓은 미끈한 장정들만이 욱실욱실하였다. 이곳에 법령은 없었으나 여인 금납구禁納區였다. 만일 강심장의 여인이 있어 불의의 침입이 있다면 우리들의 호기심을 저으기 자아내었고, 방마다 새로운 화제가 생기곤 하였다. 이렇듯 수도修道 생활에 나는 소라 속처럼 안도安堵하였던 것이다.

사건事件이란 언제나 큰 데서 동기가 되는 것보다 오히려 작은 데서 더 많이 발작하는 것이다.

눈 온 날이었다. 동숙하는 친구의 친구가 한 시간 남짓한 문안 들어가는 차 시간까지를 낭비하기 위하여 나의 친구를 찾아 들어와서 하는 대화였다.

"자네 여보게, 이 집 귀신이 되려나?"

"조용한 게 공부하기 작히나 좋잖은가."

"그래, 책장이나 뒤적뒤적하면 공분 줄 아나? 전차간에서 내다볼 수 있는 광경, 정거장에서 맛볼 수 있는 광경, 다시 기차 속에서 대할 수 있는 모든 일들이 생활 아닌 것이 없거든, 생활 때문에 싸우는 이 분위기에 잠겨서, 보고, 생각하고, 분석하고, 이거야말로 진정한 의미의 교육이 아니겠는가. 여보게! 자네 책장만 뒤지고 인생이 어드렇니 사회가 어드렇니 하는 것은 16세기에서나 찾아볼 일일세. 단연 문안으로 나오도록 마음을 돌리게."

나한테 하는 권고는 아니었으나 이 말에 귀틈이 뚫려 상푸둥 그리리라고 생각하였다. 비단 여기만이 아니라 인간을 떠나서 도를 닦는다는 것이 한낱 오락이요, 오락이매 생활이 될 수 없고, 생활이 없으매 이 또한 죽은 공부가 아니냐. 하여 공부도 생활화하여야 되리라 생각하고 불일내에 문안으로 들어가기를 내심으로 단정해 버렸다. 그 뒤 매일같이 이 자국을 밟게 된 것이다.

나만 일찍이 아침 거리의 새로운 감촉을 맛볼 줄만 알았더니 벌써 많은 사람들의 발자국에 포도鋪道는 어수선할 대로 어수선했고 정류장에 머물 때마다 이 많은 무리를 죄다 어디 갔다 터트릴 심산인지 꾸역꾸역 자꾸 박아 싣는데 늙은이, 젊은이, 아이 할 것 없이 손에 꾸러미를 안 든 사람은 없다. 이것이 그들 생활의 꾸러미요, 동시에 권태의 꾸러민지도 모르겠다.

이 꾸러미를 든 사람들의 얼굴을 하나하나씩 뜯어보기로 한다. 늙은이 얼굴이란 너무 오래 세파에 찌들어서 문제도 안 되겠거니와 그 젊은이들 낯짝이란 도무지 말씀이 아니다. 열이면 열이 다 우수憂愁 그것이요, 백이면 백이 다 비참悲慘 그것이다. 이들에게 웃음이란 가물에 콩싹이다. 필경 귀여우리라는 아이들의 얼굴을 보는 수밖에 없는데 아이들의 얼굴이란 너무나 창백하다. 혹시 숙제를 못해서 선생한테 꾸지람을 들을 것이 걱정인지 풀이 죽어 쭈그러뜨린 것이 활기란 도무지 찾아볼 수 없다. 내 상도 필연코 그 꼴일 텐데 내 눈으로 그 꼴을 보지 못하는 것이 다행이다. 만일 다른 사람의 얼굴을 보듯 그렇게 자주 내 얼굴을 대한다고 할 것 같으면 벌써 요사夭死하였을는지도 모른다.

나는 내 눈을 의심하기로 하고 단념하자!

차라리 성벽 위에 펼친 하늘을 쳐다보는 편이 더 통쾌하다. 눈은 하늘과 성벽 경계선을 따라 자꾸 달리는 것인데 이 성벽이란 현대로서 캄플

라지한 옛 금성禁城이다. 이 안에서 어떤 일이 이루어졌으며 어떤 일이 행하여지고 있는지 성 밖에서 살아왔고 살고 있는 우리들에게는 알 바가 없다. 이제 다만 한 가닥 희망은 이 성벽이 끊어지는 곳이다.

기대는 언제나 크게 가질 것이 못 되어서 성벽이 끊어지는 곳에 총독부總督府, 도청道廳, 무슨 참고관參考館, 체신국遞信局, 신문사新聞社, 소방조消防組, 무슨 주식회사, 부청府廳, 양복점, 고물상 등 나란히 하고 연달아 오다가 아이스케이크 간판에 눈이 잠깐 머무는데 이 놈을 눈 내린 겨울에 빈집을 지키는 꼴이라든가 제 신분에 맞지 않는 가게를 지키는 꼴을 살짝 필름에 올리어 본달 것 같으면 한 폭의 고등 풍자 만화가 될 터인데, 하고 나는 눈을 감고 생각하기로 한다. 사실 요즈음 아이스케이크 간판 신세를 면치 아니치 못할 자 얼마나 되랴. 아이스케이크 간판은 정열에 불타는 염서炎署가 진정코 아수롭다.

눈을 감고 한참 생각하노라면 한 가지 거리끼는 것이 있는데 이것은 도덕률道德律이란 거추장스러운 의무감이다. 젊은 녀석이 눈을 딱 감고 버티고 앉아 있다고 손가락질하는 것 같아서 번쩍 눈을 떠본다. 하나 가차이 자선慈善할 대상이 없음에 자리를 잃지 않겠다는 심정보다 오히려 아니꼽게 본 사람이 없었으리란 데 안심이 된다.

이것은 과단성 있는 동무의 주장이지만 전차에서 만난 사람은 원수요, 기차에서 만난 사람은 지기知己라는 것이다. 딴은 그러리라고 얼마큼 수긍하였었다.

한 자리에서 몸을 비비적거리면서도 "오늘은 좋은 날씨올시다" "어디서 내리시나요"쯤의 인사는 주고받을 법한데 일언반구 없이 뚱―한 꼴들이 작히나 큰 원수를 맺고 지나는 사이들 같다. 만일 상냥한 사람이 있어 요만쯤의 예의를 밟는다고 할 것 같으면 전차 속의 사람들은 이를 정신 이상자로 대접할 게다. 그러나 기차에서는 그렇지 않다. 명함을 서로 바꾸고 고향 이야기, 행방 이야기를 거리낌 없이 주고받고 심지어 남의 여로旅勞를 자기의 여로인 것처럼 걱정하고, 이 얼마나 다정한 인생행로냐?

이러는 사이에 남대문을 지나쳤다. 누가 있어 "자네 매일같이 남대문을 두 번씩 지날 터인데 그래 늘 보곤 하는가"라는 어리석은 듯한 멘탈 테스트를 낸다면 나는 아연해지지 않을 수 없다. 가만히 기억을 더듬어 본달 것 같으면 늘이 아니라 이 자국을 밟은 이래 그 모습을 한 번이라도 쳐다본 적이 있었던 것 같지 않다. 하기는 나의 생활에 긴한 일이 아니매 당연한 일일 게다. 하나 여기에 하나의 교훈이 있다. 횟수가 너무 잦으면 모든 것이 피상적이 되어 버리나니라.

이것과는 관련이 먼 이야기 같으나 무료한 시간을 까기 위하여 한마디 하면서 지나가자.

시골서는 제노라고 하는 양반이었던 모양인데 처음 서울 구경을 하고 돌아가서 며칠 동안 배운 서울 말씨를 섣불리 써가며 서울 거리를 손으로 형용하고 말로써 떠벌여 옮겨 놓더란데, 정거장에 턱 내리니 앞에 고색이 창연한 남대문이 반기는 듯 가로막혀 있고, 총독부 집이 크고, 창경원에 백 가지 금수가 봄직했고, 덕수궁의 옛궁전이 회포를 자아냈고, 화신和信 승강기는 머리가 횡―했고, 본정本町엔 전등이 낮처럼 밝은데 사람이 물밀리듯 밀리고 전차란 놈이 윙윙 소리를 지르며 지르며 연달아 달리고―서울이 자기 하나를 위하여 이루어진 것처럼 우쭐했는데 이것쯤은 있을 듯한 일이다. 한데 게도 방정꾸러기가 있어, "남대문이란 현판이 참 명필名筆이지요?" 하고 물으니 대답이 걸작이다.

"암 명필이구말구. 남南 자 대大 자 문門 자 하나하나 살아서 막 꿈틀거리는 것 같데."

어느 모로나 서울 자랑하려는 이 양반으로서는 가당한 대답일 게다. 이분에게 아현동 고개 막바지에, ―아니 치벽한 데 말고, ―가차이 종로 뒷골목에 무엇이 있던가를 물었다면 얼마나 당황해 했으랴.

나는 종점終點을 시점始點으로 바꾼다.

내가 내린 곳이 나의 종점이요, 내가 타는 곳이 나의 시점이 되는 까닭이다. 이 짧은 순간 많은 사람들 속에 나를 묻는 것인데 나는 이네들에게 너무나 피상적이 된다.

나의 휴머니티를 이네들에게 발휘해 낸다는 재주가 없다. 이네들의 기쁨과 슬픔과 아픈 데를 나로서는 측량한다는 수가 없는 까닭이다. 너무 막연하다. 사람이란 횟수가 잦은 데와 양이 많은 데는 너무나 쉽게 피상적이 되나 보다. 그럴수록 자기 하나 간수하기에 분망하나 보다.

시그널을 밟고 열차는 왱— 떠난다. 고향으로 향한 차도 아니건만 공연히 가슴은 설렌다. 우리 기차는 느릿느릿 가다 숨차면 가정거장에서도 선다. 매일같이 웬 여자들인지 주렁주렁 서 있다. 제마다 꾸러미를 안았는데 예의 그 꾸러민 듯싶다. 다들 방년芳年된 아가씨들인데 몸매로 보아 하니 공장으로 가는 직공들은 아닌 모양이다. 얌전히들 서서 기차를 기다리는 모양이다. 판단을 기다리는 모양이다. 하나 경망스럽게 유리창을 통하여 미인 판단을 내려서는 안 된다. 피상적 법칙이 여기에도 적용될지 모른다. 투명한 듯하여 믿지 못할 것이 유리다. 얼굴을 찌깨논 듯이 한다든가 이마를 좁다랗게 한다든가 코를 말코로 만든다든가 턱을 조개턱으로 만든다든가 하는 악희惡戱를 유리창이 때때로 감행하는 까닭이다. 판단을 내리는 자에게는 별반 이해 관계가 없다손 치더라도 판단을 받는 당자에게 오려던 행운이 도망갈는지를 누가 보장할소냐. 여하간 아무리 투명한 꺼풀일지라도 깨끗이 벗겨 버리는 것이 마땅할 것이다.

이윽고 터널이 입을 버리고 기다리는데 거리 한가운데 지하 철도도 아닌 터널이 있다는 것이 얼마나 슬픈 일이냐. 이 터널이란 인류 역사의 암흑 시대요, 인생 행로의 고민상苦悶相이다. 공연히 바퀴 소리만 요란하다. 구역 날 악질의 연기가 스며든다. 하나 미구未久에 우리에게 광명의 천지가 있다.

터널을 벗어났을 때 요즈음 복선複線 공사에 분주한 노동자들을 볼 수 있다. 아침 첫차에 나갔을 때에도 일하고 저녁 늦차에 들어올 때에도 그네들은 그대로 일하는데, 언제 시작하여 언제 그치는지 나로서는 헤아릴수 없다. 이네들이야말로 건설의 사도便徒들이다. 땀과 피를 아끼지 않는다.

그 육중한 '도락구'를 밀면서도 마음만은 요원한 데 있어 '도락구' 판장에다 서투른 글씨로 신경행新京行이니 북경행北京行이니 남경행南京行이니라고 써서 타고 다니는 것이 아니라 밀고 다닌다. 그네들의 마음을 엿볼 수있다. 그것이 고력苦力에 위안이 안 된다고 누가 주장하랴.

이제 나는 곧 종시終始를 바꿔야 한다. 하나 내 차에도 신경행, 북경행, 남경행을 달고 싶다. 세계 일주행이라고 달고 싶다. 아니 그보다도 진정한 내 고향이 있다면 고향행을 달겠다. 다음 도착하여야 할 시대의 정거장이 있다면 더 좋다.

《신천지新天地》 1948년 11·12월호

별똥 떨어진 데

  밤이다.

  하늘은 푸르다 못해 농회색으로 캄캄하나 별들만은 또렷또렷 빛난다. 침침한 어둠뿐만 아니라 오삭오삭 춥다. 이 육중한 기류 가운데 자조自嘲하는 한 젊은이가 있다. 그를 나라고 불러 두자.

  나는 이 어둠에서 배태胚胎되고 이 어둠에서 생장하여서 아직도 이 어둠 속에 그대로 생존하나 보다. 이제 내가 갈 곳이 어딘지 몰라 허우적거리는 것이다. 하기는 나는 세기의 초점焦點인 듯 초췌하다. 얼핏 생각하기에는 내 바닥을 반듯이 받들어 주는 것도 없고 그렇다고 내 머리를 갑박이 내려 누르는 아무것도 없는 듯하다마는 내막은 그렇지도 않다. 나는 도무지 자유스럽지 못하다. 다만 나는 없는 듯 있는 하루살이처럼 허공에 부유하는 한 점에 지나지 않는다. 이것이 하루살이처럼 경쾌하다면 마침 다행할 것인데 그렇지를 못하구나!

  이 점의 대칭 위치에 또 하나 다른 밝음[明]의 초점이 도사리고 있는 듯 생각킨다. 덥석 움키었으면 잡힐 듯도 하다.

  마는 그것을 휘잡기에는 나 자신이 둔질鈍質이라는 것보다 오히려 내 마음에 아무런 준비도 배포치 못한 것이 아니냐. 그러고 보니 행복이란 별스런 손님을 불러들이기에도 또 다른 한 가닥 구실을 치르지 않으면 안 될까 보다.

  이 밤이 나에게 있어 어린 적처럼 한낱 공포의 장막인 것은 벌써 흘러간 전설이오. 따라서 이 밤이 향락享樂의 도가니라는 이야기도 나의 염원에선 아직 소화시키지 못할 돌덩이다. 오로지 밤은 나의 도전挑戰의 호적好敵이면 그만이다.

이것이 생생한 관념 세계에만 머무른다면 애석한 일이다. 어둠 속에 깜박깜박 조을며 다닥다닥 나란히 한 초가들이 아름다운 시의 화사華詞가 될 수 있다는 것은 벌써 지나간 제너레이션의 이야기요, 오늘에 있어서는 다만 말 못하는 비극의 배경이다.

이제 닭이 홰를 치면서 맵짠 울음을 뽑아 밤을 쫓고 어둠을 짓내몰아 동켠으로 훤언히 새벽이란 새로운 손님을 불러온다 하자. 하나 경망스럽게 그리 반가워할 것은 없다. 보아라 가령 새벽이 왔다 하더라도 이 마을은 그대로 암담하고 나도 그대로 암담하고 하여서 너나 나나 이 가랑지 길에서 주저주저 아니치 못한 존재들이 아니냐.

나무가 있다.

그는 나의 오랜 이웃이요 벗이다. 그렇다고 그와 내가 성격이나 환경이나 생활이 공통한 데 있어서가 아니다. 말하자면 극단과 극단 사이에도 애정이 관통할 수 있다는 기적적인 교분의 한 표본에 지나지 못할 것이다.

나는 처음 그를 퍽 불행한 존재로 가소롭게 여겼다. 그의 앞에 설 때 슬퍼지고 측은한 마음이 앞을 가리곤 하였다. 마는 돌이켜 생각컨대 나무처럼 행복한 생물은 다시 없을 듯하다. 굳음에는 이루 비길 데 없는 바위에도 그리 탐탁치는 못할망정 자양분이 있다 하거늘 어디로 간들 생生의 뿌리를 박지 못하며 어디로 간들 생활의 불평이 있을소냐, 칙칙하면 솔솔 솔바람이 불어오고, 심심하면 새가 와서 노래를 부르다 가고, 출출하면 한 줄기 비가 오고, 밤이면 수많은 별들과 오손도손 이야기할 수 있고—보다 나무는 행동의 방향이란 거추장스런 과제에 봉착하지 않고 인위적으로든 우연으로서든 탄생시켜 준 자리를 지켜 무진무궁한 영양소를 흡취하고 영롱한 햇빛을 받아들여 손쉽게 생활을 영위하고 오로지 하늘만 바라고 뻗어질 수 있는 것이 무엇보다 행복스럽지 않으냐.

이 밤도 과제를 풀지 못하여 안타까운 나의 마음에 나무의 마음이 점

점 옮아 오는 듯하고, 행동할 수 있는 자랑을 자랑치 못함에 뼈저리듯하나 나의 젊은 선배의 웅변에 왈曰 선배도 믿지 못할 것이라니 그러면 영리한 나무에게 나의 방향을 물어야 할 것인가.

어디로 가야 하느냐 동이 어디냐 서가 어디냐 남이 어디냐 북이 어디냐 아차! 저 별이 번쩍 흐른다. 별똥 떨어진 데가 내가 갈 곳인가 보다. 하면 별똥아! 꼭 떨어져야 할 곳에 떨어져야 한다.

《민성民聲》1948년 12월호

달을 쏘다

번거롭던 사위四圍가 잠잠해지고 시계 소리가 또렷하나 보니 밤은 저윽이 깊을 대로 깊은 모양이다. 보던 책자를 책상머리에 밀어놓고 잠자리를 수습한 다음 잠옷을 걸치는 것이다. "딱" 스위치 소리와 함께 전등을 끄고 창녘의 침대에 드러누우니 이때까지 밝은 휘양찬 달밤이었던 것을 감각치 못하였었다. 이것도 밝은 전등의 혜택이었을까.

나의 누추한 방이 달빛에 잠겨 아름다운 그림이 된다는 것보담도 오히려 슬픈 선창船艙이 되는 것이다. 창살이 이마로부터 콧마루, 입술, 이렇게 하여 가슴에 여민 손등에까지 어른거려 나의 마음을 간지르는 것이다. 옆에 누운 분의 숨소리에 방은 무시무시해진다. 아이처럼 황황해지는 가슴에 눈을 치떠서 밖을 내다보니 가을 하늘은 역시 맑고 우거진 송림은 한 폭의 묵화墨畵다. 달빛은 솔가지에 솔가지에 쏟아져 바람인 양 쏴— 소리가 날 듯하다. 들리는 것은 시계 소리와 숨소리와 귀또리 울음뿐 벅쩍고던 기숙사도 절간보다 더 한층 고요한 것이 아니냐?

나는 깊은 사념에 잠기우기 한창이다. 딴은 사랑스런 아가씨를 사유私有할 수 있는 아름다운 상화想華도 좋고, 어릴 적 미련을 두고 온 고향에의 향수도 좋거니와 그보담 손쉽게 표현 못할 심각한 그 무엇이 있다.

바다를 건너온 H군의 편지 사연을 곰곰 생각할수록 사람과 사람 사이의 감정이란 미묘한 것이다. 감상적인 그에게도 필연코 가을은 왔나 보다.

편지는 너무나 지나치지 않았던가. 그중 한 토막,

"군아, 나는 지금 울며울며 이 글을 쓴다. 이 밤도 달이 뜨고, 바람이 불고, 인간인 까닭에 가을이란 흙 냄새도 안다. 정情의 눈물, 따뜻한 예술학도였던 정의 눈물도 이 밤이 마지막이다."

또 마지막 켠으로 이런 구절이 있다.

"당신은 나를 영원히 쫓아 버리는 것이 정직할 것이오."

나는 이 글의 뉘앙스를 해득할 수 있다. 그러나 사실 나는 그에게 아픈 소리 한마디 한 일이 없고 설은 글 한 쪽 보낸 일이 없지 아니한가. 생각건대 이 죄는 다만 가을에게 지워 보낼 수밖에 없다.

홍안서생紅顔書生으로 이런 단안을 내리는 것은 외람한 일이나 동무란 한낱 괴로운 존재요, 우정이란 진정코 위태로운 잔에 떠놓은 물이다. 이 말을 반대할 자 누구랴. 그러나 지기知己 하나 얻기 힘든다 하거늘 알뜰한 동무 하나 잃어버린다는 것이 살을 베어내는 아픔이다.

나는 나를 정원에서 발견하고 창을 넘어 나왔다든가 방문을 열고 나왔다든가 왜 나왔느냐 하는 어리석은 생각에 두뇌를 괴롭게 할 필요는 없는 것이다. 다만 귀뚜라미 울음에도 수줍어지는 코스모스 앞에 그윽이 서서 닥터 빌링스의 동상 그림자처럼 슬퍼지면 그만이다.

나는 이 마음을 아무에게나 전가轉嫁시킬 심보는 없다. 옷깃은 민감敏感이어서 달빛에도 싸늘히 추워지고 가을 이슬이란 선득선득하여서 설은 사나이의 눈물인 것이다. 발걸음은 몸뚱이를 옮겨 못 가에 세워 줄 때 못 속에도 역시 가을이 있고, 삼경三更이 있고, 나무가 있고, 달이 있다.

그 찰나 가을이 원망스럽고 달이 미워진다. 더듬어 돌을 찾아 달을 향하여 죽어라고 팔매질을 하였다. 통쾌! 달은 산산이 부서지고 말았다. 그러나 놀랐던 물결이 잦아들 때 오래잖아 달은 도로 살아난 것이 아니냐. 문득 하늘을 처다보니 알미운 달은 머리 위에서 빈정대는 것을…….

나는 곳곳한 나뭇가지를 고나 띠를 째서 줄을 매워 훌륭한 활을 만들었다. 그리고 좀 탄탄한 갈대로 화살을 삼아 무사武士의 마음을 먹고 달을 쏘다.

《학풍學風》1949년 7·8월호

해설 자료

윤동주 시의 깊고 바른 이해와 감상을 위하여

- 슬프도록 아름다운 사들 **정지용**
- 내가 아는 시인 윤동주 형 **문익환**
- 윤동주의 시 이렇게 읽는다 **이승훈**
- 일제 암흑기의 찬란한 빛 《**문학사상**》 **자료연구실**

윤동주는 그의 정신 세계를 시로써 완성한 시인이다.
그리고 실제 행동을 통해
그것을 실행해 보인 분이다. 그런 의미에서 그의 발자취는
깊이 그리고 뚜렷하게 우리 문학사의 탑 위에
양각되어야 한다.

슬프도록 아름다운 시들

정지용(시인)

서序―랄 것이 아니라

내가 무엇이고 정성껏 몇 마디 써야만 할 의무를 가졌건만 붓을 잡기가 죽기보담 싫은 날, 나는 천의를 뒤집어쓰고 차라리 병 아닌 신음을 하고 있다.

무엇이라고 써야 하나?

재조才操도 탕진하고 용기도 상실하고 8·15 이후에 나는 부당하게도 늙어 간다.

누가 있어서 "너는 일편―片의 정성까지도 잃었느냐?" 질타한다면 소허少許 항론抗論이 없이 앉음을 고쳐 무릎을 꿇으리라.

아직 무릎을 꿇을 만한 기력이 남았기에 나는 이 붓을 들어 시인 윤동주의 유고遺稿에 분향하노라.

겨우 30여 편 되는 유시遺詩 이외에 윤동주의 그의 시인됨에 관한 아무 목증目證한 바 재료를 나는 갖지 않았다.

'호사유피虎死留皮'라는 말이 있겠다. 범이 죽어 가죽이 남았다면 그의 호문을 감정하여 '수남壽男'이라고 하랴? '복동福童'이라고 하랴? 범이란 범이 모조리 이름이 없었던 것이다.

내가 시인 윤동주를 몰랐기로서니 윤동주의 시詩가 바로 '시'고 보면 그만 아니냐?

호피는 마침내 호피에 지나지 못하고 말 것이나, 그의 '시'로써 그의 '시인'됨을 알기는 어렵지 않은 일이다.

나도 모를 아픔을 오래 참다 처음으로 이곳에 찾아왔다. 그러나 나의 늙은 의사는 젊은이의 병을 모른다. 나한테는 병이 없다고 한다. 이 지나친 시련, 이 지나친 피로, 나는 성내서는 안 된다.

—그의 유시 〈병원〉의 일절

그의 다음 동생 일주—柱 군과 나의 문답—,

"형님이 살았으면 몇 살인고?"

"서른한 살입니다. 죽기는 스물아홉예요—."

"간도間道에는 언제 가셨던고?"

"할아버지 때요."

"지내시기는 어떠했던고?"

"할아버지가 개척하여 소지주小地主 정도였습니다."

"아버지는 무얼 하시노?"

"장사도 하시고 회사에도 다니시고 했지요."

"아아, 간도에 시와 애수와 같은 것이 발효하기 비롯한다면 윤동주와 같은 세대에서부텀이었구나!" 나는 감상하였다.

봄이 오면

죄를 짓고

눈이

밝아

이브가 해산解産하는 수고를 다하면

무화과無花果 잎사귀로 부끄런 데를 가리고

나는 이마에 땀을 흘려야겠다.

─〈또 태초의 아침〉의 일절

다시 일주 군과의 나와의 문답─,

"연전延專을 마치고 동지사同志社에 가기는 몇 살이었던고?"

"스물여섯 적입니다."

"무슨 연애 같은 것이나 있었나?"

"하도 말이 없어서 모릅니다."

"술은?"

"먹는 것 못 보았습니다."

"담배는?"

"집에 와서는 어른들 때문에 피우는 것 못 보았습니다."

"인색하진 않았나?"

"누가 달라면 책이나 셔츠나 거저 줍데다."

"공부는?"

"책을 보다가도 집에서나 남이 원하면 시간까지도 아끼지 않습데다."

"심술心術은?"

"순하디 순하였습니다."

"몸은?"

"중학 때 축구 선수였습니다."

"주책主策은?"

"남이 하자는 대로 하다가도 함부로 속을 주지는 않습데다."

> 코카서스 산중山中에서 도망해 온 토끼처럼
> 둘러리를 빙빙 돌며 간을 지키자,
>
> 내가 오래 기르던 여윈 독수리야!
> 와서 뜯어먹어라, 시름없이
>
> 너는 살찌고
> 나는 여위어야지, 그러나

— 〈간肝〉의 일절

노자老子 오천언五千言에, "허기심虛其心 실기복實其腹 약기지弱其志 강기골强其骨"이라는 구句가 있다. 청년 윤동주는 의지가 약하였을 것이다. 그렇기에 서정시에 우수한 것이겠고, 그러나 뼈가 강하였던 것이리라. 그렇기에 일적日賊에게 살을 내던지고 뼈를 차지한 것이 아니었던가?

무시무시한 고독에서 죽었구나! 29세가 되도록 시도 발표하여 본 적도 없이!

일제 시대에 날뛰던 부일문사附日文士 놈들의 글이 다시 보아 침을 배앝을 것뿐이나, 무명 윤동주가 부끄럽지 않고 슬프고 아름답기 한이 없는 시를 남기지 않았나?

시와 시인은 원래 이러한 것이다.

행복한 예수 그리스도에게처럼

십자가가 허락된다면

모가지를 드리우고

꽃처럼 피어나는 피를

어두워 가는 하늘 밑에

조용히 흘리겠습니다.

―〈십자가〉의 일절

　일제 헌병은 동冬섣달에도 꽃과 같은, 얼음 아래 다시 한 마리 잉어와 같은 조선 청년 시인을 죽이고 제 나라를 망치었다.
　뼈가 강한 죄로 죽은 윤동주의 백골은 이제 고토故土 간도에 누워 있다.

고향에 돌아온 날 밤에

내 백골白骨이 따라와 한 방에 누웠다.

어둔 방은 우주로 통하고

하늘에선가 소리처럼 바람이 불어온다.

어둠 속에 곱게 풍화작용風化作用하는

백골을 들여다보며

눈물짓는 것이 내가 우는 것이냐

백골이 우는 것이냐

아름다운 혼魂이 우는 것이냐

지조 높은 개는

밤을 새워 어둠을 짖는다.

어둠을 짖는 개는

나를 쫓는 것일 게다.

가자 가자

쫓기우는 사람처럼 가자

백골 몰래

아름다운 또 다른 고향에 가자

— 〈또 다른 고향〉

만일 운동주가 이제 살아 있다고 하면 그의 시가 어떻게 진전하겠느냐
는 문제—

그의 친우 김삼불金三不 씨의 추도사와 같이 틀림없이,

아무렴! 또다시 다른 길로 분연 매진할 것이다.

1947년 12월 28일

지용

내가 아는 시인 윤동주 형

문익환(시인, 목사)

　나는 누구보다도 동주 형을 안다고 생각해 왔다. 물론 그의 친동생 일주보다 더 안다고는 할 수 없을지 모르지만.

　그렇게 자부하는 데는 그럴 만한 이유가 있다. 나는 감성이 가장 예민한 국민 학교 6년간을 그와 한 교실에서 배우며 뛰놀았다. 한 반이라야 20명 내외였으니 얼마나 서로 가까이 알 수 있었겠느냐는 것은 물을 나위도 없다.

　우리 반에는 중학교 2학년 때 《동아일보》 신춘문예에 〈숟가락〉이라는 콩트로 당선한 송몽규宋夢奎도 있었다. 동주와 몽규는 외사촌 간이다.

　동주와 몽규는 나보다는 한 살 위여서 나는 어딘지 모르게 그들 앞에서 어리게 느껴지곤 했는데, 그 느낌은 지금도 여전하다.

　우리는 그 작은 교실에서 민족심을 불태웠고, 소박한 대로 기독교 신앙의 분위기를 맛보았던 것이다.

　우리가 6년 동안 "얘" "쟤" 하면서 자란 명동학교 이야기를 좀 해야 할 것 같다.

　명동은 북간도 민족 운동의 요람이었고 정신적인 중심지였다.

　거기는 북간도의 대통령이라고 하던 김약연金躍淵 목사님이 사는 곳이었고 안중근安重根 의사가 와서 권총 사격 연습을 하신 곳이다.

　그리로 모여든 우국지사들이 민족 광복의 먼 앞날을 내다보며 오는 세대의 교육을 위해서 세운 학교가 명동학교였다. 이 명동학교 출신들이 만주, 연해주 각처로 흩어져 민족 운동의 핵심이 되었다.

소위 '15만 원 사건'을 일으킨 의사義士들도 거의 다 명동중학교 졸업생들이었다.

6학년 때의 일이다. 학생 자치회가 조직되고 내가 초대 신문사 사장이 되었다.

동주 형이 무슨 부서를 맡았는지는 기억이 안 난다.

신문사라야 한 달에 한 번 벽신문을 내는 것이 고작이었지만, 그 신문에 동주 형의 글이 가끔 실렸지만, 워낙 기억력이 없어서 나는 하나도 기억이 나지 않는다.

우리가 다닐 그때는 그 학교에도 일본어 과목이 있기는 했지만, 우리는 '일본말'이라고 하면서 일본어를 통 공부하지 않았다. 중학교에 진학하려고 해도 일본말을 몰라서 어떻게 할 길이 없었다.

그때 우리 집은 용정으로 이사했기 때문에 나는 용정에서 해성학교에 들어가 1년 동안 일본말 공부를 해야 했다. 그 1년 동안 동주 형은 몽규 형과 함께 명동에서 한 20리 떨어진 곳에 있는 중국학교에 가서 중국말 공부를 하였다.

1년 후에 우리는 용정 은진중학교에 나란히 입학해서 3년을 같이 다녔다.

몽규 형이 어떤 사명을 띠고 중국 본토에 갔다 온 것이 아마도 은진 3학년 때가 아니었던가 싶다.

나는 3학년을 마치고 대학 진학을 위해서 평양 숭실학교에 전학을 했는데, 다음 학기에 동주 형도 숭실학교에 전학을 했다.

여기서 우리는 한 기숙사 밥을 먹으면서 더 가까워진 셈이다. 전학해 온 그 학기로 숭실학보 편집에 참여할 만큼 그의 문학 수련은 이미 상당한 경지에 이르렀던 것이다.

그때가 바로 신사 참배 문제로 한국 교회가 들썩거리던 1935년이었다. 숭실중학교 학생 전원이 신사 참배를 반대하는 데모를 벌이고 일본 순경과 격돌하는 사태가 벌어졌다. 그 일이 있은 후 주동자들은 뿔뿔이 흩어지지 않을 수 없었다.

그래서 동주 형과 나는 짐을 꾸려 가지고 다시 용정으로 들어갔다. 거기서 우리는 일본 사람들이 경영하는 광명학원 중학부에 편입돼서 공부하게 되었다. 냄비에서 뛰어내려 숯불에 올라앉은 격이랄까?

이 아이러니를 읊조린 것이 그의 〈한란계寒暖計〉라는 시다.

중학교를 졸업한 다음 나는 일본 도쿄로 신학을 공부하러 가고, 동주 형과 몽규 형은 문학 공부하러 연전延專으로 올라왔다.

그 다음 우리가 만난 것이란 방학 때뿐이었다. 방학 때 만나서 우리의 입에 많이 오르내린 이름이 키르케고르와 릴케였다. 키르케고르는 나도 좀 아는 처지여서 같이 이야기할 수 있었고, 릴케는 신학교 예과 독어 시간에 더러 읽은 일이 있어서 동주 형이 하는 이야기들을 조금은 알 수 있어서 다행이었다.

어느 여름 방학에 동주 형은 서정주의 《화사집花蛇集》을 내게 보여주면서 보기 드물게 흥분하는 것을 본 일이 있다.

정지용 시집은 중학교 때부터 늘 끼고 다녔다. 그 바람에 나도 정지용의 시는 지금도 더러 외는 것이 있다.

동주 형이 연전을 마치고 도쿄 릿쿄 대학으로 건너갔을 때는 나는 다시 폐병으로 집에 가서 쉬고 있을 때였다. 마침 병이 나아서 도쿄를 다시 건너가서 동주 형의 하숙방을 찾아가 반갑게 만났다. 그것이 그를 만난 마지막이 될 줄이야.

그때는 이미 교토로 옮기기로 결정한 다음이었다.

교토 대학 사학과에서 공부하던 몽규 형이 그를 그리로 끌어 간 것이 아닐까 생각된다.

내가 그와 갈라진 그 하숙방이 바로 "육첩방은 남의 나라"라고 읊었다가 일제의 잔악한 손에 죽은 문제의 시 〈쉽게 씌어진 시〉가 씌어진 방이었겠지.

이만하면 내가 동주 형을 안다고 자부할 만도 하지 않은가?

그런데 나는 근자에 〈윤동주론〉을 '시간과 역사'라는 관점에서 쓰면서 (《크리스찬 문학》 제5집에 실림) 내가 얼마나 동주 형을 몰랐었느냐는 것을 깨닫고 놀랐다.

〈초 한 대〉라는, 동주 형이 만 15세가 되기 엿새 전인 1934년 크리스마스 전날 쓴 것이라는 시를 발견하고 나는 머리에 철퇴라도 얻어맞은 것 같았다.

이 시를 쓸 때 벌써 동주 형은 자신을 어린 양 그리스도처럼 민족의 제단, 인류의 제단 위에 오를 깨끗한 제물로 보았던 것이다.

매를 본 꿩이 도망하듯이
암흑이 창구멍으로 도망한
나의 방에 품긴
제물의 위대한 향내를 맛보노라

마지막 연이다. 같은 무렵에 《동아일보》에 콩트가 당선된 몽규 형 앞에서 동주 형은 좀 풀렸던지 "대기大器는 만성晩成이지" 하던 말이 기억난다.

그러나 이 시를 보고 누가 동주를 만성한 대기라고 하랴!

나는 그에게서 치솟은 수려하고 의연한 시맥詩脈이 다시 이어지기를 바라는 마음뿐이다.

윤동주의 시 이렇게 읽는다

1

내가 윤동주의 대표 시 20편을 골라 제대로 이해되지 않는 낱말이나 시행들의 축어적 의미를 살피고 나아가 이런 의미를 토대로 이른바 비유적 의미를 풀어 본 것은 텍스트에 밀착한 시 읽기를 강조하기 위해서였다. 그동안 윤동주 시가 보여 주는 특성에 대해서는 많은 학자들이 나름대로의 시각에서 새로운 견해를 밝힌 바 있다.

그러나 모두 그런 것은 아니지만 대체로 텍스트에 대한 정밀한 독서가 수행되지 않은 채 비유적 의미나 상상력의 특성이나 이미지의 구조를 강조하는가 하면 시인의 현실 인식이나 종교 인식을 텍스트와는 관계없이 해명하는 글들이 많았다고 본다. 이런 현상은 비단 윤동주의 시에만 국한되지 않는다. 김소월, 한용운, 이상, 정지용 등의 시에도 제대로 이해되지 않는 낱말이나 시행들이 많다. 그러나 이런 부분에 대한 해명은 아직도 완벽하게 이루어지지 않고 있는 실정이다.

한 시인의 시 세계를 연구하기 위해서는 무엇보다 그가 쓴 시에 대한 축어적인 읽기가 전제되어야 한다. 축어적 읽기란 낱말이나 시행의 사전적 의미 혹은 1차적 의미를 확정하는 단계라고 할 수 있다. 물론 시의 경우 중요한 것은 이런 1차적 의미를 토대로 문맥에 의해 연상되는, 텍스트 자체가 환기하는 비유적 의미나 상징적 의미, 말하면 2차적 의미이다. 그러나 이런 시적 의미는 어디까지나 축어적 의미를 토대로 확립되고, 그런 점에서 1차적 의미에 토대를 두지 않는 2차적 의미는 그야말로 공허한 헛소리거나 시적 한담이 될 가능성이 크다.

꼼꼼한 시 읽기 혹은 정밀한 시 읽기가 필요한 것은 이런 사정에서다. 이 글에서는 윤동주의 대표 시 20편에 나타나는 중심 낱말이나 시행들의 시적 의미, 나아가 주제를 주로 1차적 의미와 관련시켜 해명하기로 한다.

〈서시〉는 윤동주가 1941년 12월 연희전문 문과를 졸업할 때 출간하려던 자선 시집에 실린 19편의 시 가운데 제일 나중에 씌어진 것으로 흔히 그의 대표작으로 수용된다. 1948년 1월 유고 31편을 모아 간행된 유고 시집 《하늘과 바람과 별과 시》에는 맨 앞에 수록되었으며 이 시의 부제는 '하늘과 바람과 별과 시'로 되어 있다. 그런 점에서 이 작품은 그의 시 세계를 요약해서 보여 준다는 의의를 지닌다.

이 시의 중심 이미지는 '하늘', '바람', '별'이다. 그러나 그가 이 시의 부제로 '하늘과 바람과 별'이 아니라 거기에 '시'를 덧붙인 것은 이런 이미지와 그의 시적 태도가 상관 관계에 있음을 은연중에 암시한다. 물론 이 시에서 강조되어야 할 것은 '하늘', '바람', '별'의 관계 혹은 구조적 특성이다. 이 세 낱말은 사전적 의미의 수준에서는 있는 그대로 우주 혹은 자연 현상을 지시한다.

그러나 시의 문맥에 따르면 이런 축어적 의미는 다른 의미, 말하자면 비유적 의미 혹은 2차적 의미로 확장된다. 그동안 이 시를 읽으면서 문제가 된 것은 1, 2행을 독립된 하나의 문장으로 볼 것인가 아니면 3, 4행에 종속되는 시행으로 볼 것인가 하는 점이었다.

이상섭 교수는 1행부터 4행까지를 한 문장으로 보면서 '한 점 부끄럼이 없기를'은 목적어이며 이 목적어를 가진 동사는 '괴로워했다'로 읽으면서 '부끄럼이 없기를 괴로워했다'는 말은 의미가 모호하다고 주장한 바 있다. 그러나 노대규 교수는 1, 2행을 생략문으로 읽은 바 있다. 이런 문제에 대해서는 아직도 이렇다 할 명확한 해명이 없는 상태다. 나는 생략문으로 읽는 바 그것은 '없기를' 다음에 쉼표가 있다는 사실을 근거로 한다.

시의 문맥에 따르면 '하늘'은 우러러보는 세계를, '바람'은 괴로움을, '별'은 죽어 가는 것에 대한 사랑을 표상한다. 따라서 이 시는 2연에 해당되는 '오늘 밤에도 별이 바람에 스치운다'에서 읽을 수 있듯이 시인, 혹은 화자가 현재 체험하는 별·바람의 갈등을 노래한다. 그것은 고통·사랑의 갈등, 현실·이상의 갈등으로도 부연될 수 있다. 요컨대 이 시가 노리는 것은 이런 심리적 갈등이며, 이런 갈등은 윤동주의 시적 특성으로도 드러난다.

〈자화상〉에서 이런 갈등은 우물 속·우물 밖의 대립을 중심으로 노래된다. 흔히 우물은 시의 경우 거울 모티프에 속한다. 우리 현대시에서는 윤동주뿐만 아니라 이상의 시에서도 거울 이미지가 강하게 드러난다. 그러나 이상의 거울과 윤동주의 거울은 다른 의미를 거느린다. 거울은 대체로 자아 성찰이라는 의미를 띠지만, 김윤식 교수도 지적했듯이, 이상의 경우에는 도달할 수 없는 자아, 곧 구체적으로 실현될 수 없는 자아지만, 윤동주의 경우에는 구체적으로 실현될 수 있는 자아, 혹은 추억 속의 자아로 드러난다.

이 시의 경우 화자는 가을 밤 논 가 외딴 우물을 찾아가 들여다본다. 거기 한 사나이가 비친다. 우물 속에 비치는 자아는 거울 속의 자아가 그렇듯이 우물 밖의 자아 말하자면 현실적 자아와 대립된다는 점에서 이른바 이상적 자아라고 할 수 있다. 그러나 시의 문맥에 따르면 화자는 '그 사나이'가 미워져 돌아간다. 돌아가다 생각하니 그 사나이가 가엾어진다. 다시 돌아가 우물 속의 자아를 들여다본다. 다시 미워져 돌아간다. 그러나 다시 그 사나이가 그리워진다. '그 사나이'는 시의 마지막 연에서 노래되듯이 '추억처럼' 존재하는 사나이다.

사정이 이렇다면 우물 속의 자아 곧 이상적 자아는 추억 속에 존재하며, 단적으로 말하면 그는 어린 시절의 자아일 것이다. 이 시가 강조하는 것은 우물 속의 자아, 곧 이상적 자아에 대해 보여 주는 우물 밖의 자아, 곧 현실적 자아의 양가적 심리 상태다. 그것은 증오/연민으로 드러난다.

〈소년〉의 경우 중심 이미지가 되는 '하늘' 역시 거울 모티프에 속한다. 이런 판단은 "가만히 하늘을 들여다보려면 눈썹에 파란 물감이 든다"는 시행을 근거로 한다. 하늘을 들여다본다니? 우리는 하늘을 쳐다보거나 우러러본다. 들여다보는 하늘은 이미 우주 현상으로서의 하늘이 아니라 시적 이미지로서의 하늘이며 그것은 거울이나 우물 이미지와 유사한 의미를 띤다.

화자는 '단풍잎 같은 슬픈 가을'이 뚝뚝 떨어지는 가을날 나뭇가지 위에 펼쳐진 하늘을 들여다본다. 그때 그의 눈썹에는 '파란 물감'이 든다. 두 손으로 볼을 씻으면 손바닥에도 '파란 물감'이 든다. '파란 물감'은 가을 하늘을 표상한다. 따라서 이 시의 경우 거울을 표상하는 '하늘'은 화자의 '손바닥'이 되며, 그는 다시 '손바닥'을 들여다본다. 거기에는 '손금처럼 맑은 강물'이 흐른다.

요컨대 이 시의 경우 '하늘'은 '손바닥'으로 변용되고 '손바닥'에는 '손금'이 나오며 이 '손금'은 다시 '맑은 강물'로 변용된다. 윤동주의 시 가운데 이 시가 아름다운 느낌을 주는 것은 '하늘'과 '인간'과 '강물'이 용해되면서 하나의 독특한 상상의 공간을 전개하기 때문이다. 그러나 이 '강물' 속에서 그가 보는 것은 '사랑처럼 슬픈, 그러나 아름다운 순이의 얼굴'이다. 〈자화상〉의 경우 우물 속의 자아는 추억 속에 존재하는 그런 자아였다. 〈소년〉의 경우 역시 비슷하게 강물 속에서 보는 얼굴은 추억 속에 존재하는 '순이'의 얼굴이다.

결국 '우물', '하늘', '손바닥', '강물'은 모두 윤동주의 경우 거울 모티프에 속하며 그 속에서 그가 발견하는 자아는 추억 속의 자아며, 동시에 그런 자아를 그는 끊임없이 갈망한다.

〈눈 오는 지도〉에도 '순이'가 나온다. 그러나 이 시의 경우에는 과거의 이미지가 아니라, 물론 회상 속에서 전개되기는 하지만, 시적 상황으로는 현재의 시간 속에서 노래된다. '순이'라는 여성의 이름은 〈사랑의 전당〉에도 나오는 바, 그녀는 한용운의 '님', 이상화의 '마돈나'가 그렇듯이 고유 명사기보다는 윤동주가 이상으로 생각하는 보편적 여성 이미지로 볼 수 있다.

'눈'은 흔히 혼탁한 세계를 하얗게 덮는다는 점에서 현실의 정화나 순화를 상징한다. 이 시의 경우 눈은 순이가 떠난다는 아침 '슬픈 것처럼' 내린다. 그것도 함박눈이다. 함박눈은 흔히 기쁨을 표상한다. 그러나 화자에게는 이런 함박눈이 슬픔으로 다가온다. 그것은 '순이'와의 이별을 표상하기 때문이다. '벽과 천장'까지 하얗다는 것은 눈이 와서 기쁜 게 아니라 슬프고, 그런 슬픔이 방 안을 가득 채운다는 뜻이다.

요컨대 이 시에서 유념할 점은 눈이 암시하는 일반적·상징적 의미가 시의 문맥에 의해 개인적 의미로 바뀐다는 점이다. 화자는 "눈이 녹으면 남은 발자국 자리마다 꽃이 피리니"라고 독백한다. 눈이 슬픔을 상징하기 때문에 눈이 녹아도, 말하자면 슬픔이 가셔도 그 흔적, 곧 그 '발자욱'은 남고, 그 흔적 위에 '꽃'이 필 것이다.

화자는 이 '꽃'을 매개로 '발자욱'을 찾아 나선다. 말하자면 그는 꽃이 핀 봄날로부터 여름, 곧 미래를 향해 가는 것이 아니라 거꾸로 순이가 떠난 흔적, 곧 과거를 향해 간다.

그 과거 속에는 눈이 내릴 것이다. '일 년 열두 달 하냥 내 마음에' 눈이 내리는 것은 이런 상상의 구조를 동기로 한다. 이 시에서 강조할 점은 눈의 개인적 상징성이다.

2

〈돌아와 보는 밤〉에서는 낮/밤에 대한 인식이 드러나며 그것은 불을 켜는 행위·불을 끄는 행위, 방 안·방 밖의 대립적 구조로 부연된다. 이 시의 경우 '낮'은 피로를 표상한다. 화자가 불을 켜지 않는 것은 불이 낮의 연장이기 때문이다. 그러나 불이 없으므로 방 안은 방 밖처럼 어둡다. 이런 어둠을 극복하는 방법은 눈을 감는 일, 곧 눈을 감고 '마음속으로 흐르는 소리', '능금처럼 익어 가는 사상'에 귀를 기울이는 행위이다. 이육사의 〈절정〉에서도 눈을 감는 이미지가 나오는 바, 그는 현실적 고난의 극한에서 "이러매 눈감아 생각해 볼 밖에/겨울은 강철로 된 무지갠가 보다"고 노래한 적이 있다.

〈간판 없는 거리〉는 '집집마다 간판이 없어/ 집 찾을 근심이 없어'가 암시하듯 '문자'에 대한 회의, 자연스러운 삶에 대한 갈망을 노래한다. 간판이 없다는 사실이 오히려 행복이 되고, 이런 행복은 모퉁이마다 '헌 와사등'에 불을 켜고 서로 손목을 잡고 사는 사람들의 행복으로 확장된다. 요컨대 이 시는 간판·자연, 문자·순수의 대립을 통해 자연과 순수를 갈망하는 어진 삶을 찬미한다.

〈태초의 아침〉에서 노래되는 태초의 아침은 '봄날 아침도 아니고/여름, 가을, 겨울/그런 날 아침도 아닌' 그런 아침, 말하자면 봄, 여름, 가을, 겨울이라는 시간적 질서가 존재하지 않는 그런 아침이다. 시간이란 우주나 자연을 인식하기 위한 이성적 범주, 혹은 인식론적 범주에 속한다. 인식이란 쉽게 말하면 이성을 토대로 하는 사물에 대한 분별력에 다름 아니다. 그런 점에서 이 시는 인간적 이성이, 말하자면 인간의 자의식이, 혹은 자연과 대립되는 인간적 주체성이 확립되기 이전의 세계를 노래한다.

화자는 그런 태초의 아침에 '빨간 꽃'이 피고 "그 전날 밤에/모든 것이 마련되었네"라고 말한다. "모든 것이 마련되었네"라는 것은 기독교의 예정설을 암시한다, 왜냐하면 마지막 연에서 "사랑은 뱀과 함께/독은 어린 꽃과 함께" 존재한다고 말하기 때문이다. 요컨대 이 시는 태초의 아침에 모든 것, 예컨대 사랑·뱀, 독·꽃의 대립이 이미 신의 섭리에 따라 마련되었음을 노래한다. 사랑과 증오, 혹은 선과 악이 존재하는 것은 신의 뜻이라는 점이 강조된다.

〈또 태초의 아침〉은 위의 시와 같은 범주에 든다. 여기서 화자가 강조하는 것은 태초의 아침에 대한 회상이다. 그는 눈이 내리고 전신주가 우는 날 '하느님 말씀'을 듣는다. 여기서 눈은 〈눈 오는 지도〉에서의 눈과는 다른 의미를 띤다. 후자의 경우 눈이 슬픔을 상징한다면 여기서 눈은 현실의 순화나 정화라는 의미를 띤다. 눈이 표상하는 순수와 전신주 울음이 표상하는 고통 속에서 그가 듣는 하느님이 계시는 봄이 되면 죄를 짓고, 죄를 지으면 눈이 밝아지리라는 점이다. 말하자면 죄의 변증법이 드러난다.

눈이 밝아진다는 말은 인간적 주체성, 혹은 이성의 눈뜸을 의미한다. 그러나 기독교적 의미에서 이런 눈뜸은 죄를 동반한다. 아담과 이브가 에덴 동산에서 추방당하는 것은 그들이 눈을 뜨고 부끄러움을 알게 되었기 때문이다. 이성, 혹은 분별력은 인간적 주체성을 확립하는 데에 도움을 주지만 동시에 낙원으로부터의 추방 그리고 노동을 강요한다. 이 시의 경우 "나는 이마에 땀을 흘려야겠다"는 시행이 이런 사정을 암시한다. 요컨대 이 시는 태초의 아침에 아담과 이브가 눈을 뜨고 현실과 직면하듯이 화자도 이성적 자아와 직면하려는 의지를 노래한다.

〈새벽이 올 때까지〉에서는 검은 옷·흰옷이 표상하는 죽음·삶의 관계가 노래된다. 화자는 죽어 가는 사람들에게 검은 옷을 입히고, 살아가는 사람들에게 흰옷을 입힌 다음 "한 침실에/가즈런히 잠을 재우시오"라고 말한다. 죽어 가는 사람, 살아가는 사람 모두를 잠재우라는 것은 현실적 삶의 정지, 혹은 초월을 암시한다. 그들이 울면 젖을 먹이고, 새벽이 오면 '나팔 소리'가 들릴 것이라고 말한다. 이 시는 명령형으로 되어 있다. 과

연 화자는 누구에게 명령하는 것일까? 젖을 먹이라는 말을 강조하면 여기서 수신자는 인간을 초월하는 존재, 곧 하느님 같은 초월적 존재로 인식된다.

문제는 '새벽'의 의미다. 그 동안 '새벽'은 조국의 광복, 예수의 재림이나 최후의 심판, 죽어 가는 자나 살아가는 자를 똑같이 보살피는 휴머니즘적 태도, 궁극적 이상의 실현 단계 등으로 해명되었다. 나는 예수의 재림이나 최후의 심판으로 읽는 것이 어느 정도 설득력이 있다고 보는 입장이지만 반드시 그렇게 도식적으로만 읽을 수도 없다는 생각이다. 식민지적 현실을 염두에 둔다면 '새벽'은 당대의 고통스러운 현실을 초월하려는 의지가 구체화되는 시간일 것이다. 특히 '나팔 소리'가 들려오는 시간이라는 점에 유의할 필요가 있다. 나팔 소리는 심판보다는 승리의 의미를 띠기 때문이다.

〈무서운 시간〉에서는 삶·죽음에 대한 시적 인식이 드러난다. 화자는 "거 나를 부르는 것이 누구요,"라고 묻는다. 시의 문맥에 따르면 그는 마지막 연에서 "일을 마치고 내 죽는 날 아침에는/서럽지도 않은 가랑잎이 떨어질 텐데/나를 부르지 마오"라는 시행들이 암시하듯이 죽음을 의미한다. 따라서 이 시는 죽음 앞에서의 실존을 노래하며, 그런 실존 의식은 "한 번도 손들어 보지 못한 나", "손들어 표할 하늘도 없는 나", "어디에 내 한 몸 둘 하늘"도 없는 나로 부연된다. 화자가 죽음을 의식하는 것은 이런 자아가 동기를 이룬다.

〈십자가〉에서는 기독교적 순교 의식과 고통·행복의 변증법이 노래된다. '십자가'에 걸린 '햇빛'을 보며 올라갈 수 없음을 느끼고 서성거리는 것은 순교 의식에 대한 화자의 갈등을 암시하며, '괴로웠던 사나이/행복한 예수 그리스도'라는 말은 이런 의식이 고통과 행복을 동반함을 암시한다. 그리스도를 고통과 행복의 이미지로 노래하는 것은 그가 고통의 수용을 통해 행복하게 되는 삶의 원형으로 인식되기 때문이다. 결국 이 시에서 화자가 강조하는 것은 그리스도처럼 자신에게도 '십자가'가 허락 된다면 '꽃처럼 피어나는 피'를 어두워 가는 하늘에 흘리겠다는 순교 의 식이다.

〈바람이 불어〉는 '바람'과 자아의 갈등을 노래한다. '바람'은 〈서시〉에 도 나오는 이미지로 거기서는 고통을 표상했다. 이 시에서도 '바람'은 "바 람이 부는데/내 괴로움에는 이유가 없다" 같은 시행에서 알 수 있듯이 고 통을 표상한다. 화자는 이 '바람', 곧 고통에는 이유가 없다고 말하면서 또한 "이유가 없을까"라고 묻는다. 이런 표현은 자신이 체험하는 고통에 는 이유가 없지만 다시 생각해 보면 이유가 있을 것이라는 의도를 함축 한다.

그가 괴로워하는 이유는 4연에서 노래되듯 '한 여자를 사랑한 일'도 없 기 때문이며, 또한 '시대를 슬퍼한 일'도 없기 때문이다. 그러나 5연에서 화자는 '바람'과 '반석'의 대비를 통해 고통에 대한 극복 의지를 보여 주 며, 이런 의지는 다시 '강물'과 '언덕'의 대비를 통해 강화된다.

3

〈별 헤는 밤〉은 가을 속의 별·가슴 속의 별이 대응하는 구조로 되어 있 다. 화자는 '가을 속의 별'을 헤아린다. 그리고 이런 헤아림은 곧 '가슴 속 의 별'을 헤아리는 일로 치환된다. 이 시에서 '별'은 추억, 사랑, 쓸쓸함, 동경, 시, 어머니, 아름다움을 표상하는 바, 이런 상징적 의미는 〈서시〉에 나오던 '죽어 가는 것들을 사랑하는 마음'과 통한다. 그러나 이런 세계는 '별이 아슬히 멀 듯이' 너무나 머언 곳에 있다.

화자는 '별'을 바라보면서 자신의 삶의 부끄러움을 느낀다.

"나는 무엇인지 그리워/이 많은 별빛이 내린 언덕 위에/내 이름 자를 써보고/ 흙으로 덮어 버리었습니다"는 이런 부끄러움을 동기로 하는 화 자의 상징적 죽음을 암시한다. 그는 자신의 죽음이 겨울을 지나 봄이 되면 새로운 삶, 곧 '파란 잔디'로 새롭게 태어나리라고 믿는다. 이 시가 강조하는 것은 부활, 혹은 재생 의식이다.

〈또 다른 고향〉은 고향·또 다른 고향, 백골·자아의 대립적 구조로 되어 있다. '백골'은 화자의 죽음 의식을 표상한다. 쉽게 말하면 그것은 '타향'에서 체험하는 죽음 의식이다. 이 시는 공간적으로 타향 —고향 —또 다른 고향을 지향하며, 화자가 백골을 인식하는 것은 고향에 온 날 밤이다. 그리고 화자는 '백골'을 들여다보면서 눈물을 짓는다. 그러나 눈물짓는 것이 "내가 우는 것이냐/백골이 우는 것이냐/아름다운 혼이 우는 것이냐"고 말함으로써 자아의 갈등을 보여 준다.

그동안 이 시행에 대해서는 여러 주장들이 나온 걸로 안다. "백골과 혼의 사색을 통한 내면화 과정"(김윤식), "아름다운 혼은 백골이 누운 육신의 고향에 안주할 수 없는 영혼"(김홍규), "백골은 회의와 갈등"(마광수), "백골과 아름다운 혼은 나의 양면을 의미함"(김용직), "아름다운 혼은 자아와 백골이 분열되지 않은 세계"(최동호) 같은 해석들이 그렇다. 최근에는 최동호 교수에 의해 "나=현재의 자기, 백골=가족들의 기대대로 살아야 할 자기, 아름다운 혼=이상을 따라 살아야 할 자기"(송우혜)라는 견해가 다시 옹호된 바 있다(《현대시사상》, 1995. 봄, 우리 시의 아포리아 참고)

나는 '백골'은 육체적·현실적 자아, '아름다운 혼'은 정신적·이상적 자아를 표상한다고 보는 입장이며, 따라서 이 시는 타향에서 시달린 화자가 고향으로 돌아왔지만 고향에서도 죽어 가는 자아를 느끼고, 또 다른 고향을 갈망한다고 해석하는 김윤식 교수의 주장이 설득력이 있다고 생각한다.

〈사랑스런 추억〉은 윤동주가 서울을 떠나 도쿄 근교에 하숙방을 정하고 난 후의 심정을 노래하는 바, 봄이 오던 아침의 서울 조그만 정거장·봄이 간 도쿄 교외의 하숙방이 대비된다. 서울의 봄은 '희망과 사랑처럼 기차를 기다리던' 삶이며 동경의 하숙방은 '옛 거리에 남은 나를 희망과 사랑처럼 그리워하는 삶'으로 노래된다. 요컨대 이 시는 시간적으로 분열되는 자아를 노래하고 있다.

〈쉽게 씌어진 시〉 역시 자아 분열을 노래하는 바, 여기서는 시인으로서의 자아 분열, 시대처럼 올 아침을 기다리는 최후의 나·이런 자아를 상상하는 현실적 자아의 분열이 드러난다. "시인이란 슬픈 천명인 줄 알면서도/ 한 줄 시를 적어 볼까"는 시인으로서의 갈등이 노래되고, "등불을 밝혀 어둠을 조금 내몰고/시대처럼 올 아침을 기다리는 최후의 나 // 나는 나에게 작은 손을 내밀어/눈물과 위안으로 잡는 최초의 악수"는 두 자아의 만남을 의미하는 바, 이런 만남은 '눈물과 위안'이 매개가 된다. 같은 자아 분열을 노래하되 이상의 〈거울〉에서는 이런 만남이 드러나지 않는다.

〈간〉은 프로메테우스 신화와 귀토 설화를 극적 상황으로 삼은 시로 '간', 곧 생명의 핵심을 지키려는 의지와 뜯어먹히려는 의지의 갈등을 노래한다. 화자는 '간'을 펴서 말리고 지키자고 말한다. 그러나 3연에서는 "내가 오래 기르던 여윈 독수리야!/ 와서 뜯어먹어라, 시름없이"라고 말함으로써 지키자·뜯어먹자로 대립된다. 나·너의 대립은 토끼·독수리의 대립으로 드러나는 바, 김흥규 교수에 의하면 이때 토끼는 '삶의 현실을 깨닫는 발전적 인물'을 상징한다. 결국 이 시는 토끼처럼 삶의 진리를 깨닫는 자아의 내면을 노래하고 그런 삶을 다시 프로메테우스의 이미지로 부연한다.

〈참회록〉 역시 거울 속의 자아·거울 밖의 자아의 갈등을 노래한다. 화자가 거울 속에서 발견하는 자아는, 〈자화상〉에서도 그랬듯이 불쌍한 자아, 욕된 자아다. 이런 자아를 극복하기 위해 그는 밤마다 거울을 닦는다. 그가 바라는 이상적 자아는 '운석 밑으로 홀로 걸어가는' 그런 사람의 이미지로 노래된다. 운석은 지구로 떨어지는 별이고, 별은 윤동주의 시에서 대체로 아름다움을 표상한다. 그렇다면 그가 바라는 자아는 별과 하나가 되는 그런 자아일 것이다.

〈팔복〉은 신약 성서 마태복음 5장에 나오는 예수의 산상 설교로 "슬퍼하는 자는 복이 있나니"라는 말을 패러디의 형식으로 노래한다. 원래 산상 설교에서 여덟 가지 복은 가난, 슬픔, 온유, 정의, 자비, 순결, 평화, 선행 등으로 제시된다. 그러나 이 시에서는 슬픔만이 강조된다. 그런 점에서 이 시는 슬퍼하지 않는 자들이 많은 세상에 대한 아이러니를 보여 준다.

〈편지〉는 동시 형식으로 되어 있으며 지상·천상, 혹은 이승·저승의 관계가 노래된다. 화자는 이 두 세계의 화해를 갈망하는 바, 그것은 흰 봉투에 눈을 한줌 넣고 누나 가신 나라, 곧 저승으로 편지를 부치는 마음으로 표상된다. 그런 점에서 눈은 이 시의 경우 이 세상과 저 세상을 잇는 매개, 혹은 가교 역할을 하고 있다.

이제부터 대표 시 20편을 한 편씩 읽어 가기로 하자.

서시[1]

죽는 날까지 하늘을 우르러[2]
한점 부끄럼[3]이 없기를,
잎새[4]에 이는 바람에도
나는 괴로워했다.
별을 노래하는 마음으로
모든 죽어 가는 것을 사랑해야지
그리고 나한테 주어진 길을
걸어가야겠다.

오늘 밤에도 별이 바람에 스치운다.[5]

—주—

1) 윤동주의 작품 연보에 따르면, 이 시는 그가 1941년 12월 연희전문 문과를 졸업할 때 출간하려 한 자선 시집에 실린 19편의 작품 중 제일 나중에 씌어진 것으로, 흔히 그의 대표작으로 꼽히고 있다. 1941년 11월 20일에 완성된 시. 1948년 1월 유고 31편을 모아 정음사에서 간행된 그의 유고 시집《하늘과 바람과 별과 시》의 머리에 수록되었으며, '하늘과 바람과 별과 시'라는 부제가 있음. 〈서시〉란, 가) 책의 첫머리에 서문 대신으로 쓴 시, 나) 장시에서 서문 비슷하게 첫머리에 다른 장을 마련하여 쓴 시를 뜻함. 그런 점에서 이 시는 그의 작품 세계를 요약해서 보여 준다.

2) '우러러'. 이 말의 원형으로는 그동안 가) '우러러보다', 나) '우러르다'가 지적된 바 있음. 전자는 타동사로서 높은 데를 쳐다보다, 양모하다의 뜻이며 후자는 고개를 점잖고 무게 있게 쳐들다, 공경하는 마음을 가지다의 뜻. 여기서는 가)의 부사형으로 사용.

3) '부끄럼'은 '부끄러움'의 준말.

4) '잎새'는 '잎'의 방언.

5) 원형은 '스치다'로 서로 살짝 닿으면서 지나가다의 뜻. '스치운다'는 '별'이 '바람'의 스침을 입는다는 뜻.

자화상[1]

산모퉁이[2]를 돌아 논가 외딴우물[3]을 홀로 찾아가선 가만히 들여다 봅니다.

우물속에는 달이 밝고 구름이 흐르고 하늘이 펼치고[4] 파아란 바람[5]이 불고 가을이 있습니다.

그리고 한 사나이가 있습니다.

어쩐지 그 사나이가 미워저[6] 돌아갑니다.

돌아가다 생각하니 그 사나이가 가엾어집니다. 도로 가 들여다보니 사나이는 그대로 있습니다.[7]

다시 그 사나이가 미워저 돌아갑니다.
돌아가다 생각하니 그 사나이가 그리워집니다.

우물속에는 달이 밝고 구름이 흐르고 하늘이 펼치고 파아란 바람이 불고 가을이 있고 追億처럼 사나이가 있습니다.

—주—

1) 1939년 9월에 완성된 시. 1941년 연희전문의 《문우》지에 발표.

2) '산모퉁이'는 산이 구부러지거나 꺾어져 돌아간 자리.

3) 따로 떨어져 있는 우물.

4) 문법에 맞게 표기하면 '펼쳐지고'.

5) '파아란 바람'은 공감각적 이미지.

6) '미워져'.

7) 유고 시집 초판본에는 이 다섯째 연이 2문장 1행으로 되어 있으나, 그 후 각 문장을 한 행으로 처리하여 5·6행으로 나타남. 이 시의 다른 시행들을 토대로 유추하면, 곧 이 시에서 1행 1문장의 형식이 나타나기 때문에 5행은 5·6행으로 나누는 것이 옳은 것 같다.

소년

여기저기서 단풍잎 같은 슬픈가을이 뚝뚝 떨어진다. 단풍잎 떨어저 나온 자리마다 봄을 마련해 놓고 나무가지 우에 하늘이 펼처 있다.[1] 가만이[2] 하늘을 들여다 보려면 눈썹[3]에 파란 물감이 든다. 두손으로 따뜻한 볼을 쓰서보면[4] 손바닥에도 파란 물감이 묻어난다. 다시 손바닥을 들여다 본다. 손금에는 맑은 강물이 흐르고, 맑은 강물이 흐르고, 강물속에는 사랑처럼 슬픈얼골[5]— 아름다운 順伊의 얼골이 어린다. 少年은 황홀이 눈을 감어 본다. 그래도 맑은 강물은 흘러 사랑처럼 슬픈얼골— 아름다운 順伊의 얼골은 어린다.

—주—

1) '펼처져 있다'.

2) '가만히'.

3) '눈썹'.

4) '씻어 보면'.

5) '얼굴'의 방언.

눈 오는 地圖[1]

順伊가 떠난다는 아츰[2]에 말못할 마음으로 함박눈이 나려, 슬픈 것 처럼 窓밖에 아득히 깔린 地圖[3]우에 덮인다.

房안을 돌아다 보아야 아무도 없다. 壁과 天井이 하얗다.[4] 房안에까지 눈이 나리는 것일까, 정말 너[5]는 잃어버린 歷史처럼 홀홀이 가는것이냐, 떠나기前에 일러둘말이 있든것을6) 편지를 써서도 네가 가는 곳을 몰라 어느 거리, 어느 마을, 어느 지붕밑, 너는 내 마음속에만 남어7) 있는 것이냐, 네 쪼고만8) 발자욱을 눈이 작고9) 나려 덮여 따라갈수도 없다. 눈이 녹으면 남은 발자욱 자리10)마다 꽃이 피리니 꽃사이로 발자욱을 찾어11) 나서면 一年열두달 하냥12) 내 마음에는 눈이 나리리라.

―주―

1) 1941년 3월 12일에 완성된 시.

2) '아침에'.

3) '창 밖에 아득히 깔린 지도'는 창 안에서 바라보는 바깥 풍경. 그것을 '지도'라고 함으로써 화자는 함박눈에 덮이는 땅을 추상적인 공간으로 인식함. 이러한 인식은 이 시의 표제인 〈눈 오는 지도〉에서도 나타난다. '눈 오는 땅'이나 '눈 오는 골목'이 아니라 '눈 오는 지도'라고 할 때 그것은 눈 오는 세계의 구체성이 추상화되며, 이러한 추상화는 화자가 눈 오는 세계에 대해서 일정한 거리를 두고 있음을 암시함.

4) '벽과 천정이 하얗다'는 것은 방 안에서도 눈이 내리는 것만 같다는 그 다음 문장에서 알 수 있듯이 화자의 현실이 아니라 환시 혹은 상상의 세계.

5) 여기서의 '너'는 '순이'. 홀홀이 떠나는 순이의 행위를 '잃어버린 역사'에 비유함. 순이의 행위는 개인적인 세계며 잃어버린 역사는 보편적인 세계, 또한 전자는 구체성의 세계며 후자는 추상성의 세계임. 윤동주의 시에는 매개vehicle가 추상적·보편적 세계며 취의tenor가 구체적·개인적 세계로 나타나는 비유법이 많다. 예컨대 '추억처럼 사나이가 있습니다', '사랑처럼 슬픈 얼굴', '손금에는 맑은 강물이 흐르고' 등이 그렇다.

6) '있던 것을'.

7) '남아'.

8) '조고만'의 된소리. 원형은 '조고마하다'로서 '조그마하다'의 방언.

9) '자꾸'.

10) '눈이 녹으면 남은 발자욱 자리'라는 표현은 논리에 어긋남. 눈이 녹으면 발자국 자리
    도 없어지기 때문이다. 이렇게 표현한 것은 떠나는 순이의 발자국에 대한 화자의 태
    도를 암시하기 위해서인 듯. 아니면 그 뒤의 이미지를 염두에 둘 때, 이러한 표현은 화
    자의 상상력 속에만 존재하는 발자국인 듯. 왜냐하면 눈이 녹으면 남은 발자국 자리
    마다 꽃이 피기 때문이다.
11) '찾아'.
12) '하냥'은 '같이'의 방언. 화자가 꽃 사이로 순이의 발자욱을 찾아나서면 일 년 열두 달
    똑같이 그의 마음에는 눈이 내릴 것이라는 표현은 이 시에서 눈이 슬픔, 말못함의 이
    미지로 나타난다는 점에 유의할 때, 화자의 내면이 일 년 열두 달 슬픔, 말못할 심정으
    로 가득함을 암시.

돌아와 보는 밤[1]

세상으로부터 돌아오듯이[2] 이제 내 좁은 방에 돌아와 불을 끄옵니다.
불을 켜두는것은 너무나 피로롭은[3] 일이옵니다. 그것은 낮의 延長이옵
기에—

이제 窓을 열어 空氣를 바꾸어 들여야할텐데 밖을 가만이 내다보아야
房안과 같이 어두어 꼭 세상같은데[4] 비를 맞고 오든 길이 그대로 비속에
젖어 있사옵니다.

하로[5]의 울분을 씻을바 없어 가만히 눈을 감으면 마음속으로 흐르는
소리,[6] 이제, 思想이 능금처럼 저절로 익어 가옵니다.

1) 1941년 6월에 완성된 시.

2) '세상으로부터 돌아오듯이'가 꾸미는 말이 분명치 않다. 그것은 가) '이제 내 좁은 방에 돌아와', 나) '불을 끄옵니다' 가운데 하나를 꾸밈. 가)를 꾸민다면 어색한 설명이나 비유법이 되며, 나)를 꾸민다면 불을 끄는 행위에 대한 새로운 인식을 낳는다. 좀 더 연구되기 바람.

3) '피로롭은'은 명사 '피로'와 관형사형 접미사 '~롭은'을 결합해 만든 조어. 원형은 '피로롭다'이지만 '향기롭다'처럼 널리 쓰이지는 않음. '피로한'이라는 말 대신 '피로롭은'이라는 말을 쓴 것은 시의 리듬을 의식해서인 듯.

4) 방 밖과 방 안이 모두 어둡다는 표현. '꼭 세상같은데'는 '방안과 같이 어두어'를 부연하는 말인지, 아니면 '비를 맞고 오든 길이……'를 부연하는지 표면상으로는 분명하지 않다. 그러나 이 말은 '방안과 같이 어두어'를 부연한다고 봄. 왜냐하면 온 세상이 어둡지만, 비를 맞고 오던 길이 그대로 빗속에 젖어 있다고 고백하기 때문이다. 세상이 어둡다면 비를 맞고 오던 길도 보이지 않을 것이기 때문임.

5) '하루'.

6) '마음속으로 흐르는 소리'는 2연에 나오는 비의 이미지와 관련되는 표현.

看板없는 거리[1]

停車場 푸렡폼에[2]
나렸을 때[3] 아무도 없어,

다들 손님들뿐,
손님같은 사람들뿐,

집집마다 看板이 없어
집 찾을 근심이 없어

빨갛게[4]
파랗게
불 붙는 文字도 없이

모퉁이마다
慈愛로운 헌 瓦斯燈[5]에
불을 혀놓고,[6]

손목을 잡으면
다들, 어진사람들
다들, 어진사람들

봄, 여름, 가을, 겨울,
순서로 돌아들고.[7]

―주―

1) 1941년 완성된 시.

2) '플랫폼platform'. 기차를 타고 내리는 곳. 승강장昇降場.

3) '내렸을 때'.

4) 네온 사인의 빛.

5) 오래된 가스등.

6) '켜놓고'.

7) 계절이 순서로 돌아간다는 것은 계절의 자연스러운 운행을 뜻함. 이러한 표현이 나오
   는 것은 삶 혹은 자연의 운행이 자연스럽지 않다는 화자의 의식을 반영함.

太初의 아츰1)

봄날 아츰도 아니고
여름, 가을, 겨울,
그런날 아츰도 아닌 아츰에2)

빨―간 꽃이 피어났네,
햇빛이 푸른데,

그 前날 밤에
그 前날 밤에
모든것이 마련되었네,

사랑은 뱀과 함께3)
毒은 어린 꽃과 함께4)

―주―

1) '태초의 아침'·'태초'는 천지가 개벽한 처음, 우주의 시초. 이 시는 구약 성서의 〈창세
   기〉의 내용을 모티프로 하고 있음.
2) 인간의 역사가 시작되기 전에는 봄·여름·가을·겨울 같은 계절 의식, 곧 시간 의식이
   없었기 때문에 이러한 표현이 가능함.

3) 뱀이 이브를 유혹함으로써 사랑의 부끄러움이 의식되었음. '뱀'은 '악'이나 '독'을 상징.

　따라서 사랑이 뱀과 함께 존재한다는 말은 사랑이 악과 함께 존재한다는 말.

4) '독'은 뱀의 이미지를 환기하고, '어린 꽃'은 이브 혹은 사랑의 이미지를 환기함.

또 太初의 아츰[1]

하얗게 눈이 덮이었고
電信柱가 잉잉 울어
하나님 말씀이 들려온다.

무슨 啓示일까.

빨리
봄이 오면
罪를 짓고[2]
눈이 밝어

이브가 解産하는 수고를 다하면

無花果 잎사귀로 부끄런데를 가리고.[3]

나는 이마에 땀을 흘려야겠다.[4]

1) 〈태초의 아침〉과 비슷한 계열의 시.

2) '죄'는 원죄를 뜻하며, 죄를 짓고 '눈이 밝어'진다는 것은 아담과 이브가 뱀의 유혹으로 선악과를 따먹고 선과 악에 대한 분별력이 생겼음을 의미함.

3) 무화과 나무는 뽕나무과에 속하는 낙엽 활엽 관목. 성서에서는 가) 이 나무 그늘이 짙어서 여름을 피할 수 있으므로 풍요하고 평화로운 생활의 영속, 나) 영속적 종교에 대한 심판으로 열매 없는 나무로 저주한다는 의미로 사용. 이 시에서는 나)의 의미로 사용. 아담과 이브가 뱀의 유혹에 따라 사랑과 악을 알게 되자 부끄러움을 배우지 않으면 안 되었다는 사실은 하느님의 저주 때문임.

4) 에덴 동산에서 추방된 다음의 삶의 내용. 곧 노동의 삶을 뜻함.

새벽이 올때까지[1]

다들 죽어가는 사람들에게
검은 옷을 입히시요.[2]

다들 살어가는 사람들에게
흰 옷을 입히시요.

그리고 한 寢臺에
가즈런이 잠을 재우시요.[3]

다들 울거들랑
젖을 먹이시요.

이제 새벽[4]이 오면
나팔소리 들려 올게외다.

—주—

1) 1941년 5월에 완성된 시.

2) 1연의 '죽어 가는 사람들—검은 옷'의 이미지는 2연의 '살아가는 사람들—흰옷'의 이
   미지와 대립됨. 곧 1연과 2연은 죽음·삶, 죽어 가는 사람들·살아가는 사람들, 검은 옷·
   흰옷의 관계로 대립. 검은 옷·흰옷은 죽음·삶, 악·선, 추·미, 슬픔·기쁨 등의 의미를
   내포함. 따라서 '죽어 가는 사람—검은 옷', '살아가는 사람—흰옷'의 이미지는 다소 상
   식적인 표현으로 보임.

3) '죽어 가는 사람'과 '살아가는 사람'을 한 침대에 잠재우라는 표현. 마광수는 이 부분을
   〈요한계시록〉에 나오는, 마지막 심판의 날이 오면 무덤 속의 죽은 자와 살아 있는 자를
   모두 심판한다고 한 말의 인유로 해석. 그에 의하면 '침대'는 이 세상, 침대 위에 누워 있
   는 '어린애'는 인류를 뜻함.

4) '새벽'은 그동안 가) 조국의 광복, 나) 기독교의 종말론적 역사관에서 이끌어 낸 예수의
   재림이나 최후의 심판, 다) 죽어 가는 자와 살아가는 자를 똑같이 보살피는 휴머니즘적
   태도, 라) 궁극적 이상의 실현 단계 등으로 해석되었음.

무서운 시간[1]

거 나를 부르는것이 누구요.[2]

가랑잎 잎파리 푸르러 나오는 그늘인데,
나 아직 여기 呼吸이 남어 있소.[3]

한번도 손들어 보지못한 나를
손들어 표할⁴⁾ 하늘도 없는 나를

어디에 내 한몸둘 하늘⁵⁾이 있어
나를 부르는 것이오.

일이 마치고⁶⁾ 내 죽는 날 아츰에는
서럽지도 않은 가랑잎⁷⁾이 떨어질텐데……

나를 부르지마오.

─주─

1) 1941년 2월 7일에 완성된 이 시는 인간의 실존 의식, 특히 죽음을 모티프로 하고 있음.

2) 화자를 부르는 자는 죽음임. 이것은 7연의 '나, 아직 여기 호흡이 남아 있소'와 관계됨.

3) 푸르른 녹음의 생명과 대비되는 화자의 삶. 그의 숨은 언제 끊어질지 모른다.

4) '손들어 표할'의 '표表'는 가) 위·겉·바깥, 나) 표지, 다) 소회所懷를 적어 제왕帝王께 올리
   는 글이라는 뜻. 화자가 손을 들어 표할 '하늘'도 없다는 표현은 손들어 자신의 느낌을
   알릴 하늘도 없다는 뜻. 한 번도 손들어 보지 못했다는 표현은 한 번도 손들어 표하지
   못했음을 뜻함.

5) 죽음의 세계에도 '내 한몸둘 하늘'이 없다는 뜻. 따라서 나를 부르지 말아 달라는 내용
   이 계속됨. 마광수는 '하늘'을 피안의 세계, 내세의 상징으로 봄.

6) '일을 마치고'. 여기서는 삶을 끝내고의 뜻.

7) '서럽지도 않은 가랑잎'은 서럽지도 기쁘지도 않은 가랑잎. 곧 죽음의 시간은 모든 희
   로애락의 감정에서 벗어나는 시간임을 암시.

十字架[1]

쫓아오든 햇빛인데
지금 敎會堂 꼭대기
十字架에 걸리였습니다.[2]

尖塔[3]이 저렇게도 높은데
어떻게 올라갈수 있을가요.

鐘소리[4]도 들려오지 않는데
휘파람이나 불며 서성거리다가,

괴로웠든 사나이,
幸福한 예수·그리스도에게
처럼
十字架가 許諾된다면

목아지를 드리우고
꽃처럼 피여나는 피[5]를
어두어가는 하늘밑에
조용히 흘리겠습니다.

—주—

1) 1947년 5월 31일에 완성된 시. 〈십자가〉는 예수의 죽음이 환기하는 존경·명예·희
   생·속죄·고난의 이미지.

2) 쫓아오던 '햇빛'이 '교회당 꼭대기'의 '십자가'에 걸렸다는 것은, '쫓아오던 햇빛'이 화자의 하루의 삶을 표상한다면, 그의 삶의 궁극적 의미가 '십자가'로 표상되는 자기 희생에 있음을 자각하는 표현.

3) '첨탑'은 뾰족한 탑. 여기서는 '십자가'를 뜻함. 2연에서는 자기 희생의 어려움을 노래함.

4) '종소리'는 교회의 종소리. 따라서 기독교란 삶을 재촉하는 이미지.

5) '꽃처럼 피어나는 피'는 이 시에서 양가적 의미를 나타냄. 하나는 화자의 자기 희생, 다른 하나는 저녁 노을을 뜻함. 의미의 다의성ambiguity을 보여줌.

바람이 불어[1]

바람이 어디로부터 불어와
어디로 불려가는 것일까,

바람이 부는데
내 괴로움에는 理由가 없다.[2]

내 괴로움에는 理由가 없을까.

단 한 女子를 사랑한 일도 없다.
時代를 슬퍼한 일도 없다.

바람이 자꼬[3] 부는데
내발이 반석우에 섰다.[4]

강물이 자꼬 흐르는데

내발이 언덕우에 섰다.[5]

—주—

1) 1941년 6월 2일에 완성된 시. 윤동주의 시 세계는 〈서시〉에서 노래되듯이 '하늘', '별', '시'를 모티프로 하고 있음. '바람'은 괴로움, 갈등의 이미지.

2) '바람'이 괴로움, 갈등의 이미지지만, 여기서 화자는 이유가 분명치 않은 괴로움·갈등에 대해 노래함.

3) '자꾸'.

4) '내 발'은 삶의 방향을 뜻하는 이미지. '반석'은 넓고 편편하게 된 큰 돌, 아주 굳어서 든든하다는 뜻. "내 발이 반석 위에 섰다"는 이유가 분명치 않은 괴로움이나 갈등에 이제는 더 이상 흔들리지 않는 삶의 의지를 노래함.

5) 5연과 대구가 되는 표현. 바람·강물, 반석·언덕으로 대응됨. 따라서 "내 발이 언덕 위에 섰다"는 말은 "내 발이 반석 위에 섰다"는 말과 유사한 의미를 나타냄. '바람'과 '강물'은 다 같이 '흐름'을 표상하고, 이러한 흐름이 괴로움을 환기하지만, 이제 화자는 그러한 괴로움을 극복함. 마광수는 바람이 불고 강물이 흐르는 것을 '시대적 상황의 상징'으로 해석함.

별 헤는 밤[1]

季節이 지나가는 하늘[2]에는
가을로 가득 차있습니다.[3]

나는 아무 걱정도 없이
가을 속의 별들을 다 헤일듯합니다.[4]

가슴속에 하나 둘 새겨지는 별5)을

이제 다 못헤는것은

쉬이 아츰이 오는 까닭이오,

來日 밤이 남은 까닭이오,

아직 나의 靑春이 다하지 않은 까닭입니다.

별6) 하나에 追億과

별 하나에 사랑과

별 하나에 쓸쓸함과

별 하나에 憧憬과

별 하나에 詩와

별 하나에 어머니, 어머니,

어머님, 나는 별 하나에 아름다운 말 한마디씩 불러봅니다. 小學校 때 册床을 같이 했든 아이들의 이름과 佩, 鏡, 玉 이런 異國少女들의 이름과 벌써 애기 어머니 된 계집애들의 이름과, 가난한 이웃사람들의 이름과, 비둘기, 강아지, 토끼, 노새, 노루, "푸랑시스·짬", "라이넬·마리아·릴케"7) 이런 詩人의 이름을 불러봅니다.

이네들은 너무나 멀리 있습니다.

별이 아슬이 멀 듯이,

어머님,8)

그리고 당신은 멀리 北間島에 계십니다.

나는 무엇인지 그리워
이 많은 별빛이 나린 언덕우에
내 이름자를 써보고,
흙으로 덮어 버리었습니다.[9]

따는 밤을 새워 우는 버레는
부끄러운 이름을 슬퍼하는 까닭입니다.

그러나 겨울이 지나고 나의 별에도 봄이 오면[10]
무덤 우에 파란 잔디가 피어나듯이
내 이름자 묻힌 언덕우에도
자랑처럼 풀이 무성할게외다.

───주───

1) 1941년 11월 5일에 완성된 시. '별'을 모티프한 시.

2) '계절'은 봄·여름·가을·겨울, 마광수는 '계절'을 시대 상황, '하늘'을 궁극적 이상의 상
   징으로 봄. '계절이 지나가는 하늘'이란 화자가 계절의 변화나 흐름을 하늘에서 읽음을
   암시.

3) 하늘이 가을로 가득 차 있다는 것은 가을 하늘을 강조한 표현.

4) 가을 밤 하늘 속의 별들을 다 헤일 듯하다는 말.

5) '가슴속의 별들'은 2연의 '가을 속의 별들'과 대립됨.

6) '별'은 추억·사랑·쓸쓸함·동경·시·어머니·아름다움을 표상함.

7) 말라르메 이후 상징시가 신비성과 기교에 빠진 것에 반발하여 자연을 되찾고 인생을
   그대로 보려 한 20세기 프랑스 시인.
   신비주의적 실존주의적 시 세계를 보여준 20세기 독일 시인.

8) 윤동주는 1917년 12월 30일 만주국 간도성 화룡면 명동촌에서 태어났음. 이 시가 씌어진 1947년 11월에 그는 연희전문 문과 졸업을 앞두고 있었음. 따라서 이 시에 나오는 '어머니'는 시인의 '어머니'를 뜻함. 그러나 당시 북간도로 떠난 많은 어머니들을 의미할 수도 있음.

9) 화자가 자신의 이름자를 써보고 흙으로 덮은 것은 그 이름이 '부끄러운 이름'이기 때문임.

10) 화자는 자신의 이름이 부끄러워 흙으로 덮었다. 이렇게 자신의 이름을 흙으로 덮는 행위는 화자의 상징적 죽음을 표상한다. 그것은 부끄러운 삶을 죽이는 행위다. 이러한 행위를 통하여, 그러니까 '겨울'을 지나 '봄'이 오면, 그의 죽음—무덤 위에는 새로운 삶이 개화하고, 부끄러움이 아니라 자랑스러운 삶이 소생함을 노래하는 연.

또 다른 故鄕

고향에 돌아온날 밤에
내 白骨이 따라와1) 한방에 누웠다.

어둔 房은 宇宙로 通하고2)
하늘에선가 소리처럼 바람이 불어온다.

어둠속에 곱게 風化作用하는
白骨을 들여다 보며

눈물 짓는것3)이 내가 우는것이냐
白骨이 우는것이냐
아름다운 魂이 우는것이냐

志操 높은 개는
밤을 새워 어둠을 짖는다.

어둠을 짖는 개⁴⁾는
나를 쫓는 것일게다.

가자 가자
쫓기우는 사람처럼 가자
白骨몰래
아름다운 또 다른 故鄕에 가자.

―주―

1) '백골'은 송장의 살이 썩고 남은 뼈. 따라서 '내 백골이 따라와'는 시의 화자를 사로잡는
   죽음 의식을 표상함. 그동안 '백골'의 의미에 대해서는 가) 무의식적 회의와 갈등, 나)
   윤동주의 미래 지향적 행동 철학과 실천 의지를 방해하는 도피주의적 자아, 다) 시인의
   마음속에 고개를 들기 시작할 현실적 안주에의 유혹, 라) 우유부단한 성격에서 오는 끝
   없는 회의나 체념 상태, 마) 시인이 힘들여 극복해야 할 존재 등으로 해석되었음.
2) '어두운 방'에 대한 은유적 인식.
3) '풍화'는 암석이 공기·물 등의 작용으로 차차 부서져 흙으로 변하는 과정, 공기 속에서
   차츰 수분을 잃고 부서져 가루 모양의 물질로 변하는 작용. '풍화 작용하는 백골'을 들
   여다보며 눈물짓는다는 표현은 '백골'의 의미를 다시 생각게 함. 어둠 속에 곱게 풍화
   작용하는 '백골'을 보며 우는 존재는 '나', '백골', '아름다운 혼'이다. 찬찬히 읽으면 내
   백골·내 아름다운 혼의 대립을 알 수 있다. '내 백골'은 육체적·현실적 자아, '내 아름다
   운 혼'은 정신적·이상적 자아라고 할 수 있음. '아름다운 혼'을 그렇게 해석할 수 있는
   것은 이 시의 구조와도 관계됨. 곧 '아름다운 혼'은 '아름다운 또 다른 고향'과 대응함.

사랑스런 追憶[1]

봄이 오든[2] 아츰, 서울 어느 쪼그만 停車場에서 希望과 사랑처럼 汽車를 기다려,[3]

나는 푸랄·폼[4]에 간신한[5] 그림자를 터러트리고,[6] 담배를 피웠다.

내 그림자는 담배연기 그림자를 날리고,[7]
비둘기 한떼가 부끄러울 것도 없이
나래속을 속 속 햇빛에 비춰 날었다.

汽車는 아무 새로운 소식도 없이
나를 멀리 실어다 주어,

봄은 다 가고— 東京郊外 어느 조용한 下宿房에서, 옛거리에 남은 나를 希望과 사랑처럼 그리워한다.

오늘도 汽車는 몇번이나 無意味하게 지나가고,
오늘도 나는 누구를 기다려 停車場 가차운 언덕에서 서성거릴게다.

—아아 젊음은 오래 거기 남어 있거라.

1) 1942년 5월 13일에 완성된 시.

2) '오던'.

3) 윤동주의 시에 나타나는 대표적인 비유법. 그는 흔히 구체적·개인적 세계(취의)를 추
   상적·보편적 세계(매재)에 비유함. 곧 기차를 기다리는 행위(취의) → 희망·사랑(매재).

4) '플랫폼platform'.

5) '간신艱辛한'. '간신'은 힘들고 신고辛苦스러움을 뜻함. 자신의 그림자에서 간신함을 읽는
   능력이 놀랍다.

6) '떨어뜨리고'.

7) 화자가 플랫폼에서 담배를 피우는 장면. 땅에 화자의 그림자가 비치므로 담배 피우는
   모습을 자신의 그림자가 '담배 연기 그림자'를 날린다고 표현했음.

쉽게 씨워진 詩[1]

窓밖에 밤비가 속살거려
六疊房은 남의 나라,

詩人이란 슬픈 天命[2]인줄 알면서도
한줄 詩를 적어볼까,[3]

땀내와 사랑내 포그니[4] 품긴
보내주신 學費封套를 받어

大學노—트를 끼고
늙은 敎授의 講義 들으려 간다.

생각해 보면 어린 때 동무를
하나, 둘, 죄다 잃어 버리고

나는 무얼 바라
나는 다만, 홀로 沈澱하는 것일까?5)

人生은 살기 어렵다는데
詩가 이렇게 쉽게 씌워지는 것은
부끄러운 일이다.

六疊房은 남의 나라
窓밖에 밤비가 속살거리는데,

등불을 밝혀 어둠을 조곰 내몰고,
시대처럼 올 아츰6)을 기다리는 最後의 나,7)

나는 나에게8) 적은 손을 내밀어
눈물과 慰安으로 잡는 最初의 握手.9)

——주——

1) 1942년 6월 3일에 완성된 시.

2) '천명'은 타고난 수명, 하늘의 명령. 시인을 '슬픈 천명'으로 인식하는 것은 시인이란 하
   늘의 명령에 귀를 기울여야 하는 자라는 뜻.

3) 시인은 하늘의 목소리에 따라 시를 써야 하는 존재임에도 불구하고, 곧 하늘의 목소리

에 따른 시가 아닌 한 줄의 시를 적고 싶다는 말.

4) '포근히'.

5) 비상하는 삶이 아니라 가라앉는 삶에 대한 자기 성찰.

6) '시대처럼 올 아츰'은 윤동주의 독특한 비유법. 그는 추상적·보편적 관념을 매재로, 구
  체적·개별적 이미지를 취의로 하는 비유법을 자주 사용. 여기서도 이러한 비유법을 의
  식한 것 같다. 자연스러운 비유법으로는 '아침처럼 올 시대'가 됨.

7) 종말론적 세계관을 암시.

8) 두 자아는 '시대처럼 올 아츰'을 기다리는 '최후의나'와, 그러한 자아를 상상하는 또 하
  나의 현실적 '나'를 의미함.

9) 9연의 '최후의나'와 대응. '최후의나'와 시인 혹은 화자의 만남을 의미함. 이런 만남은
  '시대처럼 올 아츰'에 대한 기대를 동기로 함.

간1)

바닷가 햇빛 바른 바위우에
습한 肝을 펴서 말리우자.2)

코카사쓰 山中에서3) 도망해 온 토끼4)처럼
둘러리를 빙빙 돌며 肝을 지키자,

내가 오래 기르든 여윈 독수리야!5)
와서 뜯어먹어라, 시름없이6)

너는 살지고7)
나는 야위어야지, 그러나,

거북이야!
다시는 龍宮의 誘惑에 안떨어진다.

푸로메디어쓰 불쌍한 푸로메디어쓰8)
불 도적한 죄로 목에 맷돌을 달고9)
끝없이 沈澱하는 푸로메디어쓰.

—주—

1) '간'은 '간장'의 준말. 내장의 하나로 배 속 오른편 위쪽 횡격막 아래 있으며 위를 반쯤
   덮은 암적갈색 소화선, 좌우 두 개의 간엽으로 되었고, 가운데 쓸개가 붙었음. 요소의
   생성·해독 작용의 기능을 소유함. 이 시는 프로메테우스 신화와 귀토 설화를 극적 상
   황으로 삼고 있음.

2) 토끼가 지상에 돌아와 간을 바닷가에서 말리는 것.

3) 귀토 설화 속에 프로메테우스 신화가 접속됨. 이러한 접속은 '간'을 매개로 함. 신화에
   의하면, 프로메테우스는 하늘 나라에서 제우스를 속여 불을 훔쳐서 인류에게 준 이유
   로 제우스의 노여움을 사서 코카서스의 큰 바위에 묶여 독수리에게 간장을 쪼이는 벌
   을 받게 되었으나 헤라클레스의 도움으로 구출됨. 김홍규는 '코카서스에서의 간'을 매
   일 쪼아먹히면서도 끊임없이 새로 돋아나는 '인간적 고통의 핵심'으로 해석.

4) '도망해 온 토끼'는 귀토 설화를 바탕에 깔고 있는 이미지. 토끼 설화는 자라 혹은 거북
   의 유혹에 넘어가 죽을 뻔한 토끼가 기지로 목숨을 건지는 이야기. 꾀 많은 토끼가 남
   해 용왕을 속이고 살아온 내용으로 고대 소설로는 〈토끼전〉·〈별주부전〉·〈토생원전〉
   이라 함. 김홍규는 토끼 설화에 대한 정확성의 논문을 토대로 이 시를 해석한 바 있음.
   곧 인간적인 의미의 차원에서 토끼는 '현실의 고난 때문에 환상에 잠기는 인간성의 전
   령'으로, 자기가 처한 현실의 억압과 고통에서 벗어나 '가상하던 이상적인 삶을 누리기

위해 용궁에 찾아갔으나 오히려 삶의 포기를 요구'받는, 곧 그의 꿈이 환상이었음을 깨
닫고 자신의 자리가 갈등의 현장, 지상의 세계뿐임을 확인한다고 봄. 결국 토끼는 삶의
현실을 깨닫는 '발전적 인물'을 표상한다.

5) '나'는 화자면서 동시에 토끼를 표상. 여기서 토끼는 스스로의 갈등을 지키려는 존재를
표상. 그것은 화자가 기른 독수리라는 점에서 화자의 밖에 존재하는 것이 아니라 스스
로 선택한 화자의 고통스러운 삶의 양식을 암시함.

6) 2연의 '간을 지키자'와 대립되는 표현. 3연은 따라서 자아의 고통, 지상적 삶의 갈등을
견디겠다는 의지를 표현. 김흥규는 "자신의 삶을 쪼아 내는 자아의 의식 활동이 치열한
아픔을 주지만, 그는 안식이 아니라 고통을 선택한다"고 해석함.

7) 3연에 대한 부연.

8) 화자의 삶의 상황을 프로메테우스의 그것에 비유한 표현. 김흥규는 "지금—여기에서
의 고통스런 자기 응시와 긴장"으로 해석.

9) '목에 맷돌을 달고'는 프로메테우스 신화의 변용인 것 같다. 마광수는 이러한 표현을
신약 성서의 예수의 산상 설교와 관련시켜 해석하고 있음. 순진한 어린아이를 꾀어 죄
에 빠뜨리는 자는 아예 "연자 맷돌을 목에 달아 바다에 빠뜨리는 게 낫다"는 설교. 그는
불을 모르던 인류는 '어린이'처럼 순진했으며, 그 어린이에게 불을 가르쳐 준 자가 프로
메테우스이기 때문에, 이러한 표현이 나올 수 있으리라고 봄.

懺悔錄[1]

파란 녹이 낀 구리 거울 속에
내 얼골이 남어있는것은
어느 王朝의 遺物[2]이기에
이다지도 욕될까

나는 나의 참회의 글을 한줄에 줄이자
—滿二十四年 一個月 을3)
　무슨 기쁨을 바라 살아왔는가

내일이나 모레나 그 어느 즐거운 날에
나는 또 한줄의 참회록을 써야한다.
—그때 그 젊은 나이에
　웨 그런 부끄런 告白을 했든가4)

밤이면 밤마다 나의 거울을
손바닥으로 발바닥으로 닦어보자5)

그러면 어느 隕石 밑으로6) 홀로 걸어가는
슬픈 사람의 뒷모양이
거울 속에 나타나 온다.

—주—

1) 1942년에 완성된 시. '거울'을 모티프로 한 시.

2) '파란 녹이 낀 구리거울' 속에 보이는 자아에 대한 성찰. 화자는 스스로를 욕된 자아, 곧
　면목이 없는 자아, 불명예스러운 자아로 인식함.

3) 윤동주는 1917년 12월 30일에 태어났음. 이 시가 씌어진 1942년은 만 24세가 되던
　해다. '만 24년 1개월'이라는 표현은 윤동주 자신의 나이를 지시함. 이 시는 1942년
　1월 30일경에 씌어진 것으로 유추됨.

4) 2년의 참회록에 대한 자기 비판. '그때 그 젊은 나이'는 24세의 나이. '부끄런 고백'은
　그때 '무슨 기쁨을 바라 살아왔는가'라고 쓴 것을 암시.

5) '발바닥으로' 거울을 닦겠다는 것은 반어적 표현. 여기서는 이러한 반어성보다 온몸으로 '거울'을 닦겠다는 의지를 강조하고 있음. '거울'을 닦는 행위는 자아 성찰에 철저한 자아를 표상.

6) '운석'은 지구에 떨어진 별똥. 화자는 자기 성찰의 끝에서 떨어지는 '별'을 보고 자신이 그 별 밑을 홀로 걸어가는 슬픈 사람이라고 노래함. '별'과 '거울'의 관계에 대한 시인의 새로운 인식을 엿볼 수 있음.

八福[1]

슬퍼 하는자는 복이 있나니[2]
슬퍼 하는자는 복이 있나니
슬퍼 하는자는 복이 있나니
슬퍼 하는자는 복이 있나니
슬퍼 하는자는 복이 있나니
슬퍼 하는자는 복이 있나니
슬퍼 하는자는 복이 있나니
슬퍼 하는자는 복이 있나니

저희가 永遠히 슬플 것이오.[3]

─주─

1) '팔복'이란 신약 성서 〈마태복음〉 5장에 나오는, 예수는 산상 설교의 내용. 예수는 참된 행복을 가) 마음이 가난한 자, 나) 슬퍼하는 자, 다) 온유한 자, 라) 정의에 주리고 목마른 자, 마) 자비를 베푸는 자, 바) 마음이 깨끗한 자, 사) 평화를 위하여 일하는 자, 아)

옳은 일을 하다가 박해를 받는 자만이 차지할 수 있다고 설교했음. 이 시는 이상 여덟 가지 행복 가운데 "슬퍼하는 자는/복이 있나니/그들은 위로받을 것이오"라는 표현을 패러디parody의 형식으로 노래하고 있음.

2) 1행부터 8행까지는 예수의 산상 설교에 나오는 여덟 가지 행복에 각각 해당하나, 그 것을 화자는 모두 '슬퍼하는 자는 복이 있나니'로 반복함으로써 패러디를 만들고 있음. 그러나 이러한 패러디는 단순히 예수의 설교 내용에 대한 풍자라기보다는 슬픔을 체험하는 화자의 삶을 강조하기 위한 표현법으로 볼 수도 있음. 곧 팔복 가운데 슬퍼하는 자가 맛보는 행복이 가장 크다는 관념을 엿볼 수 있음.

3) '저희'는 '슬퍼하는 자'. 〈마태복음〉에는 "저희가 위로받을 것이오"라고 되어 있음. "위로받을 것이오"를 "영원히 슬플 것이오"라고 패러디화함으로써 시적 아이러니가 발생하며 그런 점에서 이 시는 예수의 산상 설교에 대한 풍자로 읽을 수 있음. 마광수는 이 표현을 '그가 겪고 있는 시련, 또는 민족이 겪고 있는 시련이 아무리 오래 계속되더라도 끝까지 참아 낼 것'이라는 뜻으로 해석. '슬퍼하는 것'이 복이라면 '영원히 슬퍼하는 것'은 지복至福이라는 역설로 해석하나, 원래의 내용인 "저희가 위로받을 것이오"에 대한 풍자로 보는 게 타당할 것 같다.

편지1)

누나!
이 겨울에도
눈이 가득히 왔읍니다.

흰 봉투에
눈을 한줌 넣고
글씨도 쓰지 말고

우표도 붙이지 말고
말숙하게 그대로
편지를 부칠가요?

누나 가신 나라엔[2]
눈이 아니 온다기에.

—주—

1) 동시의 형식으로 씌어진 시.

2) '누나'의 죽음을 슬퍼하는 화자의 고운 심성이 나타남.

일제 암흑기의 찬란한 빛
―그를 불러 민족 시인이라고 하는 까닭을
　윤동주의 삶과 문학을 간추려 살펴 본다

《문학사상》자료연구실

　윤동주를 민족 시인이라고 부르는 까닭은 슬프고 아름다운 시인의 삶과 죽음이 일제하 민족의 수난과 비극을 상징하고, 그의 시는 민족의 아픈 상처와 한을 대변하며 지난 50년간, 그리고 앞으로 영원히 민족적인 애송시로, 세월의 벽을 넘어 언제나 겨레의 가슴속 깊이 살아 맥박치기 때문이다.

　■ 윤동주는 암흑기의 경이롭고 빛나는 별
　윤동주는 젊은이들의 우상이다. 그의 시를 곱씹어 가며 한국의 젊은이들은 일찍 중고생 시절부터 그윽한 한국적 정서와 시문학의 향기를 맡기 시작한다. 동시에 어둠의 세월 일제의 잔악한 침략정책에 짓밟혔던 조국의 역사와 수많은 순국의 선열들을 생각하며, "한점 부끄러움이 없기를" 바라면서, 영원히 젊고 아름다운 시 작품을 남기고 간 윤동주를 추모한다.
　왜 그처럼 윤동주는 젊은이들의 영원한 우상으로 살아 있는 것일까?
　이런 의문의 답을 찾기 위해 각종 자료를 참고로 윤동주의 삶과 문학에 대한 재조명을 시도하며 간추린 평전을 적어 보고자 한다.
　삶이 또한 그렇듯이 예술은 저항이라고 한다. 자유를 갈망하면서도 유한적 존재라는 한계 앞에 무기력할 수밖에 없는 인간의 초월을 향한 몸부림이 곧 저항이라고 할 수 있다.

특히 1940년대를 전후한 시기에 있어서 그 저항은 관념적 고뇌에 그치지 않고 혹독한 현실적 고통을 수반했다. 세계 정복에 광분하던 일본 제국주의의 깃발 아래 우리의 청장년들은 징용과 징병이라는 사슬에 묶여 전쟁터로 끌려갔고, 온 겨레는 기아와 도탄의 생활 속에 신음했다. 일본식으로 개명한 이름을 부르지 않는다거나, 고향을 그리워하는 글을 쓴다거나, 친구들 여럿이 모여 술자리를 가졌다는 이유만으로도, '불온_{不穩}'하다는 딱지가 붙여져 박해를 받고, 때론 죽음에 이르기도 하는 곤욕을 치러야 했다. 인간은 단지 전쟁터의 총알받이로서만 그 존재 가치를 인정받았으며, 인간 존엄이라든지 자유나 예술과 같은 사치스런 말들은 넝마 조각만도 못하게 짓밟혔다.

그런 까닭에 우리에게 윤동주라는, 흔히 '암흑기'라고 불리우는 그 암울했던 시대를 순수와 아름다움이라는 여린 이름으로 살다 간 시인이 있다는 사실은, 하나의 경이로움이 아닐 수 없다.

■ 어린시절부터 유난히 강렬했던 문학에의 열정

1917년 12월 30일, 시인 윤동주는 만주 북간도 명동촌에서 명동중학교의 교원인 윤영석과 그의 아내 김용 사이에서 맏아들로 태어났다. 아명은 해환_{海煥}, 아동 잡지《어린이》를 밤새워 읽으며 그림 그리기를 유달리 좋아했던 미소년이었다.

아홉 살 나던 해, 윤동주는 고종 사촌인 송몽규와 함께 명동소학교에 입학했다(윤동주의 삶을 언급함에 있어서 빠뜨릴 수 없는 인물인 송몽규는, 윤동주와 석 달 사이로 같은 집에서 태어나서 훗날 형무소의 한 지붕에서 한 달 간격으로 나란히 옥사하기까지 윤동주와 각별한 관계를 유지했다).

윤동주는 재능이 많아서 교사들의 귀여움을 받았지만, 수업 시간에 질문에 답하다가 혹 말문이 막히기라도 하면 금세 눈물이 핑 돌 만큼 민감한 감성의 소유자였다.

그러나 문학에 대한 열정만은 남달라서 일찍이 송몽규와 더불어 《새명동》이라는 등사판 문예지를 만들어 동요와 동시 등을 발표하는 등 활발한 활동을 했다.

1931년, 명동소학교를 졸업한 윤동주는 고향 근처 중국인 소학교 6학년에 편입해 1년간 학교 생활을 했는데, 이 시기에 시 〈별 헤는 밤〉에 나오는 패(佩), 경(鏡), 옥(玉) 등의 이국 소녀와의 만남이 이루어졌다.

중국인 소학교를 졸업한 윤동주는 용정의 은진중학교에 진학했다. 윤동주의 중학 생활은 활동적이었다. 축구 선수로 뛰는가 하면 웅변도 하고 교내 잡지를 만드느라 송몽규와 함께 밤늦게까지 등사 글씨를 쓰기도 했다.

■ 여리고 순수한 감성, 티없이 맑은 젊음의 표상

그의 동생 윤일주는 그 시절을 회고하면서, "축구 선수였던 형은 어머니의 손을 빌지 않고 유니폼에 이름도 혼자 만들어 붙이고 기성복도 손수 재봉틀로 적당히 고쳐 입었습니다"라고 말하고 있다. 가부장적 사회로서 남성 우월주의가 완고하게 뿌리내리고 있던 시대였음을 감안할 때 윤동주의 내면에 자리한 섬세하고 여성적인 정서를 엿볼 수 있다.

이어지는 윤일주의 회고를 보면 그의 성격을 보다 구체적으로 짐작할 수가 있다.

"문학 서적만 들고 다니던 형이었기에 성적 중에서 수학이 으뜸가는 것에 다들 놀랐습니다. 특히 기하학을 좋아했는데 아마 치밀한 성품 때문이 아니었을까 생각합니다."

3학년이 되자 윤동주는 갑자기 평양 숭실중학교에 유학할 뜻을 비쳤다. 1년 남짓한 숭실중학 시절은 윤동주에게 있어서 문학에 대한 열정이 한껏 고조된 시기였다. 이 시기를 전후해서 〈초 한 대〉·〈삶과 죽음〉·〈내

일은 없다〉·〈거리에서〉등 그의 초기 시들이 지어졌으며, 숭실중학교 학생회가 간행한 학우지《숭실활천》제15호에 시 〈공상〉이 게재됨으로써 그의 시는 최초로 활자화됐다.

윤일주는 당시 문학에 대한 윤동주의 열정을 짐작케 하는 일화를, 윤동주 유고 시집의 발문에 다음과 같이 적고 있다.

"그 즈음에 백석白石의 시집 〈사슴〉이 출간되었는데, 100부 한정판인 까닭에 그 책을 구할 수가 없어 도서관에서 온종일 걸려 정자正字로 베껴 내고야 말았습니다. 그리고 그것을 퍽 소중하게 지니고 다녔습니다."

이듬해 봄, 신사 참배 거부 사건으로 숭실중학이 폐교되자 윤동주는 다시 용정으로 돌아와 광명중학교 4학년에 편입했는데, 그 무렵 처음으로 잡지에 글을 발표했다.

북간도 연길에서 발행되던《카톨릭 소년》이라는 잡지에 '동주童舟'라는 필명으로 〈병아리〉를 비롯해서 〈빗자루〉·〈거짓부리〉등의 동요·동시를 발표한 것이다. 이 과정에서 그의 문학에 대한 열망은 더욱 심화되어 갔다.

■시〈슬픈 족속〉이 씌어졌던 연희전문 시절

졸업을 한 학기 앞둔 시기에, 진학을 결정함에 있어 그가 문학을 선택한 것은 당시에 그가 지니고 있었던 문학열에 비추어 당연한 귀결이었다. 그러나 그러한 결심은 아버지의 완강한 반대에 부딪혀야 했다.

젊어서 문학에 뜻을 두어 북경과 동경에서 유학하고 교원까지 지낸 아버지였지만, 문학을 하면 배가 고프다는 사실을 뼛속 깊이 느껴 왔던 그는 아들에게까지 그 고통을 짊어지게 하고 싶지 않았던 것이다. 아버지는 아들이 의사가 되기를 바랐다.

윤동주는 번민에 빠져 들었다. 그는 아버지가 퇴근하기 전에 밖으로 나가서 산이며 강가를 헤매다가 밤중이 다되어서야 돌아오곤 했다. 한숨이 늘고 밤늦은 시간에 일어나 가슴을 두드리는 일도 잦았다. 그렇게 반 년이 흘러가고 졸업은 눈앞에 닥쳐왔다. 보다못한 할아버지가 중재에 나서 마침내 아버지를 설득시킬 수 있었다.

1938년, 연희전문학교(현 연세대학교의 전신) 문과에 입학한 윤동주는 방학 때 집에 돌아오면 베바지 베적삼에 밀짚모자를 쓰고 다니기를 즐겼다.

용정은 인구 10만이 넘는 꽤 큰 도시였음에도 불구하고, 대학생인 윤동주는 조금도 쑥스러워하지 않고, 그런 차림으로 황소를 몰고 나가곤 했는데, 그런 그의 손에는 언제나 릴케나 발레리의 시집이 들려 있었다.

소를 몰고 가다가 일하는 시골 아낙네들을 보면 따뜻하게 말을 건네었고, 골목길에서 노는 아이들과 함께 씨름도 했으며, 들꽃을 꺾어 가슴에 꽂거나 책갈피 사이에 끼워 두기도 했다.

'흰 수건이 검은 머리를 두르고'로 시작되는 짧은 시 〈슬픈 족속〉은 바로 그 무렵에 씌어졌다.

집안일을 도와 소꼴도 베고 물도 길었다. 때로는 할머니를 도와 맷돌질도 했다. 평소에는 과묵했지만, 할머니와 마주앉아 맷돌질을 할 때면 서울 이야기를 재미나게 들려주기도 했다. 한편 체질적으로 허약했던 어머니를 간병하며 말동무가 되어 주기도 했다.

또 동생들을 무척이나 사랑하고 다정다감했던 그는 저녁이 되면 습관처럼 동생의 손을 잡고 산책길에 나섰다. 형제애의 뜨거운 정을 쏟던 윤동주는 멀리 새로 뜨는 별을 바라보며 생각에 잠기기도 했고, 강물을 따라 걸으며 콧노래를 흥얼거리기도 했으며, 야산을 거닐다가 시흥에 젖어서 긴 한숨을 내쉬기도 했던 그 무렵 시 〈아우의 인상화〉 속에 동생의 사랑스런 모습을 아로새겼다.

■ 연전 4년을 마칠 때 손에 쥔 졸업장과 그의 시집

윤동주는 연희전문학교에 입학한 이후로 부쩍 독서량이 늘었다. 방학 중에 이불 짐 사이에 넣어 오는 책이 모여서 800여 권에 이를 정도였다. 선배들의 시집과 《앙드레 지드 전집》·《도스토옙스키 연구 서적》·《발레리 시 전집》·《불란서 명시집》 등의 원서들을 탐독했고, 특히 연전을 졸업할 즈음에는 키르케고르를 애독했다.

시작詩作 또한 활발해서 《조선일보》 학생란에 〈유언〉·〈아우의 인상화〉 등을 윤동주 및 윤주尹柱라는 이름으로 발표했고, 《소년》에 동시 〈산울림〉을 발표했다.

1941년, 연전 4년을 마쳤을 때 그의 손에는 졸업장과 함께 총 19편의 시를 묶은 《하늘과 바람과 별과 시》라는 제목의 시집이 들려 있었다.

원래는 77부 한정판으로 출판하려 했으나 〈슬픈 족속〉·〈십자가〉 등의 작품이 검열을 통과하기 어려울 테니 훗날에 출판하라는 이양하 교수의 충고를 받아들여 세 부만 자필 시선집 형식으로 만든 것이었다.

■ 현실 적응 위한 부모의 뜻에 상심과 참회

고향에 돌아온 윤동주는 후진 양성에 힘쓰겠노라는 뜻을 비쳤다. 그러나 일본에 가서 공부를 마저 마치는 것이 어떻겠느냐는 아버지의 권유는 뿌리치기 어려웠다.

윤동주는 쉽게 결정을 내리지 못하고 고민했다. 성과 이름을 일본식으로 고치라는 일본의 강압 정책의 하나였던 이른바 창씨개명을 하지 않으면 일본으로 갈 수 있는 수속을 위해 필요한 도항증渡航證을 손에 넣을 수가 없었기 때문이다.

〈참회록〉은 그가 창씨개명계를 내기 닷새 전에 씌어진 고뇌에 찬 시로, 당시에 그가 감당해야 했던 참담한 좌절감과 비애가 배어 있다.

〔이 책 머리에 실린 윤동주가 남긴 27년의 세월 대부분의 기록 사진을

모은 화보의 맨 끝장에 실린 시 〈참회록〉의 원고 여백에는 그가 갈겨 쓴 낙서가 있다. 거기에 '비애금물悲哀禁物', '욕될까', '내일이나 모레나 그 즐거운', '도항증渡航證' 등의 말이 있는 것으로 미루어 아버지의 강권에 따라 일본 유학을 떠나기 위해서 마지못해 창씨개명創氏改名을 한 데 따른 심각한 고민을 한 흔적을 엿볼 수 있다.)

윤동주의 시편 가운데 비교적 걸작의 하나로 꼽히는 그 〈참회록〉은 창씨개명이 얼마나 '욕될까' 하고 개탄하면서, '내일이나 모레나 그 즐거운 날'이 올 것을 확신하며 고민한 흔적을 찾을 수 있다.

1942년 윤동주는 일본행 배를 탔다. 송몽규도 함께였다. 윤동주는 도쿄 릿쿄 대학立教大學 문학부 영문과에 입학했고, 송몽규는 교토 제국 대학京都帝國大學 사학과에 입학했다.

당시 태평양과 아시아 대륙에서 들끓고 있던 태평양 전쟁의 불길은 미국의 대대적인 반격으로 한층 격화되어 갔고, 부상당한 병사들과 주검들이 연일 일본 본토로 후송되어 왔으며, 거리는 온통 불안에 휩싸여 있었다. 전세가 급박해지자 일제는 한반도에도 징병제도와 학병제도를 실시하여 40만이 넘는 우리 청년들을 전쟁의 희생물로 몰아갔다.

그 광란의 소용돌이 한가운데에서 시작된 윤동주의 유학 생활은 고독의 연속이었다. 존경하던 선배들은 붓을 꺾거나 변절했으며, 사랑하던 친구들은 뿔뿔이 흩어져 연락조차 닿지 않았다.

윤동주는 이 시기에 '창 밖에 밤비가 속살거려/육첩방은 남의 나라'로 시작하는 〈쉽게 씌어진 시〉 속에 어릴 때 동무를 모두 잃어버리고, 안일하게 시구詩句를 적고 있는 자신의 모습을 한탄하기도 했다. 그 주옥 같은 시를 읽으면 일제에 항거하는 힘도 방법도 없는 허탈감과 무력감이 감돌고 있으며, 마음속 깊은 곳에서 터져 나오는 처절한 절규를 들을 수 있을 것만 같다.

■ 왜 윤동주를 민족 시인이라고 부르는가

윤동주가 '교토 조선인 학생 민족주의 그룹 사건'에 연루되어 갑자기 체포된 것은 이 시가 씌어진 다음 해인 1943년 7월이었다. 전쟁이 막바지에 이르러 '총동원법'에 따라 조선의 젊은이들에게도 전면적인 징병 제도가 실시되어 마구 전쟁터로 끌려가는 소용돌이 속에서, 조선인 지식층들에 대한 탄압이 극에 달하던 시기였다. 뒤늦게 공개된 일본 경찰의 사상범을 다룬 극비 문서《돗코겟포特高月報》에 실린 일경의 윤동주에 대한 조사 기록을 보면, '요시찰 인물'로 주목받고 있던 송몽규가 독립 운동을 위한 비밀 결사의 중심 인물이고 윤동주는 그에 동조한 것으로 되어 있다.

두 사람은 12월 6일 검사국으로 넘겨졌고, 해를 넘겨 1944년 2월 22일에 기소되었다. 재판은 분리 진행되었으며 3월과 4월에 두 사람은 각각 징역 2년을 선고받았다.

두 사람은 후쿠오카 형무소로 송치되었고 견디기 어려운 옥고를 겪다가, 체포된 지 19개월 만인 1945년 2월 16일, 민족 해방의 날을 6개월 앞두고 짧은 스물일곱 해 생애의 막이 내려졌다. 일본인 간수의 말에 따르면 윤동주는 숨을 거두기 직전에 조선말로 외마디소리를 질렀다고 한다. 안타깝게도 간수가 조선말을 몰랐던 까닭에 그 한마디가 어떤 말이었는지는 전해지지 않고 있다. 어쩌면 조국의 독립 만세를 울부짖으며 윤동주는 마지막 숨을 거두었는지도 모른다.

짧은 생애를 마감한 그의 육신은 한줌의 재가 되어 용정으로 돌아와 묻혔다.

그의 사인死因에 관해서는 확실히 알려지지 않았다. 일제 말기의 패전敗戰이 임박한 시점에서 일제는 식민지의 독립 운동자로 낙인이 찍힌 학생 하나의 목숨쯤은 파리 목숨만큼도 여기지 않았을 것이다.

따라서 그가 생체 실험生體實驗의 제물이 되어 목숨을 잃었다는 주장도 상당한 근거가 있는 것으로 전해지고 있다.

생체 실험설은 윤동주가 후쿠오카 형무소에 수감된 이후 이름 모를 주사를 자주 맞았다는 것으로, 무슨 주사인지 모른 채 계속 강제로 주사를 맞곤 했다는 것인데, 윤동주는 점점 수척해져 가다가 마침내 주사 쇼크로 차디찬 감방에서 숨을 거두었다는 것이다.

그런 생체 실험은 당시 일본의 태평양 전쟁의 막바지에서 전상자는 속출하는데 수혈용 피가 턱없이 부족하자 식염수를 혈액 대용으로 쓸 수 있는지를 연구하기 위한 것이었다고 한다.

윤동주의 비극은 험악한 일제 말기의 우리 민족에 대한 탄압이 절정에 이르렀을 때, 민족의 긍지를 잃지 않고, 순수와 아름다움으로 삶을 이어 나가려고 한 데 있었다. 우리말로 시를 쓴다는 행위가 단순히 시를 쓴다는 것 이상을 의미했던 그 시대에 있어서 그것은 반역을 의미했던 것이다. 자유와 인간 존엄과 순수를 용납하지 않던 시대적 조류 한가운데에서 윤동주는 여린 몸짓으로 고고하게 홀로 서 있으려 했지만 무참하게 그의 목숨을 앗아가고 말았다.

단지 억압과 굴종의 큰 흐름에 합류하지 않는다는 이유만으로 시대의 물살은 그의 몸에 세차게 부딪쳐 왔고, 그는 생을 마감하면서 '저항'이라는 또 다른 차원의 '순수'와 한국적 정서의 황금 부분을 세상에 남겼다.

일제는 그처럼 잔혹하게 스물일곱 살의 젊고 순결한 영혼의 시인 윤동주를 앗아 갔지만 윤동주는 그 일제日帝 말기 암흑기에 찬란하게 빛나는 문화 유산을 남긴 마지막 한 사람의 시인으로 기억되고 있다.

반대의 주장도 있지만, 그를 민족 시인이라고 부르는 까닭은 그처럼 슬프고 아름다운 시인의 삶과 죽음이 일제하 민족의 수난과 비극을 상징하고, 그의 시는 민족의 아픈 상처와 한을 대변하며, 지난 50년간 그리고 앞으로 영원히 민족적인 애송시로, 세월의 벽을 넘어 언제나 겨레의 가슴속 깊이 살아 맥박 치리라고 오늘 이 땅에 사는 대부분의 사람들이 믿기 때문이라고 생각된다.

제2부
연구 논문

김남조 • 윤동주 연구

김용직 • 어두운 시대의 시인과 십자가

김윤식 • 어둠 속에 익은 사상

김현자 • 대립의 초극과 화해의 시학

김흥규 • 윤동주론

오세영 • 윤동주의 시는 저항시인가?

이어령 • 어둠에서 생겨나는 빛의 공간

오무라 마쓰오 • 나는 왜 윤동주의 고향을 찾았는가

• 윤동주의 사적 조사 보고

• 윤동주 시의 원형은 어떤 것인가

윤동주 연구

자아 인식의 변모 과정을 중심으로

김남조

1927년 대구 출생

서울대 국어교육과 졸업

1950년 《연합신문》에 시 〈성숙〉등을

발표하면서 등단

서울시문화상 · 대한민국문화예술상 등 수상

저서 《목숨》 · 《사랑 초서抄書》 ·

《바람 세례》 · 《김남조 시 전집》 등

윤동주 연구
—자아 인식의 변모 과정을 중심으로

김남조

Ⅰ. 서론

시인 윤동주는 한국 현대시사에 지워질 수 없는 각문刻文으로 그 이름이 돋아 올랐으며, 근년에 와서는 '사랑받는 시인' 중의 수위자首位者로 또 한 칭호를 덧붙이게 되었다.

논문류의 글 속에 들어올리기엔 어쭙잖은 성질일 듯도 싶으나, 전파 매체를 통한 여론 수렴에서 연 몇 해에 걸쳐 그가 '좋아하는 시인'의 으뜸으로 집계되었고 문학지의 조사 연구에서도 동일한 결론이 발표된 바1), 다른 사람 아닌 '윤동주'인 점에 어렵지 않게 공감의 일치를 모을 수 있다고 여겨진다.

그 이유는 사람의 사랑스러움, 나아가 시인으로서의 사랑스러움을 그는 심히 자연스럽고 당연하게, '또는 아니 그럴 수가 없게' 지니는 터라고 보여지기 때문이다. "그를 회상하는 것만으로 언제나 나의 넋이 맑아짐을 경험한다2)라고 한 문익환의 고백이 아니더라도 그의 젊음, 그의 맑음, 그의 장함과 애처로움은 많은 이들의 가슴속에 오래도록 애경과 불망을 낳아 놓게 될 것이다.

그에 대한 연구도 줄기차게 이어지는 가운데 대략의 주조가 민족적 저

항 시인으로 잡혀 가고 그 밖에 다양한 고찰과 논증이 시도되어 온다. 최근에는 일본 〈기로쿠샤記錄社〉가 펴낸《하늘과 바람과 별과 시空と風と星と詩》의 역자인 이부키 고에 의하여 그의 옥고 및 옥사의 경위가 소상하게 추적된 보고서가 국내에 소개된 바도 있다.[3]

본고는 유고 시집《하늘과 바람과 별과 시》를 통해 찾아보게 된 윤동주의 정신적 나형裸形에 나름대로 접근해 보고자 한다. 한 인간을 에워싸는 어둠과 배리의 그 어떤 가혹한 상해傷害로서도 덮어 가리우지 못했던 심성의 청결한 살결과 불굴의 정신을 헤쳐 보는 가운데, 인간의 근원성에 바탕하는 일련의 생명적 존귀를 찾아내고자 함이다. 한 시인의 정신적 도정을 더듬어 그 존재의 축을 찾아보게 됨으로써 궁극적 인간 긍정 내지는 인간 구원의 신념에 다다르고 싶다.

이와 같이 최종적 진실에의 복귀를 지향하면서 윤동주 문학의 본질을 헤아리고자 하는 본고의 논술 방향은 다음과 같다.

첫째, 실존 철학의 근간이 되는 주체성의 원리에 근거하여 윤동주 시에 나타난 반성적 자아의 의식 작용을, 주로 가브리엘 마르셀의 개념에 비추어 구명해 보고자 한다.

주체로서의 자아의 문제성과 성실성을 자각하는 존재를 가리켜 '실존'이라고 할 때, 한 시인의 실존적인 눈뜸과 그 내면의 심화 과정은 그의 작품 세계의 진실과 엄밀한 대응 관계에 놓여질 것으로 보여진다. 이런 점에서 본고는 시인과 시의 비분리非分離를 지향한다.

"윤동주의 경우처럼 그 작품과 삶과 지조가 완전히 구합일체화具合一體化된 예는 극히 드물다. ……시와 사상, 사유와 지조, 그리고 시와 생애가 촌분의 괴리도 있을 수 없이, 그의 서정 정신과 저항 정신의 한 줄기 순절殉節에의 희생으로 일철화一轍化"[4]했다는 평가가 여러 논자들의 연구에 의해 입증되고 있음에 비추어 볼 때[5], 시인과 시의 비분리성을 취하는 관점은, 어쩌면 통념에의 가담쯤이 될 것도 같다.

가브리엘 마르셀의 철학에서 반성은 생의 한 양식이며, 좀 더 깊이 말하자면 반성은 한 수준에서 다른 수준으로 가는 생을 위한 어떤 방식이다.

"우리의 경험을 그의 복잡성에서, 그의 능동성에서, 또는 그의 변증법적인 성격에서 파악하면 할수록 우리의 경험은 반성으로 탈바꿈하지 않을 수 없음"을 역설하면서, 마르셀은 1차적 반성이 자기에게 먼저 나타났던 통일을 분해함에 대하여 2차적 반성은 본질적으로 재수리적이며 그것은 재정복이라고 말하고 있다.[6] 이러한 개념의 시각에서 윤동주의 일련의 시 작품을 분석하고자 하는 것이 제Ⅱ장의 논지가 된다.

둘째, 자기 가능성의 한계에 이르기까지 혹은 그것을 더 넘어가서 진실을 발견해야 한다는 의지가 "자기 안의 메시아적 본질"[7]임을 파악한 윤동주의 문학에서, 상황적으로 조건 유도될 전망을 끝내 초극해 가려한 점에서 이른바 희망의 시학이라 할 수 있는 성질을 찾아본다.

시초부터 "인간의 삶에 궁극적 의미나 존재론적 비중을 주는 하나의 영원한 실존성이 있다는 보증"[8]을 선취한 윤동주 문학에서, '새벽'과 '아침'과 '봄'과 '광명' 등으로 나타나는 희망의 수사학은 명백히 기독교적인 구원 원리에 입각한 것이다.

이러한 의미 계보를 그의 작품들 속에서 가려내려 함이 본고의 또 하나 과제라 하겠다. 다시 말하면 그에게는 선험적이다 싶이 '구원되려는' 혹은 '구원된' 자아 인식이 있었다고 여겨지는 바, 가톨릭적 실존주의 철학자로 지칭되는 마르셀의 반성 개념에 기대면서 별달리 수월한 윤동주의 총명과 감성을 탐색하고자 한다.

그러므로 본고의 주제는 앞서 말한 바와 같이 구원과 초월의 복음에 대한 문학적 추구에 귀착한다고 보아 무방하다.

이러한 일련의 논술 작업이 기왕의 논점에서 크게 진전되는 바 못 될지라도 한 시인의 정신 세계에 대한 탐사와 천착은 거듭 시도되어 좋으리라고 여겨진다. 이는 하나같이 인간성 내지는 전인성全人性의 토양을 알아보고자 하는 인간 탐색이요, 그 좋은 표본으로서의 시인 탐색이 되겠기 때문이다.

본고의 전개에 있어 타 연구 논문의 인용을 가급적 피하고자 했음을 부기해 둔다.

Ⅱ. 자성적 자아와 실존

개념 규정

모든 인식은 자기 외부의 대상과 관련을 맺음으로써 시작된다고 한다면, 자기 자신을 인식하는 경우에 있어서도 일단은 자기를 떠날 것이 요구된다. 이렇게 자기를 대상화하는 의식 작용을 반성이라 할 때 성찰의 주체로서 자각되는 의식을 자성적 자아라고 부를 수 있을 것이며, 여기에서 "진정한 의미의 주체성은 의식意識의 의식意識"[9]이라는 실존주의 원리의 그 의식이 성립된다.

마르셀은 '나'가 아닌, '우리는 존재한다'라는 명제에서 출발했고 '우리'의 만남은 다시 '초월자'에 의해 추어진다는 사유의 집을 지은 사람이다. 그에 의하면 존재는 한없는 신비며 인간은 인격적·종교적 존재로 파악되었다. 앞서 말했듯이 그는 인간의 사고 방식을 둘로 나누었는데, 하나는 1차적 반성이며 또 하나는 2차적 반성이라는 것이다.

1차적 반성이란, 존재를 소유의 차원에서 보며 객체로서 분석하여 개념적 지식에 환원한다. 따라서 과학이나 기술의 지식은 모두 이 범주에 속한다.

2차적 반성이란 존재 자체에 참여하여 존재를 공감한다. 그러므로 존재의 비의秘義를 탐구함에 있어선 이 기능이 절대적으로 참조돼야 한다는 것이고 덧붙여 '회상'을 집어 올리고도 있다.

회상은 직접적으로 주어지지 않는 어떤 의미와의 사이에서도 연계와 통일을 달성하며 하나의 전체 존재를 인식케 하면서 곧바로 신비와 이어진다. 심지어는 인식론적 한계를 넘어서는 영역에까지 지성을 적용시켜 초월의 내포를 획득케 하며, 그로 하여 놀라운 심화를 맛보인다.[10]

이제 윤동주의 자성적 자아를 고찰함에 있어 어느 정도 개념의 윤곽이 드러난 듯싶다. 즉, 문제와 신비, 관조와 회상, 대상화와 통합, 1차적 반성과 2차적 반성인 바, 각각 전·후항이 동류 개념인 것이다. 그러나 인간의 존재는 합리적 사고 방식만으로는 밝힐 수 없듯이, 인간 정신의 정화인 시詩도 합리적 사고 방식으로서는 너무나도 요원한 거리감을 절감케 될 일을 분명히 전제삼고자 한다.

자기 대상화와 '우물'의 서정

한 편의 시는 시로 형성되는 대상과 시를 형성하는 자아와의 사이, 분리와 맞섬을 지양하며 외면의 풍경과 내면의 의식 사이에 밀접한 상호 관련을 이룬다.[11] 말하자면 시는 '솔기 없는 직물과 같은 대자연의 질서' 속으로 되돌아가려는 인간의 저 근원적 통일성에 대한 향수의 발현인 것이다.

윤동주의 시적 자아가 지향하는 것도 바로 시작詩作을 통한 원초적 통일감의 성취일 것인 바, 그것은 소위 꿈의 형태로 나타난다. 꿈인 시는 동시에 꿈꾸는 자의 자기 확인이기도 하며 따라서 여기에 불가피한 반성 작용을 동반한다.

1936년, 신사 참배 거부로 평양 숭실중학교가 문을 닫던 해에 윤동주는 〈가슴 1〉과 〈가슴 2〉라는 두 편의 시를 보여 준다. 두 편 모두 아직 미분화된 의식 속에 울혈이 응어리진 감정을 표백하고 있다. 아직도 자기의식의 형상력에 못 미치고 있는 단계에서 정체 불명의 모호한 절망감이 토로된 아래 시편들은 그러나 명료한 자기 관조의 예비 단계임을 짚고 넘어가야 할 것 같다.

(가) 소리 없는 북,
　　답답하면 주먹으로
　　두다려 보오.

　　그래 봐도
　　후—
　　가아는 한숨보다 못하오.

—〈가슴 1〉 전문

(나) 불 꺼진 화(火)독을
　　안고 도는 겨울 밤은 깊었다.

　　재(灰)만 남은 가슴이
　　문풍지 소리에 떤다.

—〈가슴 2〉 전문

(가)에서 '소리 없는 북'으로 비유된 가슴의 울혈은 아직도 구체적인 정황의 표현으로까지 시상을 발전시키지 못하고 끝난다.

(나)에서도 '재(灰)만 남은 가슴이/문풍지 소리에 떤다'로써 어떤 정황의 심정적 반응만을 보여 줄 뿐이지 그 이상은 나타내지 못했다. 즉, (가)·(나) 모두 자기 인식에 있어 의식의 투명성을 결하고 있다는 말이 된다. 실재적 자아의 눈뜸 그 전 단계로서 보여지는 절망 의식의 미분화 상태를 헤아릴 수 있다는 바로 그 뜻이다. 일견 자기 파악력의 미숙으로 보여지기도 하면서, 그러나 1년 후의 작품인 〈한란계〉에선 어느덧 예리

한 자기 관찰을 상당한 데까지 드러내 보인다.

> 싸늘한 대리석 기둥에 모가지를 비틀어 맨 한란계寒暖計,
>
> 문득 들여다볼 수 있는 운명運命한 오 척 육 촌五尺六寸의 허리 가는 수은주,
>
> 마음은 유리관보다 맑소이다.
>
>
> 혈관이 단조로워 신경질인 여론동물輿論動物,
>
> 가끔 분수 같은 냉冷침을 억지로 삼키기에
>
> 정력을 낭비합니다.
>
> ─〈한란계〉 중에서

'대리석 기둥에 모가지를 비틀어 맨 한란계'에 그 자신을 투사하면서 과학자적인 냉철로써 자기를 대상화하고 있다.

이때 관찰되는 자기는 관찰하는 자아 앞에 놓여지며 이 경우 인격의 통일성은 배제되어 버린다. 그러므로 마음은 '유리관'에 비유되고 그 자신 '오 척 육 촌의 허리 가는 수은주'가 된다. 이처럼 자아의 비생명적인 사물화로 인하여 자아 이미지는 차갑고 냉소적인 데에까지 다다른다.

'분수 같은 냉침을 억지로 삼키기에/정력을 낭비'하는 한 폭의 희화로 그 자신이 인식되는 것이다. 시 〈한란계〉는 날카로운 자기 풍자의 일면을 보여 줌과 아울러 "마음은 유리관보다 맑소이다"라는 구절에 와서는 자아 긍정이라는 존재론적 용기의 근거가 제시된다. 마음의 흐림이 없을 때 자기 객관화는 분열 아닌 내적 통일성 속으로 용해되는 것이다.

따라서 이 시의 마지막이, "나는 아마도 진실한 세기의 계절을 따라─/하늘만 보이는 울타리 안을 뛰쳐,/역사 같은 포지션을 지켜야 봅니다"로 끝나는 것은 자연스러우며 이로써 통일된 자기 결론에 도달함이라고 하

겠다. 바로 이 점이 가치 창조적인 의미 방향이라 하겠으므로 하여 〈한란계〉는 '문제의 차원', '존재의 차원'으로 시상의 비약을 보인다고 하겠다.

2년 뒤 1939년 9월에 쓴 〈자화상〉은 순연한 자기 관조의 정화를 보여준다.

산모퉁이를 돌아 논 가 외딴 우물을 홀로 찾아가선 가만히 들여다 봅니다.

우물 속에는 달이 밝고 구름이 흐르고 하늘이 펼치고 파아란 바람이 불고 가을이 있습니다.

그리고 한 사나이가 있습니다.
어쩐지 그 사나이가 미워져 돌아갑니다.

돌아가다 생각하니 그 사나이가 가엾어집니다.
도로 가 들여다보니 사나이는 그대로 있습니다.

다시 그 사나이가 미워져 돌아갑니다.
돌아가다 생각하니 그 사나이가 그리워집니다.

우물 속에는 달이 밝고 구름이 흐르고 하늘이 펼치고 파아란 바람이 불고 가을이 있고 추억처럼 사나이가 있습니다.

— 〈자화상〉 전문

시에 자주 등장하는 자기 객관화의 매개 사물은 '거울'이다. 거울이 비생명적이고 물리적인 사물 도구임에 반해 '우물'은 정감적이고 생명적이며 옥외의 풍광을 이루는 자연의 일부로서 주어진다. 그 우물은 '산모퉁이를 돌아 논 가 외딴'곳에 있다. 세상사의 소요를 떠난 자리에서 자기 관조가 비롯되기 때문이다.

우물은 그 자체만으로도 풍경의 고즈넉한 뜨락이 된다. 달과 구름과 하늘과 바람, 그리고 계절의 우수가 서려 있다. 그러므로 자기 모습을 발견하기 이전에 시인은 한동안 우물에 비쳐 있는 달과 가을의 조응照應에 시선을 몰입시킨다.

이 시선의 황홀한 실종에서 되돌아와 한 사나이의 모습을 거기 보는 순간, 극히 짧은 사이, 흔들리는 빗살무늬 때문에 수면의 정적이 깨어지며 문득 한 가닥 미움이 고개를 든다. 자의식의 테두리 안에 가장 깊이 자리하는 자아 거부, 숙명적이며 절망적인, 절대적 자기 권태가 치밀어 오른다.

민망하게, 평온을 잃어 우물가를 떠나는 시인의 가슴에 뭉클한 가여움의 정이 살아난다. 이건 절대적 자기 권태와 등가물이 되는 절대적 자기 집착이라고 할 수 있다. 우물이라는 의식의 영사막에 비친 자신의 모습은 묘한 역겨움을 자아내면서 한편으로 기묘하고 아픈 연민을 유발한다. 심정의 균형 감각은 대립 감정의 동시적 출현으로 취해지는 자기 통어統御의 결과인 것이다.

다시 가 들여다본 우물 속에 응시된 사나이의 모습은 여전히 달과 바람과 계절을 등에 업고 비춰져 있다. 낯설고 이질적이고 돌올突兀한, 풍광의 조화와는 동떨어진 자아의 발견은 부조리의 저 '빛깔없는 황무지'에로 들어가는 몰입의 그것이다.

그렇긴 하나, 윤동주는 자기 혐오를 자기 분열로 이끌지 않는다. 그리움은 여기서 자기 통일에의 원망願望이라 볼 수 있다. 때문에 필연 마지막 연에 가서 우물 속 풍광의 일부로 편입된 조화적 자기 관조를 보여 준다.

'추억처럼' 거기 머물러 있는 사나이는 이미 의식의 냉엄한 거리 유지를 벗어나 있다. 자기 객관화가 서정적 주체의 통합 작용에 의해 시적 질서의 조화 속에 용해되어 나타난다. 추억처럼 머물러 있는 '사나이'라는 표현은 또 다른 자기 발견을 예비하는 시적 자아의 과거주의와의 결별을 암시한다.

보다 고양된 자기 인식에로의 발돋움을 포회하는 시 〈자화상〉은 1차적 반성을 드높은 서정성으로 형상화시킨 수작이다.

지향적 의식과 '최초의 악수'

1차적 반성이 추상, 객관화라는 세계에 관한 명료성을 추구하는 반면, 2차적 반성은 존재의 신비가 파악되는 음미, 성실과 같은 경험의 통일에 복귀함으로써 인간 실존의 의미에 대한 더 넓고 풍부한 이해를 추구한다. 전자가 그 앞에 놓인 경험의 통일을 분해하는 데 대해 2차적 반성은 본질적으로 복귀적이요, 즉 그 통일을 재정복한다.

〈무서운 시간〉에서 〈쉽게 씌어진 시〉에 이르는 일련의 성찰은 '나는 무엇인가'라는 근원적 질문을 자신의 경험 내부에 대해 물음으로써, 경험의 통일을 재발견하려고 한다. 여기에선 자의식보다 지향적 의식이 문제되며 관조보다는 회상이 문제되는 것이다.

회상은, 내게 직접적으로 주어지지 않는 어떤 의미나 통일성을 찾아내는 과정이다. 회상은 결코 확실하게 관찰하는 정신에는 나타날 수 없는, 신비적 충만과 복잡성에의 더 깊은 참여를 포함한다.[12]

〈무서운 시간〉에서 우리는 이 관찰을 넘어선 내적 경험의 의미화를 목도할 수 있다.

거 나를 부르는 것이 누구요,

가랑잎 이파리 푸르러 나오는 그늘인데,
나 아직 여기 호흡이 남아 있소.

한 번도 손들어 보지 못한 나를

손들어 표할 하늘도 없는 나를

어디에 내 한 몸 둘 하늘이 있어

나를 부르는 것이오.

일을 마치고 내 죽는 날 아침에는

서럽지도 않은 가랑잎이 떨어질텐데……

나를 부르지 마오.

— 〈무서운 시간〉 전문

〈무서운 시간〉은 의식 분열의 시간이다. 모든 확실성이 둘로 화하는 빛깔 없는 황무지의 시간이다. 가랑잎도 질식한 듯 푸르스레 변색하는 '그늘'에서 탈수된 심장의 숨결은 아직 '살아 있다'는 가파른 자의식을 일깨운다. 돌연 죽음에의 유혹이 지진처럼 내습해 온다. 죽고 말리라는 절망의 충동은 역설적으로 '살아온 시간'과 그 '삶의 내용'을 섬광처럼 비추어낸다.

그 통찰의 순간 '한 번도 손들어 보지 못한 나를/손들어 표할 하늘도 없는 나를' 본다. 자기 결정적 자유의 행사에서 늘 비켜서 있던 자기를 봄과 동시에 '손들어 표할 하늘도 없는' 상황 의식에 도달하는 것이다.

이 시가 제작된 1941년 2월은 《조선》·《동아》 양대 민족지가 폐간된 (1940년) 다음해며 창씨 개명을 강요받기 시작한 때다. 고향 용정에서는 성을 히라누마平沼로 고쳤다는 전갈이 날아왔다. 시인으로서 그의 예술적 자기 실현을 꿈꾸던 윤동주에게 모국어 말살에 혈안이 된 일제의 문화 정치라는 것이 더없이 비극적인 현실감으로 다가왔던 것 같다.

죽음에 핍진하는 의식 속에 "일을 마치고 내 죽는 날 아침에는/서럽지도 않은 가랑잎이 떨어질텐데……" 하는 하나의 지향성이 나타난다. 이로써 부르는 '나'와 부름을 듣는 '나' 사이의 갈등과 분열은 한 가지 의미 방향으로 지양된다. 죽음의 면전에서 훌륭한 처분 가능성으로서의 자기를 의식하는 것이다.

'가랑잎' 내리는 정경 속에서도 자기 결정적인 실존의 존엄성과, 귀중한 일회성에서 물러날 수 없다는 결의가 마지막 대목에 응결되어 있다. "나를 부르지 마오"라는 끝 구절의 의미를 음미해 봄직하다.

자의식의 폐쇄성을 지향적 의식으로 뚫고 나온 〈무서운 시간〉 그 석 달 후 〈십자가〉가 씌어졌다는 것은 결단코 우연이 아니다. 그러나 〈십자가〉는 Ⅲ장에서 상술詳述될 것이므로 여기서는 〈또 다른 고향〉을 보기로 한다.

고향에 돌아온 날 밤에
내 백골白骨이 따라와 한 방에 누웠다.

어둔 방은 우주로 통하고
하늘에선가 소리처럼 바람이 불어온다.

어둠 속에 곱게 풍화 작용風化作用하는
백골을 들여다보며
눈물짓는 것이 내가 우는 것이냐
백골이 우는 것이냐
아름다운 혼魂이 우는 것이냐

지조 높은 개는

밤을 새워 어둠을 짖는다.

어둠을 짖는 개는

나를 쫓는 것일 게다.

가자 가자

쫓기우는 사람처럼 가자

백골 몰래

아름다운 또 다른 고향에 가자.

—〈또 다른 고향〉 전문

위의 작품에서는 자의식의 심화와 실존적 자기 초월에의 강렬한 의미 지향을 보게 된다.

1941년 9월, 여름 방학을 끝내고 돌아간 직후에 씌어진 것으로 보이는 이 작품은, 연희전문학교의 졸업을 몇 달 앞두고 있다는 시의성時宜性을 고려할 때 보다 진지한 결단으로서의 자기 대결성이 강렬히 의식을 자극하고 있다.

〈또 다른 고향〉은 미결 상태로 이어져 온 현실의 삶에 대한 준열한 비판이며, 그 자각이 명백히 잡혀지고 있다는 뜻에서 새로운 의미성을 촉구하는 반성적 사유의 전형인 것이다. 여기서는 섬세한 시 정신이 지적 통제력으로 견제되어 오히려 남성적 발성으로 울리고 있다.

〈무서운 시간〉의, 죽음에 핍진하는 의식의 작열灼熱을 경험한 후, '백골'은 육체적 실존의 메타포가 된다. 목숨이 끊어지면 한낱 백골로 화하고 말 허망함을 예감했기 때문이다.

'고향에 돌아온 날 밤', 내 의식의 동맹자인 육체도 한 방에 누웠다. 육체는 그것을 통하여 세계를 감지할 수 있는 끈이며, 그러한 유대의 의미에서의 '숨쉬는' 표본인 것이다. "고향에 돌아온 날 밤에/내 백골이 따라와 한 방에 누웠다"는 의식은, 내 존재의 한 현실적 조건인 육체의 개입에 대한 다시금의 확인이요 수긍이 되는 것이다.

우리는 우리의 육체와 분리될 수 없을 뿐 아니라 우리가 우리 자신을 발견하는 다른 구체적 상황들로부터도 분리될 수가 없다.[13] 그러므로 나는 나의 육체와 함께 있으며 다른 상황들과도 교섭을 계속한다. 이래저래 하여 '고향에 돌아온 날 밤에' 나를 따라와 함께 있는 '백골'의 내포는 더욱 확대된다. 이는 일상의 환경들과 교접하는 비본질적 자아의 비유물이다. 그리고 이러한 자아 인식에 따라오는 것은 방 안에 가득 찬 어둠이며, 어둠은 그것이 '빛의 부재'라는 점에서 우주적인 현상이며 대소大小없는 어둠 그 자체인 것이다.

'내적인 빛'으로서의 근원적 자아에로 복귀하기 전에는 어둠은 세계를 뒤덮고 있다. 이와 같은 어둠의 보편성에 대한 인식은 '바람'의 존재를 일깨운다.

바람이 어디로부터 불어와
어디로 불려 가는 것일까,

바람이 부는데
내 괴로움에는 이유가 없다.

— 〈바람이 불어〉 중에서

'바람'은 괴로움이라는 정서에 대응되는 근원적 현상이다. '바람'은 모든 가능성이 그와 더불어 소멸되고 마는 '시간'의 모래시계와 등가물이다. 그러므로 일시적이고 변전 무상한 시간 궤도에 동승한 모든 것들은 바람의 그것과 닮아 있다. '이유 없는 괴로움'은 바람의 덧없음, 즉 유실되는 시간에 대한 실존적 불안에 다름 없다. 다시 말하면 '이유 없는 그리움'으로 느껴지는 시간의 감상적 실체가 '바람'인 것이다.

'하늘에선가 소리처럼' 불어오는 바람은 시인에게 시간 의식을 일깨우는 계기로 주어진다. 따라서 '어둠속에 곱게 풍화 작용하는/백골'의 의미가 선명해진다. 일상적 영위의 망망한 무명無明 가운데 시간과 더불어 소실되어 가는 것…… 줄어드는 목숨의 밀랍에 대한 성찰은 일순 비통한 오열을 부른다. 그러나 다음 순간, 깨어 있는 의식의 예봉銳鋒은 울음으로 녹아 버리는 진실의 정곡을 찌르고자 한다.

　눈물짓는 것이 내가 우는 것이냐
　백골이 우는 것이냐
　아름다운 혼魂이 우는 것이냐

나와 백골과 아름다운 혼의 구분은 지향적 의식 작용이 내닫기 전에 오는 자기 대상화다. 2차적 반성의 통합의 노력 속에서도 1차적 반성은 줄곧 남아 있게 된다는 것이다.[14]

거듭 말하면 1차적 반성에서와는 달리 경험 내부에서부터 주어진 단계적 의식화인 것이다. 자기 동일성의 감득에 앞선 준열한 자기 성찰이 있어야 하며 바로 이때 우는 '나'는 의식 주체로서의 본래적 자기를 지칭한다. 백골이 육체의 개입으로 이루어지는 일상적 자아라면 아름다운 혼은 시적 영위의 근원인 예술혼인 것이다.

필경 백골과 아름다운 혼은 본래의 자기에로 귀속되어지는 것이다. 이 구별이 참다운 인격의 통일 속에 해소된다 할지라도 다음과 같은 선택의 자유와 그 결단은 남는다. 즉, 범부의 길을 가느냐, "진실한 세기의 계절을 따라 ― (중략) 역사 같은 포지션을 지켜야"(《한란계》) 하느냐, 예술적 창조의 길을 가느냐 등등의 분열과 갈등의 초월 의지가 다음 구절에 암시된다. "지조 높은 개는/밤을 새워 어둠을 짖는다.//어둠을 짖는 개는/나를 쫓는 것일 게다."

지조란 문자 그대로 '지켜, 바꾸지 않는 지향'이다. 언제나 한결같은 발성으로 짖어대는 '개'의 이미지는 지향을 바꾸지 않는 '의지'의 메타포로 차용된다. 허둥대는 정신의 걸음걸이에 대한 자기 냉소가 선뜻 '지조 높은 개'라는 발상으로 이어진 것이다. 이러한 자조적 발상의 역동적 에너지를 끌어 와 비로소 가능해지는 의미 방향이 맨 끝 연에 표백되어 있다.

"가자 가자/쫓기우는 사람처럼 가자/백골 몰래/아름다운 또 다른 고향에 가자."

실존적 자기 초월에의 결단이 선명하게 부각된 이 대목에서, '백골'은 환경에 예속된 일상성의 대치물이고, 의식의 자유로운 비상을 방해하는 질곡의 고삐로 구상화된다. '아름다운 또 다른 고향'에로의 탈출은 '백골 몰래' 이루어지는 것이다. 따라서 '또 다른 고향'에의 귀환이란 현실적 조건을 넘어서는 절대적 내면에로의 복귀를 의미한다.

설령 아름다운 혼의 자족적인 향수가 가능하다 할지라도 이러한 초월은 현실성을 포기한 관념의 일방적 비대화인 까닭에, 완전한 것일 수 없다. 그렇더라도 의식의 차원에서 일어나는 이러한 초월에의 결단은 보다 충실한 생生을 열망하는 성실성 그것에 다름 없기에, 도피와는 엄밀히 구별된다.

이 '또 다른 고향 의식'이 불굴의 시혼詩魂과 부단한 창조적 열정으로 변용되어 나타남을 〈쉽게 씌어진 시〉에서 찾아보게 된다.

　　창 밖에 밤비가 속살거려

　　육첩방六疊房은 남의 나라,

시인이란 슬픈 천명天命인 줄 알면서도
한 줄 시를 적어 볼까,

땀내와 사랑내 포근히 품긴
보내 주신 학비 봉투를 받아

대학 노―트를 끼고
늙은 교수의 강의 들으러 간다.

생각해 보면 어린 때 동무를
하나, 둘, 죄다 잃어버리고

나는 무얼 바라
나는 다만, 홀로 침전沈澱하는 것일까?

인생은 살기 어렵다는데
시가 이렇게 쉽게 씌어지는 것은
부끄러운 일이다.

육첩방은 남의 나라
창 밖에 밤비가 속살거리는데,

등불을 밝혀 어둠을 조금 내몰고,
시대처럼 올 아침을 기다리는 최후의 나,

나는 나에게 작은 손을 내밀어

눈물과 위안으로 잡는 최초의 악수.

— 〈쉽게 씌어진 시〉 전문

인간의 자유는 윤리적 입장에서 볼 때 상황 및 도덕률과 본질적으로 연결된다. 이런 요인을 도외시한 주관적 자유, 즉 주관적 확신에만 근거한 자유는 완전한 것이 못 된다.[15]

마르셀은 데카르트의 "나는 생각한다. 그러므로 나는 존재한다"에 있어 '나는 생각한다'는 주체는 인식론적 주체에 불과하다고 생각한다. 그러니까 지적인 요인과 생명적 요인을 분리한다고 생각하는 것이다. 그러나 존재론적 문제는 이런 구별을 넘는 곳에 자리한다.[16]

이런 맥락에서 〈쉽게 씌어진 시〉는 그 1년 전에 쓴 〈또 다른 고향〉의 영혼과 육체의 이원론二元論을 거뜬히 뛰어넘고 있다. 상황과 도덕률과 본질적으로 연결된 자유에의 통찰은 이미 '백골'과 '나'와 '아름다운 혼'을 별개로 파악하지 않는다. 이러한 구별이야말로 데카르트적 사변思辨에 불과하기 때문이다.

〈쉽게 씌어진 시〉에 있어서는 무엇보다 먼저 '내가 있다'는 판단 안에서 이루어진다. 이 '나'는 육체적 현존과 더불어 파악되는 통일적이고 생명적인 자아다. 세계 안의 존재인 나는 내 육체의 개입으로 환기되는 구체적 상황 의식에서 잠시도 자유로울 수가 없다. 그것은 눈뜬 의식이 부딪치는 숙명적인 굴레인 것이며 그렇기에 '육첩방은 남의 나라'인 것이다.

세계 역사상 그 유례를 찾아보기 힘든 잔혹한 식민지 지배 체제를 펴고 있던 일본의 다다미방에서 "창 밖에 밤비가 속살거려/육첩방은 남의 나라"라고 읊조리는 시인의 자의식은 존재론적인 자기 성찰에로 수렴된다. 무엇보다도 먼저 지금, 여기, 내가 있다 함은 자기 안에 밀폐된 자아로서의 나 자신이 아니고 세계 안에 있는 나 자신이며 상황에 현존하는 나 자신이다.[17]

공간적·시간적 종합인 우주에의 나의 삽입은 내 '육체'를 통하여 이루어진다. 나는 이 세계 안에 육화한 것으로서 현존한다. 남의 나라 육조방에 누운 시인은 이제 '백골'과 '나'를 분리해 인식하지 않으며 '나'와 '아름다운 혼'을 별개로 의식하지 않는다. 자아는 이 경우 반성적 전체로서 존재에 참여하는 것이다.

1차적 반성에서 제기된 '문제'는 내 앞에 있는 그것일 따름이며, 나 자신이 그 안에 투입된 성질은 아니다. 그러나 내가 나의 존재를 경험의 내부로부터 문제삼을 때, 묻는 나 자신의 존재론적 규정이 제일 중요한 요인이 된다. 이제 시인은 문학적 자기 정립의 의미를 묻는다.

"시인이란 슬픈 천명인 줄 알면서도/한 줄 시를 적어 볼까."

시인의 시인됨은 하늘의 명령이며 그것은 또한 극도로 민감한 상처의 능력이기에 슬픈 것이다. 윤동주는 슬픔에 민감한 자신의 기질적 우수를 알고 있었다. 그러므로 "한 줄 시를 적어 볼까"라고, 수명受命의 결연한 의지를 은밀히 토로하고 있다. 그러다가 생존에 급급한 수많은 동족들과 또한 먼 적국에까지 자식을 유학 보낸 향리의 부모에게 생각이 미치게 된다.

"땀내와 사랑내 포근히 품긴/보내 주신 학비 봉투를 받아//대학 노—트를 끼고/늙은 교수의 강의 들으러 간다"에는 육친애에 대한 감읍과 자괴의 심정이 함께 표백되어 있다. 부끄러움이란 보다 큰 덕을 인지하는 순간에 일어나는 자아 감정일 것이다. 도덕적 완성의 단계를 가장 확실히 입증할 수 있는 감정이 뉘우침과 부끄러움일 것 같다.

'대학 노—트를 끼고……'의 행간에서 우리는 이 시인의 특유의 섬세한 부끄러움을 접할 수 있으며, 이 부끄러움의 감정은 자체가 꾸밈 없고 무구하다는 점에서, 어린이의 저 쉽게 신뢰하는 '순진함'과 닮은 데가 있다. 따라서 '생각해 보면 어린 때 동무를'로 이어지는 시상의 전개는, 언뜻 무관한 듯 보이나 긴밀한 맥락의 결합 위에 얹혀 있다.

윤동주가 동시를 썼다는 사실과 그의 시에 번번이 어린 시절에 대한 회상이 등장함은 '새벽'과 '아침'과 '봄'과 '광명'으로 암유暗喻되는 그의 희망 수사학인 것이다. 희망이란 다름아닌 '가능성에 대한 정열'[18]이며 이 정열의 에너지는 가능성으로 열려져 있는 어린 시절의 순진함에서 풀어낼 수 있겠기 때문이다. "너희가 돌이켜 어린아이들과 같이 되지 아니하면 결단코 천국에 들어가지 못하리라"[19] 하신 성경의 말씀을 예서 새삼 인용하지 않더라도 사금砂金처럼 반짝이는 동시의 무구함이 여기서 열쇠의 구실을 하고 있음을 아니 들 수 없다.

"생각해 보면 어린 때 동무를/하나, 둘, 죄다 잃어버리고//나는 무얼 바라/나는 다만, 홀로 침전하는 것일까?" 하는 자문은 자의식의 폐쇄성을 넘어 지향적 의식에로 사유를 개방하는 동기 부여의 구실을 한다. '무얼 바라'의 그 주체는 다시 한 번 시적 자아의 맹성猛省을 촉구함이라고 볼 수 있다.

"인생은 살기 어렵다는데/시가 이렇게 쉽게 씌어지는 것은/부끄러운 일이다."

여기서 창조적 자아와 반성적 자아의 결정적인 충돌이 일어난다. 충돌은 변증법적 지양의 계기고, 갈등은 보다 심화된 자의식의 통합 단계에서 해소된다. 초월은 경험에서의 단절이 아니라 경험이 내포하고 있는 것을 더 심화해 감이라고 말하는 마르셀의 초월은, 느낌의 경험적 차원이면서 동시에 인간의 자족성의 거부에 입각함[20]이라는 것이다.

쉽게 씌어지는 시가 '부끄러운 일'로 명백히 인지되는 순간에 '육첩방은 남의 나라'라는 가파른 현실 인식이 다시 한 번 뇌리를 자극한다. 지금의 '나'는 말도 성姓도 잃고, 히라누마가 된 식민지의 백성인 것이다.

"등불을 밝혀 어둠을 조금 내몰고,/시대처럼 올 아침을 기다리는 최후의 나"에는 '또 다른 고향'에의 탈출 의지는 보이지 않는다. 쉽게 씌어지는 시의 자족성을 거부한 시인에겐 실존적 초월의 결단과 그 자유가 있다. 자가 형성과 결단의 자유, 그 책임을 깨달은 후 예지의 한 끝을 불당겨 암울한 상황의 쉽게 손잡아 오려 하는 절망을 저만치 내몰고 역사의 지평 그 너머에서 솟아오를 새 시대의 아침을 기다린다.

희망의 인간학에 상관된 것은 필연적으로 미래를 향해 열린 세계, 곧 역사의 존재론이라고 신학자 몰트만은 단언하고 있다.[21] 희망한다 함은 소원대로의 많은 희망을 펴는 것이 아니라 바람(望)으로써 마음을 열고 있는 것임을 그는 같은 자리에서 밝혀 놓았다.

"시대처럼 올 아침을 기다리는 최후의 나"는 희망의 인간학적 통찰로 비로소 가능해진 최종적 결단의 표명이다. 미래적 가능성에 마음을 열어 놓는 이 열정이 없다면 아마도 인간은 거듭된 퇴행 끝에 죽을 수밖에 없을 것이다. '최후의 나'는 그 등위에 희망의 배수진을 쳐놓고 있다. 때문에 재를 털고 날아오르는 불사조의 비상을 몇 번이라도 꿈꿀 수 있고, 실현할 수도 있게 된다. 현재 자기가 직면하고 있는 정황을 충실히 파악하면서 통일된 전체로서 참여하는 자아는 선명한 과단성의 '최후의 나' 바로 그것이 된다.

또한 어느 의미에서 마지막 성실성의 표명이 될 것도 같다. 아울러 위기의 돌파구인 희망이 바로 이 지점에서 시인에게 '악수'를 청한다. 가능성에의 열정이 자의식과 통합되는 정경을 우리는 이 시의 끝 대목에서 본다. 즉 그는 "나는 나에게 작은 손을 내밀어/눈물과 위안으로 잡는 최초의 악수"를 성립시켜 놓는다.

유아론적 주관주의로 퇴보하지 않기 위해, 시대 착오가 병들지 않기 위해 실존적 자기 초월에의 결연한 자세를 표명한 이 '최초의 악수'는 경험의 통일을 재정복한 2차적 반성의 한 전형이라 할 수 있다.

부단한 자기 성찰로 실존적 자기 초월을 감행하고 '시인이란 슬픈 천명'을 받들어 윤리적 완성의 지난한 길을 걸어간 시대의 순교자 윤동주의 모습을 다음 장에서 살펴보려 한다.

Ⅲ. 메시아적 본질 추구와 희망의 변증법

　윤동주는 일부日附가 붙지 않은 세 편의 산문을 남기고 있다. 〈별똥 떨어진 데〉·〈화원에 꽃이 핀다〉·〈종시〉가 그것이다.

　"횟수가 너무 잦으면 모든 것이 피상성이 되어 버리나니라"[22]라는 내면 추구의 시인다운 발성을 들려주는 산문 〈종시〉에는 또한 다음과 같은 대목이 들어 있다.

　　이윽고 터널이 입을 벌리고 기다리는데 거리 한가운데 지하 철도도 아닌 터널이 있다는 것이 얼마나 슬픈 일이냐. 이 터널이란 인류 역사의 암흑 시대요, 인생 행로의 고민상苦悶相이다. 공연히 바퀴 소리만 요란하다. 구역 날 악질의 연기가 스며든다. 하나 미구未久에 우리에게 광명의 천지가 있다.[23]

　　　　　　　　　　　　　　　　　　　　　　　　　─〈종시〉 중에서

　날카로운 현실 인식이 반영된 위 글에서 우리는 희망의 인간학적 통찰을 본다. '공연히 바퀴 소리만 요란'하고, '구역 날 악질의 연기가 스며'드는 캄캄한 터널 속에서도 미구에 닥쳐올 '광명의 천지'를 보는 것이다. 앞에서 희망은 "가능성에 대한 정열"이란 말을 했었다. 위 글에 표명된 열정의 강도와 대비시킨다는 의미에서, 프란츠 카프카의 다음 일기를 보기로 한다.

　　현세에서 더럽혀진 눈으로 보면, 우리의 상황은 길다란 터널 속에서 열차 사고를 만난 승객의 상황과 같다. 게다가 그 사고가 일어난 장소에서는 터널 입구의 빛은 이미 보이지를 않고, 그리고 그 반대편 출구 쪽의 빛은 아주 희미해서, 눈으로 노상 그 빛을 응시하고 있어야 하는 지경이다. 그러나 노상 그 빛을 놓쳐 버려 어느 쪽이 입구며, 어느 쪽이 출구인지 그 분간조차 할 수 없는

지경으로 되어 있다.[24]

'달리는 열차'와 '열차 사고'라는 조건 설정의 상이에도 불구하고 같은 '터널 속'이라는 상황 인식은 놀라운 유사성을 보인다. 한결같이 두 사람 모두에게 그 당대는 암울한 색조로 물들어 있다. 그러나 '빛'의 자성磁性을 잃지 않는 희망의 역학이 이에 깃드는 것이다. 윤동주가 "광명의 천지가 있다"고 확인하는 데 비해, 카프카는 "노상 그 빛을 놓쳐" 버리는 절망의 미로를 제시한다.

〈종시〉의 끝 부분에서 윤동주는 이렇게 말한다.

"이제 나는 곧 종시終始를 바꿔야 한다. 하나 내 차에도 신경행, 북경행, 남경행을 달고 싶다. 세계 일주행이라도 달고 싶다. 아니 그보다도 진정한 내 고향이 있다면 고향행을 달겠다. 도착하여야 할 시대의 정거장이 있다면 더 좋다."

카프카는 "나는 무엇을 할 것인가? 또는 무엇 때문에 그렇게 해야 하는가? 따위의 것은 이런 장면에서 문제가 아니다"[25]라고 못박고 있다. 전자의 방향성이 '도착하여야 할 시대의 정거장'으로 귀착하고 있는 데 반해, 후자는 방향성의 부재 혹은 그 무의미를 말하고 있다. 희망의 강도와 그 단순성에 있어 이 땅의 시인은 카프카를 능가한다고 말할 수 없겠는지.

왜 이런 비교의 번거로움이 필요한가? 바로 〈십자가〉의 명징성을 드러내기 위해서다. '꽃처럼 피어나는 피를 흘리는' 십자가는 카프카에겐 없던 것이다.

쫓아오던 햇빛인데
지금 교회당 꼭대기
십자가에 걸리었습니다.

첨탑尖塔이 저렇게도 높은데
어떻게 올라갈 수 있을까요.

종소리도 들려 오지 않는데
휘파람이나 불며 서성거리다가,

괴로웠던 사나이,
행복한 예수 그리스도에게
처럼
십자가가 허락된다면

모가지를 드리우고
꽃처럼 피어나는 피를
어두워 가는 하늘 밑에
조용히 흘리겠습니다.

—〈십자가〉 전문

"일을 마치고 내 죽는 날 아침에는/서럽지도 않은 가랑잎이 떨어질텐데…… // 나를 부르지 마오"로 끝나는 시 〈무서운 시간〉이 씌어진 것은 1941년 2월 7일이었다. 정확히 그 113일 후에 씌어진 〈십자가〉는 위 방점을 찍은 부분 '죽는 날 아침'에 덧입혀지는 심상을 보여 준다.

충분히 전체로서 전망되는 생을 대할 때에 삶을 위한 계획이 긴박감을 동반하여 결단하고 실행하는 적극적 작용의 좌석에 놓이게 된다. 그것은 어쩌면 '죽음'일 수도 있다. '일을 마치고 내 죽는 날 아침'에서 '일'과 '죽음'은 등가等價의 개념이다. 말하자면 '일'의 가능성을 극대화하는 역할의 지주가 곧 죽음인 것이다. 가능성에의 열정이 '희망'이라고 할 때 〈십자가〉는 극대화한 희망의 표상에 다름 없다.

제2차 세계 대전의 불 도가니 속에서 청소년기를 보낸 신학자 몰트만의 《희망의 실험》가운데, 다음 진술은 이 대목에서 특히 유익하다.

"사람은 자기의 가능성의 한계에 이르기까지 또 그것을 넘어서 자신을 발견해야 한다는 것을 자기의 메시아적 본질이라고 일컬을 수 있다."[26]

말하자면 가능성의 한계에 대한 자각과 또 그것을 넘어서는 '자기의 메시아적 본질'을 추구한 시가 다름아닌 〈십자가〉라고 보아진다. '자기 내부의 메시아적 본질'에 대한 추구야말로 윤동주 문학의 정수라고 필자는 생각한다. 터널 속에서 '광명의 천지'를 선취하는 희망의 시학이 있어 윤동주는 일제 암흑기에 그 누구보다도 선열鮮烈한 구원 의지를 체현體現해 보일 수 있었던 것이다.

"쫓아오던 햇빛인데/지금 교회당 꼭대기/십자가에 걸리었습니다."

정오의 태양이 교회 지붕의 정수리에 십자형의 빗살무늬로 꺾이는 희한한 한낮의 풍정은 시인에게 낯선 것이 아니다. 고향 북간도의 명동마을 '동북쪽 언덕 중턱에 교회당과 고목 나무 위에 올려진 종각'의 풍경은 유아 세례 이후 익힌 성경 말씀과 더불어 그의 원체험原體驗을 형성한다.

십자가의 뾰족한 모서리에 반짝이는 햇빛은 마치 그 부위를 겨냥하여 '쫓아온' 양 잘잘이 부서져 내리고 있다. "첨탑이 저렇게도 높은데/어떻게 올라갈 수 있을까요"는 천진한 외경의 표현이요, 아슬한 높이에 대한 찬탄이기도 한 것이다.

"종소리도 들려 오지 않는데/휘파람이나 불며 서성거리다가."

고향의 언덕 위에서 울려 퍼지던 종소리는 시인의 청각 심상이다. 그 어떤 성스러움과 신비감을 일깨워 기도의 자세로 무릎을 모으게 하던 종소리가, 그러나 지금 여기에는 들려 오지 않는다. 저만치 보이는 종탑이 정적 속에 묻혀 있듯이 먼 어린 시절, 그리움과 설레임 속에 일말의 우수마저 느끼게 하던 종소리의 실감은 기억마저도 아슬하다. 오늘, 청년의 가슴에서 고즈넉이 울려 나오는 가락은 휘파람이요, 휘파람 같은 시정인 것이다.

간헐적으로 이어지는 시작詩作에의 은유가 '휘파람이나 불며 서성거리다가'라고 나타났다고 하겠다. 왜냐하면 '시'는 '십자가'에 이르는 길의 징검돌 같은, 아니, 그쯤도 못 되는 '놀이'라고 여겨지기 때문이다. 예술은 고작 '놀이'의 최고 형태라 한다면, 그리스도의 길을 묵상함에 있어 그것은 '휘파람'쯤에서 더 높게 볼 수 없다는 뜻일까? 그러나 '노래'는 이 또한 생명의 숨결이기에 때가 올 때까지 멈출 수 없음을 시인은 잘 알고 있다.

"휘파람이나 불며 서성거리다가, // 괴로웠던 사나이,/행복한 예수 그리스도에게/처럼/십자가가 허락된다면."

자기의 메시아적 본질을 추구하는 희망의 시학은 이 대목에서 그 구체적인 표적을 드러낸다. 십자가는 희생과 구원, 고통과 영광, 죽음과 영생의 동시적 발현을 의미한다. 그것이 인류사가 얻어낸 가장 엄격한 진실이며, 절대의 윤리적 지표라면, 윤동주가 이 대목에서 겨냥하는 형이상학적 욕망의 내포는 '가능성의 극대화'와 동의同義가 아닐까 싶다. 왜냐하면 여기야말로 가능성에 대한 열정의 팽배 내지는 폭발적 작열이 보이기 때문이다.

"괴로웠던 사나이,/행복한 예수 그리스도"라는 단호한 발성은 청년 시인 윤동주의 예지이자 그에게 내려 주신 은총의 반사체라고 여겨진다. 그리스도의 본질을 꿰뚫는 명징한 시선과 순열한 호명의 정돈된 음성은 가히 놀랍다 아니할 수 없다.

'처럼'을 별행으로 처리하는 배려는 아마도 겸허에서 온 게 아닐까 싶다. '예수 그리스도에게/처럼'은 분명 의식적으로 행을 가르는 경우라 여겨지며 운율적 배려로 보아지진 않는다. 예수와 동렬에서 자신의 원망顯望을 드러내는 일에의 조심스러움으로 여겨지며, 이 시인으로서 능히 이러한 섬세와 겸손이 있어졌을 줄 헤아려진다.

"모가지를 드리우고/꽃처럼 피어나는 피를/어두워 가는 하늘 밑에/조용히 흘리겠습니다."

십자가에 걸린 햇빛에서 시상을 일으켜 그 십자가 위에서 죽어 간 수난자의 이미지를 절묘하게 구상화시킨 이 마지막 연은 자기 초월의 의지를 극명하게 보여 준다. 드리운 모가지, 꽃처럼 피어나는 피와 어두워 가는 하늘 이미지의 선명한 대비는 이 시인의 미학적 직관의 탁월함을 돋보이게 한다.

'꽃처럼 피어나는' 청춘의 시인에게서 '십자가상의 순교'를 서원誓願하는 고백을 듣는 일은 비극적이고도 아름답다. 두 번 있을 수 없는 일회적인 아름다움이 이 대목에 깃들여 있다. 짧으나 값진 실 인생을 누리고 간 시인의 생애에 이 시가 뚜렷한 이정표로서 주어진 까닭이리라.

〈십자가〉는 〈팔복〉이 씌어진 그 6개월 후의 작품이다. 산상수훈山上垂訓의 변용인 〈팔복〉이 "저희가 영원히 슬플 것이오"로 끝나는 것은 단순한 절망의 표현일까.

"아마도 비싼 값을 치르고서야 절대자에게 이르는 참된 길은 회의를 통해서가 아니라 절망을 통해서 간다"[27]는 키르케고르의 신앙을 살필 때, 우리는 〈팔복〉이 하나의 역설임을 어림잡아 헤아린다. "인간이 급격한 절망을 지나갈 때 비로소 인간은 자신 속에 영원한 인간을 발견한다."[28]는 진리에 수긍이 간다.

따라서 〈십자가〉의 결의는 〈팔복〉 골짜기를 거쳐야만 급격한 절망의 긴 밤을 지나야 햇빛 무성한 들판에 이르게 되는 것이리라. 이런 맥락에서 우리는 작품 〈길〉을 살펴 둘 필요가 있다. 〈길〉은 〈십자가〉가 씌어진 때부터 정확히 넉 달 후에 창작되었다.

잃어버렸습니다.
무얼 어디다 잃었는지 몰라

두 손이 주머니를 더듬어
길에 나아갑니다.

돌과 돌과 돌이 끝없이 연달아
길은 돌담을 끼고 갑니다.

담은 쇠문을 굳게 닫아
길 위에 긴 그림자를 드리우고

길은 아침에서 저녁으로
저녁에서 아침으로 통했습니다.

돌담을 더듬어 눈물짓다
쳐다보면 하늘은 부끄럽게 푸릅니다.

풀 한 포기 없는 이 길을 걷는 것은
담 저쪽에 내가 남아 있는 까닭이고,

내가 사는 것은, 다만,
잃은 것을 찾는 까닭입니다.

—〈길〉 전문

　　독실한 크리스천 家의 장남인 윤동주는 여름 성경 학교의 교사를 자원하는 독실한 신앙인이었다. 그러나 그에게도 엄청난 신앙적 실족의 체험이 있게 된 모양으로 옛 친구인 문익환의 진술에서 다음과 같은 구절들을 읽을 수 있다.

그의 시는 곧 그의 인생이었고, 그의 인생은 극히 자연스럽게 종교적이기도 했다. 그에게도 신앙의 회의기가 있었다. 연전 시대가 그런 시기였던 것 같다. 그런데 그의 존재를 깊이 뒤흔드는 신앙의 회의기에도 그의 마음은 겉으로는 여전히 잔잔한 호수 같았다. 시도 억지로 익히지 않았듯이 신앙도 성급히 따서 익히려고 하지 않았던 것이리라. 그에게 있어서 인생이 곧 난 대로 익어 가는 시요 신앙이었던 것 같다.[29]

윤동주의 그 '존재를 깊이 뒤흔드는 신앙의 회의기'에 〈길〉이 씌어졌다고 보아진다. 마치도 허리를 다친 사람과 같은 곤혹과 부자연스러움이 전편에 연기처럼 서려 있다.

"잃어버렸습니다./무얼 어디다 잃었는지 몰라/두 손이 주머니를 더듬어/길에 나아갑니다"에 표백된 것은 신앙의 지표를 잃은 때의 그 막막함이다. 절대 좌표이던 신념의 축을 잃었을 때, "길은 아침에서 저녁으로/저녁에서 아침으로 통"하는 표류와 유실의 장소에 다름 아니다.

"돌담을 더듬어 눈물짓다/쳐다보면 하늘은 부끄럽게 푸릅니다."

영혼의 방황과 그 애절함 속에 쳐다보는 하늘은 인간의 '부끄러움'을 되돌려 준다. 뱀 같은 지혜나 독수리 같은 담대함도 그리고 비둘기 같은 온유도 잃어버린, 실의한 자의 나신裸身은 부끄러운 법이다. 이것은 뉘우침의 최초의 표징이다. 그러나 이건 용약을 위한 움츠림인 것이다.

"풀 한포기 없는 이 길을 걷는 것은/담 저쪽에 내가 남아 있는 까닭이고, // 내가 사는 것은, 다만,/잃은 것을 찾는 까닭입니다."

인간의 궁극적 목적은 "현존재의 의미와 가치를 아는 것"[30]이라고 한다면, 가치 상실자의 현실 인식은 "풀 한포기 없는 이 길"이라는 불모성으로 집약된다.

그러나 '담 저쪽에' 남아 있는 나를 살기 위해 걸음걸이는 계속되지 않으면 안 된다. 그런데 '아직 살아지지 않은 나'란 무엇인가?

인간은 개미나 벌과 같은 완성된 존재가 아니다. 그의 본질은 그에게 다 주어진 것이 아니고 과제로서 주어졌다. 그러므로 그는 감춰져 있는 자기의 참된 본질을 추구해야 하는 것이다.[31] 아직 살아지지 않은 '참된 본질'에의 지향성이 희망의 본 모습인 것이다.

다만, '잃어버인 것'을 찾기 위해 산다고 하는 〈길〉의 마지막 대목에서, 우리는 〈십자가〉에 표명된 자기 안의 메시아적 본질에 대한 통찰의 '소실消失'을 목도하게 된다. "절망은 영적 자기 편식"이라고 말하면서 마르셀은 다시 덧붙인다.

"실제로 나는 내가 기대했던 어떤 것(조건)에 있어 나의 기대가 배반된다면 나는 절망을 막을 도리가 없게 된다. 그러나 희망은 다행히도 모든 유한적인 것, 조건적인 것을 초월해 가는 본성을 지닌다."[32]

모든 유한적이고 존재론적 기준은 다름 아닌 '절대적 희망'의 원동적原動的 성질이다. 그러면 "내가 사는 것은, 다만,/잃은 것을 찾는 까닭입니다"에서의 부재 의식을 넘어 나온 윤동주의 〈참회록〉을 보기로 하자. 〈참회록〉은 〈길〉로부터 5개월 뒤에 씌어졌다.

파란 녹이 낀 구리 거울 속에
내 얼굴이 남아 있는 것은
어느 왕조王朝의 유물遺物이기에
이다지도 욕될까

나는 나의 참회懺悔의 글을 한 줄에 줄이자
─만 이십사 년 일 개월을
무슨 기쁨을 바라 살아왔던가

내일이나 모레나 그 어느 즐거운 날에

나는 또 한 줄의 참회록을 써야 한다.
—그때 그 젊은 나이에
　왜 그런 부끄런 고백을 했던가

밤이면 밤마다 나의 거울을
손바닥으로 발바닥으로 닦아 보자.

그러면 어느 운석隕石 밑으로 홀로 걸어가는
슬픈 사람의 뒷모양이
거울 속에 나타나 온다.

　　　　　　　　　　　　　　　—〈참회록〉 전문

〈참회록〉보다 약 반년 전에 씌어진 〈돌아와 보는 밤〉의 끝구절은 이러하다.

"이제, 사상이 능금처럼 저절로 익어 가옵니다."

과원의 능금이 풍성한 햇살의 은혜로 영글어 가듯, 회의와 방황의 긴 밤을 지나며 성숙해 온 사상이 수정처럼 맑게 응결된 시편 〈참회록〉은 "한국 현대시의 가장 높은 달성"33)이라고 일컬어지기도 한다. "상하고 통회하는 심령의 제사"34)를 신神은 가장 기뻐한다고 성경에 적혀 있다.

〈참회록〉은 신의 예지가 은총처럼 서려 있는 '절대 희망'의 시다.

"만 이십사 년 일 개월을/무슨 기쁨을 바라 살아왔던가" 하는 자탄이 멀잖은 날 "그 어느 즐거운 날에"는, "그때 그 젊은 나이에/왜 그런 부끄런 고백을 했던가"로 바뀔 것을 예감하는 시인의 희망은 '모든 조건부에서 초월된' 것이다.

마르셀에 의하면 희망은 '적극적 비수락非受諾'이다. 시련에 굴복하고자 하는 성향에의 비수락 속에 '인내'를 도입하면 희망은 보다 완전해진다.

절망은 그날그날의 시련을 끝없이 이어 가서 소멸의 날까지 살아가야 한다는 견딜 수 없는 확신을 미리 가져 버리는 데서 성립한다.[35]

"파란 녹이 낀 구리 거울 속에/내 얼굴이 남아 있는 것은/어느 왕조의 유물이기에/이다지도 욕될까"에 내포된 진실은 '인내'와 '비수락'의 의지가 걸어 나오기 이전 단계에 온 절망적 자기 인식이다. 온갖 수모와 학대를 감내해야 하는 식민지 백성의 한 사람으로서, 역사와 민족과의 연계 속에서 파악된 '나'의 좌표는 그렇게도 욕된 것이다.

그러나 "무슨 기쁨을 바라 살아왔던가" 하는 탄식을 '부끄러움'으로 돌리는 예지가 있어, 시련에 대한 인내와 그의 의지는 절대 희망의 교리와 더불어 지속되는 것이다.

> 의에 주리고 목마른 자는 복이 있나니 저희가 배부를 것임이요 (중략) 의를 위하여 핍박을 받은 자는 복이 있나니 천국이 저희 것임이라
> — 마태복음 5장 6~10절

여기서의 희망은 신앙의 진정한 권위에 대한 유순한 순종에 다름 없다.

그렇다면 희망한다는 것은 무엇인가. 희망이란 그 독특한 움직임, 노력에 의해 처음으로 집착했던 것으로 보이는 개개의 사물을 초월하려는 불퇴전不退轉의 경향을 갖는 것이다. 즉, 희망은 그 본성상 유한하며 개체인 사물을 초월하여 무한하며 영원한 것으로 향하는 성격을 지닌다.[36]

"밤이면 밤마다 나의 거울을/손바닥으로 발바닥으로 닦아 보자"는 불퇴전의 응락성이 바로 희망의 본성인 것이다. 손바닥·발바닥으로 닦아야, 그러니까 전인적 무게로 받들어야 하는 신념의 '거울'을 회복한 시인

은 이제 담보와 약속을 동시에 제공하는 산 영속성을 확인하기에 이른
다. 그러면 "어느 운석 밑으로 홀로 걸어가는 /슬픈 사람의 뒷모양이/거
울 속에 나타나 온다."

운명의 별의 부름을 받아 도덕적 소명감에 충만한 의식에 있어 미래는
이미 선취된 거나 다름 없다. 단독자로서 신의 면전에서 오직 홀로 결단
해야 하는 실존적 책임 인수란 비장하다. '십자가의 길'은 상처와 영광이
동시에 체현되는 엄정한 진실의 길이므로서다.

이로써 "내가 사는 것은, 다만,/잃은 것을 찾는 까닭입니다"의 그 이유
는 의미들로 충일하게 된다.

〈십자가〉의 초월 의지는 〈참회록〉에 와서 '운석'처럼 단단한 결정으로
응결된다. 그것은 '자기의 메시아적 본질'을 선취한 의식인의 승리이자
그 개가다. 그리고 바로, '절대 희망'의 복음인 것이다.

Ⅳ. 결론

지금까지 본고에서는 윤동주 문학의 한 특성으로 지목되는 반성적 자
아의 의식 작용과 실존적 자기 초월의 과정을 그의 몇몇 작품들을 통하
여 부각시켜 보고자 했다.

반성적 주체의 자아 인식은 경험의 분해와 재통합이라는 두 가지 계기
를 거치면서 이루어진다는 전제에 의하여, 그의 작품 전개와 그의 실존
의식의 성숙도는 순탄한 대응 관계로 파악될 수 있다는 가설에서 출발한
본고는, 그런 의미에서 작품의 제작 시기와 작가 의식의 발전 과정을 동
시적으로 포착하고자 했다.

가브리엘 마르셀의 반성적 사유 개념과 몰트만의 희망론에 근거하여
논술한 위의 내용을 요약하면 다음과 같다.

첫째, 〈한란계〉·〈우물〉·〈무서운 시간〉·〈또 다른 고향〉·〈쉽게 씌어진

시〉 등의 작품을 통하여 반성적 자아의 의식 작용을 경험의 분해와 재통합이라는 측면에서 살펴보았다.

자기 대상화로 이루어지는 경험의 분해는 자기 인식의 초보적 단계로서 제시되었는데, 이는 〈한란계〉의 자기 관찰과 〈우물〉의 자기 관조로 나뉘어진다. 앞의 것이 자기 객체화라는 과학적 인식의 날카로움을 보여준다면, 뒤의 것은 자기를 경험 내부가 아닌 그 밖으로 끌어내되, 자연 풍경의 일부인 우물에 정감적 동화력을 부여하여 탁월한 서정성을 획득하고 있다. 따라서 미움·연민·그리움과 같은 자아 감정은 자의식의 마찰을 벗어나 자기 관조의 차원으로 솟아오른다.

죽음에 핍진하는 의식 대결을 보여 주는 〈무서운 시간〉은 주어진 과제로서의 삶의 엄숙성을 일깨워 실존적 초월 의지에로 나아가고자 했다고 보여지며, 이때 죽음에의 통찰이 가져온 '한 번도 손들어 보지 못한 나'와 '손들어 표할 하늘도 없는 나'라는 자의식은 당시의 시대 상황에서 조건 유발된 절망이면서 아울러 미결 상태로 이끌어 온 삶에 대한 통렬한 반성이다.

〈또 다른 고향〉에서는 육체와 영혼을 분리하는 이원론이 반성적 사유의 한 징후로서 제시된다. 즉 "내가 우는 것이냐/백골이 우는 것이냐/아름다운 혼이 우는 것이냐"라는 질문 방식은 생명적 요인과 지적 요인의 분리에 기인한다고 보게 되었다.

"나는 무엇인가"라는 질문을 경험 내로부터 물음으로써 인격의 일치성이 보존되는 반성이 2차적 자성인 바, 2차적 반성의 통합 가운데 1차적 반성이 남아 있는 경우를 〈또 다른 고향〉에서 지적하게 된다. 구체적이며 일상적 자아의 메타포인 '백골' 몰래, 존재 안의 오묘하고 절대적인 '아름다운 혼'의 세계로 탈출하고자 하는 지향성을 이 작품이 강하게 드러낸다고 여겨지기 때문이다.

자의식의 폐쇄성을 지향적 의식으로 뚫고 나온 〈또 다른 고향〉의 연장

선상에서 〈쉽게 씌어진 시〉를 만나게 된다. 윤동주의 마지막 작품으로 알려진 〈쉽게 씌어진 시〉는 자의식의 통합 과정이 다른 어느 작품보다 치열하게 구현되어 있다. "육첩방은 남의 나라"라는 상황 인식과 "시가 이렇게 쉽게 씌어지는 것은/부끄러운 일이다"라는 자의식이 실존적 자기 초월의 결단과 의지로 통합되어 '최후의 나'와 '최초의 악수'라는 단일성에 이르고 있다. 그 가파른 정점 획득은 신기한 안정감마저 얻어 누린다는 점에서 2차적 반성의 전형이라고 할 수 있다. 본질적으로 철학적 사색의 가장 탁월한 도구인 2차적 반성은 이 시에서 그 정화를 보인다 할 것이다.

자성적 자아의 실존을 문제삼아 시로써 그의 정신적 도정을 보여 준 윤동주 문학은 '시대처럼 올 아침을 기다리는' 희망과 구원의 시학을 드러내고 있으며, 이는 다시 다음 항의 논지에도 이어진다.

둘째, 〈십자가〉·〈길〉·〈참회록〉을 통하여 기독교 윤리관에 근거한 메시아적 본질 추구와 희망의 변증법을 살펴보았다. 희망이란 한마디로 '가능성에 대한 정열'이며 바람(望)으로 마음을 열어 둔 상태다. 자기의 가능성의 한계에 이르기까지, 또 그것을 넘어서 자신을 발견해야 한다는 것을 '자기 안의 메시아적 본질'로 통찰한 윤동주는 〈십자가〉와 〈참회록〉에서 살아 있는 영속성을 선취하며, 이 두 작품의 중간 단계에 희망의 안티테제인 절망과 상실을 형상화한 〈길〉이 놓이는 것이다.

〈십자가〉는 '길이요, 진리요, 생명인' 예수 그리스도의 수난에 동참하고자 하는 강력한 초월 의지와 결단을 보여 주고 있다. 그것은 모태 신앙으로써 세월과 더불어 '능금처럼' 익어 간 사상에서 찾아낸 자문자답의 최종적 진실이었다고 말할 수 있다.

〈길〉은 삶의 지표를 잃어버린 신앙의 회의기에 씌어진 작품으로 〈십자가〉의 서원이 그 향방을 잃게 되는 자아 상실의 위기를 보여 준다. "내가 사는 것은, 다만,/잃은 것을 찾는 까닭입니다"라고, 암중모색의 지향 의식을 표명한 이 작품은 키에르케고르의 신앙적 실족에 비견되는 윤동주의 절망 체험이 선명하게 표백되어 있다. 〈길〉이 보여 주는 부조리의 희박한 공기 속에서 〈참회록〉의 절대 희망을 예비한다. 급격한 절망을 지나갈 때 인간은 자신 속에 '영원한 인간'을 발견하게 되는 모양이다.

〈참회록〉은 신의 예지가 은총처럼 서려 있는 '절대 희망'의 시다. "만 이십사 년 일 개월을/무슨 기쁨을 바라 살아왔던가" 하는 자탄이 미구에 올 "그 어느 즐거운 날에", "그때 그 젊은 나이에/왜 그런 부끄런 고백을 했던가"로 바뀔 것을 예감하는 시인의 '가능성에 대한 열정'은 모든 조건부에서 초월된 것이다. "밤이면 밤마다 나의 거울을/손바닥으로 발바닥으로 닦아 보자"는 불퇴전의 결의가 희망의 본성이다.

단독자로서, 신의 면전에서, 오직 홀로 결단해야 하는 실존적 책임 인수의 비장함이 나타나 있는 〈참회록〉은 상처와 영광이 동시에 드러나는 '십자가의 길'에 대한 재확인이다. 〈십자가〉의 초월 의지는 〈참회록〉에 와서 '운석'처럼 견고한 결정으로 응고된다. 그것은 '자기의 메시아적 본질'을 인식하는 지식인의 승리이자 개가다. 그러므로 '절대 희망'의 복음에 수렴되는 윤동주 문학의 절정이라고 아니할 수 없다.

윤동주는 신문학사상 그 유례를 구하기 힘든 성실성으로 자아 탐구의 지난한 길을 걸었던 사람이다.

"죽는 날까지 하늘을 우러러/한 점 부끄럼이 없기를" 그토록 희구하던 시인에게 남달리 부끄러움이 많았다는 것은 일종의 윤리적 역설이다. 그 자신의 도덕적 완성에 대한 열망의 강도가 높으면 높을수록 반성적 자아의 실존 의식은 치열해진다. 이 사실을 필자는 본론의 고찰 내용을 통하여 재확인할 수 있었다.

후쿠오카 형무소에서의 옥사는 자기의 메사아적 본질을 추구해 나간 시인의 내적 필연성의 결과였다. 이것은 절대 신앙에 근거한 절대 희망의 교리로써만 가능한 자기 초극의 길이라고 할 것이다.

윤동주가 걸어간 자기 완성의 아슬한 도정은 영원자 하느님과의 관계 아래서의 자의식인 '양심'의 길이었다. 양심이라는 냉엄한 진실에 순사 殉死한 청년 시인 윤동주는, 삶과 예술의 일체화를 지향하는 이 땅의 모든 이들의 가슴에 한결같이 고귀한 표적으로 영원토록 살아남을 것이다.

■참고 문헌

김주연·유평근·정현종 편저,《시의 이해》, 민음사, 1983.

김홍규,《문학과 역사적 인간》, 창작과비평사, 1980.

마광수,《윤동주 연구》, 정음사, 1984.

신동욱,《우리 시의 역사적 연구》, 새문사, 1981.

윤동주,《하늘과 바람과 별과 시》, 정음사, 1968.

이건청,《나의 별에도 봄이 오면》, 문학세계사, 1981.

정의채,《존재의 근거 문제》, 성바오로출판사, 1981.

정한모·김재홍,《한국 대표시 평설》, 문학세계사, 1983.

마르틴 하이데거Martin Heidegger,《예술적 철학적 해명》, 오병남·민형원 역, 경문사, 1979.

샘 킨Sam Keen,《만남의 철학》, 서배식 역, 교문사, 1981.

가브리엘 마르셀Gabriel Marcel,《존재와 신비》, 김영효 역, 휘문출판사, 1983.

■주

1) 윤명숙,〈한국의 현대시 어떻게 읽혀지고 있나〉,《문학사상》, 1985. 6.

2) 문익환,〈동주 형의 추억〉,《하늘과 바람과 별과 시》, 정음사, 1968.

3) 이부키 고尹吹郷,〈시대의 아침을 기다리며─윤동주의 유학에서 옥사까지〉, (上)·(下),《문학사상》, 1985. 3~4.

4) 박두진,〈윤동주의 시〉,《하늘과 바람과 별과 시》, 정음사, 1968.

5) 1. 김용직,〈비극적 상황과 시의 길〉 외, 김우종·신동욱·김윤식·김우창 등,《나의 별에도 봄이 오면》, 문학세계사, 1981.

   2. 김홍규,《문학과 역사적 인간》, 창작과 비평사, 1980.

6) 가브리엘 마르셀,《존재와 신비》, 김형효 역, 휘문출판사, 1983.

7) 위겐 몰트만Jurgen Moltmann,《희망과 실험》, 전경연 역, 삼성출판사, 1981.

8) 샘 킨,《만남의 철학·가브리엘 마르셀의 사상》, 서배식 역, 교문사, 1981.

9) 신오현,《자유와 비극·사르트르의 인간 존재론, 문학과 지성사.

10) 정의채,〈가브리엘 마르셀〉,《존재의 근거 문제》, 성바오로출판사, 1981.

11) G.벤Gottfried Been,〈서정시의 제문제〉,《시의 이해》, 김주연 역, 민음사, 1983.

12) 주 8)과 같은 책.

13) 위와 같음.

14) 주 6)과 같은 책.

15) 정의채,〈사르트르의 무신사상無神思想〉,《존재의 근거 문제》, 성바오로출판사,
    1981.

16) 주 10), 15)와 같은 책.

17) 위의 책.

18) 주 7)과 같은 책.

19) 마태복음 18:3,《성서》.

20) 주 10)과 같은 책.

21) 주 7)과 같은 책.

22) 윤동주,《하늘과 바람과 별과 시》, 정음사, 1968.

23) 위의 책.

24) F. 카프카Franz Kafka,〈일기 1910~1923〉,《사랑의 형이상학》, 김창호 역.

25) 주 24)와 같은 책.

26) 주 7)과 같은 책.

27) 키르케고르, 원전 미상.

28) 위와 같음, 원전 미상.

29) 주 2)와 같음.

30) 원전 미상.

31) 주 7)과 같은 책.

32) 주 10)과 같은 책.

33) 김윤식,〈한국 근대시와 윤동주〉,《나의 별에도 봄이 오면》, 문학세계사.

34) 시편 51:17, 《성서》, "하나님의 구하시는 제사는 상한 심령이라 하나님이여 상
    하고 통회하는 마음을 주께서 멸시치 아니하시리이다."

35) 주 10)과 같은 책.

36) 위와 같음.

어두운 시대의 시인과 십자가

김용직

1932년 경북 안동 출생

서울대 대학원 국문과 졸업

1961년《자유문학》에 평론〈우리 현대시에 나타나는

두 양상에 대하여〉를 발표하며 등단

세종문화대상 수상

저서《한국 문학의 비평적 성찰》·

《한국 근대 시사》·《해방기 한국 시문학사》등

어두운 시대의 시인과 십자가

김용직

■ 윤동주 시는 생활이며 현실 자체다

한때 우리는 절대주의 분석 비평의 강한 세례를 받은 바 있다. 그에 따르면 역사라든가 시인의 생애, 의도를 비평에 개입시키는 일은 시의 올바른 이해를 위해서 금기 사항에 속한다. 본래 시는 한 결과에 해당되는 것이다. 그것을 시인이라는 원인으로 전이해 버리면 그것은 바로 오류를 범하게 되는 일이다.

이제 우리는 분명 이런 사실에 맹목이 아니다. 그럼에도 윤동주를 논하는 이런 자리에서는 일단 절대주의 분석 비평의 논리에 이의를 제기하고 싶어진다. 그것은 단순하게 역사와 인간을 배제하는 문학론이 지적 정숙주의知的精寂主義에 떨어질 공산을 가진다는 경계심만으로가 아니다. 솔직히 윤동주의 경우 그의 시는 생활이며 현실자체다. 그리고 그 역도 또한 참인 것이다. 동의어 반복을 무릅쓰면 그에게 있어서 생활과 현실, 행동은 시를 통해서 전개되고 완성된 듯 보인다. 이것은 양자가 서로 떼놓고 이야기될 수 없는 유기적 구조체임을 뜻한다. 그렇다면 여기서 시와 역사, 의도의 분리론은 재고되어야 할 것이다.

■ 향내적 정신 자세를 가진 시인

많은 사람이 그런 것처럼 윤동주도 처음부터 시인으로 태어난 것은 아니다. 그러나 그의 성장 환경과 유아기의 체험 속에는 이미 어느 정도 훗날의 그를 예견케 만드는 마음의 인자들이 포함되어 있는 듯 보인다.《하늘과 바람과 별과 시》는 그가 써서 남긴 유일한 사화집이다. 그리고 거기에는 뚜렷하게 감지되는 두 개의 정신적 줄기 같은 것이 있다.

우선 윤동주는 일찍부터 스스로를 바라보는 눈길 내지 향내적 정신 자세를 가진 시인이다. 그도 물론 하늘과 시내·자연을 노래하고 들길과 산, 자연 현상을 제재로 택했다. 그러나 다른 풍물 시인이나 목가투로 전원 풍경을 읊은 시인과 달라서 그는 반드시 그것을 스스로의 마음 자리에 비추어서 읽으려 시도한 시인이다. 구체적으로 한 작품에서 그는 지표상의 현상으로 이야기될 수 있는 길을 노래한 바 있다.

내를 건너서 숲으로
고개를 넘어서 마을로

어제도 가고 오늘도 갈
나의 길 새로운 길

민들레가 피고 까치가 날고
아가씨가 지나고 바람이 일고

나의 길은 언제나 새로운 길
오늘도……내일도……

내를 건너서 숲으로
고개를 넘어서 마을로

— 〈새로운 길〉 전문

■ 풍경도 자신의 정신 역정과 동일체화

이 작품은 1938년 연희전문학교의 일부 학생들이 참여해서 발간한 《문우》에 실린 것이다. 윤동주의 작품 가운데는 초기의 것에 해당되는 경우다. 따라서 후에 그의 시가 본격화되면서 이루어진 의도의 애매화 시도에서 비교적 자유로운 경우가 된다. 그럼에도 여기에는 이미 일종의 심의화 현상心意化現象이 나타난다.

소재 상태에서 그가 택한 길은 분명히 민들레가 피어 있고 까치가 나는 자연 풍경 속의 한 현상이다. 그것을 이 작품에서 그는 자신의 정신 역정과 동일체로 만들어 내고 있다.

이런 시적 의장時的意匠을 가능케 하고 있는 것은 다름 아닌 윤동주의 향내적向內的 정신 자세다. 이것으로 우리는 그가 지닌 정신 세계의 한 특징적 단면을 읽을 수 있다.

한편 윤동주의 시를 이루어 낸 또 하나의 불기둥은 종족 의식이며 망향의 감정 같은 것이다. 여기서 종족 의식이란 물론 혈맥에 대한 감정을 포함한다. 그리고 그것을 확대, 개념화시킨 상태의 동포 의식 같은 것이 종족 의식에 해당된다. 또한 망향의 감정이란 종족 의식의 공간판이라고 말할 수가 있다.

이런 류의 감정은 이웃과 피붙이, 같은 언어, 습속을 가지고 생사고락과 역사적 운명을 함께하는 사람들의 터전을 제고장이라고 생각한다. 그리고 그곳을 그리워하며 잊지 못해 하는 것이다.

참고로 밝히면 윤동주는 본격적으로 시를 발표하기 전 동시를 아동 잡지에 투고한 전력을 가진다. 그런데 그 갈피에는 이미 이들 단면이 선명하게 검출된다.

가령 그는 〈양지쪽〉에서 그가 어려서 자란 간도의 땅을 그리워한다. 그리고 이런 현상은 그 후에 더욱 가속화되는 것이다.

■또 하나의 불기둥은 종족 의식이며 망향의 감정

흰 수건이 검은 머리를 두르고
흰 고무신이 거친 발에 걸리우다.

흰 저고리 치마가 슬픈 몸집을 가리고
흰 띠가 가는 허리를 질끈 동이다.

—〈슬픈 족속〉 전문

별 하나에 추억과
별 하나에 사랑과
별 하나에 쓸쓸함과
별 하나에 동경과
별 하나에 시와
별 하나에 어머니, 어머니,

어머님, 나는 별 하나에 아름다운 말 한마디씩 불러 봅니다. 소학교 때 책상을 같이했던 아이들의 이름과, 패佩, 경鏡, 옥玉 이런 이국 소녀들의 이름과, 벌써 애기 어머니 된 계집애들의 이름과, 가난한 이웃 사람들의 이름과, 비둘기, 강아지, 토끼, 노새, 노루, 프랑시스 잠, 라이너 마리아 릴케, 이런 시인의 이름을 불러 봅니다.

이네들은 너무나 멀리 있습니다.
별이 아슬히 멀 듯이,

—〈별 헤는 밤〉 중에서

〈슬픈 족속〉은 그 제목부터가 매우 암시적이다. 여기서 슬픈 족속은 옷과 신발, 머리에 쓴 모자류까지가 모두 흰색으로 되어 있다. 우리 민족을 규정하는 관용구 가운데 하나는 백의민족이다. 그리고 이것은 이 작품이 제시한 족속의 심상과 그대로 일치한다. 그런 의미에서 이 작품은 윤동주의 종족 의식을 드러내는 것으로 보아야 한다.

〈별 헤는 밤〉에는 또 다른 의미의 심의화 현상이 포착된다. 얼핏 봐도 나타나는 바와 같이 여기서 주조가 되고 있는 것은 향수 내지 동경의 감정이다. 그리고 그런 감정은 고향과 그에 곁들인 생활이라든가 기억이 얼버무려져 펼쳐져 있다. 윤동주의 향토 감정은 바로 이런 사실에 직결된다.

물론 여기에서는 하나의 의문이 발해질 수 있다. 이 작품을 보면 윤동주가 살뜰하게 그리워하는 것은 패·경·옥 등 이국 소녀들의 이름이다. 그리고 이런 이국 소녀들과 어울린 시절과 그 배경, 무대 등을 윤동주는 그리워한다. 이것은 그가 한반도가 아닌 국경선 밖의 북간도 지방을 그리워함을 뜻한다.

그렇다면 윤동주의 향수는 종족과 그들이 삶을 엮어 내린 공간에 그 끈이 닿아 있는 쪽이 아니다. 차라리 그것은 이국 정취에 속하는 경우가 아닐 것인지.

얼핏 예각적인 듯 보이는 이런 질문은 그러나 다시 한 번 음미해 보면 피상적인 생각의 결과에 지나지 않는다. 〈별 헤는 밤〉의 한 부분에서 나타나고 있는 바와 같이 윤동주의 향수가 북간도로 향하고 있는 것은 사실이다. 그러나 이 경우 북간도는 국경선 밖의 한 지방을 가리키는 고유명사에 그치지 않는다.

그의 혈맥을 살펴보면 윤동주는 일찍이 두만강을 넘어 우리 민족의 고토에 삶의 뿌리를 내리고자 한 개척민의 후예에 속한다. 구체적으로 그의 집안은 증조부 윤재옥尹在玉 때에 함경북도 종성에서 북간도의 자동으로 옮겨 간 분들이다. 이때 국경선을 넘은 사람들 가운데는 장풍의 문씨들과 함께 김완규金完奎 가문, 남위언南韋彦 가문, 그리고 부계의 김약연金躍淵 가문 등이 포함되어 있었다.

이들은 모두가 단순하게 농토나 생계를 찾아서 고국을 등진 쪽이 아니었다. 국내에서 이들은 어느 정도의 기반을 가지고 있었고, 또한 문화·교양도 지닌 터였다. 그러나 당시 이미 기울어진 국운과 난맥상을 이룬 정치를 이들은 뼛속 저리게 싫어했다. 그런 그들의 입장에서 보면 북간도는 새로운 꿈을 펼 수 있는 신천지일 수가 있었다.

이들이 국경선을 넘은 것은 정확히 1899년 2월 중순경이다. 그리고 일단 이 땅에 자리를 잡으면서 이들은 꿈을 실현시키기에 온 힘과 정성을 다했다. 그들은 기름진 땅을 많이 사들이고 개간해서 생활의 기반을 다져 나갔다. 또한 유달리 뜨거웠던 교육·문화열은 몇 군데에 독자적인 초등·중등 교육 기관을 설치, 운영케 했다. 그리고 나라의 운명을 바로잡기 위해서 서로 민족 의식을 고취하고 민족 운동에 적극적으로 참여했던 것이다.

이런 경우 우리에게 가장 좋은 보기가 되는 것이 규암圭巖 김약연이다. 이분은 그 학식과 인품·절조에 있어서 당시 동만주 일대의 정신적 지주 구실을 한 분으로 그 무엇보다 인재 양성과 민족 정신의 진작에 힘썼다. 일찍부터 그는 규암서숙을 설치해서 운영해 나갔다. 후에 그것을 명동소학교와 명동중학교 등으로 발전시켜 갔던 것이다.

말하자면 윤동주가 자라서 철들기까지 북간도는 민족과 역사를 되새겨 나가는 정신의 맥박이 활발하게 꿈틀댄 곳이다. 거기에 새로운 사회, 새로운 국면을 타개하고자 하는 개척민의 정열이 얼버무려졌고 그 위에 다시 윤동주의 어린 날이 펼쳐진 것이다.

이렇게 보면 북간도는 이국의 한 공간만을 가리키지 않는다. 그것은 한반도 내의 어느 공간보다도 윤동주에게는 마음을 이끌어 가는 고향일

수가 있다.《하늘과 바람과 별과 시》에는 정도의 차이가 있을 뿐 모두가 이런 의식을 깐 작품들이 실려 있다. 이런 의미에서 우리는 이 사화집에 주목하는 것이다.

■ 사막, 바위, 고목 등을 통해서도 생명의 의지를 노래

윤동주의 향내적인 의식 세계라든가 향토 감정은 어느 국면에 이르기까지는 매우 소박한 모습을 띤 데 그쳤다. 거기에는 그만의 몫으로 일컬어질 수 있는 창조적 감각이 작동하기 이전의 것이 있다. 가령 그 이전에도 우리 주변에서 인간과 그 삶을 다룬 시는 얼마든지 있었다. 거기에 윤동주가 다시 평면적인 참여를 했다면 그것은 우리 시의 한 영역에 양적인 확대를 가한 데 그치는 일이다.

또한 향토 감정이나 종족 의식에 대해서도 이와 꼭 같은 이야기가 되풀이될 수 있다. 고향을 그리워하는 일, 그 인정을 되새기고, 망향의 정을 읊조린 노래는 과거 우리 주변에서 거의 무수하게 되풀이되었다. 거기에 《하늘과 바람과 별과 시》가 평면적인 차원에서 가세했다면 기껏해야 그것은 북간도를 무대로 한 시가 나타났다는 정도의 소재상 확대가 될 뿐이었을 것이다.

사실 그 이전에도 향수에 제작 동기를 얻은 작품은 우리 시단에 적지 않게 나타났다. 우리는 그 좋은 보기로 김소월·한용운·정지용·신석정 등의 이름을 손꼽을 수 있다.

윤동주가 윤동주인 점은 그 눈길과 목소리가 여느 경우와 다른 점에 있다. 몇몇 작품에서 포착되는 그의 향내적 눈길은 아주 진지하고 내밀화된다.

죽는 날까지 하늘을 우러러
한 점 부끄럼이 없기를,

잎새에 이는 바람에도

나는 괴로워했다.

별을 노래하는 마음으로

모든 죽어 가는 것을 사랑해야지

그리고 나한테 주어진 길을

걸어가야겠다.

오늘 밤에도 별이 바람에 스치운다.

—〈서시〉 전문

    꼬리에 달린 탈고 일자를 보면 이 작품은 〈별 헤는 밤〉이나 〈슬픈 족속〉과 거의 같은 무렵에 씌어진 것으로 나타난다. 그런데 이런 보기에서 이미 우리는 윤동주가 단순한 사생의 차원이나 풍물을 읊조리는 데 그치는 시인이 아님을 알게 된다. 그런 자리에 서기에는 안으로 향한 그의 눈길이 너무 강력한 것이다.

    "죽는 날까지 하늘을 우러러/ 한 점 부끄럼이 없기를."

    또한 그는 선선히 사생풍 서정시에 만족하기에는 너무 강하게 인간의 고뇌를 안고 있었다. 그러니까 그는 풀잎의 사소한 움직임에도 마음이 아파지는 것이다. 이런 그의 시 세계는 아주 착실하게 그만의 재산 목록이 되어 준다.

    그 이전에도 우리 주변에는 물론 모더니즘이나 전원주의자들의 사생풍 서정시를 지양, 극복하려는 시도가 없었던 바 아니다. 그 단적인 보기가 되는 것이 이상李箱이었고, 《삼사문학三四文學》 동인들의 시며 《시인부락詩人部落》 동인 및 유치환柳致環 등이다. 그런데 어느 편인가 하면 이상과 《삼사문학》 동인들은 초현실주의의 강한 세례를 받은 경우다. 이것은 그 내면 세계가 이성에 입각하고 있는 것이 아니라 충동적이었음을 뜻한다.

다음 《시인부락》의 시는 서정주徐廷柱로 대표된다. 그는 강한 의욕으로 인간과 그 생을 파헤치고자 한 시인이다. 그러나 그것은 내성적인 것이 아니라 강한 열기를 앞세운 각도에서 이루어진 것이었다. 그런가 하면 유치환의 경우는 좀 굵직한 육성이 느껴진다. 그는 열사의 사막이나 바위, 정정한 고목 등을 통해 스스로가 믿는 생명의 의지를 노래했다. 거기에는 우리의 자신을 속속들이 성찰하는 마음의 자세 이전의 상태인 강인한 의지가 주조를 이룬다.

그런데 윤동주는 그 어느 경우와도 다르다. 적어도 그는 눈 오는 날 전신주의 울음 소리에도 하나님의 말씀을 느낀다.

"하얗게 눈이 덮이었고/전신주가 잉잉 울어/하나님의 말씀이 들려 온다"(《또 태초의 아침》).

그리고 어느 날 선명하게 느껴지는 도토리나무의 녹음 앞에서도 스스로를 부르는 목소리를 듣는 것이다.

"거 나를 부르는 것이 누구요,/가랑잎 이파리 푸르러 나오는 그늘인데,/나 아직 여기 호흡이 남아 있소"(《무서운 시간》).

어떻든 그는 그가 다루고자 하는 대상을 제나름으로 재해석하는 입장을 취하고 있다. 그리고 거기에는 반드시 강한 자아 성찰의 눈길이 개입된다.

이런 현상은 물론 일차적으로 윤동주가 지닌 체질이라든가 개성의 결과일 것이다. 몇 사람의 증언에 따르면 그는 유달리도 순결한 마음의 소유자였고, 섬세한 정을 지닌 사람이었던 것 같다. 그런 그의 성품이나 의식, 인간으로서의 자질이 그의 시에 뚜렷한 성찰의 궤적을 남기게 된 셈이다. 그러나 그와 동시에 우리는 윤동주의 내면 세계가 형성된 속사정도 고려에 넣어 볼 필요를 느낀다.

본래 윤동주는 독실한 기독교 가정에서 태어났다. 구체적으로 그의 조부 윤하현尹夏鉉은 일찍 개신교에 입교해서 후에 장로직을 맡게 되었다.

윤동주는 그런 환경에서 태어났고, 어려서 이미 유아 세례를 받은 바 있다. 또한 후에 그는 은진중학·숭실중학·연희전문·도시샤 대학을 거치게 되었다. 이들 학교는 모두 미션 계통에 속하는 학교라는 점에서 그 정신적 계보가 동일하다.

이런 사실에서 이미 우리는 윤동주의 시가 향내적인 정신 자세를 지니게 된 까닭을 짐작해 낼 수 있다. 단적으로 말해서 기독교는 하나님의 말씀을 믿고 천국을 염원하는 종교다. 그리고 그 믿음과 행동의 한 표준을 사랑에 둔다. 이때 문제가 되는 천국이나 사랑은 모두가 물질의 영역이 아니라 정신의 영역에 속하는 것들이다. 윤동주의 시에 향내의 눈길이 포함된 까닭은 이미 여기서도 예견될 수 있는 것이다.

또한 스스로를 향한 윤동주의 눈길이 유달리 아픈 목소리를 담고 있는 까닭도 그 사정은 같다. 본래 기독교에서는 유달리도 엄격하게 마음의 절제라든가 양심을 지킬 것을 요구한다. 그런 입장에서 보면 스스로의 행동은 많은 경우 불만스러운 게 될 수밖에 없다. 그의 많은 작품에 자아 성찰의 결과가 아픈 고백의 목소리를 담고 있는 것도 그런 이유에서다.

■키르케고르의 생각에 대비되는 윤동주의 정신 세계

한편 이런 사실을 시인하는 경우에 우리는 또 하나의 의문에 부딪힌다. 기독교 가정에서 태어나 미션 계통의 학교를 다닌 사람은 그 혼자에 끝나지 않는다. 그럼에도 그의 시에 유달리 강한 참회의 목소리가 담기는 까닭은 무엇인가. 그리고 그것이 그 어느 경우보다도 우리에게 절실하게 울리는 까닭은 어디에 말미암은 것인지.

이때 우리가 주목하지 않을 수 없는 것이 그의 독서 내용이다. 그의 아우인 윤일주尹一柱 교수의 증언에 따르면 윤동주는 꽤 부지런한 독서가였던 것 같다. 그리고 거기에는 키르케고르가 포함되어 있었다고 한다.

방학 때마다 짐 속에서 쏟아져 나오는 수십 권의 책으로 한 학기의 독서의
경향을 알 수 있었습니다. ……이리하여 집에는 근 800권의 책이 모여졌고 그
중에 지금 기억할 수 있는 것은 앙드레 지드 전집 기간분 전부, 도스토옙스키
연구 서적, 발레리 시전집, 불란서 명시집과 키르케고르의 것 몇 권, 그 밖에
원서 다수입니다. 키르케고르의 것은 연전 졸업할 즈음 무척 애찬愛讚하던 것
입니다.

— 윤일주, 〈선백의 생애〉(《하늘과 바람과 별과 시》, 정음사) 중에서

여기서 우선 우리는 한 가지 사실을 기억해야 한다. 그것은 당시 키르
케고르가 우리 주변에서 결코 널리 알려진 이름이 아니었다는 사실이
다, 그런데 윤동주의 초기 독서 내용에는 그의 이름이 포함되어 있는 것
이다. 키르케고르가 유신론적 실존 철학자 가운데 한 사람이라는 사실은
널리 알려진 바와 같다. 그리고 그의 철학은 철저한 자기 성찰에서 출발
한다.

《죽음에 이르는 병》에서 그는 먼저 인간을 정신이라고 규정한 바 있다.
그리고 곧 이어서 정신을 자아라고 정의하는 것이다. 이것은 그가 스스
로의 철학을 철저하게 향내적인 입장에서 시작하고 있음을 뜻한다. 또한
그는 기독교 실존주의 입장을 동시에 전개시켰다.

그의 사상은 우선 사랑의 문제에서 출발한다, 그런데 우리는 일상의
차원에서 소박한 단계의 자연스러운 사랑을 사랑이라고 믿는다. 이 단계
에서 우리는 사랑하는 대상에 그 어떤 가치를 인정한다. 그리고 그 가치
로 하여 그에 대해서 사랑을 쏟는 것이다. 이때 우리는 사랑하는 대상을
다른 대상에서 분리시켜서 사랑한다. 일종의 편애가 이루어지는 것이다.

이때 편애의 주체가 되는 것은 직접적 자기自己다. 직접적이라는 말은
자아의 성찰이 결여되었기에 쓰여진다. 그리고 성찰, 반성이 결여된 상
태에서 사랑은 직접적 자기가 지닌 바 본능적이며 충동적인 성격 때문에

맹목적이며 관능적인 것이 될 수밖에 없다. 그런데 이때 사랑은 대상을 사랑하는 듯하면서 그 실에 있어서 자기 스스로의 사랑에 도취하고 마는 것이다.

키르케고르는 이것을 '또 하나의 자신'에 탐닉하는 것이라고 몰아붙인 바 있다. 이런 류의 사랑은 그 속성 때문에 언제나 변질되고 포기될 위험성을 내포한다. 대부분의 경우 그 결과 격렬한 증오로 나타나는 것이다. 키르케고르는 이 단계를 지양·극복하기 위해서 관능과 충동이 지배하는 사랑에서 벗어나야 한다고 주장한다. 그리고 그 계기를 짓는 것이 양심이라고 보았다. 그에 따르면 양심만이 편애로 치달리는 이기적 자기에 쐐기가 되어 준다. 그런데 이것은 항상 자기를 부정, 비판하는 정신 자세 없이 이루어지지 않는다. 이것으로 우리는 키르케고르에 있어서 자기 성찰이 고뇌의 그림자를 곁들이고 이루어진다는 사실을 짐작해 낼 수 있다. 그런데 윤동주의 일부 작품에는 분명히 이에 대비될 수 있는 정신의 단면을 지닌 게 나타난다.

파란 녹이 낀 구리 거울 속에
내 얼굴이 남아 있는 것은
어느 왕조의 유물이기에
이다지도 욕될까

나는 나의 참회의 글을 한 줄에 줄이자
─만 이십사 년 일 개월을
　무슨 기쁨을 바라 살아왔던가

내일이나 모레나 그 어느 즐거운 날에
나는 또 한 줄의 참회록을 써야 한다.

ー그때 그 젊은 나이에
　　　왜 그런 부끄런 고백을 했던가

　　밤이면 밤마다 나의 거울을
　　손바닥으로 발바닥으로 닦아 보자.
　　그러면 어느 운석 밑으로 홀로 걸어가는
　　슬픈 사람의 뒷모양이
　　거울 속에 나타나 온다.

ー〈참회록〉 전문

　　얼핏 보아도 나타나는 바와 같이 이 작품은 그 제작 동기에서부터 자아 성찰의 눈길이 강하게 느껴진다. 여기서 주조가 되고 있는 것은 뉘우침의 정이다. 이 작품 속에서 '나'는 그 모습이 도무지 흐리기만 하다. 그리고 그 빌미가 된 것은 스스로의 생에서 보람을 느끼지 못하는 마음의 상태다. 이것은 그대로 단독자로서 하나님 앞에 서기까지 일체의 인간적 시도를 부정해 버리는 키르케고르의 생각에 대비되는 입장이라 하겠다. 윤동주의 시를 이루고 있는 정신의 한 가닥 닻은 바로 여기에서 찾아지는 셈이다.

■ 진지하게 자신을 성찰한 시인

　　여기에 이르기까지 우리는 윤동주의 시가 사생화투의 서정시에 끝나지 않고 내면 세계를 갖게 된 사연을 더듬어 보았다. 그 내면 세계가 지니게 된 독특한 정신의 풍모에 대해서도 어느 정도의 윤곽을 파악해 낸 셈이다. 되풀이하면 그것은 꽤 강한 자기 성찰의 정신 자세를 깐 것이어서 키르케고르의 경우에 대비가 가능한 경우다. 그런데 여기서 우리가 궁금증을 일으키지 않을 수 없는 것이 그의 민족적 저항 실적이다.

구체적으로 그는 1943년 도시샤 대학 재학생의 몸으로 독립 운동을 꾀했다는 죄명에 의해 시모가모下鴨 경찰서에 구금되었다. 그리고 후에 후쿠오카 형무소에서 복역중 8·15를 여섯 달 남겨 놓은 1945년 2월 16일 옥사했던 것이다. 이때 그가 구금·투옥된 까닭이 민족 운동에 있었음은 당시의 기소장에서 어느 정도 드러난다.

또한 윤동주는 어려서부터 강한 민족 의식의 세례를 받으며 자라왔다. 그의 친가와 외가 쪽이 모두가 주권 회복을 뜻한 계보에 속해 있었음은 널리 알려진 대로다. 뿐만 아니라 윤동주는 수학 과정에서도 줄곧 그에 준하는 환경 속에서 자랐다. 가령 은진중학을 다닐 때 그가 모시고 배운 은사 가운데는 명희조 선생이 포함되어 있었다. 이분은 동양사와 한문·국사를 가르치는 틈틈이 민족 의식을 고취해 마지않은 분이다.

또한 윤동주가 남다른 민족 의식을 지닌 사실은 좀 더 구체적인 증거를 통해서도 나타난다. 그가 용정의 대성중학을 졸업하고 연희전문에 진학한 것은 1938년도의 일이다. 그리고 그 다음 해에 후배로 장덕순 교수가 같은 학교에 입학하게 된다.

그런데 이 무렵 일제는 이미 침략 전쟁 수행을 위해서 한반도 내에 초비상 전시 체제를 펴고 있었다. 그리고 그런 상황 속에서는 민족이나 역사에 상관되는 그 어떤 말도 쓸 수가 없었음은 물론이다. 그럼에도 윤동주는 바로 이 무렵에 후배인 장덕순 교수를 이끌고 연전의 교사 벽에 남은 태극 마크를 가리킨 바 있다. 그리고 그것을 민족혼의 상징이라고 일컬었다고 한다(장덕순, 〈윤동주의 추억〉, 《자유문학》).

이런 사실을 윤동주의 시에 결부시키고자 하는 시도에는 물론 반대 의견도 없지 않다. 우선 현실적인 행동이 곧 시는 아니다. 그의 시에 민족적 저항의 자세가 포착되지 않는 한 이런 사실들은 어디까지나 참고 사항들에 지나지 않는다. 뿐만 아니라 그의 친구의 증언은 이런 경우의 우리에게 반대 발언이 되어 버리기도 한다.

다음은 일본 유학 때 윤동주를 알게 된 어느 한 분의 증언이다.

"윤동주의 저항 정신은 불멸의 전형이라는 글을 읽을 때마다 나의 마음은 얼른 수긍하지 못한다. 그에게 와서 모든 대립은 해소되었다. 그의 미소에서 풍기는 따뜻함에 녹지 않을 얼음은 없었다. 그에게는 다들 '골육의 형제'였다. 나는 확언할 수 있다. 그는 형무소에서 마지막 숨을 몰아쉬면서도 일본 사람을 생각하고는 눈물지었을 것이라고. 그는 인간성의 깊이를 파헤치고 그 비밀을 알 수 있었기에 아무도 미워할 수 없었으리라."

본래 민족적 저항이란 '나'에 대한 의식과 함께 '나' 아닌 적에 대한 증오를 전제로 한다. 그런데 윤동주에게는 그런 감정이 없었다는 것이다. 이런 사실을 시인하고 보면 윤동주는 좀 더 보편적인 세계를 지향한 시인으로 규정되어야 할지 모른다. 그러나 여기에는 얼핏 지나쳐 버리기 쉬운 논리의 함정이 있다. 그것은 민족 저항이 반드시 증오를 전제로 한다는 생각이다. 우리는 물론 의도 비평의 난점을 충분히 알고 있다. 그러나 그럼에도 윤동주의 시가 지니는 진실의 어느 모는 이 비평 방법을 원용할 때 비로소 효과적으로 포착되는 것이다.

　　쫓아오던 햇빛인데
　　지금 교회당 꼭대기
　　십자가에 걸리었습니다.

　　첨탑이 저렇게도 높은데
　　어떻게 올라갈 수 있을까요.

　　종소리도 들려 오지 않는데
　　휘파람이나 불며 서성거리다가,

괴로웠던 사나이,

행복한 예수 그리스도에게

처럼

십자가가 허락된다면

모가지를 드리우고

꽃처럼 피어나는 피를

어두워 가는 하늘 밑에

조용히 흘리겠습니다.

— 〈십자가〉 전문

역사주의 비평이 빚어 낸 부작용에 신경 과민이 된 일부 비평가들은 이 시를 항일 저항의 문맥 속에서 읽고자 하는 것에 반대한다. 그들은 여기서 읽을 수 있는 것이 민족이라든가 역사와 같이 좁은 테두리에 속하는 경우가 아니라고 주장한다. 이 시의 의미 내용과 심상에는 그보다 폭이 넓은 보편적 세계가 있다는 것이다.

■ 민족의 소명 따르려는 희생 정신의 시화

얼핏 보아도 이 작품에서 주조를 이루고 있는 것은 희생의 마음 자세다. 그것을 효과적으로 제시하기 위해서 윤동주는 십자가에 못 박힌 예수를 등장시키고 있다.

그리하여 이 작품에서 지배적 심상을 이루고 있는 것은 그의 처절한 최후라는 이야기가 성립된다. 이 무렵 윤동주가 지닌 정신 자세로 보아 여기서 희생의 의미 내용에는 또 다른 함축성이 첨가될 수가 있다. 그것이 민족사의 소명에 응해서 스스로의 육신에 가해지는 박해를 돌보지 않겠다는 경우다.

그런데 이런 논리가 성립되기 위해서는 희생의 동기 속에 나라, 겨레라든가 역사에 대한 감각이 곁들여져 있어야 한다. 그런데 이 작품의 문맥에서 검출되는 한 그런 낌새는 손쉽게 포착되지 않는다. 반反의도론자의 생각은 대충 이런 각도에서 전개된다. 얼핏 보면 그들의 생각에는 일리가 있는 양 생각되기도 하는 것이다.

이 작품 첫째 연과 둘째 연에서 윤동주가 주제격으로 다루고 있는 것은 물리적 차원에서 실재하는 십자가다. 그것은 또한 교회당 꼭대기에 걸린 것이기도 하다. 이 작품에서 화자는 그런 십자가를 내세운 다음 희생의 심상을 거기에 포개어 제시한다. 이것은 이 작품의 지배적 심상이 종족이나 향토 감정 쪽에 직접 연결되어 있지 않음을 뜻한다. 솔직히 거기에는 기독교, 특히 개신교의 대속 의식이 앞서 있는 것이다.

뿐만 아니라 이 경우에 우리는 이 작품 마지막 연에 나오는 한 구절도 고려에 넣어 보아야 한다. 윤동주가 설정한 희생의 자리나 때는 '어두운' 경우 그 자체가 아니다. 분명히 '어두워 가는'이라고 진행형으로 되어 있다. 만약 이 부분의 시간 의식이 민족이나 역사에 연결되어 있다면 '어두워 가는'과 같은 말투는 이상하다.

참고로 밝히면 이 작품 꼬리에 나오는 제작 일자 표시는 1941년 5월 31일로 되어 있다. 이것은 이 작품이 일제 암흑기의 막바지에 씌어졌음을 말해 준다. 이 무렵은 어느 시인이 노래한 것처럼 "꽃 한송이 피어 낼 지구도 없고 (……) 노루 새끼 한 마리 뛰어다닐 지구도" 없었던 때다.

그리고 윤동주도 이런 사실에 둔감하지 않았다. 둔감하지 않았기 때문에 그는 상당한 위험 부담을 안은 채 학교 후배를 이끌고 태극 마크를 가리킨 것이다. 또한 일경의 눈을 피해서 민족의 역사와 문화를 되새기고 독립 운동도 획책하지 않을 수 없었던 것이다. 그런 그가 이 작품에서는 희생이 이루어지는 공간을 진행형의 상태로 표현했다. 이것은 그 심상이 민족사의 현실에 직결되지 않았음을 뜻한다. 이렇게 보면 반의도론자들은 또 하나의 논리적 근거를 획득하게 되는 셈이다.

그러나 이런 논리는 아주 기초적인 사실을 망각한 데서 빚어진 것이다. 새삼스레 밝힐 것도 없이 반의도론자들이 비평의 기본 전제로 삼고 있는 것이 작품 자체다. 그들은 모든 작품이 '스스로 충족한 존재'라는 논리를 가지고 있다. 그리하여 시의 의미 내용은 그 형태·구조를 통해서 충분하게 포착될 수 있다고 믿는 것이다. 그리고 이때 문제되는 형태·구조란 작품 자체에 나타나는 말들의 쓰임새나 그 배열이며, 그것이 빚어 내는 유기적 상관 관계일 터이다.

이런 사실을 재확인하면서 작품의 마지막 두 연을 볼 필요가 있다. 그리고 거기서 우리가 그 무엇보다 주목해야 할 것이 "행복한 예수 그리스도에게/처럼/십자가가 허락된다면"이라고 된 부분이다. 여기 나오는 '처럼'은 접미어의 일종이지 그 자체가 독립되어서 쓰이는 실사實詞가 아니다. 그럼에도 윤동주는 이 단어 하나를 독립시켰고 그것도 이례적이라고 할 수밖에 없을 정도로 한 행으로 처리해 놓았다.

참고로 밝히면 이 작품을 포함한 윤동주의 유고 시집《하늘과 바람과 별과 시》는 그가 일본으로 떠나기 전 그의 후배인 정병욱 교수에게 맡겨진 것이다. 그리고 그 초판이 발행될 때 모든 작품은 당시 맞춤법에 맞지 않는 철자까지가 우선적으로 철저하게 원형 보전되었다. 따라서 여기서 문제되는 '처럼'도 윤동주가 쓴 원작의 형태를 그대로 지킨 결과다. 그렇다면 이 부분에 나타나는 이례적 형태 처리에는 반드시 그에 상응하는 시인의 의도가 포함되어 있다고 봐야겠다.

본래 시에 있어서 한 행이란 의미 맥락의 최저 기본 단위가 되는 동시에 운율·구조의 단위도 이룬다. 그러니까 윤동주가 실사가 아닌 '처럼'을 독립시켜 한 행으로 잡았다는 것은 그가 그것을 상당히 강조하고 싶었음을 뜻한다.

그리고 그런 기도를 통해 특히 노리는 바가 있었던 것으로 보인다. 그것이 이 부분에 나오는 희생의 심상을 예수 그리스도의 경우에서 독립된 것으로 다루려는 의도다. 그에게도 십자가가 지워진다면 희생의 각오는 되어 있다. 그러나 그 희생의 내용이나 동기, 목적이 예수 그리스도의 경우와 완전히 동일하지는 않다. 그걸 드러내기 위해 그는 "예수 그리스도에게/처럼"에서 '처럼'을 특히 강조하지 않을 수 없었다.

반의도론자들은 그들의 비평 논리에 의해 이 부분을 당연히 이렇게 읽어야 한다. 이런 논리를 저버린 채 이 부분에서 기독교 정신만을 읽자는 것은 중도반단으로 시를 해석하려는 입장이다.

다음으로 윤동주가 빚어 낸 희생의 심상은 아주 처절한 성격의 것이다. 그 배경은 어두워 가는 하늘이다. 그런 무대 위에서 시의 화자는 꽃처럼 피어나는 피를 흘리며 스스로를 희생시키고자 한다. 그렇다면 이 희생은 예수의 희생에 비견될 크고 훌륭한 명분 아래서 이루어져야 한다. 그렇지 않다면 그것은 부질없는 자기 육신의 희생이며 악취미에 지나지 않는다. 앞에서 본 바와 같이 윤동주는 매우 진지하게 스스로를 성찰한 시인이다. 그런 이상 그의 희생을 부질없이 또는 일종의 악취미로 일삼을 리가 없다.

그렇다면 여기서 윤동주의 희생은 무엇을 뜻하는 것인가. 이렇게 제기되는 물음을 위해 우리는 몇몇 참고 사항 등을 고려해야 한다. 이 작품이 씌어진 무렵 윤동주는 그의 향내적 정신 세계에 역사 의식을 곁들이기 시작한 것 같다. 그것은 종적 관념이라든가 시대 의식의 면을 띠고 나타난다.

고향에 돌아온 날 밤에
내 백골이 따라와 한 방에 누웠다.

어둔 방은 우주로 통하고

하늘에선가 소리처럼 바람이 불어온다.

어둠 속에 곱게 풍화 작용하는
백골을 들여다보며
눈물짓는 것이 내가 우는 것이냐
백골이 우는 것이냐
아름다운 혼이 우는 것이냐

지조 높은 개는
밤을 새워 어둠을 짓는다.

                                   — 〈또 다른 고향〉 중에서

인생을 살기 어렵다는데
시가 이렇게 쉽게 씌어지는 것은
부끄러운 일이다.

육첩방은 남의 나라
창 밖에 밤비가 속살거리는데,

등불을 밝혀 어둠을 조금 내몰고,
시대처럼 올 아침을 기다리는 최후의 나,

                                   — 〈쉽게 씌어진 시〉 중에서

앞의 작품에서 백골은 자아 의식을 객관적 상관물화한 것으로 파악된
다. 그에 대한 의식은 곧 향토 의식이 곁들여지는 순간 아주 선명하게 인
식된다. 어떻든 그 백골이 어둔 밤에 풍화·잠식되어 간다고 화자는 아쉬

위한다. 그리고 그와 대비되는 자리에 밤을 짖는 개가 놓여 있다. 여기서 개는 물론 어둠에 항거하는 자아 의식의 화신이다. 그것은 또한 백골로 상징된 화자의 풍화를 막아 준다. 여기서 이미 윤동주의 시대 의식이 그 윤곽을 드러내고 있다.

다음 두 번째에 인용된 작품은 적지인 일본에서 씌어진 것이다. 거기서 그는 분명히 남의 나라를 느끼며 동시에 어두운 정신 세계를 실감한다. 그리고 이런 감정은 그로 하여금 새벽의 도래와 그를 통해 이루어질 어둠의 구축을 믿어 의심치 않게 한다. 얼핏 봐도 나타나는 바와 같이 이 작품을 지배하고 있는 심상은 어두운 밤 혼자 자신을 지키고자 하는 한 인간의 정신 자세다. 그리고 그 심상은 일본을 남의 나라라고 명백히 규정한 것으로 보아 자아 의식이 곁들여진 경우에 속한다. 결국 우리는 두 작품에서 다 같이 윤동주의 시간 의식이 민족·역사에 대한 감각을 곁들인 것임을 유추할 수 있게 된다.

여기서 〈십자가〉가 씌어질 무렵 윤동주의 내면 세계를 지배한 중요 내용이 무엇이었던가를 짐작해 볼 수 있다. 그 무렵 적어도 윤동주는 그가 사는 시대가 어둡다는 것을 알고 있었다. 그리고 그 어둠을 내몰기 위해서는 대가가 치러져야 한다는 사실에도 맹목이 아니었다.

한편 그는 남달리 강한 윤리 의식의 소유자이기도 했다. 그런 이상 그가 어둠에 맞서서 싸우는 일을 그 누구에게 떠맡길 수 없다는 사실도 철저하게 인식하지 않을 수 없었다. 이 논리의 회귀점에서 그는 〈십자가〉를 쓰고 희생의 각오를 읊조린 셈이다. 돌이켜보면 윤동주가 산 일제 암흑기에 우리는 민족 문화와 역사, 양심을 지킬 길이 없었다. 그리고 나아가 우리 겨레가 살아 남기 위한 최저한의 여건으로 생각되는 말과 글을 쓸 자유마저가 박탈된 채였다. 그런 상황 아래서 여전히 제 혼자만의 좁은 내면 세계를 고집한다는 것은 아주 안이한 관념의 세계에 칩거함을 뜻할 뿐이었다.

윤동주가 처한 상황과 시대 속에서는 적어도 스스로를 지키기 위한 몸부림이 필요했던 것이다. 그런 정신 자세의 표출 형태로서 윤동주는 끝내 항일 저항의 시를 쓰지 않을 수 없었다. 그러고는 마침내 일제에 의해 투옥·순국하게 된 것이다.

결국 윤동주는 그의 정신 세계를 시로써 완성한 시인이다. 그리고 실제 행동을 통해 그것을 실행해 보인 분이다. 그런 의미에서 그의 발자취는 깊이 그리고 뚜렷하게 우리 문학사의 탑 위에 양각되어야 한다.

어둠 속에 익은 사상

윤동주론

김윤식

1936년 경남 진영 출생

서울대 대학원 국문과 졸업

1962년 《현대문학》에 평론 〈문학사 방법론 서설〉을

추천받아 등단

대한민국문학상 평론상·김환태평론상 수상

저서 《한국 근대 문예 비평사 연구》·

《한국 문학사》·《이상 연구》 등

어둠 속에 익은 사상

― 윤동주론

김윤식

1

한국 근대 문학을 공부하면서 나는 여러 작가론 및 작품론을 써왔지만 윤동주론만을 여태껏 보류해 왔다. 이유는 간단하다. 1942년 이후의 그의 모든 문자 행위가 압수당하고 잔존해 있지 않기 때문이다.

이 경우 '압수'당했다는 것이 어째서 간단한 일일 수가 있겠는가. 1941년에 자선 시집《하늘과 바람과 별과 시》(19편) 속에 이미 〈서시〉·〈또 다른 고향〉·〈길〉 등이 포함된 윤동주의 정신적 높이가 노발리스, 릴케, 혹은 키르케고르를 읽어도 풀리지 않는 측면을 생생히 내포하고 있음에랴. 그러한 윤동주가 도쿄, 교토의 대학생활에서 죽음에 이르기까지 수년간의 그 내연內燃한 정신의 가열성을 차압당한 채 부재하고 있는 것이다.

"시모가모 서에 미결로 있는 동안 당시 도쿄에 계시던 당숙 영춘 선생이 면회했을 때는 '고로'란 형사의 담당으로 일기와 원고를 번역하고 있었으며……"(〈선백의 생애〉,《하늘과 바람과 별과 시》, 정음사, 1995, p. 218)라는 사실을 믿는다면 윤동주의 내면 생활을 담은 그 문자들은 어디로 갔는가. 오토烏兎의 세월 속에 그 아무도 역사에의 변명을 하지 못하고 오늘에 이르고야 말았다. 물론 모든 단서가 깡그리 제거되지 않았을지도 모른다는 믿음을 나는 가지고 싶다.

나는 어떤 기회에 도시샤 대학 간행 《도시샤 문학》 및 기타 당시 자료를 모조리 검토해 본 적이 있다. 결과는 기껏 일본어로 쓴 정지용의 시 〈말馬〉 I, II 두 편을 발견했을 따름이다. 실상 윤동주의 어떤 작품의 편린이라도 있을까 생각한 것부터가 잘못이었으리라.

그 후 어떤 다른 기회에 교토 대학 출신 중심의 종합 잡지 《사상의 과학思想の科學》을 검토해 본 바 있다. 동지同誌 1969년 6월호에 후쿠오카 시에 사는 우마코시 도루馬越徹라는 사람의 제언 〈윤동주에 대한 자료를 찾자〉라는 일문一文이 있었다. 이러한 제안이 있었음에도 불구하고 그 후 내가 아는 한, 아무런 진전이 없는 듯하다. 한일 양국의 문학 연구가의 협력이 이 윤동주 부분에만큼 절실히 요청되는 데가 달리 없다는 진술이 단순한 내 개인의 과장벽이 아니기를 바라는 마음 간절하다.

마시타 노부이치眞下信一의 한 저서 속에는 다음과 같은 구절이 포함되어 있다.

1937년 가을 검거되었을 때 나는 처음엔 교토 고죠五條 서의 독방에 넣어졌다가 곧 마쓰하라松原 서의 불결한 잡거방雜居房, 이어 가와바타川端 서 그리하여 마지막엔 오래도록 시모가모 서에 유치되어 있었다. 그리고 익년 6월에 기소되어 교토 구치소에 넘겨졌다. 그 사이 가장 깊이 내 가슴에 그 인상을 새긴 사람 중의 하나는 시모가모 서 같은 방에 있었던 중국인 유학생 정사선丁士選이었다.

이 무렵 중국에서 온 유학생이 교토 대학에도 몇 사람 있었지만 문학부에서 고고학을 배우고 있던 그는 당시 '항일 학생의 소굴'로 불린 북경北京 대학 출신이었다. 특별 고등 경찰의 눈은 날카롭게 여지없이 그에게로 쏟아졌다. 세밑 어느 날 돌연 그는 나의 감방에 와졌다. 일어가 또렷하지 못해 우리는 영어로 말했다.

유학생을 위장한 항일 중국 스파이 용의로 그는 매일같이 끌려 나가서는 저녁 무렵 취조를 끝내고 감방으로 돌아올 때는 걸음도 못 걸을 정도로 고통스러울 때도 있고, 장신의 위장부偉丈夫로 보이는 그가 흥분되어 유감스러움을 역력히 얼굴에 띠우고 눈을 붉게 부릅뜬 모습이 내 가슴에 닿았다. 감방 안에 돌아오자마자 벽을 향해 높은 무릎에 얼굴을 박고 흐느낌을 참을 때도 누차 있었다.

그 이듬해 일찍 중국인 유학생의 송환이 결정되어 정 군도 조국에 돌아가게 되었다. 그의 향리는 하남성 정주였다. 일본군의 급진격에 직면한 곳으로 점령 지역에 들어가기 위해서는 옹해선隴海線을 택하면 되었다. 그가 내게 말한 바에 의하면 송환되는 중국인 유학생들은 일본군 점령 지역 내에 돌아가려면 일본에서 곧장 보내질 수 있음에 대해 비점령 지역에 돌아가려면 홍콩까지 보내지는 것이라 했다.

그가 선택한 것은 홍콩행이었다! 그가 유치장에서 나가는 날, 연만한 유치장 담당 순사가 중국인은 글씨를 잘 쓰기 때문에 일필서—筆書를 부탁한다는 것이었다. 무엇을 쓸 것인가 주목하는 내 앞에 남긴 묵흔墨痕은 '사해동포四海同胞' 넉 자였다!

— 《사상의 조건》, 이와나미 신서, pp. 11~12)

1943년 7월 윤동주는 도시샤 대학생으로 고종 사촌 송몽규(교토 제국대)와 같이 시모가모 서에 미결로 수감되었었고 후쿠오카 형무소에 투옥된 것은 1944년 6월이었다. 오촌 당숙 윤영춘의 확인 기록에 의하면 윤동주의 죄목은 (1) 사상 불온, 독립 운동, (2) 비일본신민非日本臣民, (3) 온건하나 서구 사상이 농후하다는 것 등으로 되어 있다.

1945년 2월 옥사한 10일 후에 배달된 사망 통지서에는 "동주 위독하니 보석할 수 있음. 만일 사망 시에는 시체는 가져 가거나 불연不然이면 규슈 제국대학에 해부용으로 제공함. 속답하시압"으로 되어 있었다고 한다.

이상 두 가지 사실에서 우리는 여러모로 생각해야 할 점이 있을 것 같다. 일본이라는 근대 제국주의 국가를 가운데 두고 우리는 우선 세 가지 문제점을 구별해 둘 필요가 있다. 첫째는 중국인의 민족주의로서의 대_對파시즘 운동, 둘째는 한국인으로서의 민족주의, 셋째는 일본인 자신에 의한 반_反파시즘 투쟁을 들 수 있다.

근대 국가로서의 일본 제국주의가 19세기 서구적 국가 개념에 속한다는 것은 누구나 아는 일이다. 이에 대항하는 지식인의 정치 사상은 외부에서 바라볼 때는 민족 단위의 그것이 가장 선명하다. 이로써 볼 때 일본 제국주의를 가운데 둔 한국 양국의 저항 양상은 그 민족 해방이라는 기본 방향성에서 완전히 일치한다. 그러나 한국과 중국의 세부적 차이는 중국이 국가 단위를 유지하고 있었음에 대해 한국은 다만 민족 단위만이 있었다는 점에서, 그리고 전자가 동양 문화의 정통성을 가진다는 그 역사성에서 각각 구별된다.

앞에서 인용한 바에서 볼 때도 이 점이 선명하게 드러나 있는 것이다. 즉, 그 중국 유학생 정사선은 본국으로 자유롭게 송환되어졌다는 점, 그리고 간수가 다만 중국인이 문_文을 잘한다는 그 이유만으로 일필서를 요청했던 것이다. 이와 더불어 정사선이 '사해동포'라는 넉 자를 의미 깊게 그리고 유유히 남길 수 있는 것도 따지고 보면 중국이라는 이미지의 그 위대성에서 연유되었을 것이다. 그리고 그곳은 바로 문화와 고적과 학문의 도시인 교토였다.

한국인 유학생 윤동주는 그럴 수가 없는 처지에 있었다! 우선 우리는 여기서 가능한 한 정확히 기술해 두기로 하자. 무엇보다도 윤동주는 정사선처럼 돌아갈 국가가 없었다. 한 개인의 권리를 옹호해 줄 국가가 배후에 없을 때 그 개인이 유유할 수 없고, 그 문화의 높이가 미약할 때 또한 유유할 수 없는 지적을 표해 둔다는 것은 매우 긴요한 일로 보인다. 이 좌표 설정을 떠날 때 자칫하면 우리가 우리 자신을 기만하고 넘어갈지도 모르기 때문이다.

이 점은 다음 사실과도 관계되리라. 나는 오래 전부터 노신魯迅과 이광수 비교 연구에 관심을 갖고 자료를 모은 바 있었으나, 결국 한 줄도 쓰지 못하고 만 사실이 있다. 20세기 초 전후, 같은 일본 유학생이었다는 점, 같은 일제라는 투쟁 대상, 민족 개조라는 명제 등에도 불구하고 이 양자의 비교는 성립될 좌표가 피상적이 아닌 내적 문제로는 간단하지 않았기 때문이다.

여기에 나는 여러 가지 느낀 점이 많았다. 가령 패전 후 일본에서는 전중戰中에 씌어진 다케우치 요시미竹內好의 〈노신〉을 위시, 많은 논객들이 그 위대성을 증명하기에 여념이 없는 듯한 느낌을 주었고, 문학의 원본성原本性과 정치의 원본성으로써 그것을 수다히 증명한 바 있는 다케우치 요시로竹內芳郎의 〈노신〉(1967. 5.)은 그 총결산이라 할 만하다.

그러나 이러한 노신론의 저류에 놓인 것은 내 보기에는 앞 인용에서 보인 정사선의 경우를 심화 확대한 것으로 파악되었던 것이다. 후지마 쇼다이藤間生大와 김소운 간의 논쟁(졸고 〈식민지 문학의 상흔과 그 극복〉 참조)도 따지고 보면 이 좌표 설정의 차이에서 연유되었던 것이라 할 수 있다.

물론 그것을 우리는 탓할 권리가 없는 것이다. 일본인으로서는 그들의 콤플렉스와 대결할 수 있는 대상으로 중국인이 가능했기 때문인 것이다. 윤동주 그는 그럴 수가 없다. 속죄양의 좌표 속에 그를 놓아야 하는 것이다. 그리고 그것은 중국도 일본도 아닌 우리의 자화상인 것이다.

2

윤동주의 현존하는 마지막 작품은 1942년 6월 3일자에 쓴 〈쉽게 씌어진 시〉로 고증된다.

　창 밖에 밤비가 속살거려

육첩방六疊房은 남의 나라,

시인이란 슬픈 천명天命인 줄 알면서도
한 줄 시를 적어 볼까,

땀내와 사랑내 포근히 품긴
보내 주신 학비 봉투를 받아

대학 노―트를 끼고
늙은 교수의 강의 들으러 간다.

생각해 보면 어린 때 동무를
하나, 둘, 죄다 잃어버리고

나는 무얼 바라
나는 다만, 홀로 침전하는 것일까?

인생은 살기 어렵다는데
시가 이렇게 쉽게 씌어지는 것은
부끄러운 일이다.

육첩방은 남의 나라
창 밖에 밤비가 속살거리는데,

등불을 밝혀 어둠을 조금 내몰고,
시대처럼 올 아침을 기다리는 최후의 나,

나는 나에게 작은 손을 내밀어

눈물과 위안으로 잡는 최초의 악수.

— 〈쉽게 씌어진 시〉 전문

연보상으로 볼 때 이 작품은 도쿄에 있는 릿쿄人敎 대학 영문과에 입학했을 때에 해당된다. 이 시를 쓴 그해 여름 방학에 고향을 다녀오고, 가을 학기엔 교토에 있는 도시샤 대학 영문과로 적籍을 옮기게 된다. 미션계인 도시샤 대학은 유종열 등이 교편을 잡은 곳으로 일찍이 W. 블레이크나 W. 휘트먼 연구 센터로 명성 높은 곳이며, 1920년대 말엔 정지용이 공부한 곳이기도 하다. 여기서 내가 정지용을 들먹거리는 것은 실증적 검증이라든가 호사벽好事癖 때문이 아니다. 만일 시의 형태상으로 비교한다면 정지용과 윤동주의 시는 매우 흡사한 점이 있기 때문이다.

1936년 시문학사에서 간행한 《정지용 시집》과 정음사에서 간행한 《하늘과 바람과 별과 시》는 제4부 동시, 혹은 민요류, 제5부 〈투르게네프의 언덕〉 이하 〈종시〉까지의 산문시에서도 형태상의 대비가 가능한 것이다. 물론 정신의 높이에서 본다면 정지용은 현저히 감각적이고 경박하며, 그가 신앙한 가톨릭조차도 하나의 장식적인 멋으로 되어 있음을 지적할 수 있다.

물론 우리의 관심은 이러한 곳에 있지 않다. 문제는 시를 쓰지 않으면 자기 존재 확인이 불가능한 시인에 있어 그 시의, 쉽게 씌어짐을 부끄러워하는 자각의 의미가 무엇인가에 있는 것이다. 이 부끄러움을 초래한 것은 물을 것도 없이 육첩방 남의 나라에 대한 최초의 인식인 것이다. 왜냐하면 땀내 나는 사랑으로 뭉쳐진 학비와 하숙 생활은 윤동주에 있어서는 조금도 새로운 것이 아니기 때문이다.

알려진 바와 같이 그는 1935년엔 고향 간도 명동촌 그리고 용정을 떠나 평양 숭실중학에 다녔고, 1938년에는 연희전문 문과에 4년 동안 다니며 후배 정병욱과 하숙 생활을 해왔던 것이다. 그렇다면 '남의 나라'의 인식이 그의 시 정신을 일단 파탄시키는 과정으로서 이 작품을 검토해 둘 필요가 있는 것이다.

여기 두 개의 명제가 드러난다. 즉, 남의 나라라는 인식과 '천명天命'인 줄 아는 시인의 인식이 그것이다. 그런데 그 '남의 나라'가 바로 원수의 나라 적도敵都 도쿄라는 직접성과 '천명'으로서의 시인의 정신의 준엄성이 잠복되어 있었기 때문에 이 시인에 있어서는 전에 없던 각오가 요청되지 않으면 안 되었던 것이다. "등불을 밝혀 어둠을 조금 내몰고,/시대처럼 올 아침을 기다리는 최후의 나"라는 각오가 '최초의 악수'로 된다는 것은 이로써 이해되리라.

그 '최초의 악수'가 교토 도시샤 대학이었다면 그것은 그의 시의 새로운 지평을 뜻하는 것인지도 모를 일이다. 그 새로운 각오로서의 '최초의 악수'의 구체성으로서의 그의 문자 행위(시)의 부재 앞에 우리는 다만 직면해 있을 따름이다.

이 언어 도단의 지경에 직면할 때 우리가 점검해 볼 수 있는 것은 무엇인가. 그 단서는 아마도 어둠의 의미일 것이다. "등불을 밝혀 어둠을 조금 내몰고"라고 그는 쓰고 있는 것이다. 여기서부터 우리는 비로소 〈또 다른 고향〉 쪽으로 거슬러 올라가야 한다. 작품 〈또 다른 고향〉은 윤동주가 연희전문 문과를 졸업할 무렵 77부 한정판으로 출판하려던 자선 시집 《하늘과 바람과 별과 시》 속에 포함되어 있고 1941년 9월에 씌어진 것으로 되어 있어 그의 나이 25세 때 씌어졌음을 알 수 있다.

고향에 돌아온 날 밤에
내 백골白骨이 따라와 한 방에 누웠다.

어둔 방은 우주로 통하고
하늘에선가 소리처럼 바람이 불어온다.

어둠 속에서 곱게 풍화 작용風化作用 하는
백골을 들여다보며
눈물짓는 것이 내가 우는 것이냐
백골이 우는 것이냐
아름다운 혼魂이 우는 것이냐

지조 높은 개는
밤을 새워 어둠을 짓는다.

어둠을 짓는 개는
나를 쫓는 것일 게다.

가자 가자
쫓기우는 사람처럼 가자
백골 몰래
아름다운 또 다른 고향에 가자.

—〈또 다른 고향〉 전문

　이 작품이 어둠의 사유 속에 익어 간 사상의 편린으로 이해될 수 있다
는 것은 여러 가지 면에서 중요하다. 먼저 우리는 고향의 의미를 비시적非
詩的인 측면, 즉 이 시인의 실존에 관련시켜 보기로 한다.
　그가 태어난 곳은 1917년 북간도 명동촌으로 되어 있다. 기독교와 교
육자의 집안 장남으로 태어난 그에게 있어 고향이란 실상 "소학교 때 책

상을 같이했던 아이들의 이름과, 패佩, 경鏡, 옥玉 이런 이국 소녀들의 이름"(〈별 헤는 밤〉)과 준하는 것이었으리라.

북간도의 명동 혹은 용정이란 한 특정 지명임엔 틀림없으나 한민족의 개척사와 수난사가 담긴 이역異域이라는 보통 명사에 다름 아니다. 19살 때부터 이곳을 떠나고, 아마 문학을 통해, 그리고 가장 섬세하고 내연內燃하는 R. M. 릴케, 프랑시스 잠, 죄렌 키르케고르라는 서구 교양 체험을 익힌 윤동주에 있어 북간도는 보편 정신의 안식처로 인식되지 않았을 가능성이 짙다.

실상 따지고 보면 조국 상실의 상황, 모든 곳이 유적지이고 보면 이 사실은 인정될 수 있으리라. 만일 그가 농사를 일군 농민의 자식이었다면 흙과 결부된 고향의 애착이 가능했을지도 모른다. 그러나 윤동주는 앞에서 적었듯 근엄한 기독교 장로의 손자이며 교육자의 장남이었다. 기독교와 더불어 이러한 바탕은 서구적 교양 체험에 직결되는 것이라 할 수 있다. 따라서, 이 시인이 계속 연마하고 있는 서구적 교양 체험에 비할 때 또 다른 고향이 요청되지 않으면 안 되었을 것이다.

이 두 개의 정신의 고향은 그러므로 육신의 '나'와 혼魂의 '나'로 대응되고 만다. 이 대응 관계를 가능하게 하고 바라보게 하는 모든 공간이 '어둠'으로 표상되고 있는 것이다. 노발리스의 어둠과 거의 동질적인 어둠은 또한 '어둔 방'으로 표상된다. 윤동주의 작품에서 이 '방'이란 단어만큼 빈번히 사용되는 것은 달리 없다. 그것은 안온한 공간을 의미하며, 무한 궤도의 차단을 뜻한다. 그러므로 그는 하늘과 바람 그리고 특히 천체에 대한 대응 개념으로 방을 사용한 것이다.

자기를 응시할 수 있는 가능의 자리가 어둠 속에서 비로소 달성될 수 있다는 것은 어둠이 죽음과 관계되기 때문이다. 일상적 '나'와 '백골'과 '혼'의 세 측면의 관찰이 거리를 두고 가능한 자리가 어둠이며, 이 자리를 제거하는 그 어떤 작용이 '짖는 개'로 표상된다. 릴케의 《말테의 수기》속에 나오는 부재를 인식하는 개와 윤동주에 있어서의 개는 매우 다른 것이다. 죽음[不在]까지 포함했을 때 비로소 생의 원환성圓環性을 확인한 것이 전자라면, 후자의 개는 자기 응시를 가능하게 한 어둠이라는 조건 상황을 제거하고 결단을 촉구하는 거부의 목소리인 것이다.

물론 그는 또 다른 고향을 아름답다고 하고 있다. 백골만 남겨 둘 수 있다면 '나'와 '혼'만이 남게 되고, 마침내는 이 양자가 동일한 것으로 될 수 있기 때문이다. 밝음의 세계에는 '하나'만의 고향이 있을 뿐이며 '백골'을 동반하지 않을 때엔 '나' 자체가 성립되지 않는다. 이 백골에의 초극은 실상 정신주의로서의 기독교의 기본항基本項임에 틀림없다. 이 기본항이 가능한 것은 순교자적 고행일 것이다. 그 고행을 거치지 않은 한 젊은이가 어둠으로 사유해 나갔다는 데 이 작품의 의미가 있는 것이다.

그렇다면 한국 시사詩史에서 이 작품은 사유의 의미를 길러 주는 거의 유일한 작품이라 할 수가 있다. 이 어둠 속에 익어 가는 사유의 과정은 '마음속으로 흐르는 소리'에 해당된다.

세상으로부터 돌아오듯이 이제 내 좁은 방에 돌아와 불을 끄옵니다. 불을 켜두는 것은 너무나 피로롭은 일이옵니다. 그것은 낮의 연장이옵기에—

이제 창을 열어 공기를 바꾸어 들여야 할텐데 밖을 가만히 내다보아야 방안과 같이 어두워 꼭 세상 같은데 비를 맞고 오던 길이 그대로 빗속에 젖어 있사옵니다.

하루의 울분을 씻을 바 없어 가만히 눈을 감으면 마음속으로 흐르는 소리, 이제, 사상思想이 능금처럼 저절로 익어 가옵니다.

—〈돌아와 보는 밤〉 전문

이와 같이 어둠 속에서 '사상이 능금처럼 저절로 익어' 가는 상태에서 그는 도일渡日한 것이다. 그 '남의 나라'에서 이 어둠 속의 사유가 어떻게 변질되었는가를 우리는 앞에서 물었다. 시인의 천명성을 믿었던 그가 쉽게 씌어지는 시에 대한 참괴慙愧를 인식할 때 그는 어둠의 사유에 대한 새로운 각오가 요청되지 않으면 안 되었으리라. 그것은 어둠을 '조금' 내몰지 않을 수 없다는 자각에 확인된다.

    등불을 밝혀 어둠을 조금 내몰고,
    시대처럼 올 아침을 기다리는 최후의 나,

이 '최후의 나'라는 각오의 측면에서 볼진댄 어둠의 사유에 대한 윤동주의 한계 인식을 엿볼 것이다. 어둠을 '조금' 내몰고 나아간 곳이 도시샤 대학이었고, 시모가모 서였고, 후쿠오카 형무소였다.

                                    3

앞에서 나는 서구 교양 체험 운운한 바 있다. 서구 정신사를 배운다는 것은 아마도 지식의 차원으로 봄이 보통이리라. 만일 우리가 시체 인수 때 윤영춘 씨가 확인한 "온건하나 서구 사상이 농후하다"는 죄목을 믿는다면 구체적으로 그것이 무엇을 뜻하는 것일까.

1942년 9, 10월 문예지 《문학계文學界》[고바야시 히데오小林秀雄, 가와카미 데쓰타로河上徹太郎 중심]에 의해 〈근대의 초극〉 심포지엄이 있었고 이 듬해 그것이 단행본으로 출간된 바 있다. 이 심포지엄은 메이지明治 이래 서구화를 전면적으로 수락함으로써 일본의 근대 국가 및 문화를 형성한 그 서구 문화에 대한 서구 교양파 지식인들의 자기 비판이라 볼 수 있다.

"30세대 이전의 세대 지식인이라면 '근대의 초극'이라는 말을 복잡한 반응 없이 입에 귀에 올릴 수 없다"(다케우치 요시미)고 지적되듯, 이 심포지엄은 태평양 전쟁 개전 일 년 사이에 서구 지성과 일본인의 피 사이의 갈등으로 일단 볼 수 있다. 그 결과는 물론 '새로운 일본 정신의 질서' 획득으로 귀착되고 만다. 내셔널리즘과 결부된 조국 일본 사상의 도도한 물결 앞에 정작 서구적 지성으로 자처하던 《문학계》파가 한 사람의 사상적 본 회퍼도 남기지 못하고 타협·동조·야합에 마침내 함몰하고 말았다는 것은 일본의 지적 풍토의 취약성을 말해 주는 것인지도 모른다.

물론 파시즘에의 지식인의 저항체를 위나 외부의 망명객적 사상으로 잰다는 것이 그 자체 한계를 지닐 것이다. 중요한 것은 그 파시즘의 내측內側에서 지식인의 궤적을 탐구함이 사상사思想史의 섬세한 과제일 것이다. 이러한 관점에서 보면 도시샤 대학 편의 《전시하 저항의 연구戰時下抵抗の研究 Ⅰ·Ⅱ》라는 방대한 자료가 없는 바도 아니다.

요컨대, 서구적 교양 체험의 참된 의미가 무엇인가를 가능한 한도에서 살펴 두는 일이 긴요한 것이다. 이 문제는 많은 성찰이 던져져야 할 정도로 까다롭다는 사실로 하여, 가급적이면 단정을 회피해 두면서 다음 작품을 일단 검토해 보기로 한다.

바닷가 햇빛 바른 바위 위에
습한 간肝을 펴서 말리우자,

코카서스 산중山中에서 도망해 온 토끼처럼
둘러리를 빙빙 돌며 간을 지키자,

내가 오래 기르던 여윈 독수리야!
와서 뜯어먹어라, 시름없이

너는 살찌고

나는 여위어야지, 그러나,

거북이야!
다시는 용궁의 유혹에 안 떨어진다.

프로메테우스 불쌍한 프로메테우스
불 도적한 죄로 목에 맷돌을 달고
끝없이 침전沈澱하는 프로메테우스.

—〈간〉 전문

만일 이 시인에게 프로메테우스 신화를 정확히 알고 있었느냐고 누가
묻는다면 그렇지 않다고 답할 수도 있다. 불을 훔쳐 인간에게 준 죄의 대
가로 '쇠사슬로 바위에 묶여 독수리에게 그 간을 쪼아 먹힌 바'라는 디테
일과 '목에 맷돌을 달고'의 디테일 사이의 강음부強音符의 차이는 누구나
지적할 수 있는 일이기 때문이다.

이런 식으로 따질 때 그것을 우리는 지식의 차원이라 할 것이다. 그러
나 그 지식의 문제가 체인體認된 방법으로 결합되지 않고 자기 인식과 유
리되었을 때는 그 지식이 아무리 정확 무비하더라도 효용의 측면으로 전
개되지 않는다.

작품 〈간〉은 프로메테우스 신화와 한국 민화의 소설《별주부전》의 결
합을 윤동주의 체인으로 형상화한 시라 할 수 있다. 서구적 프로메테우
스의 의미가 반항적 인간의 표상이라면《별주부전》의 세계는 속임의 의
미다. "거북이야!/다시는 용궁의 유혹에 안 떨어진다"라고 했을 때 그것
은 우리가 어리석어 이미 한 번 속은 후의 세계에 속한다. 프로메테우스
의 의미가 요청되는 것은 이에 대한 하나의 결의를 지향한다.

만일 단순한 지식이라면 이러한 방향성은 나오기 어려운 것이다. 이런

문제가 마침내 모럴의 세계로 이어지는 것이며, 서구적 교양 체험이 거의 육화된 상태일 때만 가능할 것이다. 이러한 여러 추단을 한마디로 하면 정직성에 집약되리라.

> 죽는 날까지 하늘을 우러러
> 한 점 부끄럼이 없기를,
>
> 잎새에 이는 바람에도
> 나는 괴로워했다.
> 별을 노래하는 마음으로
> 모든 죽어 가는 것을 사랑해야지
> 그리고 나한테 주어진 길을
> 걸어가야겠다.
>
> 오늘 밤에도 별이 바람에 스치운다.
>
> ─〈서시〉 전문

4

나는 지금까지 이 시인의 작품의 시적 분석은 물론 시 형태의 무관심에 대해서 한마디도 언급하지 않았다. '시인이란 천명'이기 때문이다. 이 명제 속엔 당연히 '시의 천명성'이 제외된다. 시란 어디까지나 시인의 슬픈 천명의 소산일 따름인 것이다. 한국 근대 시사에서 이 시가 아닌 시인의 천명성의 계보는 박용철에 있어서는 '심두心頭에 경경耿耿한 불기둥' 혹은 '무명화無名火'로 표상되었고(졸고《박용철 연구》), 을유 해방 공간에서 조지훈에 의해서는 생명 유기체설과 '혼魂의 확산과 폐쇄'의 양상으로 전개되었던 것이다(졸고《조지훈론》).

이 모두는 시의 문제가 아니라 시인의 문제였던 것이다. "내 괴로움에는 이유가 없다"(〈바람이 불어〉)와 "손들어 표할 하늘도 없는 나"(〈무서운 시간〉), 그리고 "행복한 예수 그리스도에게/처럼/십자가가 허락된다면"(〈십자가〉), 그리하여 "모가지를 드리우고/꽃처럼 피어나는 피를/어두워 가는 하늘 밑에/조용히 흘리겠습니다"(〈십자가〉)라는 결의의 표명은 마침내 선시적先詩的인 일에 속하는 것이다.

윤동주 그가 천체 미학에 관심을 자주 표명한 것은 아마도 손들어 표할 하늘 때문이었으리라. 그가 남의 나라에로 가기 전에 그는 자기의 '거울'을 닦고 있었고, 그 '거울' 속에 그는 '꽃처럼 피어나는 피'를 조용히 흘리는 자신의 십자가를 어느 별 하늘, 운석 밑에서 보고 있었다: 선시적先詩的인 것이 곧 현시적現詩的이면서 후시적後詩的임을 그는 증명하고 있었던 것이다.

파란 녹이 낀 구리 거울 속에
내 얼굴이 남아 있는 것은
어느 왕조王朝의 유물遺物이기에
이다지도 욕될까

나는 나의 참회懺悔의 글을 한 줄에 줄이자
─만 이십사 년 일 개월을
　무슨 기쁨을 바라 살아왔던가

내일이나 모레나 그 어느 즐거운 날에
나는 또 한 줄의 참회록을 써야 한다.
─그때 그 젊은 나이에
　왜 그런 부끄런 고백을 했던가

밤이면 밤마다 나의 거울을
손바닥으로 발바닥으로 닦아 보자.

그러면 어느 운석 밑으로 홀로 걸어가는
슬픈 사람의 뒷모양이
거울 속에 나타나 온다.

— 〈참회록〉 전문

대립의 초극과 화해의 시학

김현자

1944년 부산 출생

이화여대 대학원 국문과 졸업

1974년 《중앙일보》 신춘 문예에

평론 〈아청빛 언어에 의한 이미지〉로 당선

저서 《시와 상상력의 구조》·

《한국 현대시 작품 연구》 등

대립의 초극과 화해의 시학

김현자

■ 머리말

한국 현대 시인 중에서 특히 윤동주의 생애는 우리에게 한 시인의 체질이나 심성, 시인과 사회적 배경의 문제를 깊이 생각해 보게 한다. 그가 쓴 시기의 개인적·민족적 불행은 시인에게 항용 있기 쉬운 미화나 과장을 가능한 한 절제한다 하더라도 비극적인 생이 내포하는 긴장된 감정과 함께 그만큼의 고통을 우리에게 준다. 시집《하늘과 바람과 별과 시》애 들어 있는 전편의 시들은 강한 자전적 성향을 지니고 있다.

르네 웰렉은 객관적 시인과 주관적 시인의 두 유형의 시인을 제시하면서, 구체적인 개성의 말살을 강조하는 시인과, 자화상을 그리며 자기 자신을 표현하려고 하는 시인을 구분하고 있다. 그에 의하면 주관적 성향이 강한 시인들은 그들의 시작詩作이 괴테의 말대로 '위대한 고백의 편린'들이기 때문에 작품 자체가 전기적이라는 것이다. 이러한 시인은 그들의 문학관 자체가 자기 자신에 관한 것을 쓰는 것이므로 그 생활 태도나 작품의 내용, 그리고 사상 등이 일치할 경우가 많은데, 1930년대의 김광균이나 김기림 같은 이미지스트들과 달리 윤동주는 그 대표적 경우에 해당되는 시인이라 할 수 있다.

그의 생애는 그의 창작 과정을 해명하기 위하여 작품의 연대적 배열, 집중적으로 관심을 쏟았던 대상, 사물에 대한 그의 지향성들과 관련 지어 검토되어야 한다. 그것이 윤동주의 작품의 체계적인 연구에 대한 바탕을 제공한다는 점에서 직접 관계를 갖게 되는 것이라 할 수 있다.

그와 어릴 적부터 가까웠던 친구인 문익환 씨의 회고에 의하면, "나는 그를 회상하는 것만으로 언제나 넋이 맑아지는 것을 경험"했고 "그는 아주 고요하게 내면적인 사람이었다"는 것이다.

이와 같은 증언은 그의 사람됨이 작품과의 유기적 합일을 지녔음을 보여 준다. 그의 시들은 한 시인의 순결한 젊은 영혼이 사람들에게 줄 수 있는 눈부신 순수의 빛을 펼쳐 보여 주고 있다. 맑고 밝아서 투명한 소리가 날 것 같은 색깔, 어디서 우는지 몸은 보이지 않은 채 소리만 들리는 뻐꾸기, 아무도 모르게 조용히 흐르는 산속의 샘물처럼 우리의 영혼을 씻어 내린다.

윤동주 시의 상상력의 질서 속에는 순결, 그것을 안고 있는 시인의 정신적 모습이 각인되어 있으며 윤리관의 완성을 위한 몸부림과 희망의 과정이 나타나 있다. 또한 그것이 어떻게 생生의 해명에 이르고 있는가를 입증해 주고 있는 것이다.

■ 자의식의 공간과 '들여다보기'

그의 생애가 보여 주고 있는 전기적 요소와 시적 사유의 결합은 자의식의 흐름에 있다고 할 수 있다.

〈서시〉에서 상징적으로 보여 주고 있는 것처럼 하늘과 땅의 근원적 질서 속에서 그의 본질은 스스로를 응시하며 자신에 대해 물음을 던지고 있다. 모든 살아 있는 것들의 괴로움, 잎새에서 느끼는 생명 의식, 그리고 우주 속에서 느끼는 세월과 그 흐름이 가져다 주는 변화, 그 모든 것은 생명과 죽음, 존재와 소멸의 내밀한 대조를 이루고 있고 그 모순된 관계 속에서의 자기를 발견한다. 그 물음을 해명하기 위하여 그의 시에는 '들여다보다'라는 행위의 동사가 자주 등장하고 있다. 그가 치밀한 내성內省의 성향을 지녔음은 이 말없이 대결하는 집중의 동사를 애호하는 데서도 잘 드러나고 있다.

〈또 다른 고향〉의 어둠 속에서 '백골'을 들여다본다든지 〈소년〉에서 '하늘'과 '손바닥'을 들여다본다든지 〈자화상〉에서 우물에 비추인 모습을 들여다보는 것은 바로 자기 응시의 자세다.

> 여기저기서 단풍잎 같은 슬픈가을이 뚝뚝 떨어진다. 단풍잎 떨어져 나온 자리마다 봄을 마련해 놓고 나무가지 우에 하늘이 펼쳐있다. 가만히 하늘을 들여다 보려면 눈섭에 파란 물감이 든다. 두 손으로 따뜻한 볼을 쓸어보면 손바닥에도 파란 물감이 묻어난다. 다시 손바닥을 들여다 본다.
>
> ─〈少年〉 중에서

윤동주 시에 있어 하늘은 시인의 내면 의식과 일치하는 것이다. 하늘은 높고 아득하며 영원을 상징하는 공간으로 낮고 유한한 땅의 현실과 대립되는 의미를 갖는다. 그것은 가을에 이어 봄이 마련되는 순환의 계절을 수용하고 있기에 떨어지는 단풍잎의 죽음이 새싹으로 재생되는 역설을 가능케 하는 공간인 것이다. 현상적으로는 우주의 맑고 푸른 아름다움을 의미하지만, 관념적으로는 현실을 뛰어넘는 초월의 공간이자 이상의 공간인 것이다.

소년이 하늘을 올려 보지 않고 '들여다본' 것은 주체와 대상을 역으로 함으로써 이미지들을 변형시키고 있다. 여기에서 하늘은 바로 대상을 투영하는 거울이다. 지상에 서서 하늘에다 자신을 비춰 보는 소년의 이미지는 순수함에 대한 강렬한 집착을 보여 주었던 윤동주의 삶과 영혼의 표상이라 할 수 있다.

> 산모퉁이를 돌아 논가 외딴우물을 홀로 찾아가선

가만히 들여다 봅니다.

우물속에는 달이 밝고 구름이 흐르고 하늘이
펼치고 파아란 바람이 불고 가을이 있읍니다.

그리고 한 사나이가 있읍니다.
어쩐지 그 사나이가 미워져 돌아갑니다.

돌아가다 생각하니 그 사나이가 가엾어집니다.
도로가 들여다 보니 사나이는 그대로 있읍니다.

다시 그 사나이가 미워져 돌아갑니다.
돌아가다 생각하니 그 사나이가 그리워집니다.

우물속에는 달이 밝고 구름이 흐르고 하늘이
펼치고 파아란 바람이 불고 가을이 있고
追憶처럼 사나이가 있읍니다.

―〈自畵像〉전문

　자기 성찰에의 동경과 자기 자신을 팽개치고 싶은 혐오, 그리고 자기 연민과 공격적 생각이 번갈아 나타나고 있어 시적 긴장을 유발한다. 그러므로 들여다보는 행위는 조용한 행위이면서 동시에 가혹한 자가 응시이며 그 밑바닥에는 이 세상 무엇으로도 구제받기 힘든 자의식의 갈등― 자기 혐오와 동경―이 도사리고 있다.

　우물은 자연의 거울이라고 말할 수 있다, 물과 거울은 어떤 사물을 반영한다는 점에서 일치하지만 하나는 자연의 산물이며 하나는 문명의 산물이다. 요컨대 자연을 대상으로, 전원의 언어를 사랑하던 윤동주에게 자의식을 비추이는 보다 친근하고도 정밀한 반영체는 바로 우물이 될 수 있는 것이다. 미움과 그리움, 돌아감과 다시 돌아옴의 대응적 행동의 반복을 통해 이 시에서 들여다봄은 실존 자체의 서러움임을 고백하고 있다.

> 그러면 어느 隕石밑으로 홀로 걸어가는
> 슬픈 사람의 뒷모양이
> 거울속에 나타나온다.
>
> ─〈懺悔錄〉중에서

물이 고여 있는 우물을 들여다보며 혹은 뒷모습을 보이며 걸어가는 자아를 역사의 구리 거울을 통하여 바라보며 시인은 자기 정진을 계속한다. 〈서시〉─〈자화상〉─〈참회록〉으로 이어지는 이 시인의 내면적 지향성은 '운석', '홀로 걸어가는', '슬픈 사람의 뒷모양' 등의 이미지와 연결되어 비극적인 고독감을 환기시키고 있다. 하늘·우물·거울은 모두 현실을 반영하는 대상인데, 시인은 이 외부적인 것들을 내면으로 끌어들여 자신의 모습뿐만이 아니라 인간 존재의 보편적인 모습까지도 읽어 내는 것이다.

그가 자신을 들여다보는 또 하나의 공간이 되는 방은 자기 탐구를 위한 심층적 공간이 된다는 점에서 우물, 거울과 같은 맥락에서 이어진다. 중학생 때부터 집을 떠나 하숙을 한 개인적 상황이 많이 작용한 탓도 있겠지만, 그의 시에 묘사되고 있는 방은 한결같이 작고("이제 내 좁은 방에 돌아와 불을 끄옵니다"), 어둡고("어둔 방은 우주로 통하고"), 외로운("육첩방은 남의 나라") 공간으로 나타난다.

그의 괴로움은 어둡고 부정적인 인간의 실존이 지니는 보편적 상황과 함께 어두운 일상 속에 매몰되어 있는 자기 자신을 들여다보는 괴로움의 이중적 의미를 지닌다. 그러한 갈등을 그는 자주 둘 내지 셋의 자신으로 분리해서 나타내고 있다.

> 돌아가다 생각하니 그 사나이가 가엾어집니다.
> 도로가 들여다 보니 사나이는 그대로 있읍니다.
>
> ─〈自畵像〉중에서

> 어둠 속에서 곱게 風化作用하는
> 白骨을 드려다 보며
> 눈물 짓는 것이 내가 우는 것이냐
> 白骨이 우는 것이냐
> 아름다운 魂이 우는 것이냐
>
> ─〈또 다른 故鄕〉중에서

〈자화상〉의 예에서 시인은 자신을 '사나이'로 객관화시킨다. 미움과 그리움, 돌아감과 다시 돌아옴의 대응적 행동의 반복을 통하여 이 시의 화자는 객관적 서술과 자책, 그리고 자기 긍정을 되풀이한다. 이 객관화된 인물은 결국 윤동주의 자아 의식이자 우리들 모든 보편적 인간의 두 모습이다.

시인의 자신에 대한 회의와 고뇌는 계속되어 〈또 다른 고향〉에서는 '백골'과 '나' 그리고 '아름다운 혼'의 세 형태로 나타나고 있다. 어둠이 내포하고 있는 고립이나 죽음, 그리고 폐쇄적인 시간적 배경 속에서 스스로의 내면적 고통과의 치열한 투쟁을 보여주고 있는 것이다.

동주는 깊은 애정과 폭 넓은 이해로 인간을 긍정하면서도 자기는 회의와 일종의 혐오로 자신을 부정하는 괴벽한 휴머니스트다. 남에 대한 애정은 곧 자신에 대한 자학으로 변모하는 그의 인생관이 시작詩作에도 여러 군데 나타나고 있다.

—장덕순, 〈인간 윤동주〉 중에서

친구였던 장덕순 교수의 이러한 회고는 그의 시 속에 나타나 있는 갈등이 시인 자신의 심리 상태와 깊은 연관을 맺고 있음을 알려 주며 윤동주의 무의식적 자아가 갖는 모순의 복합성을 보여 주는 예라고 할 수 있다.

이 분리되어 있는 자아를 직시하는 자기 성찰의 과정에서 그의 부끄러움의 시어가 탄생한다. 그것은 부끄러운 이름을 슬퍼하는 벌레나 "무화과無花果 잎사귀로 부끄런 데를 가리고"의 구절 속에 표상되어 있는 바와 같이 생명 있는 것이 지니는 원초적 감성을 말하는 경우와 시인의 의식과 행동의 갈등에서 기인되는 자책감을 드러내 주는 감정적 표상의 두 갈래로 크게 분류할 수 있다. 가벼운 수사적 의미에 해당되는 첫 번째 의미를 제한다면 그의 부끄러움은 대부분 진실을 추구하는 의식 세계와 현실적인 삶 사이의 갈등을 의미하는 것이다.

■바람과 별의 이항 대립

앞에서 살펴보았듯이 윤동주는 유별나다고 할 만큼 세계를 부끄럽고 고통스럽게 감지했다. 그의 예민한 촉수는 늘 세계를 향해 곤두서 있다. 시인에게 있어 정신의 아픈 각성, 자각은 무엇보다 먼저 오감을 통한 몸의 느낌으로 감지된다.

志操 높은 개는
밤을 새워 어둠을 짖는다.

—〈또 다른 故鄉〉 중에서

거 나를 부르는 것이 누구요,

                    —〈무서운 時間〉중에서

窓밖에 밤비가 속살거려
六疊房은 남의 나라,

                    —〈쉽게 씌어진 詩〉중에서

電信柱가 잉잉 울어
하나님 말씀이 들려온다.

                    —〈또 太初의 아침〉중에서

가슴속 깊이 돌돌 샘물이 흘러
이밤을 더부러 말할이 없도다.

                    —〈산골물〉중에서

밤이면 밤마다 나의 거울을
손바닥으로 발바닥으로 닦어 보자.

                    —〈懺悔錄〉중에서

　　어둠을 짖는 개의 소리, 부끄러운 나를 부르는 소리, 남의 나라임을 깨
닫게 하는 밤비의 속살거림은 모두 나를 일깨우는 각성의 소리들이다.
평화로운 존재의 상태를 뒤흔들어 고통스러운 번민을 시작하게 하는 촉
매제의 역할을 한다. 마찬가지로 전신주가 바람에 흔들리는 소리를 계시
를 내리는 신의 준엄한 목소리로 듣고, 밤의 적막하고 고독한 정회를 청
각과 촉각의 공감각을 통해 감지하고 있으며, 성찰의 정신 작용이 손바
닥·발바닥의 육체적인 느낌으로 전이되어 있다.

이처럼 관념을 감각적 이미지로 전환하는 것은 윤동주 시에서 두드러지는 점으로서 특히 청각과 촉각이 중추적인 이미지군을 형성하는데, 자아를 일깨우는 대표적인 이미지로는 바람을 들 수 있다. 이 바람은 존재를 스치고, 때로는 흔들리게 함으로써 청각과 피부 감각에 동시적으로 감지된다.

재[灰]만 남은 가슴이
문풍지 소리에 떤다.

— 〈가슴 2〉 중에서

내가 오래 기르든 여윈 독수리야!
와서 뜯어 먹어라, 시름없이

— 〈肝〉 중에서

바람이 부는데
내 괴로움에는 理由가 없다.

(중략)

바람이 자고 부는데
내발이 반석우에 섰다.

— 〈바람이 불어〉 중에서

이파리를 흔드는 저녁바람이
쇠—恐怖에 떨게한다.

(중략)

나무틈으로 반짝이는 별만이
새날의 希望으로 나를 이끈다.

— 〈山林〉 중에서

오늘밤에도 별이 바람에 스치운다.

— 〈序詩〉 중에서

　바람은 때로는 무력한 자아를 여지없이 뒤흔들고, 공포에 떨게 한다. 무소부재無所不在하여 천상과 지상의 질서를 잇는 바람은 〈서시〉에서 보여 주었듯이 땅 위의 잎새를 시들게 한다. 그러므로 '잎새에 이는 바람'은 윤동주의 인간적 존재를 소모시키는 무기력과 상통하는 것이 된다. 그것은 지상의 존재를 메마르게 하고 좌절하게 하는 것이다. 하지만 바람은 역으로 고통을 감내하는 정신을 고양시키기도 한다. 프로메테우스의 간을 뜯어먹는 독수리는 바로 바람의 변형으로 볼 수 있으며, 화자는 자기를 가해하는 독수리에게 당당하게 맞서고 있다. 인간을 위하여 불을 도적질한 프로메테우스의 행동이 정의로웠던 것만큼 화자의 영혼도 진실을 향해 깨어나 있기 때문이다.

　생명적인 것이 내포하고 있는 죽음과 절망을 극복하기 위하여 윤동주는 견인堅忍의 시선을 천상의 별로 옮긴다. 어둠 속에서도 홀로 빛나며 바람이 일어도 괴로워할 필요가 없는 별의 높이와 함께 그는 자신의 정신을 상승시키고자 하는 것이다. 별은 윤동주의 시 세계를 구성하는 중심이며 추상적인 것과 구체적인 사물을 넘나드는 구심점이 되고 있다.

　그러므로 윤동주의 시에서는 자아의 지향성이 투사된 별과 존재를 일깨우는 바람의 이항 대립의 긴장 관계를 유지하면서, 그 정신의 팽팽함이 감각적 이미지를 통하여 구체적으로 환기되는 것이다.

〈별 헤는 밤〉에서 그가 별 하나하나의 의미를 부여하고 있는 대상은 추억, 사랑, 쓸쓸함, 동경, 시, 어머니, 릴케, 프랑시스 잠 같은 시인들, 어릴 때의 친구들이다. 지상에서 너무나 멀리 떨어져 있는 공간적 거리로 인하여 별은 처음 그에게 상실의 아픔과 차가운 단절을 환기시킨다.

동시에 그것은 윤동주의 중요한 시적 주제의 하나가 되고 있는 추억과 연관된다. 어릴 적 다니던 중국인 학교의 여자 친구들, '참을성 있고 다정하고 재간 있고 자상한 분'이었던 그의 어머니, 그리워하지만 멀리 떨어져 있는 대상들로 하여 별은 그에게 아름다움을 불러일으키는 중요한 계기가 되는 것이다. 그러나 별은 그 먼 시공의 제약 때문에 그의 동경과 노래로 전환되며 순수와 빛남의 여러 요소들이 그의 세계 속에 질서를 부여한다.

그의 아명은 해환海煥이었는데, '해완'이라고 10여 세까지 불리운 듯하다. 내가 달환達煥이고 내 밑으로 죽은 동생이 '별환'이었다. '해', '달', '별'을 자식들 이름에 차례로 아버지가 붙이신 것이라 한다. 동주란 이름도 아버지가 지은 것이며 '東'자는 '明東'에서 따온 것이 분명하다.

　　　　　　　　　　　　　　　　　　　—윤일주, 〈윤동주의 생애〉 중에서

빛을 지닌 우주의 존재와 연결시켜 골고루 아들들의 이름을 명명한 아버지의 염원은 윤동주의 생애와 빛나는 것에 대한 운명적 요소를 느끼게 해준다.

■ 길의 탐색과 미래 시제

윤동주 시의 대부분은 주지하다시피 자기 완성을 향한 실존적 노력으로 집중되어 있다. 〈서시〉·〈자화상〉·〈참회록〉·〈별 헤는 밤〉 등의 시편들이 모두 자아의 순수성을 지켜 가고자 하는 고통스런 영혼의 목소리이며, 그 자아 성찰의 공간으로 하늘·거울·우물·방 등의 이미지가 등장하고 있는 것이다. 그런데 '우물'이나 '거울'의 이미지가 동적으로 변화해 자기 성찰과 수련의 과정을 상징하는 것이 바로 '길'의 공간이다.

길은 보편적인 의미에서 탐색의 과정을 상징하는 것으로 그것은 무위의 공간이 아니라 생명의 끊임없는 움직임, 동성動性을 자극하는 요소를 지닌다. 또한 출발과 도착의 과정을 지닌 행위의 공간이다.

〈서시〉의 "나한테 주어진 길을/걸어가야겠다"라는 운명적 목소리를 떠올리지 않더라도 윤동주 시의 곳곳에서 여기저기로 뻗어 있는 '길'들과, '길모퉁이', 어느 낯선 '거리'에 서 있는 시인의 모습을 쉽게 찾아볼 수 있다.

> 黃昏이 짙어지는 길모금에서
> 하로종일 시들은 귀를 가만히 기울이면
> 땅검의 옮겨지는 발자취소리,
>
> —〈흰 그림자〉 중에서

> 거리 모퉁이 붉은 포스트상자를 붙잡고 섰을라면 모든 것이 흐르는 속에 어렴푸시 빛나는 街路燈, 꺼지지 않는 것은 무슨 象徵일가?
>
> —〈흐르는 거리〉 중에서

길의 한가운데도 아니고 한 모퉁이에서 어둠이 오는 소리, 소란하게 흘러가 버리는 거리의 일상에 예민하게 귀기울이는 시인은 바로 성찰의 고행을 감행하는 자다. 즉, 길 위의 삶을 선택했던 시인의 지향성은 여기 또는 지금이 아닌 다른 시간과 공간에 대한 일정한 목적성을 갖는다. 이러한 공간 이동의 이미지가 보다 구체화되어 나타나는 것이 바로 '정거장', '플랫폼'이다.

> 봄이 오든 아침, 서울 어느 쪼그만 停車場에서
> 希望과 사랑처럼 汽車를 기다려,
>
> 나는 푸라트·폼에 간신한 그림자를 떨어트리고,
> 담배를 피웠다.
>
> 내 그림자는 담배연기 그림자를 날리고
> 비둘기 한떼가 부끄러울 것도 없이
> 나래속을 속, 속, 햇빛에 비춰, 날었다.
>
> ― 〈사랑스런 追憶〉 중에서

대낮의 햇빛 속에 서 있는 것 자체에서 느끼는 부끄러움은 세계를 향하는 화자의 시선과 삶에 대해 느끼는 복합적인 자괴감을 의미한다. 화자는 비둘기처럼 마냥 햇빛 속을 날 수 없다. 무언가 세계에 대하여 부적응, 불협화의 상태에 놓여져 있다. 그러므로 기차를 기다리며 플랫폼에서 있는 '간신한 그림자'는 필연적으로 그곳을 떠날 수밖에 없다.

정거장은 잠시 멈추는 곳, 또는 돌아오고 떠나는 곳이라는 유동의 이미지를 내포하는 곳이므로, 정거장을 서성이는 시인의 시선은 곧이어 길위에 나서게 되는 것이다. 즉, 정거장 플랫폼에서 그 시적 상상력이 보다 동적으로 움직였을 때, 시 전면에 길의 이미지가 떠오르게 된다.

> 잃어 버렸읍니다.
> 무얼 어디다 잃었는지 몰라
> 두 손이 주머니를 더듬어

길에 나아갑니다.

돌과 돌과 돌이 끝없이 연달어
길은 돌담을 끼고 갑니다.

담은 쇠문을 굳게 닫어
길 우에 긴 그림자를 드리우고

길은 아침에서 저녁으로
저녁에서 아침으로 통했읍니다.

돌담을 더듬어 눈물 짓다
쳐다보면 하늘은 부끄럽게 푸릅니다.

풀 한포기 없는 이 길을 걷는 것은
담 저쪽에 내가 남어 있는 까닭이고,

내가 사는 것은, 다만,
잃은 것을 찾는 까닭입니다.

― 〈길〉 전문

〈길〉의 공간성은 언제나 도달해야 할 목적지를 갖고 있음을 의미한다. 따라서 길은 바로 그 목적지를 향해 가는 과정으로서의 길이며, 목적지에 다다르기 위해 시련을 극복해야 하는 정신적 세계로서의 길이다.

윤동주의 '길'은 깊은 자아 성찰에의 지향성을 가지며, 본래의 자아를 회복하려는 형이상학적인 의미를 지니고 있다.

1연에서 화자는 잃어버린 것을 찾아서 방황하는 자신을 이야기한다. 목적어가 생략된 채 대뜸 "잃어버렸습니다"로 시작하는 서두의 그 급작한 어조 때문에 독자의 주의를 집중시키고 있다. 상실감은 찾고자 하는 의지를 촉발시키고 찾고자 하는 의지에 의해 길을 가게 된다. 상실의 상황과 그 상황에서 무의식으로 나온 행동인 주머니를 더듬어 내려가는 행동이 형상화되어 있다.

두 손으로 잃은 것을 찾는 행위는 두 발로 길을 걸어가는 행위와 대비된다. 즉, 두 손은 두 발로, 주머니의 좁은 공간은 길이라는 확장된 공간으로 나아가고 있는 것이다. 주머니는 길에 비하여 작고 내밀한 공간으로 화자의 내면과 동일화될 수 있다. 두 손으로 주머니를 더듬는 행위는 곧 잃어버린 대상이 화자의 내면에 존재해 있던 상임을 추정케 한다.

2연은 화자가 걸어가는 길의 모습을 제시하고 있다. 그것은 돌과 돌이 연이어 있고, 담이 있으며, 그 담을 끼고 길이 계속되고 있는 길이다. 돌담은 화자가 걸어가는 길을 안과 밖으로 갈라놓는 경계의 역할을 하고 있다. 즉,

담 밖의 나 현재의 세계 현실적 자아	돌담 (경계선)	담 안의 나 잃어버린 세계 이상적 자아

돌담을 경계로 하여 화자는 한 쪽 세계를 볼 수 없게 된다. 그것은 화자가 잃어버린 세계이며 도달해야 할 세계이지만, 그 세계는 결코 도달할 수도 볼 수도 없는 것이다. 돌담이 계속되는 한 화자가 걸어가야 할 길은 계속될 수밖에 없는 것이다. 길에서 장애 요소가 길 앞에 놓여진 것이라

면 화자는 그 장애물을 뛰어넘는다든가 깨뜨림으로써 고통의 세계를 극복하고 새로운 자아에로의 지향을 뚜렷하게 나타낼 수 있다. 그러나 이 시에서 장애 상황은 앞에 놓인 것이 아니라, 화자와 평행으로 놓여진 돌담으로 자아의 안과 밖, 현실과 이상을 구분하면서 끊임없이 계속되는 삶의 과정인 것이다.

3연에서는 담 저쪽으로 갈 수 있는 통로를 제시하고 있는데 그것은 굳게 닫힌 쇠문으로 그려지고 있다. 이를 통하여 담의 견고성이 더욱 부각되고 있으며, '길 우에 긴 그림자'는 어둡고 암울한 분위기를 암시한다. 이 시에서 길다는 형용사는 1연의 길게 나아가는 화자, 2연의 돌담을 끼고 연달아 있는 길, 3연의 긴 그림자 등 길이라는 공간어의 선線의 개념과 연결된다.

그것은 길의 진행, 곧 시간의 경과를 의미하는 것으로 아침에서 저녁으로, 저녁에서 다시 아침으로 연속되어 이어지는 시간의 지속과 더불어 살아가는 삶의 과정과 일치된다. 즉, 길을 걷는 것은 하루 하루를 살아가는 것이며, 산다는 것은 잃은 것을 찾는 탐색의 일종인 것이다. 그것은 계속되는 방황과 고통을 함유하며, 그러한 시간의 깊이는 윤리적 가치의 깊이와 중복되어 있다.

5연에서는 '돌담을 더듬어 눈물짓'는 화자의 비애로운 모습을 볼 수 있다. 여기서 새로운 공간으로 푸른 하늘이 등장하고 있다. 하늘은 화자의 부끄러운 무능과 대조되는 무한한 능력을 가진 초월적 공간으로 윤동주의 시에 자주 등장하는 중심어 중의 하나다.

하늘은 비본질적 자아를 일깨워 주는 지고한 존재다. 존재 각성은 부끄러움이라는 행위를 통해서 이루어진다. 부끄러움 또한 윤동주의 시 세계에서는 빼놓을 수 없는 시어로 이는 준엄한 자아 성찰의 모습을 집약하고 있다. 그의 다른 시에서도 부끄러움을 통한 자아의 갈등과 각성을 볼 수 있다. 윤동주의 시적 자아는 윤리적인 존재들이며 도덕적인 삶의 본보기들이다. 그들을 둘러싸고 있는 여러 가지 상황도 그 단정한 태도를 흐트러지게 하는 일은 거의 없다.

6, 7연에서는 삶에 대한 화자의 총괄적인 태도가 집약되고 있다. 시인은 그림자 드리우고, 풀 한 포기 나지 않는 부정적인 조건에도 불구하고 모든 비참함을 넘어서 끊임없이 가야 하는데, 이는 잃어버린 자기 자신이 여전히 담 저쪽에서 존재하고 있기 때문이다. 담 저쪽에 남아 있는 자아는 화자가 잃어버린 참된 자아이기 때문이다.

그러므로 방황과 갈등, 그리고 이쪽(담 안)과 저쪽(담 밖)의 선택을 의미하는 길 위에서 화자는 저쪽의 세계를 선택함으로써, 이쪽 세계의 고통과 방황을 맞게 되는 것이다. 그것은 외관을 넘어서 존재의 본질, 현재 잊고 있는 존재의 무엇인지 알 수 없는 먼 역사를 찾아가는 것이다.

마지막 연에서 내가 사는 것과 잃은 것을 찾는 것의 동일화가 바로 그것을 암시하고 있다. 길의 행위 서술어인 '가다'인 의미는 마지막 연에서는 '살다'의 행위로 전환되고 있다. 즉, 1연 4행의 '길게 걷는 것'에서 반복되어 나타나는 서술어 '가다'는 인간의 실존적 조건 자체가 길의 과정, 즉 여로임을 인식시키고 있다. 그리하여 잃어버린 나를 찾는 행위는 '가다'라는 서술어로 나타나며, 그것은 금방 도달할 수 있는 세계가 아니다.

그러므로 시인은 '풀 한 포기 없는' 불모의 길을 가는 것이며, 고통에 굴하지 않고 끊임없는 길의 선택을 계속할 의지를 보이고 있다. 그것은 "내가 사는 것은, 다만,/잃은 것을 찾는 까닭입니다"이며, 이러한 결의나 다짐의 태도는 윤동주 시의 전반에 걸쳐 나타나고 있다.

탐색의 길은 그의 시에서 자주 '거리'로 이어지는데 그곳은 돌담과 쇠문의 장애뿐만이 아니고 때로는 광풍이 이는 공간이기도 하다.

　담밤의 거리
　狂風이 휘날리는

北國의 거리

都市의 眞珠

電燈 밑을 헤엄치는

조그만 人魚 나,

달과 전등에 비쳐

한몸에 둘셋의 그림자,

커졌다 작아졌다.

　　　　　　　　　　　　　　　　—〈거리에서〉 중에서

광풍이 부는 밤의 거리 속을 가는 자아의 모습을 '조그만 인어'로 인식하고 있다. 그리고 한 몸에 두셋의 그림자를 거느리는 이중 삼중의 자아의 모습을 보게 된다. 그러나 자아는 광풍 속에서도 사라지거나 소멸하지 않는다. 커졌다 작아졌다 하며 전등 밑을 헤엄치는 인어의 이미지는 불안하고 여리지만, 끝없이 이어진 길 위에 선 나그네의 갈망을 시각적으로 보여 준다.

이와 같이 서로 흩어져서 떠내려가는 인간의 운명 가운데서 잃은 것을 찾고자 끊임없이 길떠남을 모색했던 시인의 시선은 속에서 '들여다보는' 시인 고유의 성찰의 자세와 더불어 손금이라는 인체의 미세한 영역으로 축소해 들어가기도 한다.

다시 손바닥을 들여다 본다. 손금에는 맑은 강물이 흐르고, 맑은 강물이 흐르고, 강물속에는 사랑처럼 슬픈얼골—아름다운 順伊의 얼골이 어린다. 少年은 황홀히 눈을 감어 본다. 그래도 맑은 강물은 흘러 사랑처럼 슬픈얼골—아름다운 順伊의 얼골이 어린다.

　　　　　　　　　　　　　　　　—〈少年〉 중에서

위 시에서 손금은 길의 신체 감각적인 변형어다. 미지의 운명을 향하여 선연하게 그어진 손금의 감각은 바로 오늘에서 내일로 뻗어 있는 길의 이미지와 겹쳐져 있다. 손금을 흐르는 맑은 강물, 그리고 강물 속의 순이 얼굴은 자못 동화적이고 환상적인 풍경화를 만들지만, 사실 이 풍경화는 고뇌와 좌절의 길 위에서 꿈꾸어 보는 행복한 여로에 대한 동경으로 읽을 수 있다.

즉, 길떠나는 자신의 운명을 들여다보며 그 길 위에다 맑은 강물, 아름다운 소녀의 영상을 평화롭게 드리워 보는 것이다. 그러나 맑은 강물로 어리는 순이의 얼굴은 여전히 '슬픈' 얼굴이다. 자기 운명 앞에 놓인 비극적 길에 대한 슬픔을 윤동주는 쓸쓸함, 슬픔 등의 감각으로 포착해 낸다.

이 결연하면서도 쓸쓸하고 고독한 길은 때로는 '지도'라는 지형학적 이미지로 추상화되면서, 운명의 갈래갈래를 얽고 있던 길에 대한 진지한 고뇌를 느끼게 한다.

順伊가 떠난다는 아침에 말못할 마음으로 함박눈이 나려, 슬픈것처럼 窓밖에 아득히 깔린 地圖우에 덮인다. 房안을 돌아다 보아야 아무도 없다. 壁과 天井이 하얗다. 房안에까지 눈이 나리는 것일까, 정말 너는 잃어버린 歷史처럼 훌훌이 가는것이냐, 떠나기前에 일러둘 말이 있든 것을 편지를 써서도 네가 가는 곳을 몰라 어느 거리, 어느 마을, 어느 지붕밑, 너는 내 마음속에만 남아 있는것이냐, 네 쪼고만 발자욱을 눈이 자꼬 나려 덮여 따라 갈수도 없다. 눈이 녹으면 남은 발자욱자리마다 꽃이 피리니 꽃사이로 발자욱을 찾어 나서면 一年 열두달 하냥 내마음에는 눈이 나리리라.

―〈눈오는 地圖〉 전문

화자는 창 밖의 세계를 '지도'로 인식한다. 지도는 길의 문화적 약호이면서, 길과는 달리 시작과 끝이 분명해서 전체가 한눈에 조감되는 특징이 있다. 그러므로 이제 길이 지도로 변형되었다는 것은 화자가 걸어온 길이 지도를 이룰 만큼 누적되었다는 의미도 되며, 방황과 갈등과 고통에 찬 그동안의 여정이 추상적이고 조형적인 감각으로 어느 정도 거리화 되었다고 설명될 수 있을 것이다.

창 밖에 아득히 깔린 지도, 운명의 곳곳으로 뻗어 있는 그 길들 위에 하얀 눈이 덮여 있다. 길 위에 선 막막함이 이 시에서는 지도를 덮어 버린 눈, 그리고 떠나는 순이라는 두 개의 이미지로 나타나, 차갑게 움츠러진 화자의 내면을 짐작케 한다. 그러나 화자의 태도는 비관적이지 않다. 마음까지 내리는 눈 속에서도 발자국을, 발자국마다 피었을 꽃을 찾아가겠다는 조용한 고백은 비극적인 아름다움에 가까운 것이다.

윤동주의 길은 이처럼 내면은 물론 인체, 자신의 운명, 그리고 외부 세계로 나아가고 있다. 그렇다면 이 길이 끝나는 곳은 어디인가. 여기에 대한 답은 물론 자아 성찰이라는 그의 전체 시 세계에 긴밀하게 연결되며 일정한 지향성을 보여 준다.

> 텐트같은 하늘이 무너져
> 이 거리를 덮을가 궁금하면서
> 좀더 높은데로 올라가고 싶다.
>
> ─〈山上〉 중에서

> 나는 무엇인지 그리워
> 이 많은 별빛이 나린 언덕우에
> 내 이름자를 써 보고,
> 흙으로 덮어 버리었습니다.
>
> ─〈별헤는 밤〉 중에서

尖塔이 저렇게도 높은데
어떻게 올라갈수 있을까요.

―〈十字架〉중에서

그 지향성은 상방上方을 향한 운동이다. 상방, 구체적으로는 '하늘', '좀
더 높은데', '별', '언덕 우', '첨탑' 등을 향하는 길의 지향성은 지고한 영혼
을 추구했던 그의 전체적인 시 세계에 부응하는 것이며, '별'에 대한 집요
한 추구와도 밀접한 관련을 갖는다. 하지만 윤동주의 길이 우리에게 주
는 감동의 요소는 천상의 것들을 지향하는 것 자체보다, 의연하고 꿋꿋
하게 그 쓸쓸하고 고통스런 길을 탐색했던 삶의 자세에 있다.

내를 건너서 숲으로
고개를 넘어서 마을로

어제도 가고 오늘도 갈
나의길 새로운 길

―〈새로운 길〉중에서

매일매일의 삶을 새로운 길로 인식할 수 있는 정신의 힘, 새로운 길을
노래했던 그 곡조가 희망에 찬만큼 고통스럽고 절망스러웠던 길, 그러나
꺾이지 않고 언제나 새로운 길을 찾아 자신을 채찍질했던 시인의 자세는
마치 운명에 맞서 스스로를 단죄했던 오이디푸스와 같은 비극적 숭고미
를 전해 주는 것이다.

■ 악수 이미지와 통합의 상상력
시인이 하나의 시적 세계를 이루려면 대상에 대한 의식의 행위를 상상

력에 의해 재구성하는 질서의 체계화 작업이 필요하다. 이질적인 사물들의 의미가 어떻게 시인의 의식과 관련되어 미학적인 통일의 세계로 수용되는가 하는 점을 염두에 두는 작업이라 할 수 있다.

윤동주 시에 나타난 의식을 통일하는 응집 원리는 무엇이며 그의 시의 전체적인 상상력의 질서는 어떻게 설명될 수 있는가 하는 문제들을 종합해 보고자 한다.

그의 대부분의 시에는 긍정과 부정의 대립적 의미를 지닌 시어가 많이 등장하고 있다. 봄과 단풍잎, 밤과 아침, 환자와 건강인, 눈물과 위안, 미움과 그리움, 무덤과 파란 잔디, 죽어 가는 사람들과 살아가는 사람들 등으로 반대되는 두 개의 단어가 병치되어 쌍을 이루고 있는 것이다. 윤동주의 현실과 작품을 지배하는 모순과 갈등을 헤아릴 수 있게 하는 이 두 세계는 그러나 끊임없이 하나의 세계를 이루기 위하여 변용된다. 그의 시적 전개는 극단의 대립되는 사물들을 접근시키기 위한 매개항을 찾는 일련의 과정으로 보여지기도 하는 것이다.

그가 각별한 내면의 인간이었던 만큼 이때 대립되는 두 세계의 핵심은 바로 철저하게 자기 내부에 도사리고 있다. 그러므로 윤동주에게 있어 긍정과 부정의 세계를 이어 주는 매개항은 바로 자기 자신과의 화해가 우선적 요소가 되는 것이다.

窓밖에 밤비가 속살거려
六疊房은 남의 나라,

詩人이란 슬픈 天命인줄 알면서도
한줄 詩를 적어 볼가,

땀내와 사랑내 포근히 품긴

보내주신 學費封套를 받어

大學 노—트를 끼고
늙은 敎授의 講義 들으러 간다.

생각해 보면 어린때 동무를
하나, 둘, 죄다 잃어 버리고

나는 무얼 바라
나는 다만, 홀로 沈澱하는 것일가?

人生은 살기 어렵다는데
詩가 이렇게 쉽게 씨워지는 것은
부끄러운 일이다.

六疊房은 남의 나라
窓밖에 밤비가 속살거리는데,

등불을 밝혀 어둠을 조곰 내몰고,
時代처럼 올 아침을 기다리는 最後의 나,

나는 나에게 적은 손을 내밀어
눈물과 慰安으로 잡는 最初의 握手.

— 〈쉽게 씨워진 詩〉 전문

그의 최후의 시로 알려진 〈쉽게 씌어진 시〉에는 손을 내미는 나와 또 다른 나의 대립이 있다. 이것은 작품 외적으로는 식민지의 청년 윤동주와 지배국인 일본으로 건너온 유학생인 자신과의 대립이며, 또한 일상적 인간과 시인으로의 자아, 그리고 밤과 아침의 대립이 이중 삼중으로 중첩되어 있다. 하지만 시인은 이제 대립되는 세계 사이에서 좌초하지 않고 두 사람의 자신을 악수시킨다. 따뜻한 체온의 나눔이 감지되는 이 악수의 이미지는 먼 길을 돌아온 시인의 또 다른 자기 응시가 되는 것이다.

그러므로 악수라는 이미지는 윤동주 시의 여러 이항 대립을 화해시키는 매개항의 중심적인 이미지가 되며, 이것은 자기 내부로부터 타인들을 향해 확산되어진다. 부유浮遊하는 삶 가운데 자기와 또는 세계에 악수를 청하는 노래들은 마치 우주 한가운데서 지구를 바라보며 도시의 불빛을 향하여 통화와 만남을 부르짖은 생텍쥐페리의 말을 연상시킨다. "사람들에게 반드시 말을 해야 한다." 생텍쥐페리가 샹브 장군에게 써보냈다는 이 말은 윤동주의 시적 이상과 이어지는 것이라 생각된다.

나는 終點을 始點으로 바꾼다.

내가 나린 곳이 나의 終點이오, 내가 타는 곳이 나의 始點이 되는 까닭이다. 이 짧은 瞬間 많은 사람들 속에 나를 묻는 것인데 나는 이네들에게 너무나 皮相的이 된다. 나의 휴매니티를 이네들에게 發揮해낸다는 재주가 없다. 이네들의 기쁨과 슬픔과 아픈데를 나로서는 測量한다는 수가 없는 까닭이다.

―〈終始〉 중에서

위의 인용된 글에 의하면 윤동주는 각 사람들이 지니는 영혼의 소중함을 인식하고 그들의 기쁨과 슬픔을 밝히도록 하겠다는 욕구를 가지고 있었으며 그것이 여의치 않는 것을 괴로워했음을 알 수 있다. 그의 고통은 휴머니티의 탐구와 실천 사이의 끊임없는 의문을 의미한다. 그는 자연에 의해서 정해진 연대성으로 만족하는 대신에 사람의 충동으로 생의 실체와 본질적인 세계에 도달하려 했다.

이처럼 악수의 이미지는 타인에게 또는 자연 만물에게 확대되어져 철학적, 종교적 깊이에 다다르고 있다.

孤獨, 靜寂도 確實히 아름다운 것임에 틀림이 없으나, 여기에 또 서로 마음을 주는 동무가 있는 것도 多幸한 일이 아닐수 없습니다.

　　　　　　　　　　　　　　　　　—〈花園에 꽃이 핀다〉 중에서

자연을 수용하는 태도에 있어서도 윤동주는 단순한 화해나 연대 의식이 아닌 생성과 부활에 대한 긍정적 신념을 보여 준다. 이 의지는 그 자체가 근원이며 모든 것을 존재하게 하는 근본이 되는 것이다. 〈별 헤는 밤〉의 끝 연 '겨울이 지나고 봄이 옴', '무덤 위에 파란 잔디가 돋아남', '내 이름자 묻힌 언덕 위의 파란 풀'의 자랑은 생성과 부활의 이미지다. 절박한 한계나 절망을 넘어섰을 때 느끼는 안도감이 서로 긴밀하게 연결되어 있다. 거기에는 어둠을 딛고 설 수 있는 저력이 숨쉬고 있으며 우주의 신비함과 불멸에의 생이 동질화되어 있다. "우리는 서리발에 끼친 낙엽을 밟으면서 멀리 봄이 올 것을 믿습니다"라고 자기의 사명과 자연과의 일체적인 교합 속에서 태초의 생명에의 의지로 나아가려는 것이다. 자연에 대한 이러한 그의 태도는 생의 의미를 상징의 차원으로 끌어올리고 있다.

윤동주의 이러한 정신적 자세는 신앙을 수용하는 문제에 있어서도 드러난다. 잘 알려진 대로 그는 어릴 적부터 깊은 신앙을 지닌 가정과 기독교적 배경을 지닌 학교의 교육 속에서 성장했으면서도 비교적 객관적인 종교 의식을 보여 준다.

우리는 주일 학교도 같이 다니었으며 구주 성탄 때는 교회당이 가까운 그의 집에서 새벽송 준비를 하고 밤샘을 하며 꽃송이를 준비하곤 했다.

—김정우, 〈윤동주의 소년 시절〉 중에서

　나는 동주의 꽁무니를 따라 주일날이면 영문을 모르고 교회당에 드나들었다. 그러는 가운데 나는 지난날 몰랐던 전혀 새로운 세계를 발견할 수 있었고, 새로운 영혼의 우주를 찾아 언덕 저쪽을 바라다볼 수 있는 기회를 얻기도 했다.

—정병욱, 〈잊지 못할 윤동주의 일들〉 중에서

　이러한 증언들에 의하면 윤동주의 신앙 생활은 어릴 때뿐만이 아니라 규칙적으로 교회에 나가며 성서를 읽던 연희전문 시절까지도 계속된 것으로 나타나고 있다. 그럼에도 불구하고 그의 시 세계 속에 보여지는 "괴로웠던 사나이,/행복한 예수 그리스도에게/처럼/십자가가 허락된다면", "전신주가 잉잉 울어/하나님 말씀이 들려 온다" 등의 구절들은 일반적인 신앙에 관한 자기 성찰에 불과한 것이다. 그것은 김윤식 교수가 지적하듯이 "한국인에게 기독교가 교양 체험을 넘어선 혼의 문제일 수 없었던" 회의 때문이었을까? 아니면 그의 예민한 감수성이 종교가 지니는 무조건의 열광 속으로 쉽게 몰입되지 못했던 탓일까?

　여기서 우리는 시와 종교의 두 명제를 결합하는 관계를 생각해 볼 수 있다. 기독교적 사랑이 외로운 것을 강조하며 죽음을 영생으로 인도해 주는 것이라면 윤동주에게 시적 이미지를 낳게 하는 내면적 사랑은 그 이미지를 그에게 역시 동일하게 반향하게 하는 것이다. 죽어 가는 것을 불변하는 것으로, 흐르는 것들을 영원한 것으로 전환하려는 그의 모순의 합치는 죽음을 예수의 사랑에 의해 영생으로 이끄는 기독교의 근원적인 원리와 일치하고 있다.

　그런 의미에서 그는 우편 배달부를 "거인처럼 찬란히 나타나는 배달부, 아침과 함께 즐거운 내림"이라 하여 편지를 전해 주는 그의 역할을 하늘과 땅을 잇는 구세주의 내림에 비유하고 있다.

으스럼히 안개가 흐른다. 거리가 흘러간다. 저 電車, 自動車, 모든 바퀴가 어디로 흘리워 가는 것일까? 定泊할 아무 港口도 없이, 가련히 많은 사람들을 실고서, 안개속에 잠긴 거리는,

거리 모퉁이 붉은 포스트상자를 붙잡고 섰을라면 모든 것이 흐르는 속에 어렴푸시 빛나는 街路燈, 꺼지지 않는 것은 무슨 象徵일까? 사랑하는 동무 朴이여! 그리고 金이여! 자네들은 지금 어디에 있는가? 끝없이 안개가 흐르는데,

"새로운날 아침 우리 다시 情답게 손목을 잡어 보세" 몇字 적어 포스트 속에 떨어트리고, 밤을 새워 기다리면 金徽章에 金단추를 삐었고 巨人처럼 찬란히 나타나는 配達夫, 아침과 함께 즐거운 來臨,

이 밤을 하염없이 안개가 흐른다.

　　　　　　　　　　　　　　　　　　—〈흐르는 거리〉 전문

유동하고 표류하는 우리들의 삶에서 정착이 갖는 의미와 가능성에 대하여 이야기하고 있는 이 시는 흐르는 것과 고정되어 있는 것이 이항 대립을 이루는데, 안개·자동차 바퀴·배·가련한 사람들 등이 흘러가는 것이고 이에 대립되는 고정의 이미지는 항구·가로등·포스트 상자 등으로 나타난다. 모든 이항 대립의 지향이 그렇듯이 이 시에서도 흐르는 것과 고정되어 있는 것의 대립적 병치들에게 느껴지는 아름다움은 바로 매개항의 인식에 있다. 고정되어 있는 것과 그것을 스쳐 지나가 정처 없이 표

류하는 것들을 우리 주위 친근하고도 일상적인 사물들 속에서 이야기함으로써, 무엇엔가 떠밀려 홀로 표류하는 삶의 쓸쓸함을 되돌아보게 한다.

여기에서 편지를 들고 나타난 우편 배달부는 각기 표류하는 우리들을 연결해 주고 흐르는 것들을 멈추어 손잡게 하는 역할을 한다. 금빛 휘장을 두른 배달부는 바로 지상의 존재들과 비교되는 크나큰 인물, 거인의 이미지이며 더 나아가 예수의 재림을 연상케 하는 것이다.

예수가 사랑을 통한 인류의 염원을 설파했듯이 편지를 전달받는 것은 바로 나에게 내미는 악수의 이미지가 수평적으로 확산된 것으로서 타인과 손목을 잡는 행위와 동질의 것이며, 더 나아가 밤에서 아침으로 가는 시대적 소망이기도 하다. 이러한 인간에 대한 사랑과 연대 의식은 또한 자신이 지닌 시인으로서의 사명과 일치하는 것이기도 했다. 결국 윤동주에게 있어서 시와 종교는 일상의 모순을 융합시킨다는 점에서 동일한 것이었다.

■ 화해의 시학

결국 윤동주의 시와 그의 생애가 모색하고 있는 초점은 따뜻한 화해의 세계로 모아진다. 어둠과 빛, 자기의 부정과 긍정, 환자와 건강인, 그리고 괴로움과 부끄러움을 극복하게 하는 사랑과 정다움 등 의미의 대응 관계를 이루는 두 세계를 하나로 묶는 융화의 세계인 것이다.

그 균형과 조화의 세계에 도달하기 위하여 그는 끊임없이 새로운 길을 떠나며, 안개 낀 거리를 헤매고 시대 속에 '허우적거리며' 자아의 탐구와 실천 사이의 끊임없는 상충 속에서 요동하는 괴로움을 보여 준다. 숨막히는 모순과 갈등은 무엇엔가 '쫓기우며 자조하는 젊은이가' '오래 마음 깊은 속에/괴로워하든 수많은 나'를 파악하기 위한 내면적 긴장의 여러 시구들로 나타나고 있다.

그러나 그 예리한 현실적 상황과 이상적 가능성의 부딪침 사이에서 윤동주의 감수성은 공존을 시도한다. 그 감수성은 모순된 명제를 동시에 표용하는 자신의 내면적인 합치와 서로 분리되어 존재하는 나와 타인을 결합시키고자 하는 것이다.

따라서 윤동주의 모든 시는 현실에 대한 부정적인 것을 인식함과 동시에 그것을 긍정적 깨달음에로 이끌어 주는 의미 체계를 구성한다. 그 두 대립하는 세계를 이어 주는 매개항은 어린 날의 추억이나 친구들, 어머니와 순이, 때로는 이웃 사람들로 표상되고 있다. '노여움, 억울함, 아까움 같은 것을 마음속에 조용히 새기고는 늘 변함없는 미소로 사람을 대하던' 그의 성품은 밤비 속에서 아침을 기다리며, 어둠 속에서 밝음으로 나아가는 열쇠를 사람들 사이의 연대 의식으로 융화하려는 시 정신과 일치된다.

그가 가장 깊이 천착한 자아 의식의 공간은 우물과 거울과 방을 통하여 이미지들을 이루며, 하늘과 별은 그의 시적 아름다움의 원초적인 내용을 구성하고 있다.

윤동주의 개인적 의식과 시적 의식의 지향성이 일치하여 목표로 하고 있는 것은 지상적 존재로서의 괴로움을 극복한 사랑의 실천에 있었고, 그때에 그의 노래와 시는 일상적인 것과 초월적인 것의 이질적 세계를 합일시킨다는 점에서 시와 종교를 동일한 것으로 일치시키는 것이다.

그는 밤과 어둠의 상태에서 밝음을 믿었고, 흐르는 가변의 상태에서 정착을 그리워했으며, 헤어져 있는 현실에서 사람들과의 만남을 노래했다. 시인으로서의 그는 부정적인 현실의 나를 극복하여 시적 초월로 자기 존재를 일으켜 세우기 위한 모색의 과정을 보여 준다. 대상을 주관화시키는 이미지의 처리법, 자기가 또 하나의 자기에게 다짐하는 미래 지향적 시제, 흐르듯 이어지는 시어의 연속적 흐름, 산문적 형식 등 그의 시를 특징짓는 모든 경향들은 이러한 그의 내면적 요구와의 연관에서 해명될 수 있을 것이다.

그에게 있어서 시를 쓰는 행위는 괴로워하는 자기가 희망을 가지라고 부추기는 또 다른 자기에게 내미는 악수였고, 나와 타자 사이의 단절을 극복하기 위한 연결의 통로를 만드는 작업이었다. 그리하여 그의 시들은 이웃과의 연대 의식을 우리 모두에게 깨우치는 따뜻한 화해의 시학을 질서 있게 구축하고 있는 것이다.

■편집자 주
본고의 텍스트로는 1968년 5월 10일 발행《하늘과 바람과 별과 시》(정음사)를 사용했음을 밝힌다.

윤동주론

김흥규

1948년 인천 출생

고려대 국문과 및 동 대학원 졸업

1971년 《동아일보》 신춘 문예에

평론 〈춘향, 천의 얼굴〉로 당선

저서 《문학과 역사적 인간》·《한국 문학의 이해》 등

윤동주론

김흥규

I. 서론

1948년《하늘과 바람과 별과 시》초판이 나온 이래 윤동주는 많은 사람들의 주목을 받아 왔다. 그의 짧았던 생애, 죽음, 그리고 사후에야 공개된 미발표의 시편들은 어두운 시대를 살아 남은 이들에게 충격을 주었고, 그 시기를 겪어 보지 못한 이들에게는 상징적인 고난의 아픔으로 부딪쳐 왔다. 지난 20여 년간 윤동주의 이름 앞에 바쳐진 대소 30여 편의 글들(《크리스찬문학》5집, 1973. 윤동주 연구 문헌 목록 참조)은 이러한 공감의 자연스런 결과로 보인다. 주로 그와 교분이 있었던 이들에 의해 씌어진 이 글들에 힘입어 윤동주의 얼굴은 비교적 소상하게 밝혀졌다.

그러나 시인 윤동주와 그의 시를 보다 깊이 아는 데에 위의 도움이 반드시 유익하기만 한 것이었는가는 재고할 필요가 있다. 그에게 바쳐진 수많은 글 속에서 윤동주와 그의 시는 이해되기보다는 훨씬 더 많이 회고, 찬양되었다. 여기에는 한국 시 비평의 옅음이라는 이유 외에 몇 가지 요인이 더 있을 것이다. 그중 하나는 사자死者에 대한 우리의 경외감 때문이 아니었을까 한다. "무시무시한 고독에서 죽었고나!" 하고 지용이 경악하고 분향한 이래 윤동주에 대한 경외의 염은 그의 삶과 시를 말하는 이들에게 공통된 심성이었다. 그리하여, W. H. 오든의 한 시구처럼, "그는 그의 찬양자들이 되었고", 회고담 속의 전설적인 시인이 되었다.

문제는 윤동주에 관한 회고담이 많다는 데 있지 않고(오히려 우리는 더 자세하고 많은 사실의 회복을 필요로 한다), 회고담이 아닌 시인론과 시론이 거의 없었다는 사실에 기인한다. 시 독자로서, 비평가로서 우리는 회고록 속에서 걸어 나온 얼굴이 아닌 시인의 세계와 작품을 이해하고자 하기 때문이다. 한 시인의 정신과 작품은 그것이 잘 이해될 때 비로소 찬양받을 수 있을 것이다. 깊은 이해의 바탕 위에 서지 않은 찬양이란 찬양하는 이의 정신적 부채의 발산 또는 성급한 신화화에서 벗어나기 어렵다.

윤동주와 같은 시인을 대할 때 부딪치게 되는 또 하나의 문제는 시인의 생에 대한 준엄함과 정신의 탁월성 내지 결백성이 독자에게 무거운 정신적 충격을 준다는 사실이다. 이 충격은 그 감동적 성질로 인해 흔히 시적 탁월성으로 동일시된다. 윤동주에 관한 비평의 상당수가 그러한 예를 보여 준다. 더욱이 민족적 고난의 체험을 뚜렷이 지닌, 그리고 강한 민족주의적 의식이 지배하는 오늘의 상황에 있어서, 이와 같은 동일시는 보다 빈번하게, 자연스럽게 나타난다. 하지만 한 시인의 삶이 지닌 준엄함과 정신의 탁월함이 곧 그의 시적 탁월성을 '자동적으로' 결정하는 것인가는 재검토되어야 할 것이다.

윤동주의 시를 논한 몇몇 평문은 위와 같은 물음을 전혀 외면했고, 소수의 분별 있는 논고들조차도 이 문제를 진지하게 다루지 않았다. 이로 인한 해석의 혼동은 윤동주라는 이름 앞에 엄숙한 찬사를 덧붙이는 데 성공했으나, 그의 시 세계를 깊이 이해하고 작품의 의미를 구명하며 온당하게 평가한다는 비평의 과제에는 미치지 못했고, 어떤 의미에서는 바른 이해를 저해하는 감정적 장애조차 만들었다고 생각된다.

물론 한 인간의 준엄한 삶과 정신적 탁월성은 가치 있는 것이며, 그의 작품을 이해·평가하는 데 중요한 부분일 수 있다. 그러나 그 가치가 곧 문학적 가치와 일치하는 것은 아니다. 시와 신념이 완전히 분리되어야 한다는 생각이 의문인 것처럼 신념의 탁월함이 곧 시의 탁월함이 되리라는 태도 또한 수긍할 수 없다.

본고는 시인 윤동주의 작품 세계에 대한 이해라는 과제와 아울러 이러한 일반론적 의문에 대해 응답하는 자리가 되기를 희망한다. 따라서 그의 작품을 논하기 전에 한 가지 문제를 검토하기로 한다.

문제는 시인과 시의 관계에 관한 것이다. 서정시lyric는 장르적 특성으로 보아 '가장 주관적'인 형식이라고 불리어진다. 아리스토텔레스에서 헤겔이 이르기까지 이 점은 수차 지적되었다. 다른 장르와 비교해서 서정시의 성격을 적절히 집어 낸 이 말은, 그러나 거듭 쓰여지는 동안 적절하지 않은 고정 관념을 동반하게 되었다. 즉, 서정시는 '시인의 주관적 감정이나 생각'을 표출하는 문학 형식이라고 보는 일이 그것이다.

이러한 견해에 의하면, 시 작품 속에 등장하는 화자는 시인 자신이며 그의 감정·생각은 곧 시인의 그것이라는 추론이 성립한다. 심지어 시인과 거리가 먼 화자까지도 시인의 분신 또는 문학적 고안으로서의 가면이라고 보게 된다. 바꿔 말하면, 시는 시인의 주관적 사상·감정을 기록한 '운문으로 된, 잘 짜여진 일기 또는 수상'이라는 입장이 되는 것이다. 이렇게 추론된 것을 보면 누구나 그 정당함을 부인하겠지만, 많은 시론들이 이러한 입장을 암암리에 취하고 있다.

서정시가 '가장 주관적인' 장르라는 지적은 다르게 해석되어야 한다. 그것은 근본적으로 '세계를 드러내는 양식'에 관한 지적이기 때문이다. 즉, 여러 인물들의 시점과 그 사이의 갈등을 통해 세계를 드러내는 극 문학(가장 객관적인 양식)과 다수 인물 및 서술자의 시점의 복합을 통해 세계를 드러내는 서사 문학(객관·주관이 혼합된 양식)에 비해 서정시는 대체로 단일한 화자의 시점을 통해 세계를 보는 양식임을 말하는 것이다.

서정시가 주관적이라는 것은 작중 화자의 주관에 의해 세계가 제시되는 양식이라는 것을 뜻한다. 따라서 시에 나타나는 사상·감정이 곧 시인 자신의 것이라고 속단함은 수긍할 수 없다. 물론 시는 그 양식적 특성 때문에 작자의 생각이나 감정이 직접적으로 드러나기 쉽다. 시인과 화자가 일치 또는 근접하는 경우가 많은 것이다. 그러나 양자가 일치하는 것으로 보이는 경우에 있어서도 완전한 동일성은 성립되지 않는다. 작중 화자는 작품을 구성하는 상황과 내용에 의해서만 존재하는 '선택된 얼굴'을 가지고 있기 때문이다.

시 작품은 그런 의미에서 시인의 단순한 주관적 노출이 아니며, 정도의 차이는 있으나 시인의 현실적 삶에서 분리된 허구적 의미의 단위인 것이다. 시를 마치 그 시인의 일기처럼 또는 개인적·사회적 삶의 증거 문헌으로서 곧바로 해석하는 것은(다른 시인론의 경우에도 해당되지만, 윤동주론의 경우 이런 예가 특히 많이 발견된다) 위험한 도식화를 면하기 어렵다. 시는 시인과 분명히 깊은 관계를 맺고 있지만, 그것을 구명하기 위해서는 시의 장르적·기법적 특성을 고려한 신중한 해석이 요청된다.

이러한 문제에 유의하면서 다음 장 이하에서 윤동주의 시 세계를 검증해 보기로 한다. 우선 그의 생애와 시작을 연대순으로 개관하여, 작품의 경향을 밝히고 그 특성을 검토해야 할 것이다. 다음으로 윤동주의 시가 형성하는 세계상과 의미 지향에 따라 그의 시 세계를 해석하고자 한다. 여기서 미리 지적해 둘 것은 지금까지 소홀히 취급되었던 그의 '동시'류가 지닌 의미를 포괄적으로 흡수·규명하는 일이 요망된다는 점과, 흔히 편의한 논증을 위해 부분적으로 인용하는 데서 왜곡되는 일이 많았던 시 작품을 가능한 한 전문 인용으로 하고 정밀한 분석 및 해석을 가함으로써 바른 이해가 이루어져야 하리라는 것이다.

II. 윤동주의 시적 편력

그는 1917년 12월 30일 북간도 명동의 기독교 신앙이 두터운 가정에서 태어났다. 8살에 명동소학교에 입학하여 14살(1931년)에 졸업했는데, 13살 때에 고종 사촌 송몽규와 함께 《새명동》이란 등사판 잡지를 몇 호 내었고, 소년 잡지 및 월간 잡지(《삼천리》등)를 구독했다는 증언(〈윤동주의 소년 시절〉, 김정우, 《크리스찬문학》5집, 1973. 3. 참조)을 보면, 그의 문학적 관심은 이 시기부터 싹텄음을 짐작할 수 있다.

14살에 대랍자의 중국인 관립학교에서 수학했고, 이듬해에 가족이 용정으로 이사함에 따라 용정 은진중학교에 입학했다. 이 무렵에도 시작을 했는가는 확인되지 않으나, 17세(1934년)에 쓴 두 편의 작품이 상당한 숙련을 보이는 것으로 미루어 습작은 그 이전의 상당 기간에도 있었던 것 같다. 18세(1935년)에 평양 숭실중학에 전학했는데, 이듬해 신사 참배 문제가 발생했다. 이에 대하여는 다음과 같은 증언이 있다.

　　동주는 평양 숭실학교에서 일어난 신사 참배 반대 운동에 참가했다. 신사
　　참배 사건은 민족심과 기독교 신앙이 한꺼번에 짓밟히는 사건이었다. 이 사건
　　은 동주에게 큰 충격을 주었다.

　　　　　　　　　　　　　　　—〈태초의 종말의 만남〉(문익환, 《크리스찬문학》5집) 중에서

이 때문에 용정에 되돌아온 그는 일본인이 경영하던 광명학원 중학부에 편입했고, 21세(1938년) 되던 봄에 졸업하자 이 해에 연희전문 문과에 입학했다. 이때까지 계속 시를 썼으나 거의 발표하지 않았고, 다만 《카톨릭 소년》등 소년지에 몇 편의 동시를, 그리고 《조선일보》학생란에 산문 한 편을 발표한 것이 확인될 뿐이다. 그러나 연전을 졸업하던 24세 (1941년)에 자선 시집 《하늘과 바람과 별과 시》를 출간하려 했던 것으로 보아 그가 시 발표를 전혀 기피했던 것 같지는 않다. 아마도 스스로의 시적 노력에 대한 욕구가 컸기 때문에 성급한 발표를 삼갔던 것이 아닐까 한다. 많은 증언에서 지적된 바 있는 그의 내면적 성격 내지 소극성은 이

러한 점을 뒷받침해 준다.

그는 25세(1942년)에 도일하여 릿쿄 대학 영문과에 입학했다가 가을에 도시샤 대학 영문과로 옮겼는데, 다음 해 7월에 귀향하려다가 일경에 체포되었다. 당시 체포된 시모가모 경찰서에서 취조를 받으며 윤동주는 자신이 쓴 7~8천 장의 원고를 일어로 번역하고 있었다 하나, 그것이 어떤 것이었는가는 전혀 알려지지 않고 있다.

오촌 당숙 윤영춘이 확인한 그의 수감 기록에 의하면 "① 사상 불온, 독립 운동 ② 비일본신민 ③ 온건하나 서구 사상이 농후"하다는 죄목이 있었다 한다. 여기서 문제되는 것은 ①항과 ③항이다. ①항의 '독립 운동'이 실제의 어떤 비밀 조직 활동 또는 일제 통치에 대한 파괴적 행동을 뜻하는 것이라면 ③항의 '온건하나……'라는 부분과는 모순된다. 아울러 지금까지의 증언과 증거에도 위에 말한 의미의 사실을 입증하는 자료가 없으므로, ①항의 죄목은 ②항과 마찬가지로 일제 경찰의 탄압적 수법에 흔히 쓰인 일반적 의미로 해석된다.

2년형을 선고받은 윤동주는 해방을 반년 앞둔 1945년 2월, 28세의 젊은 나이를 후쿠오카의 감옥에서 마쳤다.

여기 살펴본 것처럼 윤동주의 생애는 극히 짧았다. 그러나 그가 시를 쓴 기간은 현존 작품만을 보더라도 상당한 지속성을 보여 주며, 더욱이 17세부터 25세에 이르는 성숙기에 걸쳐 있기 때문에 단순치 않은 변모의 흐름을 지니고 있다. 따라서, 이를 보다 면밀하게 살피기 위해 윤동주의 시작을 몇 개의 시기로 구분할 필요가 있다.

초기 시: 1934~1936년

현재 남아 있는 윤동주의 작품에는 거의 빠짐없이 창작 일자가 부기되어 있다. 이를 연대순으로 배열하면 1934년 12월 24일의 〈삶과 죽음〉·〈초 한 대〉가 가장 앞선 작품이 되는데, 이로부터 1936년 7월 무렵까지를 그의 초기 시 시대로 보고자 한다.

　이렇게 보는 데에는 상당한 이유가 있다. 이 시기에 씌어진 윤동주의 작품들은 어느 누구의 것이건 초기 시가 흔히 보여 주는 시적 사고와 짜임새의 미숙함이라는 특징과 함께, 장차 그의 시 세계가 전개되어 나아갈 방향과 바탕을 드러내기 때문이다. 다음 두 작품에서 그 모습을 찾을 수 있다.

　　삶은 오늘도 죽음의 서곡을 노래하였다.
　　이 노래가 언제나 끝나랴

　　세상 사람은—
　　뼈를 녹여 내는 듯한 삶의 노래에
　　춤을 춘다
　　사람들은 해가 넘어가기 전
　　이 노래 끝의 공포를
　　생각할 사이가 없었다.

　　하늘 복판에 알 새기듯이
　　이 노래를 부른 자가 누구뇨

　　그리고 소낙비 그친 뒤같이도
　　이 노래를 그친 자가 누구뇨

　　죽고 뼈만 남은
　　죽음의 승리자 위인들!

　　　　　　　　　　　　　　　—〈삶과 죽음〉 전문

사고의 깊이나 시적 짜임새가 모두 단순한 이 작품은, 그러나 매우 뚜렷한 의미의 핵을 가지고 있다. 일상적 삶의 과정을 '죽음의 서곡'으로 본 것이 그것이다. 2연 2행에 보이는 바와 같이 삶은 죽음을 예비하는 고난의 과정일 따름이다. 이러한 각도에서 파악된 삶은 하나의 커다란 모순이 아닐 수 없다. '위인들'도 이에서 벗어나 있는 것은 아니다. '위인들'은 3·4연에 반복된 '누구뇨'라는 물음에의 응답인데, 그들 또한 '죽고 뼈만 남은' 존재일 수밖에 없기 때문이다.

　그러면 '세상 사람'과 '위인들'을 구별하게 하는, 즉 인간을 위대하게 하는 것은 무엇인가? 화자는 그것을 '모순의 적극적 포용'에서 찾는다. 즉, 3·4연이 말하는 바와 같이 죽음의 서곡인 '삶의 노래'를 또렷이('하늘 복판에 알 새기듯이') 부른 자, 그리고 소낙비 그치듯이 노래의 종말(죽음)을 전폭적으로 받아들이는 자, 그리하여 삶과 죽음의 모순을 적극적으로 자신의 삶 속에 수용하는 자가 승리하는 인간이라고 말하는 것이 아닌가 생각된다.

　이렇게 보면 이 작품은 주제 의식에 있어서나, 그것을 다루는 시각에 있어 상당히 무게가 있다 할 것이다. 이러한 주제를 감당하기에는 위의 작품이 가진 뼈대와 사고의 성숙이 미약했고, 따라서 시적인 가치의 성취에는 도달되어 있지 못함을 지적할 수 있다.

　그럼에도 불구하고 이 작품이 중요한 것은, 그 주제, 이미지, 세계상 및 도덕적 의식(이 말의 의미를 '전승되어 온 사회적 규범의 의식'으로 해석하는 것은 편협하다. 본고는 이 용어를 '세계의 해석 및 세계 내에 있어서의 인간 의미와 행동에 대한 가치 의식'이라는 뜻으로 사용한다. 그런 의미에서 모든 문학은 도덕적 의식과 깊은 관계를 맺는다)의 지향이 이후의 작품 활동을 지배하는 근본이 되기 때문이다. 이를 몇 가지로 지적해 보면 '삶의 모순성, 죽음과 어둠의 이미지, 삶—불안으로서의 세계와 자아의 긴장' 등이 될 것이다.

초 한 대—
내 방에 품긴 향내를 맡는다.

광명의 제단이 무너지기 전
나는 깨끗한 제물을 보았다.

염소의 갈비뼈 같은 그의 몸,
그의 생명인 심지心地까지
백옥 같은 눈물과 피를 흘려
불살라 버린다.

그리고도 책상머리에 아롱거리며
선녀처럼 촛불은 춤을 춘다.

매를 본 꿩이 도망하듯이
암흑이 창구멍으로 도망한
나의 방에 품긴
제물의 위대한 향내를 맛보노라.

—⟨초 한 대⟩ 전문

성탄 전야에 씌어진 이 작품은 발상의 근저에 예수의 수난이라는 종교적 연상을 내포한 것으로 보인다(문익환, 전개 논문 참조). 촛불을 의인화하여 '어둠'과 맞서는 숭고한 의지의 모습으로 보는 것이 이 작품의 핵심이다.

한 대의 초는 그의 모든 것을 불태워 암흑을 몰아내는 제물—자기 희생의 상징이다. 그러나 이러한 발상이 높은 시적 응집력을 가지기엔 작품의 구조가 박약하다. 지나치게 안이하고 관습적인 수사(예를 들면 '깨끗한 제물', '백옥 같은 눈물', '선녀처럼…… 춤을 춘다' 등)라든가, 1연부터 4연까지 반복되는 단조로운 서술적 어조, 그리고 운율의 흐름에 대한 배려가 없이 통사적 어절 단위만에 의한 행 구분 등은 작품의 총체적 의미를 축조하는 데 실패했다.

또 하나의 구조상의 결함은 첫째 연과 마지막 연에 나타나는 '나'의 기능에서 온다. '나'는 화자며 초 한 대에서 의미를 발견하는 관찰자인데, 이 작품의 핵심적 객체는 아니다. 그것이 표면에 등장할 필요가 있다면 '초 한 대'라는 의미의 핵과 유기적으로 연관될 수 있는 경우이겠는데, 1·5연의 '나'는 그렇지 못한 부가 부분에 불과하다. 이에 따라 작품의 초점이 분산됨은 불가피하다.

이러한 결함은 이 작품이 윤동주의 일기적(체험적) 진술에서 별로 벗어나 있지 못한 데서 생기는 것으로 생각된다. 시인이 자기 체험의 바탕 위에서 시를 쓰는 것은 필연적인 일이지만, 그것이 시적 감동을 획득하려면 단순한 개인적 체험의 맥락을 넘어서서 어떤 의미를 창출·전달하는 체험의 유기적 조직, 즉 형식화가 필요한 것이다.

그러면서도 이미 지적된 것처럼, 이 작품은 윤동주 시의 이해에 유익한 디딤돌이 된다. '빛과 어둠의 갈등, 삶—어둠으로서의 세계, 수난과 자기 소모' 등의 주제 및 이미지는 앞서 지적된 경향과 일치하며, 이후의 시작을 이끌어 가게 된다.

이들보다 한 달쯤 뒤에 씌어진 〈거리에서〉(1935. 1. 18)에도 역시 주조음이 되어 있는 것은 '달밤의 거리/광풍이 휘날리는/북국의 거리', '괴롬의 거리/회색빛 밤거리'처럼 암울한 분위기와 어둠에 마주선 고뇌의 목소리다.

이러한 시작 경향에 관계있는 외부적 사실은 여러 가지가 있을 것이다. 세계와 자아의 의미에 눈뜨는 젊은이의 번민을 생각할 수 있겠고, 다음에서 보는 바와 같은 향수·고독감도 손꼽을 수 있다.

> 제비는 두 나래를 가지었다.
> 시산한 가을날—
> 어머니의 젖가슴이 그리운
> 서리 내리는 저녁—
> 어린 영(靈)은 쪽나래의 향수를 타고
> 남쪽 하늘에 떠돌 뿐—
>
> ——〈남쪽 하늘〉 전문

  평양 숭실학교에 다닐 무렵 씌어진 사향(思鄕)의 세 편(〈창공〉·〈남쪽 하늘〉·〈황혼〉) 중에서 가장 우수한 이 작품은 간결한 시행 속에 향수를 형상화하고 있다. 2·4·6행의 끝 부분을 보자. '—' 표로 처리된 이 부분들은 생략을 통한 압축으로 독자의 공감적인 참여를 이끌어 낸다.
  여기 제시된 그리움은 물론 윤동주 자신의 것일 터이지만, 화자의 모습은 작품의 흐름에 맞게 변용되어 있다. '어머니의 젖가슴이 그리운' 소년의 모습으로 암시되는 것이다. '시산한 가을날', '서리 내리는 저녁'이라는 구절을 통해 차고 어두운 분위기는 점차 강화되는데, 이 배경이 주는 감각은 '어머니의 젖가슴'이 주는 그것과 효과적으로 대립한다.
  이와 아울러, 두 날개를 가진 제비에 대립되는 '쪽나래'에서 향수는 구체화된 하나의 아픔으로 우리에게 부딪쳐 오는 것이다. 짤막한 규모이긴 하나 이렇게 어조, 분위기, 그리고 이미지가 긴밀히 결합됨으로써 〈남쪽 하늘〉은 공감적인 체험의 단위를 이룩하는 데 성공했다.
  윤동주 초기 시의 암울함과 고뇌를 구성하는 또 하나의 요소는 조국을 잃은 자의 뼈아픈 현실 인식이다.
  다음의 예는 소박한 대로 상징적 구조를 통한 쓰디쓴 현실 인식의 자조적 목소리를 들려준다.

> 한 간(間) 계사(鷄舍) 그 너머 창공이 깃들어
> 자유의 향토를 잊은 닭들이
> 시들은 생활을 주잘대고
> 생산의 고로(苦勞)를 부르짖었다.
>
> (중 략)
>
> 닭들은 녹아 드는 두엄을 파기에
> 아담한 두 다리가 분주하고
> 굶주렸던 주두리가 바지런하다.
> 두 눈이 붉게 여무도록—
>
> — 〈닭〉 중에서

〈양지쪽〉(1936. 6. 26)이라는 다음 작품에서 우리는 윤동주의 시대적 의식을 편린이나마 엿볼 수 있을 것이다.

> 저쪽으로 황토 실은 이 땅 봄바람이
> 호인(胡人)의 물레바퀴처럼 돌아 지나고
>
> 아롱진 4월 태양의 손길이
> 벽을 등진 설은 가슴마다 올올이 만진다.
>
> 지도째기 놀음에 뉘 땅인 줄 모르는 애 둘이
> 한 뼘 손가락이 짧음을 한(恨)함이여.

아서라! 가뜩이나 엷은 평화가

깨어질까 근심스럽다.

— 〈양지쪽〉 전문

 잘 다듬어진 작품이라고 할 수는 없으나, 여기서 우리는 윤동주의 시
인적 자질과 예리한 눈을 알게 된다. 1·2연의 행들은 일견 단순한 서술
로 보이지만, 담담한 듯한 그 문맥을 다시 생각해 볼 때, 간도 땅을 배경
으로 한 유민들의 정신적 기후임을 느낄 수 있다. 셋째 연은 평범한 경험
의 단편을 통한 기상으로서, 그의 인식 태도가 관념적 추론이 아닌 구체
성을 파고들어 가고 있음을 보여 준다. 마지막 연의 평범한 처리가 이들
의 날카로움을 잃게 한 점은 역시 초기작의 미숙함을 말하는 것이겠지
만, 위에 본 바와 같은 그의 민족적 현실 의식은 장차 보다 넓은 정신 세
계를 추구해 나아가는 데 중요한 원동력으로 나타난다.

 위에 언급된 작품들과 〈이런 날〉(1936. 6. 10)·〈가슴 2〉(1936. 7. 24)·
〈꿈은 깨어지고〉(1936. 7. 27) 등의 주요 작품을 통해 종합되는 그의 초기
시의 특징을 다시 정리해 보면—

 (1) 주제에 있어 '삶의 모순성, 세계의 어둠과 자기 희생, 향수, 시대 현
실의 모습' 등 결핍·혼돈의 의식이 지배적이고,

 (2) '어둠—빛, 삶—죽음' 등의 대립적 이미지와 함께, 작품의 어조는
침울하고 절망적인 경향이 짙으며,

 (3) 전체적으로 강한 자전적 성격을 띠어 시적 객관화에 미흡한 경우
가 많았다.

 동시: 1936년 후반

 위와 같은 시를 내던 윤동주는 1936년 9월 이후 12월까지 오직 동시
만을 쓰고 있다. 이 시기 외의 것으로는 1935년 12월과 1936년 1월에

씌어진 세 편이 있고, 씌어진 시기가 분명치 않으나 1937년 10월에《카톨릭 소년》지에 발표된 〈거짓부리〉와 1938년 5월에 씌어진 〈산울림〉이 있는 것으로 보아, 동시가 주로 씌어진 시기는 1936년 후반기로 추정된다. 따라서 연대 미상인 9편의 동시도 이 무렵의 것으로 일단 보아 둘 수밖에 없다.

윤동주의 동시는 종래에 별로 주목된 바 없었으나, 그 작품 수가 많은 데다가, 매우 이질적인 성격의 초기 시와 후기 시 사이에 끼여 있다는 점에서 실상 만만치 않은 여러 문제성을 내포한 것으로 보인다. 윤동주는 왜 동시를 썼는가? 더욱이 초기 시에서 이미 성숙한 관점을 취한 바 있는 그로서는 일종의 문학적 퇴행이 아닌가? 그의 동시들이 내포한 시적·체험적 의미는 무엇인가? 등의 물음이 그 예다.

이의 해명을 위해 우선 검토되어야 할 것은 '동시'의 개념이다. '동시'란 무엇인가? 흔히 생각되는 의미는 다음의 두 가지 중 하나, 또는 그 모두일 것이다.

(1) 아동이 쓴 시
(2) 아동에게 읽히기 위해 어른이 쓴 시

이러한 성격 규정은 얼핏 그럴듯한 것처럼 보이나 실은 적절치 못하다. (1)의 경우, 아동이 쓰는 시에 동시가 많다는 것은 사실이지만 반드시 그런 것은 아니다. 아동이 쓰면서도 동시 아닌 작품이 있을 수 있다. (2)의 경우, '아동에게' 읽힌다는 것이 동시의 필수 조건은 아니다. 동시는 어린이에게 많이 읽히고 또 그렇게 기대되는 것이 상례이지만, 어른에게도 읽혀질 수 있으며 큰 감동(단순한 퇴행효과가 아닌)을 주기도 한다. 동시를 이해하는 관점은 달리 설정되어야 할 것이다.

동시는 '어린이의 눈을 통해 세계를 보고, 어린이의 목소리(화법, 어조, 리듬)를 통해 진술된 시'라 보는 것이 온당한 개념 파악이다. 즉, 동시의 핵심은 화자가 어린이여야 한다는 점이다. 따라서 동시는 독자적인 시의 종류는 아니며, 다만 특수한 종류의 화자와 그에 따른 화법과 세계 인식의 특이성을 가진 시들을 지칭하는 것이라 본다.

윤동주가 동시를 쓰게 되었다는 것은, 그런 의미에서 세계를 보는 그의 입장이 고뇌에 찬 젊은이의 시각(초기 시)에서 천진난만한 어린이의 그것으로 변화했음을 뜻한다. 이러한 변화는 물론 그의 현실적 자아가 성장 과정을 퇴행하여 일어난 것이 아니며, 성인적 고뇌에서 일탈하기 위해서 선택된 것이라고 속단할 수도 없다(신석정의 초기 시에 보이는 어린이 화자도 흔히 말하는 '현실 도피적' 태도로 단정하기는 어렵다. 이에 대해서는 후고를 기다려야 할 것이다.) 작중 화자는 시인과의 거리가 멀든 가깝든 간에 시인의 현실적 존재와는 분리된 '세계 인식의 시선'이며, 삶이 가진 의미의 어떤 해명을 위해 작자가 선택한 전략적 입지점이기 때문이다.

윤동주가 이때에 동시를 많이 쓰게 된 이유에 대해서는 여러 가지로 추측해 볼 수 있다. 1936~1937년 당시 간도 연길에서 발행되던 소년지 《카톨릭 소년》에 투고할 기회가 넓었다든가, 어린 시절부터 소년지를 구독했고 등사판 소년 문집을 간행한 근간의 경험 등이 동시 창작에 매우 친근한 영향을 주었으리라 생각된다. 이 밖에도 조사하기에 따라서는 다른 이유나 심리적 요인이 제시될 수 있을 것이다. 그러나 이 모든 것보다 중요한 점은 윤동주의 시적 변모 과정에서 '동주童舟'(그는 동시에서 이런 필명을 썼다 한다)의 작품이 지니는 의미와 그 동력이다.

위에 지적된 것처럼, 윤동주의 동시 또한 어린이를 화자로 하여 그 눈에 비친 세계를 그리고 있다.

> 아롱아롱 조개 껍데기
> 울 언니 바닷가에서
> 주워 온 조개 껍데기

여긴여긴 북쪽 나라요
조개는 귀여운 선물
장난감 조개 껍데기

데굴데굴 굴리며 놀다
짝 잃은 조개 껍데기
한 짝을 그리워하네

아롱아롱 조개 껍데기
나처럼 그리워하네
물 소리 바닷물 소리.

— 〈조개 껍질〉 전문

화자가 어린이라는 점은 이 작품을 이해하는 데 긴요한 원점이다. 우리는 이 어린이의 눈을 통해 어떤 세계의 모습을 보고, 그의 목소리에서 특수한 체험을 듣기 때문이다.

화자는 조개 껍질 하나를 보며 이야기하고 있다. 그 조개 껍질은 '아롱아롱'하며 '울 언니'가 가져온, 사랑스런 물건이다. 주목되는 것은, 그것이 잃어진 한 짝을, 그리고 물 소리를 그리워한다는 점이다. 이 어린이의 세계에 있어 조개 껍질은 단순한 물체가 아니라 그와 공감할 수 있는 마음이 되는 것이다.

다시 말해서 어린이 화자는 사물을 자신과 분리된, '딱딱한' 것으로서가 아니라, 자기와 구별되지 않는 동질적인 것으로 본다. 그러므로 어린이의 자아는 외계와의 사이에 어떤 울타리를 의식하지 않으며, 양자 사이의 모순·위화감을 느끼지도 않는다. 외계와 자아는 융화되어 일종의 시원적 평화를 이루는 것이다.

단순하며 귀여운 느낌을 주는 어휘들(예를 들면, '아롱아롱, 조개 껍데기, 여
긴여긴, 데굴데굴, ……하네' 등)의 중첩 또는 반복을 통해 이러한 평화적 세
계의 분위기는 암시·강화된다. 규칙적인 리듬과 단순한 정형성은 이 모
두를 묶어 작품 세계를 미분화된 평화의 공간으로 만드는 유년적 화법이
라 생각된다.

〈참새〉(1936. 12)·〈병아리〉(1936. 1. 6)·〈봄〉(1936. 10)·〈눈〉(1936.
12)·〈겨울(1936. 겨울)·〈반딧불〉(1937)·〈귀뚜라미와 나와〉(1938) 등에
서도 이와 같은 세계 인식 및 화법의 특징을 볼 수 있다. 가장 명쾌한 본
보기는 다음 작품일 것이다.

아씨처럼 나린다.
보슬보슬 해ㅅ비
맞아 주자 다 같이
　　옥수숫대처럼 크게
　　닷 자 엿 자 자라게
　　햇님이 웃는다
　　나보고 웃는다.

하늘 다리 놓였다
알롱알롱 무지개
노래하자 즐겁게
　　동무들아 이리 오나
　　다 같이 춤을 추자
　　햇님이 웃는다
　　즐거워 웃는다

—〈햇비〉 전문

여기 등장하는 사물들은 화자의 시선 속에서 공감의 유대로 엮어져 있다. 자아와 외계가 '조화'되어 있다기보다, 보다 엄밀히 말한다면 양자가 분할되어 있지 않은, 따라서 둘 사이의 갈등도 있을 수 없는 유년적 축제의 세계를 우리는 보게 된다. 작품 전체를 흐르는 어조는 세계의 평화로움에 대한 소박한 신뢰감으로 가득 차 있으며, 잘 정돈된 리듬은 거기에 동화적인 안정감을 준다.

이러한 동시들이 어린이의 작품이라면 우리는 곧 시인과 화자를 동일시할 수 있을 것이다. 그러나 위에 입증된 바와 같이 윤동주는 이미 초기 시에서 삶의 모순과 어둠이라는 세계를 체험한 20세 무렵의 청년으로서 이들 동시를 썼다.

그렇다면 윤동주의 시적 편력 및 체험의 흐름 속에 그들이 차지하는 위치와 의미는 무엇인가? 김열규 교수의 한 논문은 정신적 퇴행에서 해석의 실마리를 찾았다.

> 심리적 에너지가 후퇴했을 때에 개아個我는 '오티즘'의 세계를 구조하고, 현실과의 객관적 유대를 단절한 채 그 사고가 '상징화'에로 기울어지듯이 유아기에로 퇴행하기도 하는 것이다.
> 인간의 생에 있어 가장 보호받던 존재이던 유아기에의 퇴행은 그만큼 현실 생활의 파탄을 의미하게 된다.
>
> —〈윤동주론〉(김열규《국어국문학》27집, p. 106) 중에서

그러나 위의 해석은 재고되어야 할 문제점을 지닌 것으로 생각된다. 가장 핵심적인 문제는 어린 화자를 통해 동심의 세계를 보는 것이 곧 작자의 심리적 퇴행을 입증하는가 하는 점이다.

"그렇다"고 말하기 위해서는 시인=화자라는 일치가 언제나 유지된다는 전제가 필요할 것이다. 그러나 앞서 논한 바와 같이 이러한 등식이 언

제나 시를 지배하지는 않는다. 오히려 우리는 많은 작품에서 시인이 어떤 특정 상황에 던져진 가공적 인물의 시선을 통해 삶의 모습을 인식·형상화하는 예를 볼 수 있다.

윤동주의 동시 또한 이러한 각도에서 이해되어야 온당하리라고 생각된다. 어린이 화자의 시각을 그가 선택한 시적 의미는 단순히 현실 생활의 파탄에서 온 퇴행 욕구라기보다 세계의 모습을 여러 위상에서 밝히려는 탐구 활동의 일부라고 할 것이다.

이렇게 말할 수 있는 근거는 그의 동시가 외관상 성인적 갈등의 세계와 무관한 것처럼 보이면서도 실상은 현실 세계의 문제와 중요한 의미 관련을 가진다는 데 있다. 그 의미 관련은 이중적이다.

우선 유년적 평화와 안정의 기억을 그리워하는 심성에게 위에 본 바의 작품 세계는 '황금 시대' 또는 '낙원'의 재생이 된다. 그리고 비록 상상적인 것일지라도 이 재생이 주는 충만감·친근감·율동감에 의해 우리는 다시 한 번 회복될 수 없는 공간에로의 여행을 맛보는 것이다. 대다수의 동시가 주는 감동은 대체로 이런 것들이리라.

윤동주 동시들은 그의 시작 전체가 지닌 참담한 고뇌와 시대적 상황으로 해서 또 다른 의미를 위의 것에 부가한다. 즉, 어두운 '지금─여기'를 응시하는 자에게 위의 유년적 세계는 시원적 평화의 공간이면서, 그것을 둘러싼 시인 의식의 갈등을 배경으로 해서 현재의 아픔을 역설적으로 부각시키는 '반세계反世界'가 되는 것이다. 그의 동시는 따라서 우리의 꿈과 아픔을 함께 깨닫게 하며, 어린이 화자는 이러한 갈등을 중개하는 지렛점이다.

위의 지적된 작품들이 유년의 다사로운 빛을 중심한 데 비해, 몇몇 소수의 동시들은 상당히 다른 특징을 보여 준다. 어린 화자의 눈을 통해 삶에 대한 단순하지 않은 의문을 던지는 것이 그 예인데〔〈무얼 먹고 사나〉(1936. 10)·〈오줌싸개 지도〉(1936)·〈애기의 새벽〉(1938)·〈해바라기 얼굴〉(1938) 등), 이들 작품에서 우리는 윤동주의 동시가 현실적 삶의 문제에 직접 부딪쳐 가기도 했음을 알 수 있다(이에 관해서는 Ⅲ장 1항 후반을 참조할 것).

윤동주는 이와 같이 동시들을 통해 초기 시의 소재와 이미지를 확장했고, 또한 그의 주요 주제라 할 수 있는 '삶―불안으로서의 세계'와 대립하면서 상호 조명하는 세계를 보여 줌으로써 시적 사고의 폭을 넓혔다고 할 수 있다. 이 시기의 작품에서 보인 유년적 평화의 모티프는 이후의 작품에도 계승·심화되어 후기 시에서 중요한 역할을 담당한다.

습작기: 1937~1940년

광명중학을 졸업하기 1년 전인 1937년에 접어들면서 윤동주는 다시 성인적 관점의 시 세계로 돌아간다. 그 동기는 확실치 않으나 아마도 소재나 형식에 있어 단조로움을 피하기 어려운 동시에 어떤 한계를 느꼈기 때문이 아닐까 한다. 아울러 성숙하는 젊은이로서 부딪치는 개인적·사회적 문제에 파고들기 위해서도 새로운 변화의 추구는 불가피한 것이었다고 생각된다.

이때부터 자선 시집《하늘과 바람과 별과 시》수록 작품이 나오기 전인 1940년까지를 '습작기'라고 부르고자 한다. 그 이유는 이 시기의 작품이 다양한 시적 모색의 양상을 보인다는 점과 이들의 거의 전부가 윤동주의 시고 중《나의 습작기의 시 아닌 시》및《창》의 두 권에서 정리된 것이라는 데에 있다(《하늘과 바람과 별과 시》(정음사, 1968. 이하 시집), p. 252. 참조).

20세부터 23세에 걸치는 이 동안 윤동주는 광명중학을 졸업했고, 연희전문 문과에 입학(1938년 봄)했는데, 외지에서의 고독감과 사상적인 방황 그리고 현실 인식의 확대에 따라 초기 시의 주제와 이미지는 더욱 심화되면서 여러 방면으로 확대되었다. 그 근간을 이루는 것은 근원적인 불안과 고독감이다.

> 하로도 검푸른 물결에
> 흐느적 잠기고…… 잠기고……
>
> 저— 웬 검은 고기 떼가
> 물든 바다를 날아 횡단할꼬.
>
> 낙엽이 된 해초
> 해초마다 슬프기도 하오.
>
> 서창西窓에 걸린 해말간 풍경화.
> 옷고름 너어는 고아孤兒의 설움.
>
> 이제 첫 항해하는 마음을 먹고
> 방바닥에 나딩구오…… 딩구오……
>
> 황혼이 바다가 되어
> 오늘도 수많은 배가
> 나와 함께 이 물결에 잠겼을 게오.
>
> ─〈황혼이 바다가 되어〉 전문

　정리되지 않은 채 씌어진 체험적 진술의 성격을 띠어 썩 좋은 작품이라고는 할 수 없으나, 그 색조와 이미지에서 이 작품은 초기 시의 그것에 맥이 닿아 있다. 자아를 둘러싼 세계를 '어둠'의 위상에서 응시하는 것이다. 그리하여, '어둠'의 한 변형이라고 볼 수 있는 '검푸른 물결'은 다음에 보는 여러 이미지와 더불어 '삶—불안으로서의 세계'를 구성하는 원소로 나타난다. '저—웬 검은 고기 떼가/물든 바다를 날아 횡단할꼬' 같은 구절은 전율감마저 느끼게 하는 불안의 상황을 보여 준다. 후일의 작품(〈쉽게 씌어진 시〉·〈별 헤는 밤〉·〈또 다른 고향〉·〈새벽이 올 때까지〉 등)에서 찾을 수 있는 '어둠'은 이의 발전적 전개라고 할 수 있다.

〈유언〉(1937. 10. 24)에서는 어둠(밤)이 단순한 감각적 인식의 차원을 넘어 삶의 무상성과 고독감에 얽힌 '무명無明'의 상징으로 보편화된다.

후어—ㄴ 한 방에
유언은 소리 없는 입놀림.

—바다에 진주 캐러 갔다는 아들
해녀와 사랑을 속삭인다는 맏아들
이 밤에사 돌아오나 내다봐라—

평생 외롭던 아버지의 운명殞命,
감기우는 눈에 슬픔이 어린다.

외딴집에 개가 짖고
휘양찬 달이 문살에 흐르는 밤.

— 〈유언〉 전문

이 한 편은 윤동주의 습작기 시편 중에서 보기 드문 일품이다.

우선 대체적인 분석을 해보면, 작품 전체는 두 사람의 말로 되어 있음을 볼 수 있다. 1·3·4연(화자의 말)과 2연(아버지의 말)이 그것이다. 1연에서 작품의 기본적 상황과 분위기가 설정된다. '후어—ㄴ 방(이 말은 '달빛이 스며드는 어슴푸레한 방'과 '임종을 지킬 아들조차 잃은 공허한 상황'이라는 이중 의미를 함축한다)'에 쇠진해가는, 그러면서도 무엇인가 말하고자 하는 노인이 있다. 2연이 바로 그 유언으로서, 다른 연보다 들여져 있는 것은 이 부분을 화자의 말과 구별하고 강조하기 위한 의식적 배려로 생각된다.

유언의 내용은 집을 떠난 아들이 보고 싶다는, 일견해서 매우 평범한 것에 불과하다. 그러나 유언의 세부와 어조를 주의 깊게 검토할 때 이 부분은 한 생애의 뼈아픈 고독감과 내부의 어둠을 극화하고 있음을 알 수 있다. 노인의 아들들은 '바다에 진주 캐러' 갔고, '해녀와 사랑을' 속삭인다. 이 두절은 노인의 외로운 죽음과 첨예하게 대립함으로써, 고독감을 강화한다. '……갔다는', '……속삭인다는'이라는 한스런 어조에서도 이 점은 뚜렷하다. 노인의 보람이요 꿈이라고 할 수 있는 아들들은 그의 곁에 없을 뿐 아니라, 환상적인 목표를 찾아 떠나가 버린 한낱 '풍문의 육친'에 불과한 것이다. '이 밤에사'라는 강세 조사에서 우리는 죽음에 마주선 한 인간의 보람 없는 기대와 한을 발견한다.

결국 노인은 고독과 무명(정신적인 어둠) 속에서 운명하고, 외딴 집의 '개'만이 텅 빈 삶의 공간을 짖는다. 작자는 일련의 효과적인 대립을 통해, 그리고 독자의 상상적 체험을 유도하는 상황 설정에 의해 이러한 의미체 조직에 성공하고 있다. 그리하여 이 작품은 특수화된 한 삶의 이야기이면서, 윤동주가 일찍부터 추구해 온 '삶의 무상성과 어둠'이라는 일반적 주제에 연결되는 것으로 보인다.

습작기 윤동주 시의 또 한 가지 주제는 생활 속에서의 괴로움이다. 그 괴로움이 어디에서 연유하는 것인가는 이렇다 할 증거를 찾기 어려우나, 당시의 사회 현실을 포함한 일상적 삶에 대한 회의, 청년기의 정신적 방황, 고향을 떠난 일종의 상실감, 그리고 연전에 다닐 무렵 겪었다는 종교적인 동요 등이 지적될 수 있겠다. 〈장〉(1937, 봄)이라는 작품을 보면 다음과 같은 구절이 눈에 뜨인다.

> 가난한 생활을 골골이 벌여 놓고
> 밀려가고 밀려오고……
> 저마다 생활을 외치오…… 싸우오.
>
> 왼 하로 올망졸망한 생활을
> 되질하고 저울질하고 자질하다가
> 날이 저물어 아낙네들이
> 쏜 생활과 바꾸어 또 이고 돌아가오.

— 〈장〉 중에서

일상적 삶이나 외부에 대한 이 같은 회의가 적극적 추구의 방향을 택하지 않을 때, 남는 길은 개인적인 명상과 괴로움이다. 윤동주가 습작기 작품에서 보여 주는 것은 후자의 경향이다. 그리하여 이 무렵의 작품에서 우리는 적지 않은 수의 '밀실 이미지' 내지 이에 상응하는 작품 배경을 보게 되는데, 이것은 김열규 교수가 지적한 '광장 공포증'과도 관계가 있다(다만 이를 윤동주 시의 지배적 경향으로 본 것은 의문의 여지가 있다. 후기 시의 많은 작품들은 이러한 심리적 압박을 극복하기 때문이다).

물론 이 용어에는 몇 가지 유보 조건이 따른다. '밀실'이란 닫혀진 개인적 공간에만 국한되지 않고, 사회적·역사적 관련을 차단 또는 완화하기 위한 장소까지 포함하며, '공포증' 또한 무슨 대단한 신경증을 뜻하는 것은 아니다. 우리는 이것을 차라리 '개인적인 번민과 방황의 내부 의식'이라고 대범하게 부르는 것이 좋을 것 같다.

이 부류에 속하는 시편들은 광명중학 시절(1937년)의 것들로서 좋은 작품이 별로 없다. 대부분이 너무나도 일기적이고, 의미의 형상화를 위

한 구성에 실패했기 때문이다. 바꿔 말하면, 자아와 세계의 긴장을 응시
하려는 뚜렷한 주제 의식도, 시적 감수성도 희박했다고 본다. 그런대로
정돈된 대표 작품은 〈산골 물〉이 아닌가 한다.

괴로운 사람아 괴로운 사람아
옷자락 물결 속에서도
가슴속 깊이 돌돌 샘물이 흘러
이 밤을 더불어 말할 이 없도다.
거리의 소음과 노래부를 수 없도다.
그신 듯이 냇가에 앉았으니
사랑과 일을 거리에 맡기고
가만히 가만히
바다로 가자,
바다로 가자.

— 〈산골 물〉 전문

연희전문에 입학하는 1938년경부터 윤동주의 시는, 아직 직설적인
자전적 성격을 지니면서도, 막연한 방황 의식으로부터의 탈피를 지향하
며 어느 정도 성공한다. 〈새로운 길〉(1938. 5. 10)은 그러한 의지를 엿보게
하는 작품이다. 보다 뚜렷한 자각과 시적 역량을 드러낸 것으로 〈사랑의
전당〉(1938. 6. 19) · 〈자화상〉(1939. 9) · 〈소년〉(1939) 등의 시편들이 있다.

순順아 너는 내 전殿에 언제 들어왔던 것이냐?
내사 언제 네 전에 들어갔던 것이냐?

우리들의 전당은

고풍古風한 풍습이 어린 사랑의 전당

순아 암사슴처럼 수정水晶 눈을 내려 감아라.
난 사자처럼 엉클린 머리를 고루런다.

우리들의 사랑은 한낱 벙어리였다.

성스런 촛대에 열熱한 불이 꺼지기 전
순아 너는 앞문으로 내달려라.

어둠과 바람이 우리 창窓에 부닥치기 전
나는 영원한 사랑을 안은 채
뒷문으로 멀리 사라지련다.

이제 네게는 삼림 속의 아늑한 호수가 있고
내게는 험준한 산맥이 있다.

― 〈사랑의 전당〉 전문

　여기의 '순'이 어떤 실재 인물과 관계가 있는가는 확실치 않다. 〈소년〉·
〈눈 오는 지도〉 등에도 '순', '순이'가 나오는데, 작품의 맥락으로 보아 이
이름들은 어떤 구체적 인물이기보다 그리움의 대상이라는 일반적 의미
로 여겨진다. 그런 뜻에서 '순', '순이'는 이상화의 '마돈나'와 흡사한 상징
적 존재다. 주목되는 것은 〈나의 침실로〉에서 이상화가 외계와 차단된 생
명의 밀실로 '마돈나'를 불러들이는데 비해, 위의 작품에 보이는 윤동주
의 지향은 상반되는 의지를 보인다는 점이다.
　'사랑의 전당'은 안주해야 할 귀착점이 아니라 '순'과 결별해야 하는 운

명의 분기점으로 제시된다. '어둠과 바람이 우리 창에 부닥치기 전'에, 그리하여 '성스런 촛대에 열한 불이 꺼지기 전'에(이 부분의 빛—어둠의 이미지에 주의하자), '나'와 '순'은 정반대의 길을 나서야 한다. 이때 '순'은 하나의 고유 명사가 아니라 '유년의 평화, 애정, 안식의 세계' 등의 함축을 포함하는 상징적 이름이 된다.

다음 구절은 이러한 안주의 포기가 불가피함을 깨달은 아픈 자기 인식이며, 내면적 명상과 방황에서 벗어나 험준한 개인적·사회적 상황에 직면해야 함을 느끼는 성인적 자각을 보여 준다.

> 이제 네게는 삼림 속의 아늑한 호수가 있고
> 내게는 험준한 산맥이 있다.

그러나 이러한 자각이 순탄하게 얻어지거나 지속되는 것은 아니었다. 이 무렵의 윤동주는 여러 가지 문제(예컨대 종교, 식민지 현실, 교우 관계 등)에 회의와 번민을 거듭했던 것이 그의 산문에서 입증된다. 시에 있어서도 환상적 동경(〈소년〉), 자기 혐오·연민의 갈등(〈자화상〉), 종교적 회의(〈팔복〉), 민족 현실의 자각(〈슬픈 족속〉) 등 여러 지향이 분열된 채 갈등하며, 작품으로서의 성공은 몇 편을 제외하고는 보기 어렵다.

이러한 주제들이 보다 집약된 의미의 틀을 찾아 결합되고, 시적 호소력을 강화하게 되는 것은 다음 시기의 《하늘과 바람과 별과 시》 수록 작품에 와서 뚜렷해진다.

전체적으로 보아 그의 '습작기' 시들은 초기 시의 관심을 재생·확대하면서 여러 방향으로 모색과 방황을 거듭한 자전적 기록이라 할 수 있으며, 여기서 뿌려지고 싹튼 많은 문제들은 다음 시기의 결실을 기다려야 했던 것 같다.

《하늘과 바람과 별과 시》: 1941~1942년

연전 졸업반이 되던 1941년, 윤동주는 주로 이 해에 씌어진 작품 19편을 모아《하늘과 바람과 별과 시》라는 시집을 출간하려 했다. 현재 정음사 간으로 나온 동명同名 시집의 1부가 이것이다.

뜻은 이루어지지 않았으나, 그가 이들 작품에 자기 시작 활동의 중간 결산이라는 의미를 두고 공간하려 했던 것은 쉽게 짐작할 수 있다. 결과적으로 이것은 그가 발표를 결심한 유일한 자선 시집인 셈인데, 작품 수준에 있어서도 가장 우수한 것들로 이루어져 있다. 그 이후 씌어진 7편까지 묶어 함께 검토하기로 한다.

가장 먼저 눈에 띄는 것은 종교적 배경 내지 발상을 지닌 작품들이다. 여기 해당되는 것으로는 〈새벽이 올 때까지〉(1945. 5)·〈태초의 아침〉(1941)·〈십자가〉(1941. 5. 31) 등이 있다. 본시 기독교적 분위기에서 성장하고 공부한 그로서는 당연한 것이라고도 하겠으나, 이전의 작품에는 종교적 패러디를 주제로 한 〈팔복〉 정도가 있었을 따름이니 특이한 변모라고 생각된다. 시작상의 이 변화는 연희전문 재학 초기에 겪었다는 종교적 번민이 어느 정도 극복된 결과가 아닐까 한다.

이들 중에서 발상의 구조 자체가 기독교적이라고 할 수 있는 것은 〈새벽이 올 때까지〉다.

> 다들 죽어 가는 사람들에게
> 검은 옷을 입히시오.
>
> 다들 살아가는 사람들에게
> 흰옷을 입히시오.
>
> 그리고 한 침대에

가즈런히 잠을 재우시오.

다들 울거들랑
젖을 먹이시오.

이제 새벽이 오면
나팔 소리 들려 올 게외다.

— 〈새벽이 올 때까지〉 전문

이 작품을 지배하고 있는 것은 기독교적 종말론이다. 역사의 장 속에서 이루어지는 상이한 양상의 모든 삶은 결국 인간의 맹목적이고도 어리석은 의지의 소산이라고 보는 것이 화자의 입장이다. 이 점은 특히 4연에서 '사람들'이 젖먹이 어린애와 동일시되는 것으로 입증된다. 이러한 혼탁의 인간 역사는 어둠이며, 그 종말은 '새벽'이다. 이때 들려 오리라는 '나팔 소리'는 성서적 상징에 유래하는 역사 심판의 나팔 소리라고 생각된다.

어떤 해석자의 견해처럼 이 작품의 세부를 분해해서 '죽어 가는 사람들'을 '지조를 지키며 죽어가는 사람'으로, '살아가는 사람들'을 '지조를 팔아먹고 사는 사람'으로 그리고 젖을 먹이는 행위는 이 두 부류의 사람을 모두 보살피는 '모성애'로 보는 것(문익환, 전게 논문)은 지나친 도식적 해석이다. 다만 이러한 종말론적 세계관이 정신적 방황을 극복하려는 윤동주의 치열한 노력의 일부요, 거기에 식민지의 '어둠'에 대처한 젊은이의, 미래에 대한 의지가 일치되어 있음은 수긍할 수 있을 것이다.

〈십자가〉의 후반은 초기 시에 나타났던 자기 희생의 문제를 다시 도입하면서, 자아와 세계와의 관계를 어떻게 맺을 수 있는가 모색한다.

괴로웠던 사나이,

행복한 예수 그리스도에게

처럼

십자가가 허락된다면

모가지를 드리우고

꽃처럼 피어나는 피를

어두워 가는 하늘 밑에

조용히 흘리겠습니다.

—〈십자가〉 중에서

지금까지의 분석에서 보아 왔듯이 윤동주가 성인의 관점에서 본 세계는 '어둠·모순'이요, 기독교적인 의미에서 죄의 삶이며, 정치적으로는 식민지다. 한마디로 말해서 자아와 갈등하는 현장인 것이다. 예수가 괴로우면서도 '행복'했다고 보는 것은 이러한 갈등을 적극적 응전에 의한 자기 희생으로 극복하고, 세계 내에서의 행동의 의미를 획득했기 때문이다. 마지막 연에서 보듯이 윤동주는 어두운 사회적·정신적 기후 속에서 가능한 선택이란 '십자가'임을 깨닫고 있다.

이 시기의 작품에 두드러진 또 하나의 큰 주제는 반성적 자기 인식과 이에 따른 혐오·연민이다. 〈자화상〉이 이미 이러한 주제로 앞서 나온 바 있거니와, 다음과 같은 예에서 이 문제가 윤동주에게 얼마나 절실한 것이었는가를 알 수 있다.

한 번도 손들어 보지 못한 나를

손들어 표할 하늘도 없는 나를

어디에 내 한 몸 둘 하늘이 있어
나를 부르는 것이오.

— 〈무서운 시간〉 중에서

바람이 부는데
내 괴로움에는 이유가 없다.

내 괴로움에는 이유가 없을까,

단 한 여자를 사랑한 일도 없다.
시대를 슬퍼한 일도 없다.

— 〈바람이 불어〉 중에서

지조 높은 개는
밤을 새워 어둠을 짖는다.

어둠을 짖는 개는
나를 쫓는 것일 게다.

— 〈또 다른 고향〉 중에서

돌담을 더듬어 눈물짓다
쳐다보면 하늘은 부끄럽게 푸릅니다.

— 〈길〉 중에서

인생은 살기 어렵다는데
시가 이렇게 쉽게 씌어지는 것은

부끄러운 일이다.

—〈쉽게 씌어진 시〉 중에서

이왕의 윤동주론에서 많이 지적된 바이지만, 위의 예에서 읽을 수 있는 그의 자기 인식은 '부끄러움'이다. 맑고 순수한(그리고 흔히 도덕적 원천으로 생각되는) 하늘에 대해서, '지조 높은 개'에 대해서, 삶의 어려움에 대해서 그는 부끄러워하고 괴로워한다.

그러면 부끄러운 이유는 무엇일까? 두 번째 인용에서 보는 바와 같이 '한 여자를 사랑한 일도', '시대를 슬퍼한 일도' 없기 때문일까? 그의 생애와 시를 읽으면 '아니'라고 대답할 수 있다. 그의 부끄러움은 자신의 남다른 결벽에서 오는 것 같다. 정병욱 교수의 증언이 이를 뒷받침한다.

외유내강, 동주 형을 아는 분이라면 누구나 그를 이렇게 표현하는 데 이의가 없을 것이다. 그는 대인 관계에서 모가 나는 일이 없었고 따라서 적이 없었다. 누구도 그를 지탄하고 싫어하는 사람은 없었다. 그러나 그는 자신에게는 엄격하였다. 남을 이해하고 용서하고 변명하는 일에는 너그러웠지마는 스스로를 용서하는 일은 없었다.

—〈인간 동주의 편모〉(정병욱,《크리스챤문학》 5집) 중에서

그런 의미에서, 다음의 말은 윤동주의 이해에 유익하다.

동주는 깊은 애정과 폭 넓은 이해로 인간을 긍정하면서도, 자기는 회의와 일종의 혐오로 자신을 부정하는 괴벽한 휴머니스트다. 남에 대한 애정은 곧 자신에 대한 자학으로 변모하는 그의 인생관이 시작에도 여러 군데 나타나고 있다.

—〈인간 윤동주〉(장덕순,《하늘과 바람과 별과 시》, 1968) 중에서

그의 '부끄러움'은 따라서 일상적 의미의 차원에 속한 것이기보다, '죽는 날까지 하늘을 우러러/한 점 부끄럼이 없기를'(《서시》)에서 볼 수 있는 바와 같이 자기 자신의 엄격한 순수에의 지향에 대한 현실적 자아의 부끄러움이다.

이와 같은 여러 주제가 시대 현실에 대한 의식과 결합하여 하나의 전인격적인 체험으로 되고, 그것이 오랜 각고 끝의 시적 조형을 거쳐 작품화함으로써 윤동주의 시는 이 무렵 탁월한 성과를 이룬다. 〈눈 오는 지도〉·〈또 다른 고향〉·〈별 헤는 밤〉·〈서시〉·〈간〉·〈참회록〉 등이 그것이다. 이들은 다음 장에서 상론되겠지만, 그 의식의 밀도와 구조에 있어 근대 한국 시의 한 정점이다.

1942년 봄 윤동주는 도쿄로 갔고, 릿쿄 대학 영문과에 입학했다. 이국 땅, 외지의 생활 속에서 그는 무척 고독했던 것 같다. 이때 씌어진 〈흰 그림자〉·〈흐르는 거리〉·〈사랑스런 추억〉 등은 모두 뼈아픈 상실감을 바탕으로 하고 있다.

으스름히 안개가 흐른다. 거리가 흘러간다. 저 전차, 자동차, 모든 바퀴가 어디로 흘리워 가는 것일까? 정박할 아무 항구도 없이, 가련한 많은 사람들을 싣고서, 안개 속에 잠긴 거리는,

— 〈흐르는 거리〉 중에서

봄은 다 가고—동경東京 교외 어느 조용한 하숙방에서, 옛거리에 남은 나를 희망과 사랑처럼 그리워한다.

오늘도 기차는 몇 번이나 무의미하게 지나가고,

오늘도 나는 누구를 기다려 정거장 가차운 언덕에서 서성거릴 게다.

─아아 젊음은 오래 거기 남아 있거라.

─ 〈사랑스런 추억〉 중에서

이러한 상실감이 단순한 감상에 빠져 들지 않고 자기 성찰의 높이에까지 도달한 것이 현존하는 그의 최후작 〈쉽게 씌어진 시〉다. '시인이란 슬픈 천명'에 마주서서 '인생은 살기 어렵다는데/시가 이렇게 쉽게 씌어지는 것은/부끄러운 일'이라는 담담한 진술은 극도로 투명한 자의식의 소산이다.

그리하여 이 작품 전체, 그중에서도 특히 다음 부분은 시가 시인 자신의 자전적 기술이면서도 적절한 상황설정과 조직에 의해 공감적인 체험의 단위로 독자에게 육박해 오는 예를 보여 준다.

육첩방은 남의 나라
창 밖에 밤비가 속살거리는데,

등불을 밝혀 어둠을 조금 내몰고,
시대처럼 올 아침을 기다리는 최후의 나,

나는 나에게 작은 손을 내밀어
눈물과 위안으로 잡는 최초의 악수.

─ 〈쉽게 씌어진 시〉 중에서

'나'를 둘러싼 상황은 '육첩방'이라는 상징적 어휘로 간결하게 제시된다. 이 경우의 방은 평화의 공간이 아닌, '나'를 구속하는 한계 상황이며 '어둠'의 등가물이다. 그것은 '남의 나라'이기 때문이다.

다음 연은 초기 시부터 계속되어 온 '빛─어둠'의 이미지를 보여 준다.

'어린 때 동무를/하나, 둘, 죄다 잃어버리고', 고향도 조국도 잃은 그에게 세계는 '어둠'이며, 그 어둠을 '조금' 내몰아 버티면서 '시대처럼 올 아침'을 기다리는 것이다. 이것을 뒤집어서 '아침처럼 올 시대'라 해도 좋을 것이다. 그가 기다리는 아침은 종말론적인 의미와 민족적인 의지를 모두 내포한다.

그러나 윤동주에게 찾아온 것은 보다 견고한 방, 감옥과 무덤이었으며 그를 둘러싼 어둠은 죽음의 회복될 수 없는 어둠이 되었다. 그는 어둠에 맞선 등불로서 죽었고, 죽음으로써 고뇌를 완성한 별이 되었다.

Ⅲ. 윤동주 시의 세계와 의미

위에서 우리는 윤동주의 시를 연대순으로 개관하면서 그의 주제, 이미지 및 기타의 시적 특징이 어떻게 나타나고 변모하는가를 살폈다. 어느 시인도 그러하겠지만, 이 변모의 흐름은 극히 복잡 다기한 양상을 지닌다.

우리가 한 시인의 작품 전체를 이해하기 위해서는, 그의 시적 편력을 이해 가능한 질서의 체계(들)로 묶을 필요가 있다. 이 작업이 성공적으로 이루어질 때, 한 시인의 작품들은 분산된 각각의 단편斷片들이 아니라 시인의 창작 행위 전체를 포괄한 '시 세계'의 형성에 참여하는 유기적 일부가 된다. 역으로 잘 파악된 시 세계는 개개의 작품에 보다 확실하고 깊은 의미의 맥락을 부여한다.

위의 것이 시 세계의 내적 기능이라면, 또한 시 세계는 시인이 처한 역사적·사회적·정신적 상황과 상호 교섭하는 외적 기능을 가진다고 하겠다.

이러한 입장에서, 윤동주의 작품들이 지닌 다양한 특징을 일련의 대립과 지양의 운동으로 질서화해 보자. 앞서의 연대적 고찰에서 어느 정도 윤곽이 드러나 있지만, 그의 시를 지배하는 두 개의 핵은 '화해의 세계'와 '갈등의 세계'다. 그리고 둘 사이의 대립을 발전적으로 지양한 것이 1941년 이후의 후기 시에 드러나는 '긴장'이다. 이를 검증·해석하면서 각각의 국면에서 윤동주가 거둔 뛰어난 성과를 분석해 보기로 한다.

화해의 세계

인간이 외계(자기의 반성적 자아를 포함하여)와의 관계에 있어 어떤 모순이나 괴리 또는 의문을 느끼지 않고, 따라서 자아와 환경이 조화로운 안정을 유지하는 세계—그것을 화해의 세계라고 할 수 있다. 성인이 실제로 이러한 세계를 체험하는 일은 극히 희유한 순간뿐이며, 아마도 우리는 모태 속에서나 유년기에만 그것을 지속적으로 느낄 것이다.

그럼에도 불구하고 수많은 문학 작품이 화해의 세계를 절실하게 그리고 있음은 무슨 까닭인가? 우리의 삶은 꿈을 필요로 하기 때문이다. 그리하여 초기의 이상화는 '부활의 동굴'을, 임화는 마르크시즘을, 신석정은 목가적 전원을 부르는 것이다. 윤동주가 추구한 것은 동화적인 화해의 세계였다. 그의 동시에서, 그리고 다른 작품들의 곳곳에서 우리는 유년의 평화와 아름다움에 대한 집착을 발견한다.

"뾰, 뾰, 뾰,
엄마 젖 좀 주"
병아리 소리.

"꺽, 꺽, 꺽,
오냐 좀 기다려"
엄마 닭 소리.

좀 있다가
병아리들은
엄마 품속으로
다 들어갔지요.

— 〈병아리〉 전문

똑, 똑, 똑,
문 열어 주세요
하룻밤 자고 갑시다
　　밤은 깊고 날은 추운데
　　거 누굴까?
문 열어 주고 보니
검둥이의 꼬리가
거짓부리한걸.

— 〈거짓부리〉 중에서

　이와 같은 예는 다른 작품에서도 많이 발견된다. 〈겨울〉·〈기왓장 내외〉·〈빗자루〉·〈조개 껍질〉·〈햇비〉·〈봄〉·〈버선본〉·〈참새〉·〈눈〉·〈햇빛·바람〉·〈귀뚜라미와 나와〉·〈산울림〉 등이 모두 어린이 화자를 통해 따뜻한 애정 어린 평화로운 삶을 노래한다. 이러한 세계상이 가장 탁월하게 형상화된 작품으로 〈반딧불〉이 있다.

　가자 가자 가자
　숲으로 가자
　달 조각을 주으러
　숲으로 가자.

그믐밤 반딧불은

부서진 달 조각,

가자 가자 가자

숲으로 가자

달 조각을 주으러

숲으로 가자.

—〈반딧불〉 전문

  작품의 구조는 극히 단순하다. 3연은 1연의 반복이며, 그 내용 또한 '숲으로 가자'는 단순한 부름의 되풀이에 불과하다. 이 단순한 구도 속에 빛나는 것이 둘째 연이다. 어두운 그믐밤 숲 속에 반짝이는 반딧불을 어린이는 '부서진 달 조각'으로 본다. 어린 눈만이 읽어 낼 수 있는 특수한 사물 인식이다.

  이 세계에서는 모든 것이 동화적인 연쇄 속에 친근하다. 죽음도, 미움도, 의심도, 삶의 불안도 그의 의식 속에는 존재하지 않는다. 어린이의 시선 속에서 세계는 단순하고 평화로운 곳이며, 반복되는 '가자'는 단순한 대칭 구조를 바탕으로 자장가와도 흡사한 율동감과 안정감을 부여한다.

  그러면 이 세계의 의미는 무엇인가?

  그것은 역사의 시공에서 벗어난 세계로서, 특정한 역사의 시점이나 지리적 위치는 이곳과 아무런 관계가 없다. 말하자면 시간이 정지한 초역사적 공간인 셈이다.

  한 가지 더 지적한다면, 윤동주가 그린 이 세계는 '있어야 할' 미래의 세계가 아니라, '이미 있었던' 과거의, 회복될 수 없는 세계라는 점이다. 대부분의 유토피아는 미래 지향적이며, 따라서 현실적 갈등과의 상승에 의해 점점 강화된다.

이에 비해 윤동주의 경우는 '회복 불가능한 유년'에 대한 과거 지향적 꿈이 유토피아를 대신한다. 그가 추구하는 '화해의 세계'는 자아가 성숙함에 따라, 현실의 도전이 더해짐에 따라 점점 더 먼 것이 될 수밖에 없는 비극적인 것이다. 그의 다른 시편에 두드러지게 나타나는 고뇌는 이 점에도 한 이유가 있는 것 같다.

그리하여 윤동주의 동시는 현실과 맞선 반세계를 견고하게 구축·유지하는 데에 성공하지 못하고(물론 이것은 시적 성공 여부와는 관계없다), 다음에 보는 바와 같이 삶의 고뇌가 개입함으로써 화해로운 세계는 의문의 시선 속에 흔들린다.

> 빨랫줄에 걸어 논
> 　　요에다 그린 지도
> 지난밤에 내 동생
> 　　오줌싸 그린 지도
> 꿈에 가본 엄마 계신
> 　　별나라 지돈가?
> 돈 벌러 간 아빠 계신
> 　　만주 땅 지돈가?
>
> 　　　　　　　　　　　— 〈오줌싸개 지도〉 전문

여기 나타난 화자도 어린이지만, 앞에 본 화자들과는 다른 상황을 지니고 있다. 그의 어머니는 죽어서 '별나라'에 있고, 아버지는 돈 벌러 '만주'에 가 있다. 이러한 상황 설정은 작품을 특정한 '역사의 시간' 속에 끌어넣는다. 그 시간은 말할 것도 없이, 식민 통치의 착취 속에 겪는 민족 수난의 시대다. 화자는 어린이이므로 그것을 모르며 자신의 불행을 통한히 여기지도 않는다.

이 동시가 강렬한 호소력을 발휘하는 것은 바로 이 때문이다. 오줌으로 얼룩진 요라는 회화적 사물을 보고 천진스럽게 자문하는 두 개의 물음은 동심의 낙천적인 순수함과 처절한 개인적·민족적 현실을 충돌시킨다.

정도의 차이는 있으나 〈무얼 먹고 사나〉·〈편지〉·〈애기의 새벽〉·〈해바라기 얼굴〉 등에서도 삶의 어려움, 죽음 등의 어두운 그림자가 어린이의 의식을 침투해 들어온다.

    누나의 얼굴은
        해바라기 얼굴
    해가 금방 뜨자
        일터에 간다.

    해바라기 얼굴은
        누나의 얼굴
    얼굴이 숙어들어
        집으로 온다.

                                    ― 〈해바라기 얼굴〉 전문

외계의 사물들은 이제 자명한 평화의 연쇄를 이루지 못한다. 오히려 어린이의 '해바라기'라는 사물과 '누나의 얼굴'을 유추하면서 생활 속의 그늘을 느낀다. 화해의 세계는 삶과 역사의 문제가 밀려들어 옴으로써 그 초월성도 평화도 상실하는 것이다. 이러한 변화는 앞의 논증에서 이미 예견되었다. 윤동주의 유토피아는 '있어야 할' 세계가 아니라 '있었던' 세계이기 때문에 소극적인 꿈으로서, 현실적 갈등의 도전에 따라 점차 약화되고 뒤흔들릴 수밖에 없다. 위에 본 〈오줌싸개 지도〉류의 작품들이 바로 그러한 필연성의 소산이다.

그러나 〈오줌싸개 지도〉 계열의 동시는 화해의 세계도 갈등의 세계도 아닌 과도적 성격을 지녔기에 조만간에 복원 또는 해체되어야 할 것이었다. 성인이 다시 유아기나 태내로 되돌아갈 수 없듯이 일단 의문의 시선 속에 흔들린 세계의 화해로움은 복원되기 어렵다. 가능한 길은 현실이 주는 갈등의 세계로 들어가는 것이다. 일단 이러한 방향을 선택할 때, 동시라는 형식은 포기될 수밖에 없다. 화해의 세계를 노래하는 데 있어 어린이 화자, 유아적인 화법, 단순하고 규칙적인 리듬 등은 적절한 것이었지만, 분열과 갈등의 삶을 투시하려는 입장에서 그것은 너무나도 여린 도구이거나 인식의 질곡이 되기 때문이다. 윤동주는 그리하여, 화해로운 세계의 평화도 율동적인 형식도 잃고 갈등의 세계로 들어간다.

갈등의 세계

화해의 세계와는 반대로, 인간이 자아의 내부에서, 그리고 외계와의 관계에서 모순·분열·의문을 느낄 때, 그 세계를 갈등의 세계라고 부를 수 있다.

동시에서 벗어난 윤동주는 초기 시의 이미지를 확장하면서, 자신이 속한 정신적·사회적 현실의 여러 모습을 응시한다. 이때 그에게 부딪쳐 오는 근원적 어둠으로 상징되는 상실감과 아픔이다. 이 세계에 등장하는 그의 화자를 보더라도 동시적 세계와의 차이는 뚜렷하다.

대부분의 작품들이 윤동주 자신의 모습이라고 볼 수 있는 현실적 자아와 반성적 자아 사이에, 개인과 외계 사이에 극복되기 어려울 만큼 도저한 거리가 있음을 말해 준다. 그리하여 '부끄러움·미움·동경·번민·상실·남의 나라·슬픔·고립' 등의 감정이 작품의 도처에 가득 차 있다. 이러한 관점에서 인식된 세계는 '존재—어둠', '삶—불안', '행동—방황' 등으로 요약된다. 이와 같은 세계관을 성공적으로 묘출한 몇 개의 예를 보기로 한다.

> 붉은 이마에 싸늘한 달이 서리어
> 아우의 얼굴은 슬픈 그림이다.
>
> 발걸음을 멈추어
> 살그머니 앳된 손을 잡으며
> "늬는 자라 무엇이 되려니"
> "사람이 되지"
> 아우의 설은 진정코 설은 대답이다.
>
> 슬며시 잡았던 손을 놓고
> 아우의 얼굴을 다시 들여다본다.
>
> 싸늘한 달이 붉은 이마에 젖어
> 아우의 얼굴은 슬픈 그림이다.

— 〈아우의 인상화〉 전문

　어린 아우의 세계에는 아무 의문이나 번민이 없다. '슬픔'은 천진한 어린이가 장차 겪어야 할 성인의 고뇌를 느끼는 데서 온다. 어린 눈에 비치는 화해롭고 자명한 세계가 시간의 흐름 속에서 퇴색하고, 마침내는 분쇄되리라는 깨달음이 '슬며시 잡았던 손을 놓고/아우의 얼굴을 다시 들여다'보게 하는 것이다. 이 행동 속에는 영원할 수 없는 유년의 평화에 대한, 자신의 잃어버린 안온함에 대한, 그리고 삶의 흐름 속에서 고난을 겪어야 하는 인간 조건에 대한 슬픔이 깃들어 있다.
　세계를 어두운 갈등의 장으로 느끼는 인식 태도는 Ⅱ장에서 본 바와 같이 생활 현실이나 민족적 자각 등에서도 나타나지만, 가장 뚜렷하게 그리고 반복적으로 드러나는 것은 자기 자신에 대한 반성적 의식에서다. 자신에 대한 미움과 연민, 혐오와 애착이 교차하는 내부적 갈등(〈자화상〉·〈참회록〉)은 그의 시 세계에 속하면서, 또한 어두운 시대에 '시인이란 슬픈 천명'을 가진 젊은이의 체험적 갈등과 조응한다.

이 '갈등의 세계'는 다음 예에서 보는 바와 같이 천지 창조를 배경으로 하여 삶의 원초적인 조건으로까지 인식된다.

봄날 아침도 아니고
여름, 가을, 겨울,
그런 날 아침도 아닌 아침에

빠알간 꽃이 피어났네,
햇빛이 푸른데,

그 전날 밤에
그 전날 밤에
모든 것이 마련되었네,

사랑은 뱀과 함께
독毒은 어린 꽃과 함께.

— 〈태초의 아침〉 전문

이 작품의 시각에 의하면, 세계는 근원적인 모순을 포함한 채 창조된 것이다. 셋째 연에서 볼 수 있듯이 태초에 '모든 것'이 마련되었다. '사랑'과 '뱀', '독'과 '꽃'은 이 세계를 구성하는 제반 갈등과 대립의 상징적 표현이다. 윤동주의 종교적 회의기에 씌어진 것이 아닌가 생각되는 이 작품은 앞에 본 개인적·사회적 차원의 '갈등의 세계관'과 호응하는 시선을 보여 준다.

이제까지 논의된 바를 종합하면, 동시 이후의 윤동주 시는 사회적(민족적)인 차원에서, 의식의 내부에서, 세계관에서 분열과 갈등을 공통 분모로 하고 있다. 그러면 이와 같은 시 세계가 가진 체험적 의미는 무엇인가? 이 물음은 그가 살았던 개인적·역사적 시점에 대한 검토를 요청한다.

윤동주가 이들 작품을 쓴 시기는 20세기 전후한 4~5년이다. 이때 그는 생장지인 간도를 떠나 외지에서 생활했고, 종교적인 회의를 겪었다.

어린 시절의 추억이 담긴 고향에 대한 향수는 그의 산문 〈달을 쏘다〉에 언급된 바 있으며, 종교적 회의도 친지들의 회고가 말해 준다. 그는 교우 문제에 있어서도 남다른 예민함으로 회의적이었다. 이러한 여러 사실은 불충분하나마, 매우 불안정한 시기를 바탕으로 그의 시가 씌어졌음을 입증한다. 수필 〈별똥 떨어진 데〉를 보면 당시 윤동주의 정신적 상황이 어떠했는가를 알 수 있다.

밤이다.

하늘은 푸르다 못해 농회색으로 캄캄하나 별들만은 또렷또렷 빛난다. 침침한 어둠뿐만 아니라 오삭오삭 춥다. 이 육중한 기류 가운데 자조(自嘲)하는 한 젊은이가 있다. 그를 나라고 불러 두자.

……나는 도무지 자유스럽지 못하다. 다만 나는 없는 듯 있는 하루살이처럼 허공에 부유하는 한 점에 지나지 않는다. 이것이 하루살이처럼 경쾌하다면 마침 다행할 것인데 그렇지를 못하구나!

……

이제 닭이 홰를 치면서 맵짠 울음을 뽑아 밤을 쫓고 어둠을 짓내몰아 동켠으로 훠언히 새벽이란 새로운 손님을 불러온다 하자. 하나 경망스럽게 그리 반가워할 것은 없다. 보아라 가령 새벽이 왔다 하더라도 이 마을은 그대로 암 담하고 나도 그대로 암담하고 하여서 너나 나나 이 가랑지길에서 주저주저 아 니치 못한 존재들이 아니냐.

—〈별똥 떨어진 데〉 중에서

이처럼 세계 내에서의 정향定向을 잃은 방황이 그의 체험을 구성하는 안짝이었다고 한다면, 당시의 시대적 현실은 그 바깥짝이었다. 망명의 땅 간도, 잃어버린 나라, 그리고 '흰 띠가 가는 허리를 질끈' 동인 사람들 이 그를 둘러싼 공간이었다.

결국 윤동주가 처한 상황은 안과 밖이 모두 '어둠'이었다고 요약할 수 있다. 그에게는 어느 면에서건 정향이 불가능했고, 따라서 그는 '뿌리 뽑 혀진' 영혼이었다. 유년의 화해에서 나와 성숙해 가는 눈으로 본 세계가 '갈등의 세계'였다는 것은 개인과 사회의 고뇌가 하나의 통일된 체험으 로 집약된 결과라고 할 수 있다. 이에 속하는 시편들을 대표하는 뛰어난 작품이 〈또 다른 고향〉이다.

고향에 돌아온 날 밤에
내 백골白骨이 따라와 한 방에 누웠다.

어두운 방은 우주로 통하고
하늘에선가 소리처럼 바람이 불어온다.

어둠 속에 곱게 풍화작용風化作用 하는
백골을 들여다보며
눈물짓는 것이 내가 우는 것이냐

백골이 우는 것이냐
아름다운 혼(魂)이 우는 것이냐

지조 높은 개는
밤을 새워 어둠을 짖는다.

어둠을 짖는 개는
나를 쫓는 것일 게다.

가자 가자
쫓기우는 사람처럼 가자
백골 몰래
아름다운 또 다른 고향에 가자.

—〈또 다른 고향〉 전문

　이 작품은 해석상 상당히 어려운 부분을 가지고 있다. '나', '백골', '아름다운 혼'이 바로 그것으로서, 이들을 적절히 파악하지 못하면 오독을 면할 수 없다. 이런 경우 흔히 심리학의 용어를 편리하게 원용하는데, 도식적 해석이 될 우려가 있다고 보고 작품 내의 맥락을 통해 설명하고자 한다.

　가장 중요한 열쇠는 맨 끝 연이다. '아름다운 또 다른 고향'에 가기 위해서는 '백골 몰래' 가야 한다는 것으로 보아, '백골'은 '아름다운 혼'과 대립하면서 또한 그것을 제약하는 것임을 알 수 있다.

　그러면 '아름다운 혼'은 무엇인가? 이 시의 문맥을 통해 검토해 보면, 나를 따라온 '백골'이 누운 육신의 고향(북간도)에 안주할 수 없는 영혼, 진실로 평화와 광명이 있는 다른 세계를 갈구하는 정신이다. 육신의 고향은 둘째 연에 보이듯이 '어둔 방'이며, '하늘에선가 소리처럼 바람이 불어'오는 음산하고 불안한, 따라서 고향이라고 느껴지지 않는 곳이다. 이러한 대립에서 드러나는 바, '백골'은 어떤 초월적 세계의 추구를 제약하는 지상적·현실적 연쇄에 속한 존재임을 알 수 있다. '나'는 이 둘이 결합된 실존적 인간이며, 또한 이 둘의 갈등을 의식하는 자이다.

이렇게 볼 때, '백골 몰래/아름다운 또 다른 고향에 가자'는 구절은 육신이 속한 지상적·현실적 굴레를 벗어나서 '어둠'이 없는 화해로운 세계를 찾으려는 절실한 독백이라 생각된다. 윤동주의 수필에 이와 호응하는 다음 구절이 있다.

> 이제 나는 곧 종시終始를 바꿔야 한다. 하나 내 차에도 신경행, 북경행, 남경행을 달고 싶다. 세계 일주행이라고 달고 싶다. 아니 그보다도 진정한 내 고향이 있다면 고향행을 달겠다. 도착하여야 할 시대의 정거장이 있다면 더 좋다.
>
> — 〈종시〉 중에서(강조는 필자)

삶의 갈등 속에서 유년의 평화가 영속적일 수 없었듯이, 정신적 지주와 조국이 없는 그에게는 어디에도 고향이 없었던 것이다. 있는 것은 '어둠'으로 표상되는 갈등의 세계뿐이며, 그 어둠 속에서 삶의 굴레에 얽매인 백골은 소모되어(풍화 작용) 간다. 여기에 '지조 높은 개'가 짖는다. 이와 비슷한 예가 〈유언〉에도 나온 바 있는 데, 거기서 '개'는 외롭게 죽는 노인을 둘러싼 음산한 공간을 짖는다.

그러면 이 작품에서 '개'의 짖음은 무엇이며, 왜 '지조 높은' 것일까? '개'가 짖는 것은 삶의 근원적 어둠에 대한 치열한 거부의 행위라고 보기 때문이다. '밤을 세워 어둠을 짖는' 개의 처절한 의지는 '어둠' 속에 소모되는 백골을 보며 우는 '나'의 소극적 태도를 꾸짖는 것처럼 들린다. 작품에 무서운 시적 긴장을 주는 이 개 짖는 소리는 김윤식 교수의 적절한 지적처럼 "어둠이라는 조건 상황을 제거하고 결단을 촉구하는 거부의 목소리"《한국 근대 작가 논고》 p. 267)인 것이다.

〈또 다른 고향〉은 어둠의 세계와 '나' 사이, '백골'과 '아름다운 혼' 사이, 그리고 '나'와 '지조 높은 개' 사이의 갈등을 복합적으로 조직하여 형상화함으로써, 윤동주 개인의 체험을 보편적 공감의 장으로 끌어올렸다. 그런 의미에서 이 작품은 젊음의 방황과 식민지 시대의 어둠을 하나의 초점으로 융합하여 한국 현대시의 성공을 이룬 한 전형이다.

미완의 긴장

윤동주는 이렇게 고향을 잃은 어둠 속에 방황과 갈등을 거듭하면서, 그것이 '극복되어져야 할 것'임을 깨닫게 된다. 언제까지나 상실감만을 안고 세계 속을 떠돌 수는 없기 때문이다. 그러나 이미 살펴본 바와 같이 유년의 화해로운 세계는 성장한 영혼을 포용할 만한 곳이 아니었다. 또한 현실을 넘어선 어떤 초월적 세계를 찾아 안면安眠하려는 욕구도 정직한 자기 성찰의 시선 앞에서는 불가능했던 것 같다.

이때 그에게 남는 길은 갈등의 세계 '안에서' 자신의 명징한 의식을 밝히고 확고한 자기 정위定位를 지킴으로써 세계와의 팽팽한 긴장을 유지하는 일이었다. 삶의 어둠과 아픔에서 달아나지 않고 그것을 응시하는 것, 자기 구제의 길은 초월적 세계에서가 아니라 '지금―여기'의 시공에서만이 가치 있다는 깨달음에 윤동주는 도달하는 것이다.

이러한 인식의 높이를 보여 주는 작품으로 〈별 헤는 밤〉·〈서시〉·〈간〉이 있다.

계절이 지나가는 하늘에는

가을로 가득 차 있습니다.

나는 아무 걱정도 없이
가을 속의 별들을 다 헤일 듯합니다.

가슴속에 하나 둘 새겨지는 별을
이제 다 못 헤는 것은
쉬이 아침이 오는 까닭이요,
내일 밤이 남은 까닭이요,
아직 나의 청춘이 다하지 않은 까닭입니다.

별 하나에 추억과
별 하나에 사랑과
별 하나에 쓸쓸함과
별 하나에 동경과
별 하나에 시와
별 하나에 어머니, 어머니,

어머님, 나의 별 하나에 아름다운 말 한마디씩 불러 봅니다. 소학교 때 책상을 같이했던 아이들의 이름과, 패佩, 경鏡, 옥玉 이런 이국 소녀들의 이름과, 벌써 애기 어머니 된 계집애들의 이름과, 가난한 이웃 사람들의 이름과, 비둘기, 강아지, 토끼, 노새, 노루, 프랑시스 잠, 라이너 마리아 릴케, 이런 시인의 이름을 불러 봅니다.

이네들은 너무나 멀리 있습니다.
별이 아슬히 멀 듯이,

어머님,

그리고 당신은 멀리 북간도에 계십니다.

나는 무엇인지 그리워
이 많은 별빛이 내린 언덕 위에
내 이름자를 써보고,
흙으로 덮어 버리었습니다.

딴은 밤을 새워 우는 벌레는
부끄러운 이름을 슬퍼하는 까닭입니다.

그러나 겨울이 지나고 나의 별에도 봄이 오면
무덤 위에 파란 잔디가 피어나듯이
내 이름자 묻힌 언덕 위에도
자랑처럼 풀이 무성할 게외다.

— 〈별 헤는 밤〉 전문

이 작품은 크게 세 부분(1~3연, 4~7연, 8~10연)으로 구분된다. 이중 가운데 부분은 별을 하나하나 헤며 온갖 아름다운 기억과 애틋한 그리움을 더듬는 환상의 여행을 보여 준다.

화자는 윤동주의 자전적 얼굴로서, 그는 고향 북간도를 떠나 외지에 있는데, 이곳은 육신에게뿐 아니라 영혼에게도 낯선 곳이다. 때문에 그는 외지의 어둠 속에서 간절한 목소리로 어머니와 유년기의 추억 어린 이름들과 갈등의 현실을 모르는 순한 동물들과 그에게 공감을 주었던 시인들의 이름을 부른다. 이들 사물은 전체적으로 보아 하나의 의미를 중심으로 결합한다. 그것은 바로 고향─갈등의 세계에 대립하는 평화와 화해의 공간이다. 이들에 대한 그리움이 얼마나 뜨겁고 절실한 것인가는 이 부분의 내용뿐 아니라 어조와 리듬에서도 잘 드러난다.

앞의 인용에서 보는 바와 같이 4·5연을 제외한 나머지 부분은 특별한 운율적 작위가 없이 통사적 단위(문법적 단위, 어절)에 의해 행 구분이 되었다. 따라서 말의 템포(빠르기)는 특별한 주의를 끌 만큼 빠르거나 느리지 않고 평명하다.

반면에 4연은 극히 짧게 끊어져 있으며, 5연은 행 구분이 전혀 없이 전체가 한 문장으로 접속되어 있다. 이에 따라 4연은 반복되는 '별 하나에'란 말과 더불어 규칙적이고도 느릿한 리듬으로 차분하게 명상적 내용을 강화한다. 5연은 주마등처럼 지나가는 추억의 연쇄인 바, 줄글로 잇대어진 숨 가쁜 호흡은 머릿속에 명멸하는 아름다운 이름들의 연속적인 흐름에 조응한다. 이리하여 이 부분은 순박하고 평화로운 세계에 대한 그리움은 우리에게 지적·감각적 체험의 결합된 힘으로 다가온다.

그러나 이 작품에서 우리가 보다 절실한 감동을 느끼도록 하는 계기는 이 화해의 세계가 '멀리 있음'을 깨닫는 데 있다. 그것은 지리적으로 멀리 있으며(북간도, 외국 시인), 시간적으로 거슬러 올라갈 수 없는 과거에 속해 있다. 그가 그리워하는 세계의 사물들이 '별'에 비유된 것은 그런 의미에서 매우 적절하다. 이들은 모두 '어둠 속에 아름답게 반짝이는, 그러나 닿을 수 없는 거리에 있고, 현재의 어둠을 몰아낼 수도 없는' 것이기 때문이다.

이렇게 해서 확인된 환상적 구원의 불가능함은 셋째 부분에 와서 '지금—여기'에서의 자기 성찰을 촉발한다. '나'의 다른 표현인 '부끄러운 벌레'는 갈등의 세계 속에 방황하는 '부끄러운 이름'을 슬퍼하는 것이다. 이러한 자기 인식이 소극적이라든가 여성적인 것이라고 해서 낮게 평가될 수는 없다. 자신의 꿈과 현실 사이의 어긋남을 정직하게 바라보는 것, 그리고 그것을 절실한 체험의 구조로 형상화하는 것—여기에 이미 도덕적·시적 승리에의 한 전진이 있기 때문이다.

〈간〉은 다소 미진한 감이 있는 〈별 헤는 밤〉의 후반부의 주제—갈등의 세계와 자아와의 긴장—를 파고들어 간다.

바닷가 햇빛 바른 바위 위에
습한 간肝을 펴서 말리우자,

코카서스 산중山中에서 도망해 온 토끼처럼
둘러리를 빙빙 돌며 간을 지키자,

내가 오래 기르던 여윈 독수리야!
와서 뜯어먹어라, 시름없이

너는 살찌고
나는 여위어야지, 그러나,

거북이야!
다시는 용궁의 유혹에 안 떨어진다.

프로메테우스 불쌍한 프로메테우스
불 도적한 죄로 목에 맷돌을 달고
끝없이 침전沈澱하는 프로메테우스.

— 〈간〉 전문

이 한편의 윤동주 작품 속에서 보기 드물게 대륙적인 기풍을 가지고 있다.

또 하나 흥미 있는 것은 작품 형성에 참여하는 두 개의 이질적인 설화—프로메테우스, 귀토 설화—다. 이 둘은 '간'이라는 공통 요소를 중심으로 결합하는데, 시 전체에 의미 깊은 상황을 설정하는 서사적 골격은 귀토 설화에 의해 마련된다. 두루 알려진 바와 같이, 귀토 설화는 자라의 유혹에 넘어가 죽을 뻔한 토끼가 기지로 목숨을 건지는 이야기다. 이 정도만으로 위의 시를 이해하기는 곤란하므로 좀 더 깊은 해석이 필요한데 정학성 씨의 연구(정학성, 《우화 소설 연구》, 국문학연구회, 1972)는 여기에 매우 시사적인 통찰을 제공한다.

인간적인 의미의 차원에서 볼 때, 토끼는 '현실의 고난 때문에 환상에 잠기는 인간의 전형'이다. 그는 자기가 처한 현실의 억압과 괴로움으로부터 벗어나서 '가상하던 이상적인 삶을 누리기 위해 용궁으로 찾아갔으나, 오히려 삶의 포기를 요구'받는다. 결국 그의 꿈은 한낱 환상이었음을 깨닫고, 토끼는 자신의 설 곳이 갈등의 현실(지상)뿐임을 확인하게 된다. 이런 점에서 토끼는 허약한 존재에서 삶의 현실을 깨달은 '보다 강한 자신으로 발전하는 발전적 인물이다'(이상 상게 논문, pp. 20~22. 참조).

〈간〉에 설정된 극적 상황은 토끼(화자)가 지상(갈등의 현실)에 돌아온 장면이다. 1연에서 보이는 바, '간'을 바닷가에서 말리는 것이 이를 입증한다. 2연으로 넘어가면서 귀토 설화의 맥락에 프로메테우스 이야기가 접속되는데(이미 지적한 바와 같이, 이 접속은 '간'을 중심으로 자연스럽게 성립된다), 이에 따라 '간'은 의미 심장한 상징이 된다. 코카서스에서의 간은 매일 쪼아 먹히면서도 끊임없이 새로 돋아나는 '인간적 고통의 핵심'이기 때문이다.

그러면 간을 지키는 이유는 무엇인가? 고통을 피하기 위해서? 아니다. 여기서부터 윤동주의 뛰어난 시적 변용력은 설화적 맥락을 넘어선다. 화자(토끼로 형상화된 자신)는 '독수리'를 스스로 길렀으며, 자기 간을 뜯어먹도록 요구한다. 이때 '독수리'는 화자의 밖에 있는 존재가 아니라, 자기의 생명(간)을 쪼아 내며 스스로에게 아픔을 주는 자아의 예리한 의식이다.

자신의 삶을 쪼아 내는 자아의 의식 활동이 치열한 아픔을 주지만, 그는 안식이 아니라 고통을 선택한다. 오히려 고통을 주는 반성적 의식이 살질 것을 기대하는 것이다.

여기서 다시 귀토 설화의 맥락이 의미 깊게 되살아난다. '용궁'이라는 환상적 세계의 평화를 거부하는 것이 그것이다. 그는 어떤 초월적 희망도 인간을 구제할 수 없는 환상에 불과함을 깨닫고, '지금―여기(갈등의 현실 세계)'에서의 고통스런 자기 응시와 긴장을 선택한다. 이러한 의지는 고유한 의미에 있어서 비극적인 인간상이며, 마지막 연에서 우리는 이를 확인하게 된다.

결코 충분하다고 할 수 없는 논증이지만, 이로써 이 작품의 의미, 그리고 윤동주의 세계 인식과 긴장의 의지는 어느 정도 밝혀졌으리라고 생각한다. 성숙한 인간으로서의 그는 환상적인 평화에 안주함도, 어둠 속에 방황함도 보람 없는 일임을 느꼈고, 마침내 고통스런 현실과 맞서서 유혹과 억압으로부터 자기를 지켜야 할 것임을 깨달았던 것이다. 이러한 깨달음이 폭 넓은 상상적 융합력에 힘입어 상징적 체험으로 조직된 데에 그의 시적 탁월함이 있다.

이들 작품은 모두 그의 후기 시(자세히는 1941년 11월)에 들어 있는 것으로서, 오랜 각고와 편력의 결정이다. 과거를 말하면서 가정을 하는 것은 어리석은 일이겠지만, 그의 불행한 죽음이 아니었다면 위에 보인 '긴장'은 성숙한 정신적·시적 힘을 바탕으로 보다 확고한 성과를 거둘 수 있었을 것으로 생각된다. 적지에서의 죽음은 그의 시적 전개도 끊었고, 이 새로운 경지의 노력은 미완의 것이 되고 말았다.

우리 손에 남은 또 하나의 작품 〈서시〉에서 윤동주는 삶의 괴로움에 대처한 순수의 의지를 보여 줌으로써, 그와 우리를 연결하는 '세계의 어둠'을 다시 생각하게 하고, 우리의 얼굴을 한 번 더 돌아보게 한다.

죽는 날까지 하늘을 우러러
한 점 부끄럼이 없기를,
잎새에 이는 바람에도
나는 괴로워했다.
별을 노래하는 마음으로
모든 죽어 가는 것을 사랑해야지
그리고 나한테 주어진 길을
걸어가야겠다.

오늘 밤에도 별이 바람에 스치운다.

— 〈서시〉 전문

Ⅳ. 결론

이상에서 우리는 윤동주의 시적 편력과 그 내면의 질서를 살폈다.

20세기를 전후하여 근 10년간에 전개된 그의 체험과 시는 여러 가지 면에서 급격한 변화 및 갈등의 양상을 보인다. 초기 시의 암울한 분위기, 동시에 깃든 유년적 평화에의 지향, 다시 강화·확장되는 방황과 어두운 세계상, 자아의 분열과 긴장—이렇게 서로 인과하고 혹은 반발하는 주제의 흐름을 우리는 보았다.

이러한 시적 편력의 배후에는 두 가지의 중요한 체험적 원천이 자리 잡고 있다. 그 하나는 청년기의 불안정성과 고독감 및 정신적 방황에 기인한 '개인적 어둠'이요, 다른 하나는 조국을 잃음으로써 역사적·사회적 삶의 자리를 박탈당한 '민족적 어둠'이다. 두 '어둠'이 '윤동주'라는 하나의 정신 속에 결합하는 데서 그의 참모습이 드러난다. 그는 세계 안에서의 정향을 잃은, '뿌리뽑혀진' 영혼이 되었다. 그러므로 어린이의 눈을 통한 화해로운 세계, 고뇌에 찬 성인에게 인식된 갈등의 세계─이 대립된 지향은 결국 '자기 정위에의 노력'이라는 하나의 초점에서 투시될 수 있다.

윤동주의 시 정신은 이러한 대립적 계기繼起의 과정을 극복하면서 현실과 자아의 긴장이라는 변증법적 발전을 겨냥한다.

이렇게 볼 때, 윤동주는 문학 비평의 한 가지 낡은(그러나 아직도 이론이 분분한) 물음에 빛을 던져 준다. 문학의 가치는 시대성과 보편성 중 어디에 있는가? 그의 작품은 이러한 양분론을 거부한다. 윤동주의 시가 항일적인 저항시이기에 가치 있는 것은 아니며, 빼어난 서정성이나 미적 특질을 가져서 가치 있는 것도 아니다. 이러한 견해는 그릇된 것이거나, 적어도 부적절한 것이다. 윤동주 시의 가치는 그가 '시대의 고뇌와 개인적 번민이 통일된 육체'로 느끼고 표현했다는 점에서 온다. 그는 자기의 개인적 체험을 역사적 국면의 경험으로 확장함으로써 한 시대의 삶과 의식을 노래했고, 동시에 특정한 사회·문화적 상황 속에서의 체험을 인간의 항구적 문제들에 연결함으로써 보편적인 공감에 도달했다.

앞에서 검토된 그의 성공적인 작품들은 이러한 바탕에 섰거나 접근한 것들이다. 이 일체화의 노력이야말로 훌륭한 문학이 지녀야 할 '도덕적 의식'이며, 문학을 존재하게 하는 정신이다.

물론 윤동주의 작품이 모두 훌륭한 것은 아니다. 많은 작품들에서 그는 미숙한 얼굴을 보여 준다. 대부분이 자전적 진술인 그의 시편 중 반 이상의 작품들은 개인적 경험을 넘어서는 체험의 확장도 집단적 체험의 자기화도 이루지 못한 채, 범속하거나 모호한 중얼거림에 머무르고 있다. 이때 그는 자신의 사고와 감정에 육체를 부여하는 데 실패한 것이다. 시인 의식의 실패는 그러므로, 형식화의 실패에 일치한다.

그러나 우리가 검증한 탁월한 작품에서 윤동주는 단순한 개인적 체험을 넘어, 깊은 통찰력으로 그것을 변용하고 조직했다. 그리하여 시대의 아픔

을 자기화한 인간 고뇌의 형상화에 도달하는 것이다. 그것은 우리 시사의
소중한 한 장이며, 또한 근대 정신사의 음미되어야 할 한 대목이다.

윤동주의 시는 저항시인가?

시의 재평가

오세영

1942년 전남 영광 출생

서울대 대학원 국문과 졸업

1968년 《현대문학》에 시 〈잠 깨는 추상〉 등이 추천

되어 등단

한국시인협회상·소월시문학상·정지용문학상 등 수상

저서 《반란하는 빛》·《가장 어두운 날 저녁에》·《무명

연시無名戀詩》·《불타는 물》 등

윤동주의 시는 저항시인가?
— 시의 재평가

오세영

1

윤동주의 시를 재평가하고 그에게 정당한 문학적 가치를 인정해 주려는 노력은 일반적으로 60년대에 들어서면서 시작된다. 1948년 그의 유고 시집 《하늘과 바람과 별과 시》가 간행된 이래 그에 대한 연구는 오직 1954년에 발표된 고석규의 〈윤동주의 정신적 소묘〉가 있을 뿐 거의 한 세대 동안의 공백기를 가진다.

그러나 60년대에 들어서면서 그에 대한 평가는 점차 활기를 띤다. 이 시기에 최초로 윤동주 문학에 관심을 환기시킨 평론은 이상비의 〈시대와 시의 자세〉(《자유문학》, 1960)인데, 이를 기점으로 하여 다수의 주목할 만한 논문들이 발표된다.

이와 같이 활발해진 윤동주 문학에 대한 논의는 급기야 윤동주를 문학사에 있어서 새로운 의미로 등장시키지 않을 수 없게 만든다. 1973년 간행된 김윤식·김현 공저共著의 《한국 문학사》는 이러한 측면으로 볼 때 기존의 문학사에 비해 윤동주에 대한 평가에 있어 진일보한 것이라 할 수 있다. 이전의 문학사는 윤동주에 대하여 전혀 언급이 없었기 때문이다.

그러나 윤동주 시에 관한 일반적인 견해는 두 극단적인 관점으로 인하여 혼란되어 온 것처럼 보인다. 그 첫째는 윤동주의 시를 의식 분열과 좌절에서 오는 유희 공간으로 파악하는 경우고, 둘째는 그의 시를 철저한 저항시 또는 민족시로 규정하려는 경우다. 전자의 경우는 김열규의 〈윤동주론〉이 대표되고 있으나 대부분의 논자들은 후자의 견해에 동조하는 듯싶다. 김현《한국 문학사》, 김윤식《한국 문학사》·《한국 근대 작가 논고》, 이상비 〈시대와 시의 자세〉, 김해성《한국 현대 시인론》, 백철·박두진《하늘과 바람과 별과 시》발문이다. 김현승, 홍기삼 등 제씨의 소론이 여기에 속한다.

그렇다면 과연 윤동주의 시는 저항시로 규정되는 것이 당연한가? 이러한 질문에 답하기 위해서 우선 우리는 이들이 어떤 논리로 윤동주의 시를 평가하고 있는지 살펴볼 필요가 있다.

2

"윤동주는 이육사와 함께 식민지 후기의 저항시를 대표한다"는 전제로부터 시작된 김윤식·김현 양씨의 소론('윤동주, 혹은 순결한 젊음'《한국 문학사》, p. 207)은 그러나 바로 뒤에 이어지는 다음과 같은 주장에 의하여 곧 부정되는 모순을 지닌다. 즉,

그는 식민지 치하에서는 단 한 편의 시도 발표하지 아니하였기 때문에 그의 시들은 해방 후에 유시遺詩의 형태로《하늘과 바람과 별과 시》속에 수록된다. ……그는 식민지 치하에서 단 한 편의 시도 발표하지 않았다는 행복한 이점을 또한 가지고 있다.

식민지 치하에서 단 한 편의 시도 발표하지 않았기 때문에 얻어진 '행복한 이점'이 저항시와 무슨 관계가 있는지 씨氏들은 해명하지 않았지만, 이러한 객관적 사실이 진실이라면, 어떻게 발표하지 않은 시가 저항할 수 있는 것인지에 대한 의문이 남는다. 다시 말하면 태중의 아이가 어떻게 밖에서 생활할 수 있는가의 소박한 의문이다.

작가 의식이나 시의 내용이 어떻든 간에 문학 작품에 있어서의 저항이란 그 작품이 발표된 시대적 상황과 분리해서 생각할 수 없다. 그리고 한 작품의 공인은 그것이 발표됨으로 가능한 것이며, 엄밀한 의미에서 문학 작품의 궁극적 완성이란 작품과 독자와의 결합에 의해서 이루어진다는 사실에 동조한다면—전달적 언어 기능이 중요한 저항시에 있어서는 더욱 그렇다—시인이 그 책상 서랍에 감추어 두고 아직 독자에게 발표하지 않은 시가 저항시일 수 없음은 자명하다. 왜냐하면 씨들이 윤동주의 시를 저항시라 할 때 대상은 일제를 의미하며 윤동주의 작품이 세상에 발표된 것은 해방 후인 1948년의 일이기 때문이다.

작품이 발표된 시대적 상황을 무시하고 오직 그 내용이나 작가 의식만을 지적하여 씨들이 윤동주의 시를 저항시로 단정했다면 그들은 다음과 같은 오류를 한 것이라고 판단된다. 즉, 작품의 내용이 아무리 저항적이어도 그 저항해야 될 시대가 지나가 버린 다음에 발표된 시일 경우, 그것은 한낱 사회학적 또는 역사적 기록의 수준을 뛰어넘지 못한다는 사실을 씨들이 간과하고 있다는 점이다. 부딪쳐야 될 시대적 상황으로서의 일제가 패망해 버린 뒤에 발표된 저항시에 무슨 의미가 있을 것인가, 그것은 결코 저항시라 할 수 없다.

다음으로 시를 쓴 시인 자신의 인간적 삶이 저항인이었을 때 바로 그러한 이유로써 그가 쓴 시가 저항시일 수는 더욱이 없다는 점이다. 인생으로서의 시인과 씌어진 작품과는 별개의 문제다. 가령 윤동주의 일생이 일제에 항거한 독립 투사였다고 해서, 그의 모든 시를 저항시로 본다는 것은 착각이다. 저항시의 규명은 어디까지나 작품 그 자체와 그것이 발표된 시대적 상황과의 관계에서 파악되어야 한다.

그렇다면 씨들을 오류로 이끌게 하는 것처럼 보여지는 윤동주 시의 내용과 윤동주의 인간적 삶이 과연 저항적인 것이었을까.

3

윤동주의 시를 저항시로 규정한 씨들은 계속해서 다음과 같은 논리를 전개한다.

그의 시는 그러나 그가 식민지 치하에서 옥사를 하였기 때문에 아름다운 것은 아니다. 그의 시는 한용운의 시가 슬픔을 이별의 미학으로 승화시켜 식민지 치하에 하나의 질서를 부여한 것과 같이, 식민지 치하의 가난과 슬픔을 부끄러움의 미학으로 극복하여 식민지 후기의 무질서한 정서에 하나의 질서를 부여한다.

이상 인용한 바에 의하여 윤동주의 시가 '식민지 후기의 대표적 저항시'로 될 수 있었던 것은 시인이 그의 시에서 보여 준 '부끄러움의 미학' 때문임을 알 수 있다.

그러면 '부끄러움의 미학'이란 무엇일까? 씨들의 해명을 다시 들어 보자. 윤동주에게 있어서 '부끄러움의 미학'이란 자기 혼자만 행복하게 살 수 없다는 아픈 자각의 표현인데 그 구체적 양상은 '자신의 욕됨'과 '자신에 대한 미움'으로 드러나며, 이러한 '부끄러움'이 가능할 수 있었던 것은 '자신과 생활에 대한 애정 있는 관찰'과 '자신이 지켜야 할 이념에 대한 순결한 신앙과 시의 형식에 대한 집요한 탐구의 결과'에서 오는 것이라 한다. 그리고 씨들은 부연해서 윤동주의 '부끄러움'은 카뮈의 소설《페스트》에 등장하는 인물 랑베르의 그것과 동일한 것이라고도 한다.

'자신과 생활에 대한 애정 어린 관찰'과 '이념에 대한 신앙' 또는 '형식에 대한 집요한 탐구'에 무관심한 시인이 대체 있을 수 있을까. 그렇다면 이러한 해명은 꼭 윤동주에게만 통용될 수 있는 논리는 아니다. 또한 그의 부끄러움이 "자기 혼자만 행복하게 살 수 없다"는 아픈 자각의 표현이 있다는 주장도 윤동주의 시를 저항시이게 하는 데 별 도움을 준 것 같지 않다. 왜냐하면 그와 같은 자각을 못 가진 시인을 상상할 수 없을 뿐만 아니라 설령 있다 하더라도 자각 그 자체가 저항은 아니기 때문이다.

그렇다면 윤동주 시의 저항이란 구체적으로 무엇일까? 그것은 부끄러움의 한 양상으로 드러난다는 '자신에 대한 미움과 욕됨'에서 파악되어야 한다. 씨들은 이러한 부끄러움이 무엇으로부터 기인된 것이며 자신의 무엇을 미워하고 무엇 때문에 욕되는 것인지에 대하여, 그러나 분명한 해답을 주지 않는다. 다만《페스트》의 주인공 랑베르를 인용한 것으로 보아 상황에서 유래된 것임을 짐작할 수 있을 뿐이다. 그리고 그의 부끄러움을 상황과 관련시킬 때의 그 상황이란 아마도 1940년대의 식민지적 배경임은 두말할 나위 없겠다. 왜냐하면 씨들은 윤동주의 시가 식민지 후기의 대표적 저항시라고 말했기 때문이다.

이상의 논리에서 윤동주의 시가 저항시이기 위해서는 다음과 같은 점이 해명되어야 한다. 첫째 윤동주의 부끄러움이 랑베르가 자각한 그러한 종류의 부끄러움인가, 즉 구체적인 행동성을 보여 준 것인가. 둘째 그 부끄러움은 상황과 관련된 시대 의식의 표현인가 하는 점이다.

'부끄러움'에 대한 자각은 그 자체로 저항일 수는 없다. 왜냐하면 의식과 행동은 다른 행위이며 저항이란 항상 행동을 전제로 하기 때문이다. 이 경우 행동이란 작가 자신의 인간적 삶으로서가 아니라, 작품의 내용이 보여 주는 의미로서의 행동이라야 한다. 왜냐하면 지금 우리는 저항인이 아니라 저항시에 대해서 이야기하고 있기 때문이다.

주지하는 바와 같이《페스트》의 인물 랑베르의 부끄러움이 저항적일 수 있었던 것은 그것이 구체적인 행동과 연결됨으로 해서다. 죽음의 도시 오랑에 취재 왔던 기자 랑베르는 페스트에 오염된 이 도시의 죽어 가는 사람들을 버리고 삶을 찾아 외부로 도피한다는 것이 부끄럽게 생각된다. 그는 차라리 공동 운명체로서 이 도시에 남아 만연된 죽음을 택한다.

그의 부끄러움은 결국 삶을 버리고 죽음을 택할 만큼 강렬한 내적 저항과 행동성을 보여 준다. 그러나 그가 만일 '부끄러움'을 자각했으면서도 끝내 오랑 시를 버리고 외부로 탈출했다면 그의 부끄러움은 그저 부끄러움으로 끝날 뿐이다. 그것은 결코 저항시라 할 수 없다.

윤동주 시의 부끄러움은 바로 이러한 행동 없는 부끄러움이다. 그것은 단지 마음 약한 식민지 인텔리가 보여 주는 의식의 갈등이며 내적 독백에 지나지 않는다. 그것은 또한《한국 문학사》의 저자의 하나이면서 윤동주의 시를 저항시로 규정한 김윤식이 아이러니컬하게 지적한 대로 속죄양 의식 (Scape goasts, 〈윤동주의 행방〉,《심상》, 75. 2)이기도 하다.

> 죽는 날까지 하늘을 우러러
> 한 점 부끄럼이 없기를,
> 잎새에 이는 바람에도
> 나는 괴로워했다.
> 별을 노래하는 마음으로
> 모든 죽어 가는 것을 사랑해야지
> 그리고 나한테 주어진 길을
> 걸어가야겠다.
>
> 오늘 밤에도 별이 바람에 스치운다.
>
> — 〈서시〉 전문

위 시는 김윤식·김현 양씨가 그들의《한국 문학사》에서 윤동주의 시에 '부끄러움의 미학'이 잘 나타난 전형으로 인용한 〈서시〉다. "1941년 일제 치하에서 이런 각오의 시가 씌어질 수 있다는 것은 하나의 기적"이라고 씨들은 말했지만 편견 없이 작품을 대해 본 사람이라면 아무런 기적도 각오도 존재하지 않음을 알 수 있다.

우선 이 시인이 무엇 때문에 괴로워하고 부끄러워하는지 그 구체적인 대상을 이 시로서는 이해할 수 없기 때문이다. 다른 그의 시에서도 마찬가지이지만 이 시가 일제 치하의 시대적 상황을 표상했으리라는 어떤 해석도 여기 동원된 시어로서는 불가능하다. 우리는 다만 이 시인의 어떤 마음의 자세―양심에 대한 필요 이상의 결백증, 무언가 속죄하고자 하는 마음, 티없이 살고자 하는 아름다운 심성 등을 짐작할 수 있을 뿐이다. 따라서 '주어진 길'이란 저항을 의미하기보다는 구도적인 자기 확립의 자세로 이해하여야 한다.

그리고 아무리 "나는 저항한다"고 외친들 그것이 저항일 수는 없다. 시의 내용에서 구체적 행동으로 드러나야 하기 때문이다. 적극적으로 그것은 현실에 대한 부딪침, 즉 참여와 폭로, 비판, 선동 그리고 동시에 투쟁이어야 한다. 이러한 적극적인 행동 없이 다만, 현실에 대한 패배를 감상적으로 시화詩化한 작품을 앨런 테이트는 로맨틱 아이러니라 하여 저항시와 구별했지만, 씨들이 저항시로 인용한 작품들의 대부분이―만일 상황과 관련된 것이라고 본다면―이에 속한 것임을 알 수 있다.

별을 노래하는 마음으로
모든 죽어 가는 것을 사랑해야지

―〈서시〉 중에서

모가지를 드리우고
꽃처럼 피어나는 피를
어두워 가는 하늘 밑에
조용히 흘리겠습니다.

―〈십자가〉 중에서

내가 오래 기르던 여윈 독수리야!
와서 뜯어먹어라, 시름없이

너는 살찌고
나는 여위어야지, 그러나,

— 〈간〉 중에서

돌담을 더듬어 눈물짓다
쳐다보면 하늘은 부끄럽게 푸릅니다.

— 〈길〉 중에서

돌아가다 생각하니 그 사나이가 가엾어집니다.

— 〈자화상〉 중에서

(이상《한국 문학사》에서 재인용)

　필자가 앞서 여기 인용된 시들이 로맨틱 아이러니임을 밝히면서 '상황과 관련된 것이라고 본다면'이라는 단서를 붙인 것은, 이를 시에 동원된 메타포를 의도적으로 상황과 관련된 것처럼 해석할 경우를 대비해서 한 말이다. 그러나 이들 시의 메타포를 굳이 시대적 상황과 관련지어서 이해한다는 것은 부자연스러운 일일 뿐만 아니라, 윤동주에 대한 인간적인 편견— 소위 의도적 오류Intentional Fallacy에서 오는 일이기도 하다.

　즉, 윤동주가 일본의 감옥에서 옥사했다는 사실과 이러한 사실에서 오는 의도적인 접근으로 인해서 범하는 오류다. 그러나 실제에 있어서 이들 시와 윤동주의 옥사 사건과는 별개의 문제로 보아야 한다. 왜냐하면 윤동주 자신이 독립 운동을 했다는 사실이 의문시되고 있다는 이유에서라기보다는, 오히려 작품과 인생은 구별되어야 한다는 작품 평가에 있어서의 객관성을 유지하기 위함 때문이다.

4

윤동주 시의 본질을 '부끄러움'에서 찾은 평론가는 새삼스럽게 김윤식 씨나 김현 씨는 아니다. 이상비의 평론 〈시대와 시의 자세〉(《자유문학》, 1960)가 있기 때문이다. 그리고 그 이후 윤동주의 시를 저항시로 보는 견해에 있어서 '부끄러움의 미학'이 그 원리를 이루고 있다는 생각은 대체로 공통된 것처럼 보인다. 때문에 윤동주의 '저항성'을 이야기할 때 '부끄러움'은 중요한 의미를 지닌다.

그렇다면 그의 '부끄러움'은 과연 무엇으로부터 연유한 것이며 '저항시'와는 어떤 관계에 있는 것일까? 결론적으로 말한다면 여기서 명백히 이야기할 수 있는 것은 그의 부끄러움이 시대와는 아무런 관계가 없다는 것이다. 즉, 그것이 40년대 식민지 치하의 시대 의식과 아무 관련이 없다는 사실은 다음과 같은 점에서 구체적으로 드러난다.

첫째, 무엇보다도 우선해서 그의 작품에서 보여 주는 부끄러움의 이미지가 시대 의식에 대해선 무관심한 것이며, 시 전편을 통하여 아무런 일관성이 존재하지 않는다는 점이다.

그의 시에 '부끄러움'의 이미지가 등장하는 작품은 총 7편인데 인용하면 다음과 같다.

(가) 죽는 날까지 하늘을 우러러
　　한 점 부끄럼 없기를,

— 〈서시〉 중에서

(나) 눈이
　　밝아

이브가 해산하는 수고를 다하면

무화과 잎사귀로 부끄런 데를 가리고

나는 이마에 땀을 흘려야겠다.

―〈또 태초의 아침〉 중에서

(다) 돌담을 더듬어 눈물짓다
　　처다보면 하늘은 부끄럽게 푸릅니다.

　　풀 한 포기 없는 이 길을 걷는 것은
　　담 저쪽에 내가 남아 있는 까닭이고,

　　내가 사는 것은, 다만,
　　잃은 것을 찾는 까닭입니다.

―〈길〉 중에서

(라) 나는 무엇인지 그리워
　　이 많은 별빛이 내린 언덕 위에
　　내 이름자를 써보고,
　　흙으로 덮어 버리었습니다.

　　딴은 밤을 새워 우는 벌레는
　　부끄러운 이름을 슬퍼하는 까닭입니다.

―〈별 헤는 밤〉 중에서

(마) 내 그림자는 담배 연기 그림자를 날리고

　　비둘기 한 떼가 부끄러울 것도 없이

　　나래 속을 속, 속, 햇빛에 비춰, 날았다.

　　　　　　　　　　　　　　　　　— 〈사랑스런 추억〉 중에서

(바) 인생은 살기 어렵다는데

　　시가 이렇게 쉽게 씌어지는 것은

　　부끄러운 일이다.

　　　　　　　　　　　　　　　　　— 〈쉽게 씌어진 시〉 중에서

(사) —그때 그 젊은 나이에

　　　왜 그런 부끄런 고백을 했던가

　　밤이면 밤마다 나의 거울을

　　손바닥으로 발바닥으로 닦아 보자.

　　그러면 어느 운석隕石 밑으로 홀로 걸어가는

　　슬픈 사람의 뒷모양이

　　거울 속에 나타나 온다.

　　　　　　　　　　　　　　　　　— 〈참회록〉 중에서

　　(나)는 단순히 신앙에 관한 자기 성찰이며(윤동주는 기독교적 분위기에서
자랐다. 그럼에도 불구하고 그가 보여 준 시 세계는 완전히 반기독교 사상이다. 졸고
〈윤동주의 문학사적 위치〉,《현대문학》1975. 4), (다)는 인생이라는 '길'을 걷는
시인이 잃어버린 자기를 찾아 방황함을 보여 주고 있다. (라)는 자랑스럽

지 못한 자기 '이름'을 버린 시인이 이름을 버린 행위를 부끄럽게 생각한 다는 일종의 속죄 의식을 암시한다. (마)는 시각적 이미지에 장식적 요소로, (바)는 무엇 하나 이루어 놓지 못한 자기 인생에 관한 회한을, (사)는 젊은 날에 대한 반성을 보여 준다. 그리고 이와 같은 '회한'과 '반성'이 시대와 관련되었으리라는 증거는 아무것도 없다.

이상에서 '부끄러움'이 표상된 용례를 요약해 보면 (가)는 소박한 휴머니즘으로, (나)는 신앙의 문제로, (다)는 인생의 문제로, (라)는 속죄 의식으로, (마)는 수사법으로, (바)·(사)는 인생에 관한 참회로 사용된다. 이 잡다한 용법 중에서 굳이 시대 의식과 관련시킬 수 있는 경우란 (라)의 〈별 헤는 밤〉 정도가 아닌가 한다. 메타포 '이름'을 조국으로 풀이한다면 조국에 관한 소박한 속죄 의식을 보여 준다고도 생각할 수 있기 때문이다. 그러나 이 시에서 알 수 있는 바와 같이 시인이 부끄러워한 것은 행동으로 지향하기 위한 부끄러움이 아니라 행동을 미리 포기하는 데서(내 이름자를 써보고,/흙으로 덮어 버렸습니다) 기인하는 것이다. 그것은 저항일 수 없다.

둘째, 시집《하늘과 바람과 별과 시》의 부록으로 수록된 윤동주의 산문은 그의 '부끄러움'이 시대와 아무런 상관이 없는 것으로 증언이 된다. 시작 노트라고 볼 수 있는 이 글에서 우리가 발견할 수 있는 것은 그의 관심이 일제의 탄압이나 시대적인 비극이 아니라 꽃과 별과 바람과 같은 자연, 그리고 도덕률에 있다는 것을 알 수 있다.

나는 세계관, 인생관, 이런 좀더 큰 문제보다 바람과 구름과 햇빛과 나무와 우정, 이런 것들에 더 많이 괴로워해 왔는지도 모르겠습니다. 단지 이 말이 나의 역설이나 나 자신을 흐리우는 데 지날 뿐일까요. 일반—般은 현대 학생 도덕이 부패했다고 말합니다. 스승을 섬길 줄을 모른다고들 합니다. 옳은 말씀들입니다. 부끄러울 따름입니다. 하나 이 결함을 괴로워하는 우리들 어깨에 지워 광야로 내쫓아 버려야 하나요…….

— 〈화원에 꽃이 핀다〉 중에서

인용된 글에 등장하는 어휘들——구름·햇빛·나무·괴로움·부끄러움 등을 소재로 만일 시를 쓴다면, 우리들은 아주 자연스럽게 윤동주의 〈서시〉를 생각할 수 있을 것이다. 김윤식·김현 양씨가 "식민지 후기의 대표적 저항시"라고 말한 〈서시〉에서 보여 준 '부끄러움'의 정체는 이외에 아무것도 아니다. 즉, 그의 '부끄러움'은 세계관이나 인생관 같은 문제에는 관계없이 소박한 도덕주의 혹은 휴머니즘의 표현에 지나지 않는 것이다. 윤동주가 시대와 상황에 무관심하다는 증거는 다음과 같은 그의 다른 진술에서도 재확인된다.

우리 기차는 느릿느릿 가다 숨차면 가정거장에서도 선다. 매일같이 웬 여자들인지 주룽주룽 서 있다. 제마다 꾸러미를 안았는데 예의 그 꾸러민 듯싶다. 다들 방년芳年된 아가씨들인데 몸매로 보아 하니 공장으로 가는 직공들은 아닌 모양이다. 얌전히들 서서 기차를 기다리는 모양이다. 판단을 기다리는 모양이다. 하나 경망스럽게 유리창을 통하여 미인 판단을 내려서는 안 된다.

— 〈종시〉 중에서

내 괴로움에는 이유가 없다.

내 괴로움에는 이유가 없을까,

단 한 여자를 사랑한 일도 없다.
시대를 슬퍼한 일도 없다.

— 〈바람이 불어〉 중에서

결국 인간 윤동주는 그가 살고 있는 시대를 뼈저리게 의식한 것 같지는 않다. 그에 있어서 시대란 마치 여수에 젖은 보헤미안이 차창 밖으로 내다보는 풍경에서 크게 벗어나지 않는다. 굶주림에 지쳐 간도로 사할린으로 이민을 떠나는 이농의 대열이 웅크리고 서 있을 간이역 플랫폼에서 그가 본 것은 생활에 지친 소녀의, 그러나 아름다운 몸매였다. 얼마나 아이러니컬한 풍경인가. 이에 비하여 실제로 윤동주가 항상 의식하고 있었던 것은 휴머니즘 혹은 도덕주의였다고 볼 수 있다.

……일반—般은 현대 학생 도덕이 부패했다고 말합니다. ……부끄러울 따름입니다. ……박탈된 도덕일지언정 기울여……

— 〈화원에 꽃이 핀다〉 중에서

이것은 도덕률이란 거추장스러운 의무감이다. ……

……

휴머니티를 이네들에게 발휘해 낸다는 재주가 없다. 이네들의 기쁨과 슬픔과 아픈 데를 나로서는 측량한다는 수가 없는 까닭이다.

— 〈종시〉 중에서

이로써 볼 때, 윤동주에 있어서 부끄러움의 정체란 다음과 같이 요약될 수 있을 것이다. ① 그의 부끄러움은 시대적 상황과 아무런 관련이 없는 일종의 휴머니즘에서 기인된 속죄 의식의 표현이라는 점, ② 동시에 그의 부끄러움은 행동이 거세되어 있을 뿐만 아니라 오히려 행동을 포기하는 행위 그 자체에 기인된 것이기 때문에 저항과는 아무런 관련이 없다는 점 등이다. 즉, 저항하지 못한 데 대한 부끄러움이었던 것이다.

5

윤동주 시를 저항시로 규정한다면 우리는 다음과 같은 윤동주 시의 언어적 특징에 대한 김윤식·김현 양씨가 피력한 견해를 간과할 수 없다.

> 그가 지켜야 할 이념이라고 생각하고 있는 것을 그(윤동주)는 논리적으로 도식화시키지 않는다. 그의 문학적 승리는 그 이념을 그가 좋아하는 사물들로 환치시켜 놓은 데서 얻어지는 것이지만 그는 그가 가장 괴로워한 것을 바람과 구름과 햇빛과 나무와 우정이라고 고백한다.
>
> ―《한국 문학사》, p. 208.

주지하는 바와 같이 언어의 기능은 크게 전달적 기능과 존재론적 기능으로 구별할 수 있다. 소위 사물의 언어란 언어의 존재론적 기능에 근거를 두고 있으며, 시가 존재론적 언어 기능을 선택할 때 전달적 기능은 가능한 한 배제됨이 원칙이다. 시어의 본질을 사물의 언어로 파악한 사르트르가 시의 사회적 기능에 대하여 회의를 갖는 것은 바로 이 때문이다. 저항시나 참여시와 같이 대 사회적 기능에 강조를 둔 시에 있어서 언어는 전달적 기능을 요구하게 된다. 따라서 존재론적 언어(사물의 언어)는 저항시의 시어로 부적합한 것이다.

그런데 김윤식·김현 양씨들은 윤동주 시어의 특징이 이념을 전달하는 데 있는 것이 아니라 그것을 사물로 환치시키는 데 있다고 한다. 이 같은 진단은 본질적으로 윤동주 시의 전달적 언어 기능을 부정하는 것이라고 볼 수 있다. 다시 말하면 저항시가 될 수 있는 기본적인 언어 기능을 부정한 것이다.

이와 같은 모순은 윤동주의 시가 그 언어적인 측면에 있어서도 그것이 저항시가 될 수 없음을 노정한 것이라고 보아야 한다.

그렇다면 이상의 여러 가지 관점의 검토―작품이 발표된 시기, 작품의 내용, 시어 등—에서 윤동주의 시가 저항시일 수 없음에도 불구하고 그것을 저항시로 착각하게 만든 이유는 무엇일까?

여기에서 바로 윤동주의 삶의 문제가 제기된다. 일반적으로 윤동주는 독립 운동을 한 혐의로 일경에 피검되어 후쿠오카 형무소에서 죽었다고 알려져 있다. 그의 오촌 당숙인 윤영춘의 확인에 의하면 그의 죄목은, ① 사상 불온, 독립 운동, ② 비일본 국민, ③ 온건하나 서구 사상이 농후한 것 등 3항목(김윤식, 《한국 근대 작가 논고》)이었다고 한다. 이러한 사실을 믿는 논자들은 윤동주가 하나의 저항인이라고 생각했을 것이며 저항인이 쓴 시는 저항시일 것이라는 결론을 유도해 냈으리라고 추측된다. 물론 이러한 논법엔 논리적 비약과 소위 의도적 오류가 숨어 있는 것이긴 하지만 이에 앞서서 과연 윤동주가 실제로 독립 운동을 했는가 고찰해 볼 필요가 있다.

시집 《하늘과 바람과 별과 시》에 붙은 윤동주의 연보엔 그가 독립 운동을 했다는 기록은 보이지 않고 다만 1943년 7월 귀향길에서 사상범으로 일경에 의해 체포 구금되었다고만 적혀 있다. 그가 진실로 독립 운동을 했다면 왜, 왜 그 자랑스러운 일을 밝히지 못했을까.

그가 일본 릿쿄 대학으로 유학의 길을 떠난 것은 1942년 3월이었다. 그렇다면 그가 친지들과 헤어져 있던 시기는 불과 1년 남짓한 짧은 동안이었을 뿐이며 그는 그 기간에 대학을 도시샤로 옮기는 생활의 변화를 보였다. 생면부지의 일본에서 짧은 1년 동안 더구나 대학의 초년생이요, 대학 생활에 적응하기 위해서 학교까지 바꾼 윤동주가 독립 운동을 했으리라는 가능성은 거의 없다.

만일 그가 독립 운동을 했더라면 친지들의 교신이나, 간수의 입을 통해서나, 형무소 수감 후 옥사할 때까지 매일 보내 왔던 엽서(아우 윤일주 증언)의 어느 한 구절 속에서 그 편린이나마 알려지지 않을 수 없을 것이다. 이 시집의 발문으로 붙은 친지들의 글과 기타 그를 회고하는 글, 추도문

등 다른 여러 문헌들 속에서도 그의 독립 운동에 대하여 거론한 부분은 한 군데도 없다.

성격을 보더라도 윤동주는 독립 운동과 같은 과격한 투쟁 의식을 지닌 사람은 아니다.

> "그(윤동주)의 저항 정신은 불멸의 전형이다"라는 글을 읽을 때마다 나의 마음은 얼른 수긍하지 못한다. 그에게 와서는 모든 대립은 해소되었었다. ……그는 민족의 새 아침을 바라고 그리워하는 점에서 아무에게도 뒤지지 않았다. 그것을 그의 저항 정신이라 부르는 것이리라.
>
> ― 문익환, 〈동주 형의 추억〉 중에서

> 동주는 깊은 애정과 폭 넓은 이해로 인간을 긍정하면서도 자기는 회의와 일종의 혐오로 자신을 부정하는 괴벽한 휴머니스트다. 남에 대한 애정이 자신에 대한 자학으로 변모하는 그의 인생관이…….
>
> ― 장덕순, 〈인간 윤동주〉 중에서

이상의 글들은 어릴 때부터 윤동주와 가장 친근했고 또한 오랫동안 그를 지켜보았던 친우들의 증언들이다. 이러한 윤동주의 성격을 미루어 보건대 그가 투철한 저항인처럼 보이지는 않는다. 그의 자학적인 성격, 휴머니스트로서의 애정, 바로 이러한 면이 '잎새에 이는 바람에도 괴로워했던' 양심의 결백증으로 표현된 것이 아닌가 한다.

요컨대 윤동주에 대한 일경의 혐의가 어떻든 간에 그의 독립 운동설은 하나의 허구로 보아야 한다. 그렇다면 그의 죽음의 의미는 무엇인가? 그것은 식민지 인텔리의 불운한 죽음일 뿐이다. 그의 시대적 양심과 의식이 어떠했는가 우리로서는 알 수 없지만 객관적으로 나타난 사실로 미루어 볼 때 그의 죽음은 이상의 그것과 비유된다. 윤동주의 시기보다 오히려 시대적 긴장이 완화되어 있었던 1937년, 이상도 일본 도쿄에서 똑같은 혐의로 붙잡혀 옥고를 치르다 죽었기 때문이다.

일본어로 시를 쓴 이상에게 독립 운동의 혐의가 씌어지던 당시의 시대적 분위기를 이해한다면 그 사실 여부가 어떻든 윤동주가 그러한 혐의를 입는다는 것이 이상한 일도, 의미 있는 일도 아니다. 윤동주, 그는 이상과 같이 한낱 불황 선인으로 몰려 일제에 의하여 탄압받고 희생된 가냘픈 식민지 인텔리에 지나지 않았던 것이다.

이와 같이 인간적인 삶으로서나 작품 그 자체를 통하여서나 저항과는 거리가 먼 윤동주를 저항 시인으로 추켜세운 이유는 무엇일까. 그것은 다음과 같은 세 가지 이유에서 오는 것이 아닐까 한다.

첫째는, 윤동주의 옥사 사건을 추상적으로 미화시키는 데서 오는 의도적 오류라는 점이다. 즉, 그는 독립 운동가로서 간주되고 따라서 그의 모든 시는 일제에 대한 항거에서 씌어진 저항시라는 것이다. 이 같은 소박한 감상적 비평이 오류임은 지금까지 누누이 필자가 지적한 바와 같다.

둘째, 우리는 36년간이라는 긴 세월 동안 세계사상 유례없는 혹독한 식민 지배를 받아 왔으면서도 이에 항거한 자랑스러운 저항 시인을 가지지 못했다는 점이다. 이것은 바로 한국 정신사에 있어서 수치를 의미한다. 인간으로서의 한용운(이 경우엔 물론 시인이라기보다는 승려로서의 신분이 더 적합하다), 이육사, 인간과 작품으로서의 심훈을 제외한다면, 한국 문학사에 있어서 저항의 전통은 거의 공백 상태였다.

이러한 관점에서 특히 한국 신문학사는 저항 시인으로서의 우상을 필요로 했다. 윤동주가 바로 이러한 우상으로 등장한 것이다.

셋째, 윤동주의 유고 시집이 간행된 1948년 이래 오늘날까지 한국의 특수한 시대적 상황과 사회 구조 그리고 부조리 등이 저항 시인을 요청해 왔다는 사실이다. 이것은 저항 시인으로서의 윤동주가 학계에 크게 조명되고 문단의 일반적 분위기가 소위 참여 문학론으로 경도한 시기가

다 같이 60년대 후반이라는 점에서 반증된다. 이러한 시대적 요청에 부응하여 저항시의 전형을 미화시킬 필요가 생겼다.

그러나 문학이 우상일 수는 없다. 문학 연구는 하나의 과학이며 엄밀한 객관성을 기초로 해야 한다.

윤동주의 시, 그것이 문학적으로 가치가 있는 것이 사실이긴 하지만 그것은 그의 저항성에서 온 것이 아니며, 더구나 그의 시가 저항시일 수는 없다. 윤동주 연구는 냉정한 객관성 위에서 새로 시작되어야 할 것이다.

어둠속에서 생겨나는 빛의 공간

윤동주의 〈서시〉 분석

이어령

1934년 충남 아산 출생

서울대 대학원 국문과 졸업

1956년《한국일보》에 〈우상의 파괴〉를 발표하면서

등단

한국문화예술상 수상

문화부 장관 역임

저서《저항의 문학》·《흙 속에 저 바람 속에》·

《떠도는 자의 우편 번호》·《나를 찾는 술래잡기》·

《한국 작가 전기 연구》등

어둠속에서 생겨나는 빛의 공간
— 윤동주의 〈서시〉 분석

이어령

1. 죽는 날까지 하늘을 우러러

2. 한 점 부끄럼이 없기를,

3. 잎새에 이는 바람에도

4. 나는 괴로워했다.

5. 별을 노래하는 마음으로

6. 모든 죽어 가는 것을 사랑해야지

7. 그리고 나한테 주어진 길을

8. 걸어가야겠다.

9. 오늘 밤에도 별이 바람에 스치운다.

— 〈서시〉 전문

　윤동주의 〈서시〉는 너무나도 유명한 시다. 그러나 유명한 것만큼 정밀하게, 그리고 자세히 이 텍스트가 읽혀진 일은 없다고 해도 과언이 아니다. 난해한 말도 없고 난삽한 이미지와 상징성도 없다. 별이니 잎이니 바람이니 하는 말들은 일상적인 생활과 시어에서 많이 씌어진 것들이다. 그런데도 이 시는 잘못 읽혀져 오는 경우가 많다.

특히 윤동주는 항일 운동을 하다가 객지 일본 땅에서 객사를 한 시인이며 기독교 신자이기 때문에, 시를 읽기 전부터 벌써 어떤 준비된 의미의 틀을 갖고 대하게 되는 경우가 많다.

그래서 '나한테 주어진 길을/걸어가야겠다'라는 시구를 놓고도, 사람에 따라 독립 운동이라는 정치적 의미의 층위에서 읽을 수도 있고, 종교적인 층위에서 읽을 수도 있다. 물론 시인으로서의 길, 즉 예술적 층위에서 읽으려 하는 사람도 있을 것이다. 독립 운동의 길, 종교적 순교의 길, 혹은 아름다움을 구하는 언어의 길일 수도 있다.

그러나 잠시 우리가 윤동주의 전기적 요소를 잊고, 씌어진 시의 구조, 언어로 이루어진 순수한 건축물의 구조만을 가지고 읽어 보면, 그와 같은 고정된 시점이 아니라 좀 더 자유로운 의미의 생성과 접하게 될 것이다.

■ 하늘과 땅의 대립 공간

우선 1행에 쓰인 단어들을 단독적으로 파악할 것이 아니라 다른 말들과의 연관성에서, 즉 구조적인 의미의 요소로서 파악해 보자.

1행에는 '죽는 날까지'라는 시구가 나온다. 두말할 것 없이, '죽는 날까지'를 다른 말로 바꾸어 보면 '살아 있는 동안'이라는 의미를 내포하고 있다. 그러니까 이 시구에서 죽음과 삶이라는 대립되는 의미소와 이 대립의 축을 이루는 것은 시간으로서, 공간과 대립되어 있음을 알 수 있다.

여러 차례 언급하지만, 의미는 차이이고 이 차이는 대립을 통해서 명확해진다. 그렇다면 이 1행의 시구만을 읽어도, 다음에 이것과 어떤 것들이 서로 얽혀져 있는가를 쉽게 알 수 있을 것이다.

바로 다음에 '하늘'이라는 말이 나오는데 앞의 죽음과 생, 그리고 시간이라는 의미소와 관련 지을 때 당연히 하늘의 의미소가 어떤 것인지 몇 개의 특성을 알게 된다.

우선 하늘과 앞의 시구와는 강렬한 대응성으로 연결될 수밖에 없다. 하늘을 하늘이게끔 차이화하는 것은 두말할 것 없이 땅이다. 하늘―땅은 서로 붙어 다니는 것으로, 하나는 높고 하나는 낮다. 그리고 시간축으로 볼 때 하나는 불변 영원한 것이고, 또 하나는 변하는 것이며 한정된 것이다.

더구나 하늘을 '우러러'라는 말은 현재 화자가 어디에 있는가를 극명하게 보여 준다. 우러러란 말은 낮은 곳에서 높은 곳을 치켜 보는 것이기 때문이다. 하늘을 우러러보는 사람은 이 시의 표면에는 나타나 있지 않지만 땅에 있다. 지상적인 한계에서 천상적인 영원한 것을 염원하고 있는 것이다.

이렇게 보면 옛날《천자문》이 천지현황이라는 말로 시작되듯이 윤동주의 〈서시〉는 천지라는 우주 공간, 하늘과 땅이라는 두 공간과, 유한한 시간과 무한의 시간이라는 두 축으로 그 의미의 발판을 만들어 내고 있다는 사실을 발견하게 된다. 그러면 자연히 그 다음 2행에 등장하는 '부끄럼이 없기를'의 그 부끄럼이 무엇인지, 시적인 의미보다도 그 논리적 구조에 있어서 파악할 수 있게 된다.

대체 무엇에 대한 부끄럼일까. 아주 단순하다. 하늘과 땅이라고 할 때 공간적인 것으로 그 의미소를 추출하면 위와 아래다. 부끄러운 사람은 고개를 숙인다. 땅을 본다. 영혼은 어디로 갈까? 하늘. 그래서 사람이 죽으면 천장에 구멍을 뚫어 놓는 민족이 있는가 하면 굴뚝을 뚫어 놓는 종족들도 있다. 영혼이 하늘로 빠져 나가라고 그렇게 하는 것이다.

1, 2행은 모두가 하늘과 관련된 것이고, 그 하늘의 공간은 바로 3, 4행과 대응을 이루고 있다. '잎새'라는 말이 그렇다. '잎새에 이는 바람'을 바라보는 이 시의 화자의 시선은 높은 하늘에서 낮은 지상으로 내려 이동해 온 것이다. 그리고 부끄러움은 괴로움이라는 말로 변한다.

■ 잎새의 의미

그러면 1, 2행과 3, 4행이 어떤 의미의 병렬 관계를 갖고 서로 유기적인 관계, 즉 구조적인 의미를 띠게 되는지 그 짝을 이루는 낱말들만 살펴보기로 하자.

하늘을 우러러볼 때의 부끄럼이 없는 마음은 땅을 굽어볼 때에는 괴로움을 느끼는 마음이 된다. 만약 잎새에 이는 바람에 아무런 괴로움을 느끼지 않는 사람이라면 어떨까. 하늘을 부끄럼 없이 우러러 볼 수 있을까. 그렇지 않다. 하늘을 우러러 부끄럼을 느끼지 않는 맑고 순결한 마음을 가진 자만이 비로소 지상에서의 괴로움을 느낄 수 있는 사람인 것이다.

'잎새에 이는 바람'이란 잎새를 시들게 하는 것, 즉 수시로 변하게 하는 힘이다. 잎새에 작용하는 시간이다. 하늘이 영원이라면 땅은 잎새의 순간적인 삶이 있다.

더구나 우리가 조심해야 할 것은 '잎새에 이는 바람에도'의 그 조사 '도'다. 잎새는 아주 작다. 무리져 있는 것들의 하나다. 꽃처럼 아름답지도 않으며 나뭇가지처럼 튼튼한 것도 아니다. 하잘것없는 생명의 개체들이다.

잎새라는 말은 나뭇가지, 등걸, 뿌리(그것이 풀잎의 경우에는 더욱 그렇다), 이렇게 자꾸자꾸 잎새가 소속되어 있는 공간으로 가면 흙이 되고 전체 대지가 된다. '잎새에도'가 붙어 있다는 것은 다른 것들은 말할 것도 없다는 것이니, 이 괴로움은 지상적인 모든 것을 내포하게 된다. 하늘처럼 영원한 것이 아니다. 그것은 수시로 변하고 시들고 죽는 생명을 가진 지상의 것들이다.

그런데 괴로움 앞에 '나'가 강조되어 있다. 나와 잎새는 괴로움으로 맺어져 있다. 잎새에 이는 바람은 나에게도 이는 바람인 것이다. 직접 나에게 부는 바람이 아니라도, 지상의 개체들은 그 이는 바람 속에서 같은 변화, 같은 아픔을 느낀다. 타인의 고통, 그것은 나의 고통이 되는 것이다.

이 하늘과 땅의 관계, 부끄럼 없는 마음과 괴로워하는 마음, 그리고 잎새와 바람의 의미들은 5~8행에서 더욱 발전되고, 그 구조의 틀을 견고하게 만들어 간다.

■ 하늘의 별, 땅의 잎새

'별을 노래하는 마음으로'의 시구에서, 앞에 나왔던 부끄럼 없는 마음과 괴로움이라는 마음이 훨씬 구체화된다. 놀랍게도 여기의 별은 하늘의 공간인 첫 번째 1행과 맞물리고 있다. 동시에 그 별은 3행의 잎새와도 대응된다. 도식으로 그 관계를 나타내면 하늘과 별의 관계는 땅과 나뭇잎의 관계와 각기 대응을 이룬다.

그것을 도식으로 나타내면 다음과 같다

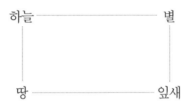

하늘을 우러러보는 마음은 바로 별을 노래하는 마음과 동격이다. 하늘의 공간에 걸리는 마음이다. '하늘'은 '별'로, '우러러'라는 행위는 '노래하는' 것으로 바뀌었다. 별은 하늘에 내포되고, 노래는 우러러에 포함되는 함수 관계를 갖게 된다. 공간과 행위의 두 축이 두 번째 연에 와서 음악의 변주처럼 반복, 변이된 것이다. 땅의 축, 즉 잎새축은 어떻게 되었을까.

'모든 죽어 가는 것을 사랑해야지'의 6행으로 변전된다. '잎새에 이는 바람'은 '모든 죽어 가는 것'과 같은 의미다. 즉, 구상적이고 개별적인 것이 추상화되고 일반화한 것이다. 그러므로 1~4행의 하늘이 별로 개별화되고 구상화된 것과 반대로, 1~4행의 잎새와 바람은 추상화와 일반화로

교체되어 있다.

마음의 상태는 어떠한 변화와 대응성을 보여 주고 있는지를 정리해 보자. 천상으로 향한 마음은 부끄럼 없는 순수성에서 별을 노래하는 마음으로, 지상으로 향한 마음은 괴로움에서 사랑하는 마음으로 짝을 이루게 된다. 의미의 성격으로 보면 한결 강화되고 부정축에서 긍정적인 것으로 나가고 있다.

먼저 '별을 노래하는 마음'과 '모든 죽어가는 것을 사랑해야지'가 인접 관계인지를 알아보기로 한다.

별은 모든 죽어 가는 것과 정면에서 반대되는 의미소를 갖고 있다. 별은 사라지지 않는다. 영원히 빛난다. 어둠은 별을 죽이지 못한다. 오히려 어둠이나 밤은 별을 빛나게 한다. 그러나 바람 속의 잎새는 그렇지가 않다. 모든 죽어가는 것들이 있을 뿐이다.

그 괴로움이 사랑으로 변하는 것은(사랑이라는 감정은 영원한 것이 아닐까) 별을 노래하는 마음이 있기 때문에, 땅에 있으면서도 하늘을 우러러보는 마음이 있기 때문에, 부끄럼 없는 순수한 마음이 있기 때문에 비로소 모든 죽어 가는 것을 사랑할 수가 있는 것이다. 하늘이 땅과 합쳐지는 모순의 통합이 이루어진다.

성공한 모든 시가 그렇듯이 모순을 합일시키는 시적 구조를 통해서 별은 하늘의 잎새가 되고, 잎새는 땅의 별이 되는 의미 교환과 대입이 가능해지는 것이다.

'사랑'은 괴로움(지상)에서 나오는 것이며 동시에 노래하는 즐거움(천상)에서 나온다. 사랑은 모순된 감정, 모순된 공간, 높고 낮은 불변과 변화, 죽음과 영원의 배율적 개념 사이에서 형성되고 있음을 뚜렷하게 볼 수가 있다. 그것이 7, 8행에 나오는 길의 통합 공간이다. 좀 더 자세히 살펴보기로 한다.

■ 천지인天地人, 또는 길의 공간

5~8행에서도 1~4행처럼 '나'라는 주어가 나온다. 하늘, 땅 그 사이에 내가 있다. 천지인天地人. 참으로 오래된 동양의, 한국의 공간이다.

하늘의 길, 땅의 길, 그런데 여기 또 하나의 길이 있다. '나한테 주어진 길'이다. 세 공간이 등장한다. 하늘의 공간(불변 영원의 공간), 땅의 공간(변하고 죽어 가는 것들), 이 사이에 길이라는 공간이 있다. 하늘을 우러러 부끄럼 없는 길이요, 별을 노래하고 모든 죽어 가는 것을 사랑해야 하는, 길의 제3공간이다. 그것이야말로 시적 공간, 하늘과 땅을 융합시키는 인간의 운명적이면서도 창조적인 공간이다.

그런데 길이란 정적인 공간, 결정된 공간이 아니라는 것을 우리는 알고 있다. 끝없이 전개되며 시작과 끝이 있어서 과정을 갖는 동적인 공간이다. 길에서는 서 있을 수가 없다. 길은 걷는 공간으로, 지향점을 지닌 공간이다. '사랑해야지'라는 행동은 '걸어가야지'로, 즉 목표를 향해 나아가려는 의지의 행동으로 다시 변이된다.

침묵의 행을 건너뛰어 〈서시〉는 한 행으로 마지막 연을 맺는다.

"오늘 밤에도 별이 바람에 스치운다."

길 위에서는 늘 현재다. 걷고 있는 나, 그것이 '오늘도'라는 진행형이다. 잎새에도의 '도'처럼, 윤동주 시인은 산문적인 조사를 시간이나 공간을 나타내는 데 매우 암시적인 공백의 말로 잘 사용하고 있다. 어젯밤도 그랬고 오늘 밤도 그랬고 내일 밤도 그럴 것이다. 이 '도'는 지속성을 나타내는 현재로서의 그 '도'다.

하늘과 땅의 공간이 오늘이라는 시간으로 바뀌자 다시 그 바람이 나온다. 그런데 잎새에 이는 바람이 아니라 그것은 지극히 높은 하늘의 별에 스치는 바람이다. 괴로운 바람─잎새를 시들게 하는 변화의 상징인 그 바람, 그러나 별은 바람에 흔들리지 않는다. 바람은 별을 시들게 하지 못한다. 폭풍이라 할지라도…….

별을 노래하는 마음이 모든 죽어 가는 것들을 사랑하는 것과 같듯이, 여기에서는 잎새에 이는 바람이 스치는 바람이 된다.

하늘과 땅 사이에 사람이 있다. 시인이 있다. 윤동주가 있다. 그런데 잎새와 별로 암시되는 그 땅과 하늘 사이에는 바람이 있다. 바람이 모든 것을 바꿔 놓는 힘이요 운명이듯, 시인도 윤동주도 모든 것을 바꿔 놓는 힘이요 운명이다. 잎새에 이는 바람에도 괴로워하지만, 별에 스치우는 바람에는 환희와 사랑의 마음이 있다. 영원을 향한 의지와 길이 있는 것이다.

■ 소리의 텍스트

그러나 이런 의미 구조만으로 시가 이루어지고 있는 것은 아니다. 시는 언어의 의미만이 아니라 그 소리, 음운 구조에 의해서 분절되고 조직화된다. 의미 분절은 음운의 분절에 의해서 육체화되는 것이다.

하늘과 땅의 의미가 대응되는 시구는 자연히 음운 구조에 있어서도 어떤 매듭이 있어야 할 것이다.

이제 1, 2행의 하늘과 3, 4행의 땅을 나타낸 시구를 보자. '하늘을 우러러/한 점 부끄럼이……'에서 하늘의 '하'와 한 점의 '한'은 기묘한 두운을 이루고 있다. 그리고 거기에 대응하는 '잎새에 이는 바람에도'에서는 잎새의 '이'와 이는 바람의 '이'라는, 역시 한 쌍의 두운을 보여 준다.

마찬가지로 마지막 연의 '오늘 밤에도 별이 바람'에서 'ㅂ'의 두운이 반복되어 있다. 한국의 시에서는 운이 없다고 해도 좋을 정도로 미미하지만, 이따금 두운은 시적인 의미 구조에 중요한 역할을 하기도 한다.

■ 형태의 텍스트

따라서 형태적인 것, 통사 구조에 있어서도 이 시는 그 시적 구조의 특성을 뚜렷이 보여 준다.

즉, 1~4행은 과거형으로 서술되어 있다. 서술 종지형이 '괴로워했다' 라는 과거다. 그런데 5~8행은 '사랑해야지'와 '걸어가야겠다'로, 모두 미래 추정형인 원망이나 미래의 의지를 다짐하는 서술형이다. 그리고 시의 끝 줄은 '오늘 밤에도 (……) 스치운다'로 현재형이다.

①············ ④ 과거
⑤············ ⑧ 미래
⑨············   현재

단순히 시제만이 아니다. 이 〈서시〉는 자기가 자기에게 들려주는 자성의, 혹은 다짐의, 혹은 기도의 톤으로 되어 있다. 만약 이것을 명령문으로 고치거나, 전체를 과거 서술형이나 단정적인 목소리로 썼다면 그 시적 전달은 아주 달랐을 것이다.

특히 2연을 그냥 과거 서술형으로 썼다면 어떻게 되었을지 생각해 보면 알 수 있다.

"별을 노래하는 마음으로 모든 죽어 가는 것을 사랑했노라. 그리고 나한테 주어진 길을 걸어갔느니"라고 한다면 어떤 느낌을 줄까. 선언문이나 위선적이고 오만한 목소리로 들릴 것이다.

미래 추정형은 현재는 그렇지 않다는 반의적인 의미를 띠고 있다. '해야지'라는 말은 현재는 '하고 있지 않다'는 것을 함축하고 있다. '사랑해야지'라는 것은 현재는 모든 죽어 가는 것을 사랑하지 못하고 있는 반대의 뜻을 나타내 주기도 한다는 것이다. 그리고 '걸어가야겠다'는 목표를 향한 구도의 길, 순례의 길과 같은 것을 향해 떠나려고 하는 다짐이니만큼 그것 역시 현재 걷고 있는 것이 아님을 시사한다.

이렇게 미래 추정형의 서술에는 현재와 미래, 그리고 현상과 원망 사이의 틈에서 생겨나는 역설적인 의미의 긴장이 있게 된다.

특히 현재형으로 되어 있는 이 마지막 행에는 다른 행과는 달리 자신의 감정을 나타내는 일체의 주관적 표현, 괴로움이니 부끄럼이니 사랑이니 하는 말들이 전혀 배제되어 있다. 순수한 즉물적 묘사로 되어 있는 것이다.

그것은 과거를 회상하거나 앞날을 다짐하는 주관적인 의식의 시간이 아니라, 현재라는 객관적 상황이 눈앞에 그려져 있을 뿐이다. 현재형이 갖는 미확정 또는 그 긴장감이 묘사적인 서술 내용과 일치되어 있다.

■ 상황적 의미와 구조적 의미

이와 같은 분석을 통해서, 우리는 시를 시적 구조의 층위에서 읽지 않고 전기적·상황적 층위에서 읽는다는 것이 얼마나 위험하고 또 비非시적인 것인가를 실감하게 될 것이다.

정치적 층위에서 읽으면 이 〈서시〉는 항일 저항시가 되어, '오늘 밤'의 밤은 식민지의 암흑기가 되고 '별'은 해방과 독립의 희망이 된다. 그리고 '잎새에 이는 바람'은 우리 민중에게 다가오는 일제 침략자가 될 것이다. 두말할 것 없이 '나한테 주어진 길'은 독립의 길이 될 것이다.

결국 그렇게 되면 우리가 일제로부터 벗어나 해방과 독립을 이룩한 오늘날에는 〈서시〉의 감동은 변질·반감될 것이고, 상황의 변화에 따라 그 의미도 묵은 신문처럼 퇴색하고 말 것이다. 만약 감동이 있다 하더라도 독립 기념관의 유물과 같은 반성과 교훈성이 강한 것이 되고 말 일이다.

지금 읽어도 이 시의 감동이, 그리고 그 상징성이 짙게 전달되는 것은, 이 시의 구조가 외부의 정치적 층위에 의존되어 있는 것이 아니라 자율적인 구조, 좀 더 풀어서 이야기한다면 외부적 상황과 단절되어도 그 안에서 의미를 생성하는 특수한 내재적 구조를 가지고 있기 때문이다. 쉬운 말로, 일제 식민지와 관계없는 역사 속에서 살았던 서구인들이 읽어도, 심지어 그를 고문했던 일본 관헌들이(시적 감수성을 지니고 있었다면) 읽어도 이 〈서시〉는 아름다운 감동을 일으켜 줄 것이다.

한편 종교적 층위에서 읽는다면 이 〈서시〉는 아주 또 달라진다. '모든 죽어 가는 것들'은 죄의 값을 짊어진 모털(mortal, 죽어야만 하는 인간 존재)로서 국적과 관계없이 전 세계의 인류가 될 것이다. 물론 그 사랑 역시 민족애가 아니라 원수까지도 사랑하라는 기독교적인 사랑, 아마도 저항은커녕 우리를 괴롭혔던 식민지 통치자인 일본인까지도 사랑해야 되는 그런 보편적인 인간애人間愛가 될 것이다. 또 '나한테 주어진 길'은 순교자의 길이 될 것이고, 물론 '별'은 원죄를 지은 인간에게 내리는 신의 은총, 동방박사가 보았던 그런 별빛으로 해석될 수도 있을 것이다.

정치적 층위로 읽었을 때처럼 종교적 층위로 읽으면, 비기독교인에게는 아무런 감흥을 주지 못할는지도 모른다. 정치적 상황이나 종교적 이데올로기를 모두 제외하여도 이 시가 시로서 존재하는 것은, 거듭 말하자면 이상에서 살펴본 대로 반대의 것을 통합하는 시적 긴장과 상상력을 지니고 있기 때문이라고 할 수 있겠다.

앞에서 분석한 것처럼 〈서시〉는 분명히

땅(잎새) vs. 하늘(별)

의 대립되는 두 개의 공간으로 이루어져 있다. 그러나 바람은 이 두 대립 공간을 넘나든다. '잎새에 이는 바람'은 '별이 스치는 바람'이기도 하다. 바람은 지상의 잎새와 천상의 별에 같이 관여한다. 마찬가지로 '나' 역시 하늘이 별을 노래하는 마음과 동시에 잎새에 괴로워하는 마음으로, 위아래로 다 같이 관여하고 있다. 하늘과 땅을 매개하는 것은 바람과 나다.

별이 밤에 의하여, 말하자면 어둠에 싸여 비로소 빛나듯이, 나는 바람에 싸여 비로소 생명과 사랑의 빛을 얻어낸다. 잎새에 이는 바람에 괴로워하는 부정의 밤이 있기에, 모든 죽어 가는 것을 사랑하는 긍정의 마음이 생성된다. 어느덧 별과 밤의 관계는 나와 바람의 관계와 같은 패러다임을 형성한다.

별 : 어둠 vs. 나 : 바람

별에 의해서 어둠의 부정이 도리어 긍정으로 변환되듯이, 별을 노래하는 나(시인)에 의해서 괴로움을 주는 바람은 사랑을 불러일으키는 바람으로 변화한다.

여기에서 하늘과 땅은 대립 공간이 아니라 혼합·변형되어, 반대의 일치라는 고전적 양의성을 갖게 된다. 밤과 바람은 같은 것이 되고, 별과 나는 그것들 속에서 빛과 불변성을 얻어 가는 가역 반응을 보이는 것이다. 정확하게 말하면, 별과 나의 동일화는 지상적인 것을 천상적인 것으로 반전시키는 것이 된다.

한마디로 윤동주의 우주 공간은 죽음 속에서 얻어지는 생이고, 유한속에 휩싸인 무한이라는 역설과 양의성을 지닌다. 이것이 바로 윤동주가 창조한 공간이다. 어둠이 있어야 비로소 빛이 나는 별, 모든 것을 변하게 하는 바람이 있어야 반대로 불변의 사랑을 낳는 '나', 그리고 '시'.

- 나는 왜 윤동주의 고향을 찾았는가
- 윤동주의 사적 조사 보고
- 윤동주 시의 원형은 어떤 것인가
  《하늘과 바람과 별과 시》의 판본 비교 연구

오무라 마쓰오大村益夫

1933년 출생

와세다 대학에서 중국 문학 전공

저서《어느 항일 운동가의 생애》·

《한국 문학 관계의 일본어 목록》등

한국어 및 중국어에 능통하여

윤동주의 인간과 작품에 관한 번역·저서

이육사·최서해 등 한국 문학에 관한 논문 발표

나는 왜 윤동주의 고향을 찾았는가

오무라 마쓰오

■ 윤동주에 매료되기까지

나의 전공 분야는 중국 문학이었다. 그러나 한반도에 전운戰雲이 걷히고, 전쟁의 참화에서 일어선 한국인들이 재건 부흥의 열의에 불탈 즈음인 1956년경부터 나의 관심은 한국 문학 쪽으로 기울어져 갔다. 고심참담故心慘憺하게 한국말을 익히고, 한국 문학을 섭렵하면서 나는 많은 작가들과 작품의 연구에 몰입해 갔다. 최서해, 김정한, 정지용, 이육사에 관해서 흥미를 느끼고 그 인물들과 작품에 관한 글을 쓰기도 했다.

그러나 내가 참으로 크나큰 매력을 느끼고 깊이 파고든 것은 윤동주였다. 그의 시집《하늘과 바람과 별과 시》를 읽고 느꼈던 크나큰 감동을 나는 억누를 수가 없었다. 그의 작품을 더욱 깊게 이해하기 위하여 그의 인간적인 면을 좀 더 알고자 갈망하던 끝에, 나는 윤동주의 아우 윤일주 씨를 만났다.

1984년 여름, 나는 당시 일본에 와 있던 윤일주 씨를 만나 도쿄 히비야日比野의 한 다방에서 약 2시간 가량 그의 형에 관해 많은 사연들을 들을 수가 있었다. 당시 건강 상태가 좋지 않아 병색이 완연했던 윤일주 씨는 나의 요청을 쾌히 받아들여 나를 만나 주었고, 그가 아는 그의 형에 관한 거의 모든 것을 다 말해 주었다. 특히 40여 년이나 세월이 흘렀음에도 윤동주가 도쿄 유학 시절 읽던 책 보따리 속에 어떠어떠한 책이 들어 있었다든가, 용정에 있는 윤동주의 묘소가 있는 곳을 일러주는 약도까지 그려 주었다.

그때 나는 윤동주의 묘소와 그가 살던 고향을 찾고 싶은 강렬한 충동적 욕구를 느꼈다. 그것은 윤동주를 요절케 한 일본인의 한 사람으로서 느끼는 죄책감 같은 착잡한 심경에, 그를 훌륭한 시인으로 존경하는 사람으로서, 그의 묘소를 참배하고 그의 한恨을 위무하며 그를 더욱 진실하고 깊이 이해하기 위해, 그가 고향에 남겨 놓고 간 흔적을 찾고 싶은 마음이 간절했기 때문이었다. 물론 윤일주 씨의 간곡한 부탁도 있었지만, 윤동주의 고향을 찾고 싶은 마음은 내 스스로의 간절한 소망이기도 했다.

내가 중국 길림성의 연변 조선족 자치주에 1년간 체재할 기회를 만든 것은, 다른 목적에 못지않게 그러한 나의 연래의 소망을 이루어 보고자 하는 마음이 컸기 때문이다.

■ 연변의 한인 자치주를 찾은 목적

1985년 4월부터 1년간, 내가 옛 만주 땅 연변을 찾아간 것은 나의 오랜 숙망이었던 옛 북간도에서 활약했던 한국의 문학인들에 관한 발자취를 더듬어, 그들의 잘 알려지지 않은 문학적 업적을 추적하고 정리할 연구 목적에서였다. 물론 내가 좋아하는 윤동주 시인을 깊이 이해하기 위한 연구 자료의 수집이 가장 큰 관심사였다. 나는 와세다 대학으로부터 연구비를 받게 되어 오랜 숙원을 풀었다.

내가 주로 연구의 대상으로 삼았던 분은 안수길, 최서해, 강경애, 염상섭, 윤동주였다. 그러나 다른 분의 사적은 워낙 찾을 수 있는 자료가 희박하고 어려움이 많아 별다른 성과를 거두지 못했다.

연길시에 있는 연변대학에는 한국계 학생이 70퍼센트 정도나 되었다. 이 대학에서는, 가령 조선어문학과 같은 학과의 강의는 한국말로 강의를 해서, 한국의 어느 대학에 온 듯한 착각에 빠지기도 했다. 나는 이 대학에서 일본어를 강의하면서, 휴일이나 방학 기간을 이용해서 여러 곳을 돌아다니며 여행도 하고 자료 수집도 했다.

이때 내가 얻은 가장 큰 수확은, 윤동주에 관하여 평소 내가 알고자 했던 모든 것을 가능한 범위 내에서 알아내고 수집할 수 있었던 일이다. 그 결과를 정리해서 부분적으로 간략하게 간추린 것이 《조선학보》에 발표한 바 있는 〈윤동주의 사적 조사 보고〉다.

■ 윤동주 문학에 대한 나의 평가

나는 일제하에 활약했던 많은 문학인들과 해방 후의 여러 작가들의 작품을 섭렵해 왔다. 그러나 어느 문학 작품에서도 윤동주만큼의 강렬한 인상과 감동, 매력을 느끼지 못했다. 나는 일본의 시인 스즈키 미에키치鈴木三重吉와 같은 이의 작품도 좋아하지만, 내가 가장 애호하고 있는 것은 윤동주의 작품이다. 중국의 현대시도 많이 읽어 봤지만, 선이 굵고 어쩐지 나의 감성에 와닿지 않는 데가 있다.

윤동주의 작품에 관해 한국의 많은 문학인들이 쓴 해설과 평론을 숙독한 나로서는, 그에다 더 덧붙일 만한 것은 없다. 다만 간단히 한두 마디 언급하자면, 그의 인간과 시 작품이 그렇게 아름답고 감동적일 수 없다는 것이다.

그의 작품은 그에 대한 아무런 예비 지식 없이도 누구나 감동할 만큼 탁월하다. 쉬운 표현, 잘 이해할 수 있는 시어의 구사, 동요와 동시적인 데다가 문학적 향기가 짙은 그의 시 속에는 그의 순수하고 순결한 심성이 그대로 녹아 들고 스며들어 있다. 특히 내가 좋아하는 〈서시〉·〈자화상〉·〈별 헤는 밤〉 같은 시는 세계적인 명시라고 나는 보고 싶다.

그의 시 속에 담긴 저항의 소극성은 어딘지 가냘픈 감상에 흐른 면도 있다고 하지만, 나는 오히려 그 나약한 저항적 요소가 더욱 강하게 느껴지는 요소라고 생각된다. 캄캄한 일제하의 암흑기에 윤동주는 한민족에게 그 어둠 속에 빛나는 찬란한 빛줄기였다고 나는 항상 생각해 왔으며, 그의 삶에 대해 존경의 뜻을 지녀 왔다. 윤동주의 시 속에 그저 처절한 저항적인 면만이 부각되어 있다면, 나는 그처럼 그의 시 속에 매료되지 않았을 것이다.

너무도 아름다웠던 그의 삶의 길과, 그처럼 아름답고 감동적인 그의 시를 감상하고 느낄 수 있도록 내가 한국 문학을 배우고, 한국어를 이해할 수 있게 된 것을 나는 크나큰 보람으로 늘 생각하고 있다.

■ 고향이 낳은 세계적 대시인으로

윤동주의 고향 일대에서는 한국인은 물론 이제 중국인 사이에도 그들의 고향이 낳은 세계적 대시인으로 윤동주를 평가하고 있었다.

중국의 작가 동맹 기관지에도 윤동주를 높이 평가하는 글이 실렸고, 그곳 대학에서도 훌륭하고 존경할 만한 시인으로 그리고 항일 시인으로 윤동주를 추모하고 있었다. 그것은 민족을 초월한 고향 출신이라는 점에서, 맑고 아름답게 짧은 생애를 살면서 명시를 남긴 윤동주에 대한 흠모의 정에서 우러난 것이리라.

특히 윤동주의 모교인 용정중학에는, '윤동주 코너'로 마련된 문학 연구실이 꾸며져 있었다. 이 방에는 그 학교 미술 교사가 그렸다는 명상에 잠긴 윤동주의 초상화가 걸려 있고, 그의 약력, 추모의 글 등이 벽에 장식되어 있다.

이 학교에는 교장 선생의 사진 등이 걸려 있기는 하지만, 그처럼 그들의 모교가 낳은 훌륭한 선배로서 추앙을 받는 것은 윤동주 이외에는 찾아볼 수 없었다.

윤동주의 사적 조사 보고

오무라 마쓰오/윤인석 역주

이 글에서 윤동주론을 전개하려는 것은 아니다. 단지 1985년 4월부터 1년간 중국 길림성의 연변 조선족 자치주에 체재할 기회를 얻어, 그동안 앞 사람들의 연구 성과와 현지 중국의 여러분들의 협력으로 윤동주에 대한 몇 개의 사적事跡을 확인했고, 새롭게 찾아낸 사실을 보고하고자 할 뿐이다.

이하는 1985년 10월 5일 제36회 조선 학회 대회에서 행해진 연구 보고의 요지다.

중국과 한국은 국교가 없고, 다소의 교류가 있다 하더라도 학술면까지는 아직 미치지 않았다. 한국의 서적·문헌의 수입량도 급속히 그 수가 증가하고 있지만 아직까지 충분하다고는 말할 수 없다.

윤동주라는 시인에 대해서도 연변의 문학자들은 전혀 그 존재를 알지 못하고 작품도 몰랐다. 동주의 친척들도 연변에 많이 살고 있었지만, 동주가 한국에서 국민적 시인으로서 사람들로부터 존경받고 있다는 것은 꿈에도 생각하지 못한 것 같았다.

중국의 조선족 문학자로서 조선족 문학사상文學史上 신채호, 김택영, 김좌진 등이 다루어지기는 했어도 윤동주가 거론된 일은 없었다. 그러던 것이 이제는 연변이 낳은 자랑스러운 '항일 시인'으로 일약 각광을 받아 《하늘과 바람과 별과 시》가 돌려 가며 읽힐 정도가 되었고, 연변 문학예

술연구소 출판의《문학과 예술》1985년 제6기(11월 12일 발행)에도 '윤동주 시 10수+ᄈ'가 비로소 소개되었다.

중국에서 조선족의 역사를 다룰 때 조선족 문학사도 포함해서 두 개의 원칙이 있었다. 하나는 중국에서 태어나서 중국에서 죽었다든가 또는 지금도 중국에서 살고 있는 사람은 중국 소수 민족의 하나인 조선족으로 다룬다. 또 하나의 원칙은 해방 후의 여러 가지 사정 때문에 대한민국과 북한으로 돌아가서 그곳에서 죽었다든가 현재 살고 있는 사람은 외국인인 조선인으로 다룬다는 원칙이다.

따라서《조선족간사》(1964)나《연변인민혁명투쟁사선강제강》(1984)을 보아도 구ᅤ만주에서 항일 운동을 했다는 김일성의 이름은 나오지 않는다. 그것은 조선의 역사에 속한다고 생각하기 때문이다.

윤동주는 일본에서 죽기는 했지만 연변에서 태어나고 자란 연변이 낳은 시인으로서 조선족 문학 속에 이제부터라도 다루어질 것은 틀림없다. 단 한국에서처럼 최고봉의 하나로 다루어질는지는 의문이다.

■ '시인 윤동주지묘'의 발견

윤동주의 묘비가 연변에 있다는 것은 전부터 알고 있었다.《하늘과 바람과 별과 시》(정음사, 1983)에도 묘 앞에서 당숙 윤영춘, 종제 윤갑주, 여동생 윤혜원, 남동생 윤광주, 여동생의 남편인 오영범 등 다섯 사람이 찍힌 사진이 실려 있다.

1984년 여름, 일본 유학중이던 윤일주(동주의 동생) 교수를 만나 약 40년 전의 기억을 더듬어 동주의 묘가 구은진중학교로 이어지는 구릉의 구동산교회 묘지에 있다는 것을 알았다.

1985년 4월 12일, 연길에 도착해서 며칠 후에 다른 사람을 시켜서 동주의 묘를 찾게 했다. 연길시는 1985년 2월에 개방 도시로 되어서 외국인도 자유로이 다닐 수 있게 되었지만, 동주의 묘지는 연길 시내가 아니고 용정현 용정진의 교외에 있었다. 외국인이 거기에 가려면 공안국公安局의 허가증을 가져야만 하기 때문에 다른 사람에게 의뢰할 수밖에 없었다.

내가 의뢰했던 사람은 여기저기에 흩어져서 정보를 모으고, 일요일을 이용해서 하루 종일 구동산교회 묘지를 구석구석 뒤지고 다녔지만 끝내 찾지 못했다고 한다. 동시에 문화 혁명 때문에 파괴되어 버린 건 아닌가 하는 비관적인 추측을 하기도 했다. 나는 묘의 존재 여부를 이 눈으로 확인하고 싶었다.

이윽고 공안국의 하가증을 받아 5월 14일 연변대학의 지프를 타고 용정으로 떠났다. 연변대학 민족연구소장 권철 부교수, 연변대학 조선문학교연구실 주임 이해산 강사와 함께 우선 용정중학교(구대성 중학교가 있었던 자리에 있다. 당시의 건물의 일부가 남아 있어서 지금은 전시실로 되어 있다)를 방문하고, 역사에 밝은 한생철 선생을 만나 동행을 청했다.

구동산교회 묘지는 묘지라기보다는 산 그 자체였다. 승용차로는 도저히 올라갈 수 없는 구릉의 급경사지에 밭과 성근 숲이 여기저기 흩어져 있었다. 조선의 회령會寧과 이어지는 길이 서북에서 동남으로 지나가고, 그 좌측에 멀리 바라보이는 끝없이 이어진 구릉의 여기저기에 흙 둔덕과 묘비가 눈에 들어왔다. 문화 혁명 때문인지, 신축 공장 때문인지, 농경의 장애 때문인지, 산 밑 쪽의 묘비들은 넘어지고 부서진 게 상당히 많았다.

윤동주의 묘는 산기슭에서부터 지프로 10~15분 올라가서 비탈길 조금 내려온 곳에 있었다. 5월 14일인데도 새싹은 아직 나지 않고 지난해의 고초枯草가 덮여 있었다. 그날은 묘 주위의 커다란 풀 포기를 베고 돌들을 치우기만 하고 산을 내려왔다.

5월 19일에 우리들은 연변대학의 제諸 선생, 그리고 연변 민속박물관장 심동검, 연변 박물관장 정영진 등 일행 9명이 지프 2대에 분승하고 가서 묘에서 제사를 지냈다. 두만강에서 잡은 송어에 조선산 명태를 준비하여 순조선식 제사를 지냈다. 재일在日 조선인에게 현해탄이 특수한 의미를 가지듯이 연변의 조선족에게는 두만강이 특별한 의미를 갖는다.

■ 묘비명

묘비는 봉긋하게 성토를 한 분墳의 바로 옆 자리에 거의 남서쪽을 향해서 있었다.

받침돌 위에 올려진 비석 본체는 정면과 뒷면은 상부가 약간 둥근 모양을 띠고, 중앙의 가장 높은 곳이 세로가 1미터, 좌우의 낮은 곳이 93센티미터, 옆으로의 폭은 39.5센티미터였다. 측면은 세로 93센티미터, 폭 17센티미터고, 주위의 묘석과 비교해서 약간 컸다.

정면에 '시인윤동주지묘詩人尹東柱之墓'라고 새겨져 있다. 뒷면에 22자 8행, 정면에서 봐서 우측면에 22자 3행, 좌측면에 25자 3행에 걸쳐 새겨져 있다.

뒷면

嗚呼故詩人尹君東柱其先世坡平人也童年畢業於明東小學反和龍縣立
第一校高等科嗣入龍井恩眞中學修三年之業轉學平壤崧實中學閱一歲
之功復回龍井竟以優等成績卒業于光明學園中學部一九三八年升入京
城延禧專門學校文科越四年冬卒業功已告成志猶未已復於翌年四月負
笈東渡在京都同志社大學部認眞琢磨詎意學海生波身失自由將雪螢之
生涯化龍鳥之環境加之二竪不仁以一九四五年二月十六

우측면

日長逝時年二十九材可用於當世詩將鳴於社會乃春風無情花而不實吁
可惜也君夏鉉長老之令孫永錫先生之肖子敏而好學尤好新詩作品頗多
其筆名童舟云

좌측면

一九四五年六月十四日

海史 金錫觀 撰立書

第 一柱 謹豎

　　光柱

이것을 한문류로 훈독訓讀하면 다음과 같다.

　　아! 그 선조先朝가 파평波平인 고故 윤동주 시인. 어린 시절 명동소학을 졸업하고 화룡현립제일교 고등과에 편입한 뒤, 다시 용정의 은진중학에서 3년의 학업을 마치고 평양의 숭실중학으로 전학하였다. 학업을 닦느라 그곳에서 한 해를 보내고 다시 용정으로 돌아와 마침내 우수한 성적으로 광명중학부를 졸업하였다. 1938년에는 경성의 연희전문학교 문과에 진학하여 4년의 겨울을 지내고 졸업을 마치었다. 공부는 이미 성공의 지경에 이르렀으나 스스로는 아직 미진타 하여 이듬해 4월에는 책을 싸들고 동東일본으로 건너가 교토 도시샤대학 문학부에서 진리 탁마에 정진하였다. 그러나 어찌 뜻하였으랴, 배움의 바다에 파도가 일어 몸은 자유를 잃고, 형설螢雪의 생애는 조롱에 갇힌 새의 운명이 되었고, 게다가 병이 더욱 깊어져 1945년 2월 16일을 기해 운명하였으니. 그때 나이 스물아홉. 사람됨은 당세에 큰 인물이 됨직했고 그의 시 비로소 사회에 울려 퍼질 만했는데 춘풍무정春風無情, 꽃은 피우고도 열매는 맺지 못하였나니. 아아, 애석하도다 그대여. 하현夏鉉 어른의 손자며 영석永錫 선생의 아들인 그대. 영민하고 배우기를 즐겨 하며 신시新詩를 좋아해 작품이 많았으니 필명은 동주童舟라 하더라.

　　　　　　　　1945년 6월 14일 해사海史 김석관金錫觀 짓고 씀.
　　　　　　　　동생 일주, 광주 삼가 세웁니다.

■동주의 사적

종래 가장 신빙성 있는 상세한 동주의 연보는 앞에서 언급한 정음사의 《하늘과 바람과 별과 시》의 책 말미에 첨가된 동생 윤일주 씨가 작성한 연보다. 묘비명과 그 연보를 대조해 보면 대부분 맞지만 약간 어긋나는 것들이 있음을 알았다. 비는 동주의 죽음 후 얼마 지나지 않아 세운 것이고 그 당시 부모가 모두 건재했었기 때문에 비의 기술은 꽤 정확도가 높다고 생각된다.

윤일주 작성 연보(이하 연보라 칭한다)에는 명동소학교 졸업 후 "대랍자의 중국인 소학교 6학년에 편입하여 1년간 수학하였다"라고 되어 있다. 대랍자는 현재의 용정현 지신智新이다. '대랍자의 중국인 소학교'는 정확하게는 당시의 '화룡현립 제일소학교'였었다. 연보에는 6학년에 편입했다고 되어 있지만 묘비에는 편입이란 말은 없고 고등과에 입학했다고 되어 있다. 어느 쪽이 정확한지는 단언할 수 없지만 소학교를 졸업했다면 고등과에 진학하는 것이 보통이고 다른 소학교에 다시 편입하는 것은 이례적인 일이다.

동주가 시 〈별헤는 밤〉에서 "나는 별 하나에 아름다운 말 한마디씩 불러 봅니다. 소학교 때 책상을 같이했던 아이들의 이름과, 패佩, 경境, 옥玉 이런 이국 소녀들의 이름과, 벌써 애기 어머니된 계집애들의 이름과, 가난한 이웃 사람들의 이름과"라고 노래했던 것은 아마 이 대랍자 시대의 경험이 기초가 되었을 것이다.

은진중학에서 평양의 숭실중학으로 전학한 예는 당시 상당히 많았던 듯싶다. 상급 학교에 진학하려면 5학제의 중학을 나오지 않으면 안 되었는데, 은진중학은 사립으로 4학제였기 때문에 고등학교와 전문학교로 진학할 자격이 안 되기 때문이었다.

비문의 '찬병서(撰竝書, 비문을 짓고 씀)'의 김석관金錫觀에 대해서 알고 있는 사람이 전부터 없었기 때문에 간단하게 써야겠다. 김석관의 정식 이름은 김석관金錫寬이라 하고, 1919년부터 1922년까지 명동학교의 학감을 하고 있었다.

명동학교는 독립 운동가인 규암圭巖 김약연(金躍淵, 1868~1942)이 창설했던 학교이고, 동주는 약연의 누이한테서 태어났다. 그러니 동주에게는 약연이 외삼촌이 된다. 김약연의 뒤를 이어서 명동학교의 교장이 된 사람이 김정규金定奎이고, 김석관은 정규의 아들이다.

학감은 학무나 학생을 감독하는 직원으로서 말하자면 교무 주임과 학생 부장을 겸한 역할과 같았다. 동주는 6년간 명동학교의 소학부에 다녔기 때문에 석관은 동주의 선생이기도 했다.

당시 동주의 부모는 모두 건재했다. 특히 아버지는 동주의 시체를 일본까지 가지러 다녀왔다. 그러나 조선의 풍습에 따라 연장자는 손아래 근친의 비석은 안 세우기 때문에 두 형제 일주, 광주의 이름을 표면에 내고 있다. 육신의 비탄과 애석한 정이 숨겨져 비문 안에 스며들어 있다.

■ 광명중학 학적부

'간도의 서울'이라고 불리던 용정에는 6개의 중학이 있었는데, 해방 후 합병하여 현재의 용정중학교가 되었다. 6개의 중학이란 은진중학, 명신여자중학, 동흥중학, 광명여자중학이었다. 구대성중학이 있던 자리에 세워졌던 용정중학에서 동주 관계의 자료를 찾은 결과, 광명학원 중학부 학적부와 광명학원 중학부의 당시 졸업생 명부가 발견되었다.

학적부에는 1936년 4월 6일에 평양 숭실중학 3년 수료 후 광명중학의 4학년에 편입해 온 일, 1938년 2월 17일에 광명중학을 졸업한 일, 제5학년에서 영어나 한어漢語 중 선택하도록 되었는데 그중 영어를 선택했고 꽤 좋은 성적이었다는 것을 알 수 있었다. 점수는 좋지 않았지만 일본어도 학교에서 배우고 있었다. 일본어에 비해서 교육이 침체되어 있었던 조선 한문의 성적은 좋은 편에 속했다. 종교는 기독교라고 기록되어 있고, 아버지 윤영석의 직업은 '상업(포목상)'이라고 적혀 있다.

학적부는 한 사람에 대한 기술이 한 페이지로 되어 있고, 한 쪽 페이지에는 본인의 성명, 학력, 보호자, 성적 등이 적혀 있고 또 한 쪽 페이지에는 '품행'이 씌어 있었다. '품행'은 제1학년에서 제4학년까지는 빈 칸이었고, 제5학년 난만 기술되어 있었다.

생년월일에 대해서 연보는 1917년 12월 30일이라고 되어 있으나, 학적부에는 다이쇼大正 7년이라고 씌어 있다. 다이쇼 7년은 1918년이며 정확히 1년이 어긋나 있다. 이에 대해서 연보는 "호적상 윤동주 생년이 1918년으로 되어 있는 것은 출생 신고가 1년 늦었기 때문이다"라고 설명하고 있다. 친동생이 하는 말이니 그럴지도 모르겠다.

단지 또 하나의 가능성으로서 출생이 구력의 1917년 12월 30일, 즉 신력의 1918년 2월 초였다는 것도 추측해 볼 수 있다. 탄생일의 월과 일이 바뀌는 것은 좋지 않기 때문에 12월 30일을 그대로 하고 연도만 신력으로 바꾸어 1918년으로 한 것은 아닐까.

연보에서 말하는 출생 신고가 늦어졌다는 것은 자주 있었던 일이기는 하지만 꼭 1년 늦어졌다는 것은 기묘한 일이다. 당시는 아직 구정이 일상생활을 지배하고 있던 시대였기 때문에 '다이쇼 7년 12월 30일' 전체가 구정으로 기록되어 있는 것은 아닐까 하는 생각이 든다.

■ 동주의 주변

동주를 이해하는 방법의 하나로 동주가 생활하던 집, 다녔던 학교, 다니던 길, 예배드렸던 교회, 친분이 있었던 사람, 사상적 영향을 주었던 사람들을 찾아 그가 살았던 시대를 재구성하는 것도 하나의 방법일 것이다.

동주가 지냈던 집은 용정에 두 군데, 명동에 한 군데인데, 당시의 건물은 모두 헐려서 지금은 없다. 명동의 생가는 1983년에 막 헐렸다는 것이

애석했다. 그러나 어느 것이든 집이 있었던 위치는 확인할 수 있었다.

그가 다녔던 중학교, 소학교의 건물도 지금은 없다. 그래도 당시의 교사 사진을 입수하는 것은 가능했다. 일본의 대학 도서관과 연변에서 입수할 수 있었던 윤동주 관계의 자료는 다음과 같다.

1. 동주의 어머니

동주의 어머니 김용(金龍, 1891~1948)의 50세 때라고 생각되는 사진을 보면 눈이 가늘고 코가 높다. 동주와 6촌인 인주仁柱가 보관하고 있었다. 친척 가운데 남아 있는 사진이라고는 그것 한 장뿐이었다. 동주의 사진이나 편지 같은 것들은 어느 집에서도 문화 혁명 때에 태웠다고 한다. 한 장이라도 남은 것은 기적에 가깝다.

김용은 김약연의 누이이고 한문·한학을 잘했던 지식인이었다. 조용한 기질의 사람으로서 오랜 병고에 시달렸다고 한다. 김용이 사망했을 당시 동주의 동생 광주는 한국 나이로 15세. 광주의 조모가 손자를 보살펴 주고 있었다.

아버지 영석은 1955년쯤 후처를 맞았다. 이때 광주만 집에 있었다. 1962년에 광주가 폐결핵으로 죽고 영석도 3년 후인 1965년에 사망하자, 10년간 영석을 수발하던 후처는 누워 앓는 상태로 영석의 사촌인 영집永集의 집에 머물다가 3년 후에 영집의 집에서 숨을 거두었다.

동주 어머니의 사진과 아울러 이어서 영석의 후처가 사용했던 솥과 다듬잇돌이 영집의 집에 남아 있었다.

2. 생가의 자취(명동)

현재 담배밭으로 되어 있는데 생가 터에는 땅을 파서 초석 등이 높이 70~80센티미터의 더미로 남아 있을 뿐이다. 부엌과 창고에는 콘크리트 대 등이 남아 있음을 알 수 있었다. 한 채만 남북으로 길게 동풍이 잘 들도록 지어져 있었다.

3. 송몽규宋夢奎 생가(명동)

몽규는 동주와 거의 같은 시기에 체포되어 거의 같은 시기에 옥중에서
죽었다. 두 사람은 같은 해에 똑같이 명동에서 태어나 집도 아주 가까웠
으며, 함께 유아 세례를 받았고 함께 명동소학교에 다녔던 사촌이자 동
료였다. 몽규의 생가는 그대로 남아 있었다. 중앙의 굴뚝만 새롭고 그 외
는 당시 그대로였다.

몽규의 아버지 송창희는 명동학교의 교장을 지내고 대랍자 촌장, 해방
후에는 1946년까지 광명중학교의 교장을 지냈다. 몽규의 먼 친척인 송
덕섭宋德燮은 지금도 살고 있는데 몽규의 육친은 해방 후 조선으로 돌아갔
다. 몽규는 대성중학 출신이고 대성중의 건물은 현재도 그대로 보존되어
몽규의 학적부도 남아 있었다.

4. 윤가尹家 묘지(명동)

동주 생가로부터 북쪽으로 걸어서 10분 정도의 작은 높이의 경사지에
있다. 꽤 넓은 면적인 것 같았으나 지금은 사용되지 않고 경계도 확실하
지 않았다. 더구나 동주의 묘는 용정 교외이고 여기서는 12~13킬로미
터 떨어져 있다.

5. 조부 하현의 묘(명동)[1]

아버지 영석과 어머니 김용의 묘는 윤씨 묘지에 있을 것이나 묘비를
발견할 수 없었기 때문에 어디라고 특정할 수가 없었다. 그러나 조부 하
현의 묘의 위치는 확인할 수 있었다.

하현은 장로회에 들어 있었고, 또 5정보町步 정도의 부농이었다고 한다.
비록 대단한 면적은 아니었다 해도 산촌 마을에서는 서구 사상에 물든

부농 계층으로 간주되어 문화 혁명 때 홍위병들에 의해서 묘가 파헤쳐졌다고 한다. 부장품 등이 있으면 '계급 투쟁'을 고취하는 재료로 사용할 예정이었을 것이다.

묘비는 있었을 것 같으나 지금은 없다. 파헤쳐졌던 구덩이는 지금도 그대로 남아 있다.

6. 명동학교

명동학교는 세 번의 화재를 당했다. 혁명 운동의 소굴로서 일본에 의해서 소실되었다고 전해진다.

동주는 1925년부터 1931년까지 다녔다. 그 당시의 교사 전경을 입수할 수 있었다. 일자형의 왼쪽이 소학교, 오른쪽이 중학교, 중앙에 문이 있으며 그 위에 옆으로 '명동소학교'라고 시멘트에 요철(凹凸)을 새긴 간판이 있다. 현재 교사는 없지만 교직원의 숙직실은 그대로 남아 살림집으로 사용되고 있다. 교사 자리에는 잡초가 무성했고, 현재의 명동소학교는 시내를 건너 다른 위치에 세워졌다.

7. 명동교회

구명동학교에서 2~3백 미터 북쪽으로 낮은 벼랑 밑에 위치한다. 일부 개수하여 지금도 남아 있다. 집회장일까 창고일까, 공공의 것으로 사용하고 있는 것 같았다. 교회의 종이 걸려 있었다고 하는 나무는 옛 그대로의 모습으로 서 있었다.

8. 화룡현립제일소학교

현재의 용정현 지신향 지신소학교.

대랍자는 지신의 옛 명칭. 동주가 다녔던 교사는 바로 2~3년 전에 헐렸다. 옛날의 사진은 남아 있었다.

9. 은진중학교(용정)

동주가 1932년 4월에서 1935년 8월까지 다녔던 캐나다계 미션 스쿨. 1920년 창립 당시의 사진은 일본에서도 연변에서도 볼 수 있다. 뒤의 숲은 그대로였지만 현재는 군대 시설이 되어 들어갈 수 없다. 역시 은진중학교의 실습 농장(교지와 이어져 있던)은 현재 용정4중의 운동장이 되어 있었다.

10. 광명중학교(용정)

전신은 영신중학교. 동주는 1936년 4월부터 38년 2월까지 다녔다 (1910년 창립). 당시의 교사는 ㄷ자 형으로 되어 있었지만 현재는 그 ㄴ부분이 남아서 신안소학교의 구매부로 사용되고 있다. 신안소학교는 용정중학과 근접해 있다.

11. 동산기독교교회(용정)

장로파의 교회로 용정진의 동쪽 언덕에 있었다. 종루는 남아 있지 않았지만, 교회의 건물 본체는 남아 있었다. 남녀 별도의 입구가 좌우에 있었는데 지금은 벽돌로 막아 창고로 사용하고 있다.

당시의 사진을 보면 종루 위에는 '야소교 장로파 동산예배당'이라는 간판이 있고, 밑에는 '동산유치원'이라는 간판이 있다.

12. 용정의 집

명동에서 용정으로 이사온 일가는 용정진 내에서 두 번 이사했다. 두 군데 모두 지금 그 건물은 없어져 버렸다.

단 동주의 오촌 숙부 영규가 살았던 집은 그대로 남아서 지금은 다른 사람이 살고 있었다. 하현, 영석, 동주 등이 함께 살았던 집이 그 근처에 있었다는데 지금은 용정현 기계 수리 공장의 정문과, 정문에서 공장 건물로 이르는 길이 되었다. 영규와는 가까운 친척 이상으로 아주 친하고 동주네도 어디가 자기들 집이었는지 알 수 없을 정도로 드나들었다 한다. 은진중학에서 걸어서 수분의 거리에 위치하고 있다.

두 번째 이사 간 집도 그리 멀지 않은 곳에 있었고, 이웃집의 초가 지붕은 그대로 남아 당시의 분위기를 자아낸다.

13. 대성중학(현 용정중학 소재지)

송몽규가 졸업한 학교다. 구중학으로서 당시의 교사가 그대로 남아 있는 것은 대성중학과 광명여자중학의 초기 교사뿐이다. 건물 중앙의 입구에 오른쪽으로부터 횡서로 '대성중학교'라는 문자가 있다. 건물 중앙 부분은 원래 3층으로, 3층에 공자를 모시는 제단이 있었다. 1923년 4월 1일 학생들이 매일 아침 행하던 공자 예배를 폐지하고, 임林 교무 주임을 추방하고, 현대 과학을 배워 줄 것을 요구했는데 학교 측이 응하지 않아 3층의 제단을 파괴했다고 한다.

현재 건물 2층의 두 방이 교사校史 전시실로 되었고 연합해서 여섯 중학 관계의 자료가 연이어 있다. 1985년 6월 11일 용정중학에 교원 지도 아래 학생 30여 명으로 '윤동주 문학 사상 학습 소조'가 생기고, 그 후 8월중에 이 전시실에 동주 시집, 교토 지방 재판소의 판결문, 철창 속의 동주를 그린 그림, 약력 등을 기록한 전시물이 장식되었다.

14. 기타

직접 윤동주와 관계될 리는 없지만 그 외에 동주가 보았을 당시의 건물로 현존하는 것은 다음과 같은 것이 있다.

(1) 자혜 병원. 이것은 현재 용정 제일백화공사 변공실(弁公室, 작업실)로 되어 있었다. 자혜 병원은 맵시 있는 3층 건물로 지붕이 녹색이다. 조선총독부 병원3) 으로 설립된 후 성립 병원이 되었다.

(2) 홍중소학교. 현 용정소학교의 일부.

(3) 광명여자중학의 최초 건물. 현 용정2중의 문 앞에 있는데 민가로 사용되고 있지만 가까운 시일 내에 철거할 예정.

(4) 광명 실천 여학부 강당. 현 용정현 제5중학교. 소학교 급으로 광명 중학과 연계가 있다.

■ 연변의 친척과 동생 광주

확인 가능한 범위에서 계보를 더듬어 보면 다음과 같다. 원칙적으로 여자 이름은 들어 있지 않다. 옆선은 연변 지구에 살고 있는, 이야기를 들을 수 있었던 사람의 이름이다. 오른쪽 위의 숫자는 동주와의 촌수를 가리킨다. 영범永範, 영만永萬 두 사람은 어린 시절의 동주를 기억하고는 있으나 중요한 것은 아니다. 모두가 침통한 표정으로 머뭇거리며 이야기한 것은 동생 광주의 일이다.

인척 관계로는 김동식金東植 연변 농학원 부교수가 가장 가깝지만, 40년의 공백이 있기 때문에 동주에 대해서 자세히 기억하고 있는 것은 그다지 없다. 김동식 부인은 동주의 고모인 관계로 가깝게 지내고 있었다. 동식 씨는 한때 동주 집에서 하숙을 한 적도 있다.

동주에게는 누이동생인 혜원, 동생 일주, 광주가 있다. 앞의 두 사람은 각기 서울과 서울 근교에 살고 있고, 광주만이 내내 연변에 머물다가 연변에서 타계했다.

동주의 4형제는 모두 시인이라 할 수 있다. 일주 씨도 전공은 건축학이지만 시인으로서 추천을 받았다.

광주(1933~1962)는 연변에서 시인으로 인정받고 있다.《중국 인민 공화국 창건 30주년 기념 선집》(연변 시민출판사, 1969. 9)에 시 3편이 수록되어 있다. 책명으로 보아 일정한 평가가 있는 작품을 모았을 터이다. 〈다시 만나자 고향아!〉·〈고원의 새봄〉·〈아침 합창단〉 세 편은 연변 시인다운 서정시로서 동주의 시와는 색채를 달리한다. 시대, 환경이 다르니 당연한 것이다.

이 세 편 이외에도 잡지, 신문에 발표된 작품은 많다. 현재 확인된 작품을 연대순으로 나열하면 다음과 같다.

〈쓰지 못한 사연〉,《연변문예》, 1955. 3.

〈어머니〉,《연변문예》, 1955. 7.

〈길〉,《연변일보》, 1956. 11. 13.

〈우애〉,《연변문예》, 1956. 11.

〈그때면 알겠지〉,《창작선집》, 중국 작가협회 연변분회 편, 1956. 11.

〈대접〉,《아리랑》, 1957. 8.

〈산간일경〉,《아리랑》, 1957. 12.

〈조국이 부를 때〉,《아리랑》, 1958. 2.

〈양돈장에서의 단식〉,《연변문학》, 1960. 2.

〈그 은덕을 못 잊으리〉,《연변문학》, 1960. 7.

〈고원의 새봄〉,《연변시집 1950~1962》, 중국 작가협회 연변분회 편,
1964. 9.(〈고원의 새봄〉의 말미에는 '1957. 12. 작'으로 되어 있다.)

그 외에 동주에게 사상적 영향을 미쳤다고 할 수 있는 스승이 있다. 명동소학교 시절의 이기창·한준명·김정훈·은진중학교 시절의 명희조·김준성·이태준李泰俊, 광명중학교 시절의 박용환.

모두 수재들로서 애국심이 강한 스승이었다. 그중에서도 박용환은 에피소드가 많은 사람이다.

동주의 학창 시절의 거의 같은 시기에 선배·후배는 만날 수 있어도, 그를 가르친 선생님들은 이미 세상을 달리하고 있다. 선생 각자의 경력은 밝힐 수도 있으나 동주에게 어떤 사상적인 영향을 미쳤는지 현단계로서

는 불투명하다 하겠다.

윤인석尹仁石 : 윤동주 시인의 실제實弟인 고故 윤일주 교수 장남.

1) 이 글은《문학사상》1987년 5월호에 수록되었던 글로 1987년을 기준으로 씌어진 것임.

2) 이 글의 말미未尾에 붙은 역자의 주註는 친척들에 관한 그 후 소식을 적고 있다. 대부분 윤동주와 직접 관련이 없는 일이기에 생략하고, 다만 동주의 사촌인 윤인주의 모친이 회상한 다음과 같은 윤동주의 사망 소식이 전해진 전후의 사정을 옮긴다.

— 동주가 죽었다는 소식은, 조카인 국주國柱의 결혼식이 진행되는 도중에 전해졌습니다. 이 소식을 듣고 친척이 모두 광주(동주의 친동생)의 집으로 돌아가 결혼식은 엉망이 되었습니다. 영춘(동주의 오촌)과 광주 아버지가 시신 인수차 일본으로 가서, 화장을 한 유골을 가져와 추도식을 올렸습니다. 그때 영춘이 말하기를, 광주 아버지는 나무 관 속에 눕혀 있는 동주를 보고, "동주야"라고 소리치며, 시신을 붙잡고 울부짖었다고 합니다. 동주의 시신은 하얀 옷이 입혀져 턱수염이 가슴까지 길어 있었고, 머리는 허리께까지 내려뜨려져 있었다고 합니다.

■주

1) 하현의 묘에 대하여

연변에서 작고한 선조들의 산소는 두 군데로 나뉘어 있다. 즉, 오무라 교수의 글에서도 언급하고 있는 명동의 윤동주 가족 묘소와 용정에 있는 동산교회 묘지가 그것이다. 연변에 살고 있는 유족들의 증언에 따르면, 명동의 가족 묘소는 윤 시인 증조부(윤재옥) 내외분을 모신 곳이라 한다. 본문에서도 나오지만, 가족 묘소는 명동의 생가에서 얼마 떨어지지 않아서 집 뒤켠으로 나서면 뒷동산에 있는 산소들이 보일 정도라 한다.

1932년, 윤 시인의 가족은 명동에서 30리 북쪽에 있는 용정으로 이주한 뒤, 얼마

안 있어 용정 안에서 또 한 번 이주를 했다. 윤 시인의 부고를 접하게 될 때까지 가족은 그곳에서 살고 있었다. 1945년 3월 6일, 가족들은 장례를 치러 용정 교외에 있는 동산교회 묘지에 안장했다. 그리고 1948년 음력 8월에 어머니 김용과 조부 하현이 타계해서 같은 동산교회 묘지에 묻혔다 한다. 이 동산교회 묘지의 세 기基의 묘는 청진에 살던 윤 시인의 누이동생 윤혜원 여사가 월남하기 전인 1948년 10월 마지막으로 고향에 다녀오면서 확인하였던 것으로 그 기억은 틀림없을 것이다.

따라서 오무라 교수의 글 가운데 〈5〉에서 확인한 것은 윤 시인의 증조부대의 것을 확인한 것일 터다. 그리고 〈4〉에서는 명동의 윤가 묘소와 동산교회의 묘지가 4~5킬로미터 떨어져 있다고 했는데, 명동과 용정의 거리는 실제로 30리였다 하므로 12~13킬로미터 정도 떨어진 거리라고 보아야 할 것이다.

2) 자혜 병원에 대하여

당시 그곳의 영사관 뜰이 상당히 넓었으며 그 안에 영사관 건물과 영사관에서 운영하는 자혜 병원 및 그 부속 건물이 많았는데, 후에 만주국 간도성 성립 병원으로 되었다 한다. 그 당시 연변 일대가 조선의 영토가 아니었으니 조선총독부 병원은 아니었을 것이다. 이는 그곳에서 도움말을 주었던 사람들이 일본 영사관을 막연히 조선총독부라고 생각하고 말했기 때문이라 여겨진다.

윤동주 시의 원형은 어떤 것인가
—《하늘과 바람과 별과 시》의 판본 비교 연구

오무라 마쓰오

이 글은 윤동주의 문학 사상을 논하는 것이 아니라, 윤동주 연구에 필요한 기초 작업에 관하여 몇 가지 생각해 보고자 하는 것이 그 목적이다. 즉,《하늘과 바람과 별과 시》의 판본 비교를 통해서 윤동주 시의 원형을 찾아보려고 하는 것이다.

가장 먼저 해야 할 작업은 원본 비평 작업이라 생각한다. 또 윤동주 시를 논하는 경우에도 그것이 어느 텍스트를 기본 자료로 했는가를 분명하게 밝혀야 한다고 생각한다.

한국에는 윤동주를 연구한 논문이 수백 편에 이를 것으로 생각된다. 중국에도 수편이 있으며[1], 1991년에는 조선민주주의 인민공화국에서도 한 편이 발표되었다[2].

물론 필자는 그것을 다 읽을 수가 없다. 그래도 일본인인 필자로서 할 수 있는 것이 있다고 한다면 그것은 무엇이겠는가? 이렇게 생각한 나머지, 필자는 세 가지 일을 해보려는 계획을 갖게 되었다.

첫째,《하늘과 바람과 별과 시》의 판본 비교 문제.

둘째, 윤동주의 독서력에 관한 조사.

셋째, 동생 일주·광주와의 비교 연구.

이상의 세 가지 연구 계획을 갖고 먼저 이 글에서는 첫 번째 문제를 생각해 보고자 한다.

■ 판본 비교를 통한 윤동주 시의 원형 찾기

윤동주 연구에 있어서 동생 윤일주의 공적이 얼마나 큰지 모르겠다. 자료의 보관·정리, 연보의 작성, 동주에 대한 회상·증언 등등 그가 존재하지 않았더라면 윤동주 연구는 성립되지 못했으리라고 믿는다. 그러나 자료의 정리가 잘 되어 온 반면에, 동주 시의 원형 보존에는 어느 정도 문제가 생기지 않았는가 생각된다.

다음에서 보듯 윤동주 시의 원래 모습은 ①에 있으나 아직 그 전모는 알 수 없다. ② 이하는 동생 윤일주가 중심이 되어 편찬한 것이다.

① a: 그가 노트에 쓴 초고. 곧《문조文藻─나의 습작기의 시 아닌 시》

　b: 원고/원고 노트《창窓》

　c: 산문 4편, 시 1편

　d:《문조》·《창》에서 자기가 좋아하는 시를 18편 골라서 출판하려고 한 시고집《하늘과 바람 과 별과 시詩》

② 초판본《하늘과 바람과 별과 시》, 정음사, 1948년 1월 30일 발행. 31편

③ 재판, 정음사, 1955년 2월 16일

④ 1976년, 1984년, 1986년, 1990년도 판

지금까지 공개된 친필 원고 사진으로는 다음과 같은 것이 있다.

①《창》표지

②《문조─나의 습작기의 시 아닌 시》표지

③《하늘과 바람과 별과 시》시고집 표지

④〈봄〉(초판에 있음)

⑤〈초 한 대〉(초판에 있음)

⑥〈쉽게 씌어진 시〉(일부가 초판에 있음)

⑦ 무제(소위 서시)

⑧〈힌(흰) 그림자 기일其一〉(초판에 있음)

⑨〈팔복〉(원고 사진에 퇴고 흔적이 있음)

⑩〈참회록〉(초판에 있음. 퇴고 흔적 있음)

⑪〈황혼이 바다가 되어〉(초판에 있음. 퇴고 흔적 있음)

⑫〈식권〉(초판에 없음. 퇴고 흔적 있음)

⑬〈귀뚜라미와 나와〉(초판에 없음. 퇴고 흔적 있음)

⑭ 산문시〈종시〉첫 부분(초판에 없음)

원고 사진을 보면 퇴고의 흔적이 남아 있다.

윤동주 본인이 어떻게 퇴고를 되풀이했는지 그 과정의 연구가 재미있다. 그러나 이 부분에 대한 검토는 다음 기회로 미룬다.

■〈서시〉의 작품 수와 철자법 문제

1.〈서시〉와 작품 수

초판에는〈서시〉란 제목을 붙인 시가 없다. 초판본 권두시에도, 연세대학교 시비에도〈서시〉란 제목이 없으며, 단지 제목 대신 이 시집 전체의 앞에 수록한 시라는 의미로 괄호를 쳐서 '서시序詩'라고 인쇄되어 있을 뿐이다.

이런 것을 보면 윤동주가 자기가 마음에 든 시, 남에게 보여 주어도 괜찮다고 생각한 시 18편을 골라 그 자선 시고집의 권두에 시가 '죽는 날까지 하늘을 우러러……'로 시작하는 무제의 시고, 후에 그 시를〈서시〉라고 부르게 됐다고 본다. 처음부터〈서시〉란 제목을 붙인 시가 있는 것은 아니었던 것 같다.

1948년 1월 30일에 출판된 초판본에는 시고집의 19편 뒤에 12편이 추가되어 총 31편이 수록되었다. 1955년도 판에는 93편이 수록되었고, 1975년도 판 역시 93편, 1976년도 판 이후는 모두 116편이 수록되어 있다. 결국 처음의 18편이 116편으로 늘어난 셈이다.

1988년도 판 책 표지를 두른 띠를 보면 '저항 시인 윤동주의 전작품 수록'이라고 적혀 있지만, 이는 출판사가 선전 효과를 노려 상업적으로 의도한 결과라 생각된다. 동주 자신이 '나의 습작기의 시 아닌 시'라고 인정한 습작 가운데서 편자인 윤일주가 사회적 요청에 따라 이만큼이면 발표해도 괜찮다고 생각한 시들을 조금씩 공개한 것이라고 본다.

예를 들면 시 〈장〉의 말미에 편자가 "시인은 이 작품 원고 전체를 ×표로 삭제하였으나 편자들은 살려서 싣기로 하였다"고 씌어 있다. 현행본 중에서 ×표한 시를 다시 살렸다는 주가 달린 시는 이 한 편밖에 없다. 그렇다면 동주가 ×표로 삭제한 나머지 시들은 아직 미공개 상태로 남아 있을 것이라고 생각한다.

2. 철자법 문제

여러 판본 중에서 초판본(1948), 재판본(1955), 1972년도 판, 1976년도 판, 1983년도 판을 취급하여 비교해 본다. 원고 사진이 있는 경우에는 그것도 참조한다.

원고·초판본: 죽는 날까지 하늘을 우르러
1955년도 판: 죽는 날까지 하늘을 우러러

초판본: 나는 괴로워했다
1955·1972년도 판: 나는 괴로워했다
1976년도 판: 나는 괴로와했다

원고: 나안테
초판본: 나한테

원고: 거러가야겠다
초판본: 걸어가야겠다

원고의 '거러가야겠다'와 초판본의 '걸어가야겠다'는 단순한 철자법 문제니까 별로 문제가 아니다. 그러나 '우르러'와 '우러러'는 꼭 같을까? 1941년 당시, 함경북도 출신의 가정에서 자라난, 북간도에서 중학교를 다닌 청년이 '우러러'가 아닌 '우르러'라는 단어를 택한 이유가 무엇인가 궁금하다.

윤동주는 아직 철자법이 확립되지 못했던 시대에 살았다. 그 시의 철자법을 현대 표준어로 고치면 물론 현대 독자들은 쉽게 동주 시에 접근할 수는 있을 것이다. 그러나 옛 표기를 현대식으로 고치는 과정에서는 편자의 판단이 언제나 중요하다. 이 경우 어감이나 의미의 이동異同이 생길 가능성이 있는 것이다.

〈눈 오는 지도〉란 시에 있어서 초판부터 1976년도 판까지는 '쪼고만'이란 부사를 쓰고 있지만, 1983년도 이후에는 '조그만'이란 표준형으로 고쳤다.

초판본의 '작고'는 1983년도 판부터는 '자꾸'로 교정되어 있다. 각 작품마다 철자법의 이동이 있는 부분을 제시하면 다음과 같다.

〈눈 오는 지도〉
초판: 아츰, 눈이 나려, 쪼고만, 작고
1972년도 판: 아침, 눈이 나려, 쪼고만, 자꼬
1976년도 판: 아침, 눈이 나려, 쪼고만, 자꼬

1983년도 판: 아침, 눈이 내려, 조그만, 자꾸

〈소년〉
초판: 나무가지 우에, 단풍닙
1976년도 판: 나무가지 우에, 단풍잎
1983년도 판: 나뭇가지 위에, 단풍잎

〈병원〉
초판: 얼골, 누워
1972년도 판: 얼골, 누어
1976년도 판: 얼골, 누어
1983년도 판: 얼굴, 누워

〈쉽게 씌어진 시〉
초판: 강의를 들으려, 씨워지는
1972년도 판: 강의를 들으려, 씨워지는
1976년도 판: 강의를 들으려, 씌어지는
1983년도 판: 강의를 들으러, 씌어지는

그 외의 초판본 표기는 아래 오른쪽과 같이 교정되어 있다.

나렷을 때―나렸을 때―내렸을 때
파라케―파랗게
걸리였습니다―걸리었읍니다
오날―오늘
오든―오던

터러드리고—털어트리고
애딘—앳된
있습니다—있읍니다
문들레—민들레

앞으로 개정판이 새로 나온다면 '있읍니다'가 '있습니다'로 교정될 것
이다.

동주 시에 자꾸 나오는 '민들레'란 말도 필자가 아는 한 초판부터
1976년도 판까지는 '문들레'로 되어 있었다. '문들레'와 '민들레'는 어감
이 꼭 같지는 않을 것이다.

동주가 국민 시인·민족 시인이 되고 그의 작품이 일반화·대중화되어
갈수록 그의 시에 깃든 지방 색채가 사라져 버리는 것은 아닐까? 또한 시
인이 갖고 있는 시대성·지방성·고유성이 상실되고 있는 것이 아닐까 하
는 우려가 든다.

■ 초판본과 1990년도 판 비교, 〈무서운 시간〉의 경우
동주 역시도 글쓰기 과정에서 오류를 범했을 수 있다. 또 인쇄소에서
오식이 있을 경우도 있을 것이다. 이런 부분을 편자가 고칠 경우 편자 나
름의 판단이 필요하게 된다.

오늘까지 다양한 제목의 윤동주 시집이 출간되어 있으나 윤일주 이외
의 편자는 현대 독자의 편이성에만 관심을 둔 나머지 너무 대담하게 원
문을 고친 결과를 보여 주고 있다.[3] 이런 책을 통해서는 도저히 동주 시
의 원형을 찾을 수 없다.

윤일주 편 《하늘과 바람과 별과 시》 속의 작품들은 될 수 있는 대로 원
래의 의미를 떠나지 않도록 신중하고 조심스럽게 교정되어 있다. 그럼에
도 불구하고 현행본만으로는 원본 상태를 확실하게 파악할 수 없는 부분

이 약간 있다.

〈무서운 시간〉을 예로 하여 초판본과 1990년도 판을 비교해 보자.
초판본은 다음과 같다.

거 나를 부르는것이 누구요.

가랑잎 잎파리 푸르러 나오는 그늘인데,
나 아직 여기 呼吸이 남어 있소.

한번도 손들어 보지못한 나를
손들어 표할 하늘도 없는 나를

어디에 내 한몸둘 하늘이 있어
나를 부르는 것이오.

일이 마치고 내 죽는 날 아츰에는
서럽지도 않은 가랑잎이 떨어질텐데……

나를 부르지 마오.

이에 비하여 1990년도 판(이 시에 관한 한 기본적으로 1955년도 판과 같다)
은 다음과 같다. 밑줄 친 부분이 차이가 있는 곳이다.

거 나를 부르는 것이 누구요,

가랑잎 이파리 푸르러 나오는 그늘인데,

나 아직 여기 呼吸이 남아 있소.

한번도 손들어 보지 못한 나를
손들어 표할 하늘도 없는 나를

어디에 내 한몸 둘 하늘이 있어
나를 부르는 것이오.

일을 마치고 내 죽는 날 아침에는
서럽지도 않은 가랑잎이 떨어질 텐데……

나를 부르지마오.

'아침'과 '아츰', '남아 있다'와 '남어 있다'는 어감 문제가 있지만 그다지
큰 문제가 아니다. 문제는 '일을 마치고 내 죽는 날 아침에는'과 '일이 마
치고 내 죽는 날 아츰에는'에 있다.

1955년 판 이후 최근의 1990년도 판까지는 모두 '일을 마치고'로 되
어 있다. '일을 마치고'의 경우, '일'은 '자기가 해야 할 일'의 뜻이라고 할
수 있겠다. 여기에는 긴박한 소명감이 있다.

'일이 마치고'의 경우, 그 의미는 '일이 끝나고'이고, '일을 마치고'에 비
하여 능동성이 약하다. 그러나 문맥상 충분히 뜻은 통한다. 뜻이 통한다
면 될 수 있는 대로 원문 그대로 교정하는 것이 좋다고 본다.

제3의 해석 가능성은 '이리 마치고'이다. '이리 마치고'의 경우 '이리'가
부사가 된다. '이렇게'의 뜻으로 해석할 수도 있겠다. 초판본에 '일은 봄
(이른 봄)'이란 용법도 있다. '이리'를 '일이'로 썼을 가능성도 부정할 수 없
다. 하여간 연구자의 입장으로서는 세 가지 가능성을 검토한 후에 한 가

지를 선택해야 하고, 처음부터 아무 의문도 없이 하나로 한정해서는 안 된다고 본다.

이 구절의 텍스트의 확정 작업은 〈무서운 시간〉 전체의 평가와 관계가 있으며, 더 나아가서는 동주 시의 이해에도 관계가 있는 것으로 생각되는데, 기존 연구 성과 중에서 판본 비교 연구를 거의 볼 수 없는 점이 안타깝다.

■ 판본 비교 연구로 윤동주 연구 심화시켜야

판본 비교 작업은 윤동주의 독서 경력에 대한 연구와도 관련이 있다. 동주가 어떤 책을 읽었으며, 그 독서 경력이 동주의 사상 형성에 어떤 영향을 주었는가 등등의 연구는 그의 시를 보다 깊게 이해하는 데 도움이 될 것이다. 초판본 〈별 헤는 밤〉에서 동주는

> 벌써 애기 어머니 된 계집애들의 이름과, 가난한 이웃사람들의 이름과, 비둘기, 강아지, 토끼, 노새, 노루, "푸랑시스·쨤", "라이넬·마리아·릴케", 이런 詩人의 이름을 불러봅니다.

고 노래한 바 있다. 그런데 개정판에는 "프랑시스 잠, 라이너 마리아 릴케"라고 씌어 있다.

1930년대와 40년대, 일본에서는 '라이너 마리아 릴케'를 독일식 발음으로 '라이넬 마리아 릴케'라고 불렀다('라이넬'이 '라이너'로 변화하는 것은 1983년도 판 이후로 한국에 정착한 발음 방식을 따른 것이다).

1941년 4월 30일 쇼신샤昭森社란 출판사에서 ライネル·マリア·リルテ,《旗手クリストフ·リルテの愛と死の歌》(라이넬·마리아·릴케,《기수 크리스토프·릴케의 사랑과 죽음의 노래》)가 시오노야 다로鹽谷太郎 역으로 도쿄에서 출판되었다. 〈별 헤는 밤〉 창작 날짜가 1941년 11월 5일인 것으로 봐

서 상기 번역 책을 읽었을 가능성이 아주 높다고 볼 수 있다. 초판의 '라이넬'이란 표기법을 보아도 동주가 일본어 번역 책을 통해서 서구 시 작품을 애독하고, 그 영향을 받았다는 사실을 알 수 있다.[4]

■주

1) 임범송·권철주 편《조선족 문학 연구》(흑룡강 조선민족출판사, 1989. 6)에 일철 〈윤동주론〉(일철은 권철의 필명)이 수록되어 있다. 조성일·권철주 편《중국 조선족 문학사》(연변인민출판사, 1990. 7)에서도 〈김창걸·윤동주〉가 한 장章을 차지하고 있다.

2)《통일문학》제8호(평양출판사, 1991)에 발표된 박종식 《《하늘과 바람과 별과 시》의 미학—윤동주의 시 세계〉는 평양에서 처음 나온 윤동주론이다. 그러나 거기에 소개된 〈가을〉이란 미발표 작품은 윤동주의 시라고 인정하기가 어렵다.

3) 예를 들면《새벽이 올 때까지》(오상출판회사, 1982),《잎새에 이는 바람에도 나는 괴로워했다》(열음사, 1983) 등이 있다.

4) 필자는 작년에 같은 내용으로 1993년 여름에 발행될 예정인 재미 한국 교포 문학지인 《뉴욕 문학》에 기고한 일이 있다. 그 글을 쓰던 시점에서는 충분한 자료를 입수하지 못했었다. 이번 한국에 체재하는 기회에 1976년도 판《하늘과 바람과 별과 시》와 그 밖의 자료를 구해 볼 수가 있었기 때문에 종전의 글을 보충·개정한 것이 이 글임을 밝혀 두고자 한다. 이 글을 완성하기까지 한국어로 인정하는 데 있어 연세대학교의 심원섭 박사님으로부터 많은 도움을 받았으며, 감사의 뜻을 표한다.

제3부
부록

윤동주에 내려진 판결문 전문

판결문 입수 경위와 해설·새삼 이는 울분을 가누며 | 윤일주

순절의 시인 윤동주에 대한 일본 특별 고등 경찰 엄비 기록

새 자료 발굴의 경위·가슴에는 고초의 흔적 | 윤일주

새 자료에 대한 평가·동주의 독립 운동의 구체적 증거 | 정병욱

윤동주 관련 단행본 및 논문 목록

윤동주 가계

윤동주 연보

작품 연보

윤동주에 내려진 판결문 전문
― 일본 교토 재판소

판결判決

본적 조선 함경북도 청진[1] 부포항정 76번지

주소 교토京都 시 사쿄左京 구 다나카다카하라田中高原 정 27번지 다케다武

田 아파트 내

사립 도시샤 대학 문학부 선과[2] 학생

윤동주

1918년 다이쇼大正 7년[3] 12월 30일생

위 사람에 대한 치안 유지법 위반 피고 사건에 관하여 당 재판소는 검사 에지마 다카시江島孝 관여로 심리를 마치고 판결함이 아래와 같다.

주문主文

피고인을 징역 2년에 처한다.
미결 구류 일수 중 120일을 위 본 형에 산입한다.

이유理由

피고인은 만주국 간도성에 있는 반도 출신 중농의 가정에서 태어나 그곳의 중학교를 거쳐 경성 소재 사립 연희전문학교 문과를 졸업하고, 1942년(쇼와 17년) 3월 내지內地에 도래한 후 한때 도쿄 릿쿄 대학 문학부 선과에 재학했으나 동년 10월 이후 교토 도시샤 대학 문학부 선과에 옮겨 현재에 이른 자로서, 어릴 때부터 민족적 학교 교육을 받아 사상적 문학 서적 등을 탐독함과 교우의 감화 등에 의하여 일찍이 치열한 민족 의식을 품고 있었는데, 성장하여 내선內鮮 간의 소위 차별 문제에 대하여 깊이 원차怨嗟의 마음을 품는 한편 아我 조선 통치의 방침을 보고 조선 고유의 민족 문화를 절멸하고 조선 민족의 멸망을 도모하는 것이라고 여긴 결과, 이에 조선 민족을 해방하고 그 번영을 초래하기 위해서는 조선으로 하여금 제국 통치권의 지배로부터 이탈시켜 독립 국가를 건설할 수밖에 없으며, 이를 위해서는 조선 민족의 현시現時에 있어서의 실력 또는 과거에 있어서의 독립 전쟁 실패의 자취를 반성하고, 당면 조선인의 실력, 민족성을 향상하여 독립 운동의 소지를 배양하도록 일반 대중의 문화 앙양 및 민족 의식의 유발에 힘쓰지 않으면 안 된다고 결의하기에 이르렀으며, 특히 대동아전쟁의 발발에 직면하자 과학력에 열세한 일본의 패전을 몽상하고 그 기회를 타고 조선 독립의 야망을 실현할 수 있으리라고 망신妄信하여 더욱더 그 결의를 굳히고 그 목적 달성을 위하여 도시샤 대학에 전교 후, 이미 같은 의도를 품고 있던 교토 제국대학 문학부 학생 송몽규와 자주 화합하여 상호 독립 의식의 앙양을 꾀한 외에 조선인 학생 마쓰바라 데루타다末原輝忠[4)]·장성언[5)] 등에 대하여 그 민족 의식의 유발에 전념해 왔는데 그중에서도,

첫째 송몽규[6)]와,

(가) 1943년(쇼와 18년) 중순경 동인同人의 하숙처인 교토 시 사쿄 구 기타시라카와히가시히라이北白川東平井 정 60번지 시미즈사카에淸水榮 일택一宅에서 회합하고 동인으로부터 조선, 만주 등에 있어서의 조선 민족에 대한 선별 압박의 근황을 청취한 뒤, 서로 이를 논란 공수攻擊함과 동시에 조선에 있어서의 징병 제도에 관하여 민족적 입장에서 상호 비판을 가하고 그 제도는 오히려 조선 독립 실현을 위한 일대 위력을 더할 것이라고 논단하고,

(나) 동년 4월 하순경 교토 시외 야세八瀨 유원지에서 동인同人 및 같은 민족 의식을 품고 있던 릿쿄 대학 학생 백인준7)과 회합하고 서로 조선에 있어서의 징병 제도를 비판하고, 조선인은 종래 무기를 알지 못했지만 징병 제도의 실시에 의하여 새로 무기를 갖고 군사 지식을 체득함에 이르러 장래 대동아전쟁에 있어서 일본력 패전에 봉착할 때, 반드시 우수한 지도자를 얻어 민족적 무력 봉기를 결행하여 독립 실현을 가능케 하도록 민족적 입장에서 그 제도를 구가하고, 혹은 조선 독립 후 통합 방식에 관하여 조선인은 당파심 및 시기심이 강하므로 독립의 날에는 군인 출신자의 강력한 독재제에 의하지 않으면 이의 통치는 곤란할 것이라고 논정한 끝에 독립 실현에 공헌하도록 각자 실력의 양성에 전념할 필요가 있음을 서로 강조하고,

(다) 동년 6월 하순경 피고인의 하숙처인 교토 시 사쿄 구 다나카다카하라 정 27번지 다케다 아파트에서 동인同人과 찬드라 보즈를 지도자로 하는 인도 독립 운동의 대두에 관하여 논의한 끝에, 조선은 일본에 정복되어 아직 일천日淺하고 또한 일본은 세력 강대하기 때문에 현재 곧바로 동씨同氏와 같은 위대한 독립 운동 지도자를 얻으려 해도 쉽게 이룰 수 없는 상태나, 한편 민족 의식은 오히려 왕성하므로 다른 날 일본의 전력 피폐하고 호기好機 도래의 날에는 동씨와 같은 위대한 인물의 출현도 필지하도록 각자 그 호기를 잡아 독립 달성을 위하여 궐기해야 한다는 뜻을

서로 격려하는 등, 상호 독립 의식의 격발激發에 힘쓰고,

둘째, 마쓰바라 데루타다에 대해서는,

(가) 동년 2월 초순경 다케다 아파트에서 조선내 학교에 있어서 조선어 과목의 폐지됨을 논란하고 조선어 연구를 권장한 뒤에, 소위 내선일체 정책을 비방하고 조선 문화의 유지, 조선 민족의 발전을 위해서는 독립이 필수인 소이所以를 강조하고,

(나) 동년 10월 중순경 같은 장소에서 조선의 교육 기관 학교 졸업생의 취직 상황 등의 문제를 포착하고 더욱이 내선 간에 선별 압박이 있다고 지적한 뒤 조선 민족의 행복을 초래하기 위해서 독립이 급무急務하다는 뜻을 역설하고,

(다) 동년 5월 하순 같은 장소에서 대동아전쟁에 관하여 동 전쟁은 항상 조선 독립 달성의 문제와 관련하여 고찰함을 요하며, 이의 호기를 잃으면 가까운 장래에 있어서의 조선 독립의 가능성을 상실하고 마침내 조선 민족은 일본에 동화되고 말 것이므로 조선 민족인 자는 그 번영을 열망하기 위하여 어디까지나 일본의 패전을 기해야 할 뜻의 자기의 견해를 누누이 피력하고,

(라) 동년 7월 중순경 같은 장소에서 문학은 어디까지나 민족의 행복 추구의 견지에 입각해야 한다는 뜻의 민족적 문학관을 강조하는 등 동인의 민족 의식의 유발에 부심腐心하고,

셋째, 장성언에 대하여는,

(가) 1942년(쇼와 17년) 11월 하순경 같은 장소에서 조선총독부의 조선어학회에 대한 검거를 논란한 뒤, 문화의 멸망은 필경 민족의 궤멸에 틀림없는 소이임을 역설하고 예의 조선 문화의 양양에 힘써야 할 뜻을 지시하고

(나) 동년 12월 초순경 교토 시 사쿄 구 긴카쿠지銀閣寺 부근 길가에서 개인주의 사상을 배격 지탄한 뒤, 조선 민족인 자는 어디까지나 개인적 이해를 떠나 민족 전체의 번영을 초래하도록 유의할 필요가 있다고 강조하고,

(다) 1943년(쇼와 18년) 5월 초순경 앞에 서술한 다케다 아파트에서 조선에 있어서의 고전 예술의 탁월함을 지적한 뒤에, 문화적으로 침체하여 있는 조선의 현상現狀을 타파하고 그 고유 문화를 발양시키기 위해서는 조선 독립을 실현할 수밖에 없는 소이를 역설하고,

(라) 동년 6월 하순경 같은 장소에서 동인의 민족 의식 강화에 자賷하기 위하여 자기가 소장한《조선사 개설》을 대여하고 조선사의 연구를 종용하는 등 동인의 민족 의식의 앙양에 힘쓰고,

그로서 국체를 변혁할 것을 목적으로 하여 그 목적 수행을 위한 행위를 하였던 것이다.

증거로 살피건대 판시 사실은 피고인의 당 공정에서 판시와 같은 취지의 공술에 의하여 이를 인정한다. 법률에 비추어 보건대 피고인의 판시 소위는 치안 유지법 제5조에 해당하므로 그 소정 형기 범위 내에서 피고인을 징역 2년에 처하고 형법 제21조에 의하여 미결구류 일수 중 120일을 본 형에 산입한다.

이에 주문과 같이 판결한다.

1944년(쇼와 19년) 3월 31일
교토 지방 재판소 제2형사부
재판장 판사 이시이 히라오石井平雄
판사 와타나베 쓰네조渡邊常造
판사 가와라타니 스에오瓦谷末雄

■주

1) 일제 때 조부 윤하현을 호주로 한, 윤동주 일가의 호적상의 본적은 청진시로 되어 있었다. 그러나 증조부 때인 1886년에 함북 종성군에서 북간도로 이주하여 계속 살았으니 청진과는 사실상 연고가 없다.

2) 선과選科. 일제 때 일본의 대학 학부에서는 당시의 고등 학교나 대학 예과를 거치지 않은, 전문 학교 출신자는 동등한 입시를 거쳐 같은 강의를 받아도 선과로 구별했었다. 그러나 행정상의 구별일 뿐 실질적인 차별이 있었던 것은 아니다. 윤동주는 문학부 영문학과 학생이었다.

3) 일제 때 호적에 윤동주는 1918년(다이쇼 7년)생으로 되어 있으나, 사실은 1917년생이다. 입적 신고가 늦었었다.

4) 창씨명인 마쓰바라 데루타다의 본명은 알 길이 없다.

5) 장성언은 윤동주의 도시샤 대학 영문학과 2년 선배로서, 교토에 옮긴 후 알게 된 사이로 짐작되며 퍽 가까이 지낸 것으로 전해진다.

6) 송몽규는 윤동주의 고종(고모의 아들)으로서 서로 동갑이며, 명동소학교, 용정 은진중학교 하급반(송몽규의 출신 중학은 용정 대성중학교), 연희전문 등에서 함께 공부했고, 교토 대학 사학과 재학 시절 윤동주와 같은 사건에 연루되어 역시 2년 언도를 받고(공판일 1944년 4월 13일) 후쿠오카 형무소에서 복역중 1945년 3월 10일 옥사했다. 그는 용정 은진중학 3학년 초(1935년)에 남경 등지의 독립 운동 단체에 1년간 다녀와 그의 본적지인 웅기의 경찰서에 반년 가까이 구금된 일이 있다.

7) 백인준은 윤동주의 연희전문 동급생이었으나 중도에 도쿄 릿쿄 대학으로 옮긴 것으로 전해지나 그 후의 일은 알 길이 없다.

위 여러 사람 중 이 사건으로 윤동주와 함께 구속 입건된 사람은 송몽규뿐이지만, 역시 모두 문초를 겪었을 것으로 짐작된다.

■ 번역문에 관하여

여기 싣는 판결문은 일본 교토 지검에 보관중인 원문의 피사본에 따라 번역한 것이다. 번역에 있어, 햇수는 서기로 고치고 원문의 일본 연호는 괄호 속에 넣었으며 일제 때 이른바 창씨 개명한 이름들은 아는 한에 있어서 본명으로 고쳐 놓았다(일제 말, 고향 집에서는 강압에 못 이기고 또한 윤동주·송몽규의 일본 유학의 도항증의 편의를 위해, 각기 히라누마平沼, 소무라松村로 창씨한 바 있다).

그 밖에는 다소 생경한 글이 되더라도 원문에 가깝도록 노력했다(다만 원문의 조항 기호 (イ), (ロ), (ヘ)……는 (가), (나), (다)……로 했다).

—역자 윤일주

새삼 이는 울분을 가누며

윤일주

　1945년 2월 16일, 일본 후쿠오카 형무소에서 목전의 해방을 보지 못하고 옥사한 가형家兄 윤동주 시인의, 일경에 빼앗긴 작품과 재판 기록 등을 찾아내는 일은 유족들의 간절한 염원이었다. 그 바람은 헛되지 않아 1977년, 극비 문서였던 윤동주·송몽규 사건에 관한 일본 경찰의 문초 기록이 입수되었고(《문학사상》 1977. 12. 발표), 1979년에 고종인 송몽규에 대한 판결문이 입수되었다.

　위의 두 기록은 모두 한국 문학을 연구하며 윤동주를 애호하는, 일본의 우지고 쓰요시 씨가 발굴해 주신 것인데, 전자는 일제 시 극비 문서인 일본 내무성 경보국 보안과 발행의 《특고월보特高月報》 1943년 12월분에 실렸던 것이고, 후자는 역시 극비 문서인 일본 사법성 형사국 발행의 《사상월보思想月報》 1944년 4·5·6월분에 실렸던 것이다.

　일제 시 인쇄화되었던 극비 문서의 더러는 1970년대에 일본에서 여러 질帙의 영인본철로 간행된 바 있는데〔간담회 편, 《쇼와 전기 사상 자료》, 분쇼쇼인文生書院, 등 참고〕, 위의 기록들도 거기 수록됨으로써, 엄두도 내기 어려운 일본 관청에의 접근 없이 우리 손에 들어온 것이다. 그러나 우지고 씨의 정과 열의가 아니었으면 그 방대한 자료 속에서 그것은 그리 쉬이 찾아지지 않았을 것이다.

위의 두 기록에 의하여 일제가 두 분에게 걸었던 혐의의 대강을 알게 되고, 두 분의 재판은 서로 다른 날에 따로 있었음과 그 날짜 등을 알게 되었다. 그러나 기대를 걸었던 위의 자료에서 동주 형에 대한 판결문은 찾지 못했다. 일제 시 비밀 책자에나마 인쇄화되지 않은 까닭이다. 결국 일본 검찰청의 원본을 뒤지는 길밖에 없는데, 그것은 그리 쉬운 일이 아니란 것이었다. 1977년 이후 다시 한 번 일본에 갈 기회가 있었으나 짧은 일정에 쫓겨 어쩌지 못했다. 장기간 체류하면서 시도하는 길밖에 없다고 느꼈으나 그럴 형편이 아니어서 때를 기다리기로 했다.

그러던 차에 금년 5월부터 또 한 분의 일본 인사를 알게 되었는데, 그는 일본 치바千葉 현의 이부키 고 씨로서, 역시 윤동주 시의 애호자로 적지 않은 작품을 일어로 번역했고 윤동주 연구에 많은 열의를 가진 분이었다. 아직 면식은 없으나 그의 윤동주에 대한 문의의 편지로 시작된 서신의 교환이 수삼차 있었던 터다.

그는 시인 윤동주의 자취를 추적하여 멀리 교토에까지 가서 하숙집 자리, 해당 경찰서, 변호사 회관, 검찰청 등을 돌아 결국 이 판결문을 열람하고 긴 문장을 베껴 내는 데 성공한 것이다. 그리하여, 문무성의 교과서 왜곡을 일본인으로서 부끄러워한다는 글귀와 함께 8월 중순 나에게 보내 준 것이다. 그것을 읽으며 다시 이는 울분을 가눌 길 없었다.

이것으로 일제가 윤동주·송몽규 두 분에게 걸었던 혐의의 거의 전모가 드러난 셈인데 우선 검거, 재판의 날짜 등을 정리하여 적으면 다음과 같다.

윤동주   1943년 7월 14일 검거, 1943년 12월 6일 송청
1944년 2월 22일 기소, 1944년 3월 31일 공판
징역 2년(구형 3년) 언도, 동년 4월 1일 확정

미결 구류 120일 산입

관여 검사 에지마 다카시, 재판장 이시이 히라오 외 판사 2인

송몽규 1943년 7월 10일 검거, 1943년 12월 6일 송청

1944년 2월 22일 기소, 1944년 4월 13일 공판

징역 2년(구형 3년) 언도, 동년 4월 17일 확정

관여 검사 에지마 다카시, 재판장 고니시 노부하루小西宜治 외 판사 2인

그간의 나의 기억에 의한 기록이 크게 어긋나지 않았음을 알게 되어 마음이 놓인다. 다만 사건에 관한 시일에 다소의 차질이 있어 여기서 바로잡으면, 언도받은 때를 같은 해 6월로 했던 것은 각기 3월(윤동주)과 4월(송몽규)의 잘못이었다. 송몽규에의 언도의 최종 확정을 본 4월 17일 이후에 두 분이 후쿠오카 형무소에 투옥되었으리라고 짐작되나 그 날짜는 아직 알려지지 않고 있다.

또한 송몽규의 형량을 2년 6개월이라 했던 것도 2년의 잘못이었는데, 이는 그에게는 미결 구류일이 산입되지 않은 까닭에 윤동주보다 120일(4개월) 더 복역하게 되었던 데서 오는 착오였을 것으로 생각된다. 우리는 그 당시 몽규 형은 6개월 더 감옥에 있어야 한다고 알고 있었다. 그리고 이번 기회에, 검거된 경찰서 이름은 가모가와鴨川 경찰서가 아니라 시모가모下鴨 경찰서였음을 알았다.

송몽규에 대한 장황한 판결문은 여기 싣지 못하지만 그 내용에 대하여 간단히 언급하면, 첫머리의 인적 사항과 배경으로서 1935년 4월부터 1년간 남경 등지의 독립 운동 단체에 다녀와 본격적인 함북 웅기 경찰서에 5개월간 구금되었던 사실을 기록하고 있으며, 그 밖의 세부 사항은 윤동주의 그것과 대체로 일치한다. 다만 윤동주가 상종하였던 마쓰바라 데루타다(본명 미상), 장성언 양씨는 거기에는 나타나 있지 않다. 즉, 송몽규와는 무관한 것이다.

송몽규의 판결문이 실린《사상월보》에는 판결문 앞에 〈송몽규에 대한 치안 유지법 위반 피고 사건(조선 독립 운동) 판결―교토 지방 재판소 보고〉라는 제목하에 송몽규·윤동주의 처분 결과를 요약하여 싣고 있는데, 독립 운동이라고 명기한 것이 주목된다.

〈재교토 조선인 학생 민족주의 그룹 사건 책동 개요〉라는 제목의 전기《특고월보》의 경찰 기록에는 두 분이 접촉한 친우의 범위가 분별없이 씌어져 있으나, 검찰과 법원을 거치는 동안 추리고 다듬어졌을 두 판결문에는 각기 접촉 범위가 구별되고 있다.

그렇지만 판결문 중 두 분이 서로 연관된 조항에서는 어디까지가 윤동주의 생각이고 어디까지가 송몽규의 생각인지 분명하지 않다. 동주 형이 독립 후의 일까지 생각하고 논의했다 함은 의외로 느껴진다. 어쩌면 중국의 독립 운동 단체에 갔다 온 몽규 형의 생각이었는지도 모른다. 동주 형이 내성적이고 신중한 성격이었다면 몽규 형은 생각나는 바를 거침없이 말하는 행동의 사람이었다.

판결문을 곰곰이 살펴보면, 혐의는 결국 모국의 친구들이 이역에서 서로 만날 때마다 민족의 앞날을 근심하고 문화를 얘기하고 책을 주고받고 앞날을 기약했다는 것이며, 뚜렷한 신념을 갖고 했으며, 판결문의 서두에서 끝까지 두 분이 얼마나 민족 의식이 투철하고 독립을 갈망했는지 알게 한다. 그러나 결사도 행동도 하지 않은, 무고한 젊은이를 2년 가까이 잡아 가두고 고초를 겪게 하고 또 죽음에 이르게 한 것을 생각하니 억울하기 짝이 없다.

조선 말과 글을 폐지하고, 이름을 빼앗고, 유력 인사들을 대거 포섭하여 이제 조선은 거의 명맥이 끊겼다고 일제 스스로 쾌재를 부르짖던 그 무렵, 일본 본토에서 '육첩방은 남의 나라'라고 읊으며, 모이면 조선 말로 일제를 비판하고 민족을 근심하고,《조선사》를 읽는 고고한 반도의 청년들은 가두어 두어야 할 위험 인물로 저들에게 비쳤던 것이리라.

경찰에서의 5개월과 검찰에서의 4개월간, 얼마나 시달림을 받았을까 생각하니 몸서리가 처진다. 그러나 타협함이 없이 떳떳했기에 '공정에서 판사와 같은 취지의 공술'을 함으로써 민족 의식을 잃지 않고 영어圄圄로 향했던 것이라고 믿는다.

1977년에 필자가 일본에 건너가 찾아낸 도시샤 대학 학적부·성적표, 릿쿄 대학 학적부의 각 사본과 더불어 대부분의 투옥 전 자료를 찾아낸 셈이다. 사후 37년 만의 일이다. 이제 잃은 작품의 발굴과 사인死因의 규명이 남았다.

끝으로 자료 찾기에 도움을 주신 일본의 여러분에게 사의를 표한다.

순절의 시인 윤동주에 대한
일본 특별 고등 경찰 엄비 기록

《특고월보》(1943. 12. 내무성 경보국 보안과 발행)
재교토 조선인 학생 민족주의 그룹 사건 책동 개요
(조선인 운동의 상황 제3항)

1. 만주와 조선에서의 책동

중심 인물인 송몽규는 만주국 간도성 연길현 지신촌 명동둔에서 출생하여 만주에 있는 은진중학교 및 국민 고등 학교[1])에서 중등 교육을 마쳤다. 그 후 서울의 사립 연희전문학교 문과를 졸업하고 1942년 교토 제국 대학에 입학하여 면학 중에 있는 자다.

그는 만주에 있을 때부터 민족 의식이 농후하여 중국에 있는 불온한 조선인 단체와도 관련을 맺고 있었다. 즉, 만주의 은진중학교 재학 당시에 같은 학교 교사 명희조[2)로부터 민족 의식을 계몽받았고, 1935년 4월 은진중학교 3학년 때 19세의 나이로 당시 남경에 잠복하고 있던 조선 독립 단체인 김구 일파를 찾아가 독립 운동에 참가할 목적으로 동년 11월까지 그곳에서 교육을 받았었다. 그러나 김구 일파의 내부 사정으로 말미암아 목적 달성이 어려울 것을 알게 되자 다시 제남시에 있는 이웅이라는 독립 운동가를 찾아가 함께 독립 운동을 펴려고 했으나, 사찰 당국의 압박으로 목적을 이루지 못하고 1936년 3월 출생지의 부모 곁으로 돌아왔다.

그 후 아버지와 큰아버지의 권유로 영사관 경찰[3] 대랍자 분주소에 자수하여 본적지 웅기 경찰서에서 심문을 받고 석방되는 등 투쟁 경력을 가진 자다. 그런 후에도 여전히 조선 독립이라는 불온 사상을 버리지 않았다.

그는 남경과 제남에 있을 때에 김구 파와 김원조 파가 대립 항쟁하는 것을 보았기 때문에 조선 민족의 최대 결점은 지방적 편견과 당파심이 강함으로 단결심이 약할 뿐더러 문화 수준이 낮은 데에 있다고 판단했다. 그리고 이러한 결점 때문에 왕년의 만세 사건이 단순한 충동적인 감정으로 시종했고 급기야는 실패하고 말았다고 보아, 조선 독립을 위해서는 이러한 민족적 결점을 시정하고 문화 수준의 향상을 도모하여 민족의 고유 문화를 유지 향상시켜 민족 의식을 함양함으로써 조선 독립의 기운을 조성시키는 일이 선결 문제라고 확신하기에 이르렀다.

그리하여 1937년 5월경, 간도성 용정가에 있는 윤동주의 집을 비롯하여 다른 곳에서 은진중학교 재학 당시로부터 사상적으로 서로 공명했을 뿐 아니라 꼭 같이 민족 의식이 두드러졌던 윤동주와 회합을 했고, 조선의 독립을 위해서는 조선 문화의 유지 향상에 힘쓰고 민족적 결점을 시정하는 데 있다고 믿고 스스로 문학자가 되어 지도적 지위에 서서 민족적 계몽 운동에 몸바칠 것을 협의했다.

또한 조선 문학을 연구하여 조선 문학자가 되려면 서울에 연희전문학교가 가장 적합하다고 믿어, 1938년 4월에 윤동주와 함께 연희전문학교에 입학했다. 그러나 당시 정부가 추진하던 동화 정책의 강화로 말미암아 조선의 각급 학교에서 조선어 수업이 폐지되고 일본어 사용을 장려하기에 이르자 이러한 정책이 조선 문학을 필연적으로 소멸시키고 말 것이며, 이렇듯 조선의 고유 문화를 말살시키는 일은 조선 민족을 멸망시키고 말 것이므로 어떤 일이 있어도 민족 문화를 유지 향상해야 한다고 믿었다.

1939년 2월경, 그는 연희전문학교의 동급생인 윤동주·백인준·강처중 등 수명과 함께 조선 문학의 동인지를 출판할 것을 모의하여, 동년 8월에 이르기까지 학교 기숙사 또는 다방에서 수차에 걸쳐 민족적 작품의 합평회를 열어 서로 민족 의식 앙양과 조선 문화의 유지에 힘썼다.

그 동인지의 간행이 불가능하게 되자 연희전문학교 동창회지[4] 《문우》의 간사가 되어 윤동주를 권유하여 뜻을 함께함으로써 조선 문화의 유지와 민족 의식의 앙양에 힘썼다.

그리하여 송몽규는 1942년 3월 연희전문학교를 졸업하자 조선 독립을 위해서 자신이 민족 문화를 연구하려면 다만 전문 학교 정도의 문학 연구로서는 부족하다고 보아, 다시 조선의 역사적 지위를 명확하게 하고 보다 더 깊이 조선 문학을 연구함으로써 민족의 특성을 유지하는 데에는 대학에서 공부를 계속할 필요가 있다고 믿어, 문학과 역사를 연구하기 위하여 1942년 4월에 교토 제국대학 문학부 선과에 입학하여 줄곧 조선의 독립을 궁극의 목표로 삼아 세계사와 문학을 연구함과 아울러 민족 문화의 유지에 힘써 왔었다.

한편 윤동주는 연희전문학교를 졸업한 후 도쿄로 와 법정 대학[5] 청강생으로 면학하다가 1942년 9월 교토에 있는 도시샤 대학 문학부 선과에 입학하여 줄곧 송몽규와 긴밀한 연락을 취하면서 교토에 있는 조선인 학생들을 충동했다.

2. 교토로 온 이후의 책동

위의 두 사람은 1941년 12월 8일 태평양 전쟁이 일어나자 전쟁의 종국에 가서는 반드시 일본이 패전할 것이라 망단妄斷하고, 일본의 국력이 피폐한 틈을 타서 조선 독립의 여론을 환기시켜 민중을 봉기케 하여 일거에 독립을 완수시킬 것을 의도하여 교토에 있는 조선인 학생 수명을 지목하여 충동함으로써 동지를 얻는 데 노력한 결과, 제3고등 학교 학생인 고희욱[6]을 얻어 1942년 10월경부터 금년(1943년) 7월경까지 시내 각처에서 3명이 회합하여 민족 의식의 양양 내지는 구체적인 운동 방침 등에 관하여 협의해 왔던 바 이제 그 주요한 사항을 적기摘記하면 다음과 같다.

(가) 조선의 현황을 보건대 제 나라 말도 글도 쓸 수 없게 되어 조선 민족은 바야흐로 멸망하기에 이르렀다. 우리는 조선인이라는 의식을 잊지 말고 조선 고유의 문화를 연구하고 조선 문화의 유지·향상을 도모하는 것이 민족적 문화인의 사명이다. 조선 민족은 결코 열등 민족이 아니고 문화적으로 계몽만 하면 고도한 문화 민족이 될 것이다. 문화적으로 깨이고 민족 의식을 자각하기에 이르면 조선의 독립은 가능한 것이다.

(나) 민족 의식의 계몽은 문화의 힘에 의지할 것인 바, 연극·영화 등은 효과적이기는 하나 장소적인 제약을 받기 때문에 문학 작품, 특히 대중 문학에 의존하는 것이 가장 감화력이 크고 또한 아무런 제한이 없이 영향력도 크기 때문에 이 방향으로 노력해야 한다.

(다) 조선도 '대동아 공영권' 속의 약소 민족으로서 해방되어야 한다. 그러나 이를 위해서는 조선 민족의 민족적 결점이 시정되지 않으면 안 된다.

(라) '대동아 공영권'의 일원으로서 조선이 독립해야 하는 것은 일본의 역사적 필연성이다. 그러나 그렇게 되려면 조선 민족이 문화적인 자각을 가지고 적극적으로 독립을 요망하지 않으면 안 된다. 조선 독립의 선결 문제는 민족 문화 수준의 향상에 있고 그 책임은 우리들에게 있다.

(마) 조선의 독립 목적을 달성하기 위해서는 어디까지나 조선의 민족 문화를 사수해야 한다.

(바) 대동아(태평양) 전쟁의 강화 조약에 즈음하여 조선의 독립 문제가 반드시 조건으로서 제기되어야 한다. 만일 제기되지 않더라도 일본의 국력이 약해지거나 또는 일본이 패전하는 기회를 타서 독립 운동을 전개시

키면 조선인은 모두 궐기할 것이다. 그때에 조선 출신 군인들도 큰 구실을 해야 할 것이며 우리들도 목숨을 바쳐 궐기해야 한다.

(사) 독립 봉기가 일게 되면 조선인인 이상 거족적으로 결합할 것이기 때문에 구태여 동지 획득을 서두를 필요는 없다. 동지 획득에 관해서는 세심한 주의가 필요하다.

(아) 독립 후의 정치 주권자는 누구가 될 것인가 하는 것은 얼마 동안 군인 출신의 독재 정치에 맡겨야 한다.

(자) 교토에 있는 조선인 학생 백인준, 마쓰야마 류칸松山龍漢[7) 등에 대하여 가끔 민족적 선동 계몽을 수행했다.

(차) 학교에서의 조선어 수업 폐지와 한글로 된 신문·잡지 등의 폐간은 조선 문화, 즉 고유한 민족성을 말살하고 조선 민족을 멸망케 하려는 것이므로 어떤 일이 있어도 조선 문학의 유지에 힘쓰지 않으면 안 된다.

(카) '내선일체' 정책은 일본 정부의 조선 민족 회유 정책으로서 조선 민족을 기만하고 민족 문화와 민족 의식의 소멸을 꾀함으로써 조선 민족을 멸망시키려는 것이다.

(타) 조선 문화를 유지하고 민족 의식을 앙양하려면 민족의 고유 문화를 역사적으로 연구하여 체계화할 필요가 있다. 독일에서는 피히테라는 대학 교수가 〈국민에게 고한다〉라는 강연을 하여 국민 정신을 진작시켰고, 이탈리아에서는 마티니라는 사람이 《청년 이탈리아》라는 저서를 써서 국민의 자각을 불러일으켰다고 한다. 조선 독립을 위해서도 이런 민족 정신을 일깨우는 학문적 연구에 의한 논문이 필요하다. 우리는 이러한 민족의 나아갈 길을 연구하고 조선 민족의 결점을 시정하지 않으면 안 된다.

(파) '대동아 공영권' 이론은 동아東亞의 각 민족으로 하여금 제가끔 그 자리를 얻게 하는 것이기 때문에 조선도 독립을 할 가능성이 충분히 있다. 다만 조선 민족 자신이 조선 독립의 의지를 보이고 독립 후의 정치도

자주적으로 실천하려는 의도를 표명하지 않으면 안 된다.

3. 송국送局 피의자[8]

검거월일	송국월일	본 적/주 소	직 업	서명연령
7. 14.	12. 6	본적 : 함북 경흥군 웅기읍 웅상동 422 주소 : 교토 시 사쿄 구 기타시라카와히가 시히라이 정 60	교토 대 문학부 사학 선과생	松村夢奎 (27)
7. 14	12. 6	본적 : 함북 청진 부포항정 76 주소 : 교토 시 사쿄 구 다나카다카하라 정 27 다케다 아파트	도시샤 대 문학부 선과생	平沼東柱 (26)
7. 14	12. 6	본적 : 경기도 경성부 계동정 14의 18 주소 : 교토 시 사쿄 구 기타시라카와히가 시히라이 정 60	제3고교생	高島熙旭 (22)

■주

1) 국민 고등 학교는 만주 제국 교육 제도에 의한 중학교를 말함이나, 송몽규는 그 제도 이전의 용정 대성중학교를 졸업했다.

2) 명희조 씨는 도쿄 제대 출신으로서 은진중학교에서 동양사·한국사·한문 등을 가르치며 학생들에게 민족 의식을 고취하신 분이다.

3) 영사관 경찰은 간도 용정에 있었던, 주청국(후 중국─만주국) 일본 영사관을 말하며, 재만 한인의 사찰은 산하 경찰에서 했었다.

4)《문우》지는 연희전문학교의 동창회지가 아니라 문과의 잡지였다. 송몽규와 윤동주는 연전 졸업 무렵《문우》에 각기 시 작품을 발표한 바 있다.

5) 법정 대학 청강생은 릿쿄 대학 선과생의 잘못이다. 윤동주는 당시 릿쿄 대학 영문과에 다녔었다. 현재 릿쿄 대학 학적부에 증거가 남아 있다.

6) 본문 말미의 기록대로 서울 계동 14의 18에 본적을 둔 고희욱 씨는 이 자료의 발견으로 처음 드러나는 분이다. 그의 신원, 생사 여부 등이 밝혀져야 할 것이다.

7) 창씨명 마쓰야마 류칸 씨에 대하여는 본래의 성과 신원 등 불명이다.

8) 송국送局이라 함은 경찰 조사를 끝내고 검사국으로 넘어감을 말함이다.

앞 피의자 표에 있듯이 세 분은 1943년 7월 14일 체포되어 동년 12월 6일 송국(송청)되었고, 다음 해 6월까지 다시 미결수로 있다가 재판 결과 송몽규는 2년 6개월, 윤동주는 2년 형의 선고를 받았다(고희욱 씨에 관하여는 아직 알 길이 없다).

이미 알려진 대로 후쿠오카 형무소에서 복역 중, 윤동주는 1945년 2월 16일에, 송몽규는 같은 해 3월 10일에 각기 옥사했다.

■번역문에 관하여

번역에 있어서, 일본 쇼와 연대는 서기로 고치고, 일제 때 창씨 개명했던 이름들은 본명으로 고쳐 놓았다. 그 밖에 확실시되는 오식誤植을 바로잡은 이외에는 원문에 충실했다.

번역은 정병욱 교수가 담당했고, 그에 대한 주註는 윤일주 교수가 담당했다.

가슴에는 고초의 흔적

윤일주

　가형家兄 윤동주 시인의 옥사 사실은 지금까지 유족과 친지들의 증언과 그의 작품에 의하여 세상에 알려져 왔었다. 그의 옥중 서신, 사망 통지 전보문, 그 밖의 자료들이 지금은 갈 수 없는 북간도 땅에 있기에 부득한 일이었다. 일제에 대한 그의 혐의를 '독립 운동'이라는 정도로만 알고 있던 우리로서는, 일본 경찰에 압수되었던 그의 작품과 함께 재판 기록 등의 입수를 바라 마지않고 있었다. 그런데 이번에 우연한 기회에 결정적인 증거가 될, 당시 일본의 특별 고등 경찰의 조사 기록을 발견하게 된 것이다. 그와 때를 맞춰 윤동주가 다녔던 도쿄 릿쿄 대학과 교토 도시샤 대학의 학적부, 성적표 등의 사본을 입수하게 된 것이다.

　그 경위는 이러하다.

　금년(1977년) 9월 20일경 일본에서 온 우지고 쓰요시라는 30대의 젊은 분을 우연히 만나게 되었다. 우지고 씨는 일본 국회 도서관 사서로서 계장 직분에 재직하면서 교토 도시샤 대학 출신의 한국인 문인에 관하여 연구하고 있었고, 방한 목적의 일부도 그 자료의 수집에 있었다. 그 자신 도시샤 대학 출신이며 한국 문학에 대한 깊은 조예가 있었고, 윤동주에 대하여는 특히 깊은 감명을 받고 있는 듯, 이미 일본에서 윤동주에 관한 글〔일문日文〕을 2회 발표한 적이 있음을 알게 되었다. 대화하는 가운데 서 그는 이미 수삼 년 전에 《특고월보特高月報》의 기록을 발견했음을 비치었다(그는 이쪽에서도 이미 알고 있는 것으로 짐작하고 있었다). 나는 귀가 번쩍 뛰어 그 사본의 송부를 부탁했던 것이다. 그가 귀국 후 즉시 보내 준 것이 여기 발표하는 《특고월보》다. 이것을 받아 보고 나는 우러나는 감회와 흥분을 가눌 수가 없었다. 또한 그것이 지금까지의 나의 증언과도 거의 어긋남이 없음에 마음이 흐뭇함을 느꼈다.

그럴 즈음, 때마침 10월 중순, 나는 학술 회의 참석차 일본에 가게 되어 자료 얻기에 좋은 기회를 갖게 된 셈이었다. 그 사실을 알게 된 우지고 씨는 그의 모교인 도시샤 대학에 미리 연락하여 자료 얻는 데 편의를 얻게 해주었다. 도시샤 대학 총장 우에노 나오조上野直藏 선생께서는 주재하실 회의를 다소 지연시키기까지 하며 나와 면담해 주시고, 미리 복사해 놓은 윤동주의 학적부와 성적표를 건네주셨다.

마침 총장께서는 해방 전부터 그 대학의 영문과 교수여서 더욱 윤동주에게 친밀감을 느끼는 듯했으나, 워낙 짧은 동안 재학한 까닭에 기억에는 없으시다고 한다. 동주보다 3년 정도 상급반이었을 장영숙張永淑·장성언張聖彦 남매에 대하여는 잘 기억하고 계신다고 하셨다(그분들은 지금 미국에 계시며, 동주와도 생전에 친분이 두터운 것으로 전해지고 있다).

또한 같은 대학 종교부 가와사키 요코河崎洋子 선생께서는 동주가 생전에 출입하였을 캠퍼스 내 낡은 건물들을 안내해 주시고 필요한 자료도 주셨다. 이분들이 나에게 깊은 위로의 말씀을 주셨음은 물론이다. 교토에 갔던 김에 나는 동주와 몽규 두 분의 옛 하숙집을 찾아보기로 했다. 어렸을 때부터 머리에 남아 있는 동주 형의 하숙 다케다 아파트의 번지수와 몽규 형의 하숙 주소는 예의 《특고월보》에서 알게 되어 그것을 근거로 찾아갔던 것이다. 자야마茶山라는 동네에 있는 다케다 아파트 자리에는 지금 현대식 건물이 세워져서 무슨 조형 학원이 되어 있었다.

인근 고로古老들에게 물어 보니, 해방 전에 주로 학생 하숙을 하던 ㄷ자 형의 목조 2층 아파트는 26~27년 전에 불타 버리고, 그 주인도 지금은 어디로 옮겼는지 알 수 없다고 했다. 몽규 형의 하숙도 그 근처이나, 해방 후 번지수에 변동이 있었음인지, 히라이 정에는 60번지가 없다는 것이었다. 돌아오는 길에 두 형들이 거닐었을 자야마의 시냇가를 거닐고, 그들이 등교 시에 탔었다는 전차를 타고 감상에 젖으며 시내의 숙소로 돌아왔다.

도쿄 릿쿄 대학 교무과에는 하루 전에 전화를 걸고, 우지고 씨와 함께 찾아갔다. 교무과 직원은 미리 찾아 놓은 학적부 원본에서 윤동주 해당 면을 보여 주기는 했으나, 기계적인 복사나 촬영은 학칙에 의하여 허락할 수 없다는 것이었다. 학교 요로要路에 미리 특별 교섭이 없었던 관계도 있고 하여, 원본의 필사 정도로 만족할 수밖에 없었다.

원본 그대로 베껴 온 것에 의하면 릿쿄 대학에는 1942년 4월 2일 문학부 영문학과(선과) 1년 입학, 동년 12월 19일 일신상의 사정으로 퇴학한 것으로 되어 있다(도시샤 대학 학적부에 동년 10월 1일 입학으로 되어 있으니, 그 후에 릿쿄 대학에 퇴학계를 낸 것으로 짐작된다). 당시의 주소는 '도쿄 간다神田 구 사루가쿠猿樂 정 2정목 4의 3 윤영춘'으로 기록되어 있는데, 이는 당시 도쿄 한인 YMCA 회관에 거처하셨던 당숙 윤영춘 선생의 주소를 편의상 빌어서 기재한 것으로 믿어진다. 그 밖의 본적, 보호자 주소 등은 이미 알려진 기록과 일치한다.

이제 핵심인《특고월보》라는 일본 특별 고등 경찰의 기록을 살펴보겠다.
이 기록에 의하면 송몽규·윤동주 두 분은 10대인 중학 시절부터 일경의 감시를 계속 받다가 2차 대전 말에 가서 저들의 최후 발악적인 마수에 걸려들었던 것이라고 할 수 있다. 이는 민족 정신이 강했던 북간도라는 특수한 지역에서 잔뼈가 굵은 이분들이 끝까지 그 정신을 지키고 민족 문화의 보존과 나라의 독립을 염원했던 결과라고 믿어진다.

이번에 이 자료로써 새로 드러난, 사건의 연루자인 고희욱 씨에 관하여 조사할 필요가 있을 것으로 믿는다. 또한 늘 마음에 걸리는 일이지만, 이 사건의 주동 인물이라고 할 수 있는 윤동주의(따라서 필자의) 고종인 송몽규 형은 함께 옥사했음에도 불구하고 별로 세상에 알려지지 않고 있다. 이는 그의 글이 거의 남아 있지 않은 까닭이며 또한 그의 유족이 이남 땅에 거주하지 않는 탓이기도 하다. 그도 문학에 뜻을 두어 중학 시절에 《동아일보》에 콩트가 당선되는 등 문필에 뛰어난 재사였다. 그에 대한 조사도 더욱 진행되어야 할 것으로 생각된다.

이 《특고월보》 말미의 표에 있는 대로 피의자 세 분은 1943년 7월 14일(여름 방학에 고향으로 돌아오려고 차표까지 사놓은 직후였다)에 검거되어, 같은 해 12월 6일 검사국에 송국되었다. 이 경찰 조서를 꾸미기 위한 경찰에서의 5개월 동안 얼마나 시달림을 받으셨는지 가슴이 메어 옴을 느끼지 않을 수 없다. 송몽규·윤동주 두 분은 이듬해 6월까지 미결수로 있다가 재판 결과 송몽규 형이 2년 6개월, 윤동주 형이 2년의 형을 받고 후쿠오카 형무소에 투옥되었다(고희욱 씨에 관하여는 알 길이 없다). 윤동주 형이 1945년 2월 16일에, 송몽규 형이 같은 해 3월 10일에 옥사했음은 이미 알려져 있는 사실이다. 이제 더욱 바라게 되는 것은 일경에 압수되었던 유고와 재판 기록 형무소 기록 등의 발견이다.

'엄비嚴秘'로 되었던 이 《특고월보》는 지금 일본의 세이케이政經 출판사에 의해 영인본으로 공개되고 있어 언젠가는 이 자료도 발견될 수 있었을 것이지만, 고인에 대한 우지고 씨의 정과 연구심이 아니었다면, 그 방대한 자료 속에서 이렇게 속히 찾아내지 못했을 것이다. 이 지면을 빌어 우지고 씨에게 감사의 뜻을 표한다.

동주의 독립 운동의 구체적 증거

정병욱

　30년 전 동주의 첫 시집을 공간할 때부터 오늘에 이르기까지 동주가 옥사하게 된 원인을 밝혀 내지 못한 것이 무척 안타까웠다. 그동안 유족들은 일본에 있는 친지나 기자들을 통하여 경찰 조서나 공판 기록을 찾아보려고 무척 노력해 왔었다. 지성이면 감천이라더니 과연 그 노력이 헛되지 않아 이제 여기 소개되는 기록을 얻고 보니 죽었던 동주가 되살아난 것처럼 반갑기 이를 데 없다. 그리고 이 기록에 담겨져 있는 사실들을 일본 경찰이 알아낼 수 있게 되기까지 치른 동주의 고통이 얼마나 컸겠는가 하는 것을 생각하고는 새삼스레 소름이 끼쳐 들기도 한다.

　이 기록의 '1. 만주와 조선에서의 책동'에 실려 있는 내용을 통하여 우리는 동주의 시를 생산시킨 동주의 정신적 배경을 이해하는 데에 큰 도움을 줄 것으로 믿는다.

　이 기록에 나오는 송몽규는 동주의 고종으로서 말하자면 행동적인 혁명가였다. 그러한 몽규 형의 행동적인 혁명 의식 뒤에는 언제나 동주의 정신적인 혁명 이념이 도사리고 있었다. 뿐만 아니라 행동적이고 다혈질인 몽규 형은 언제나 동주의 냉철한 이성의 견제를 받고 있었던 것으로 알고 있다. 동주와 몽규 형의 이러한 성격적인 차이를 이해하고 이 기록을 읽고, 다시 동주의 시를 읽으면 그의 시를 이해하는 데에 크게 도움이 될 것으로 생각한다.

그리고 '2. 교토로 온 이후의 책동'이 바로 동주가 검거된 직접적인 원인이었음을 알 수 있게 되었다. 그 내용을 세밀하게 검토해 보면 결국 송몽규가 주동 인물로 되어 있고, 윤동주와 고희욱은 종범처럼 되어 있고, 소위 죄목이라는 것은 행동대라기보다는 이른바 사상범임을 알 수 있다. 일제하의 이른바 사상적 범죄 단체는 세 사람 이상이면 고등계 경찰의 검거 대상이 되는 데 충분했었다. 그리고 비록 폭탄이나 총기 같은 증거물이 없어도 이 기록에 열거된 그러한 생각만 품고 있었어도 사상범이라는 죄목을 뒤집어씌우는 데 충분했었다.

동주의 시가 세상에 알려진 지 30년, 그동안 회의적이고 신중한 평자나 연구가 또는 문인들이 동주의 독립 운동의 구체적인 증거를 알지 못하여 무척 궁금하게 여겨 왔음은 말할 나위도 없다. 이제 이 기록을 얻어 다시 세상에 알리게 된 것은 동주의 시를 위하여 더없이 다행한 일이다.

흔히 동주의 성격을 내성적이라고 일러 왔었다. 그의 내성적인 성격 뒤에는 이 기록이 보여 주듯 조국의 광복을 종교처럼 믿고 있는 굳은 신념이 그의 철학의 바탕이 되어 있었음을 알 수 있을 것이다.

동주의 시에서 풍기는 '지조'. 그것이 바로 이 기록이 뒷받침해 주는 그의 투철한 역사 감각의 소산임을 이제 확인할 수 있을 것이다.

앞으로 이 기록의 발굴로 만족할 것이 아니라 그에 관한 경찰 조서나 공판 기록을 추적하는 노력을 포기하지 말아야 하겠다. 역사는 언제나 엄정한 것이고 정의는 언제나 진리를 감추지 않을 것이기 때문이다. 우선 이 기록으로 동주 시의 새로운 평가가 다각도로 이루어지기를 바라는 마음 간절하다.

윤동주 관련 단행본 및 논문 목록

이봉구 〈시인의 별―윤동주 시집을 읽고〉(《평화신문》, 1948년 12월 19일)

강처중 《하늘과 바람과 별과 시》 초판 발문(정음사, 1948년)

정지용 《하늘과 바람과 별과 시》 초판 서문(정음사, 1948년)

유 영 〈내가 잃은 삼재〉(《자유신문》, 1949년 8월 30일)

윤영춘 〈고 윤동주에 대하여〉(《문예》, 1952년 5월)

정병욱 〈고 윤동주 형의 추억〉(《연희춘추》, 1953년 7월 15일)

고석규 〈윤동주의 정신적 소묘〉(《초극》, 1954년)

김용호 〈민족 의식과 자아 의식〉(《연희춘추》, 1955년 2월 14일)

전형국 〈동주와 간도〉(《연희춘추》, 1955년 2월 14일)

김춘수 〈불멸의 순정―윤동주 형 10주기를 맞이하여〉(《부산일보》,
1955년 2월 15일)

고석규 〈다시 《하늘과 바람과 별과 시》〉(《국제신보》, 1955년 2월 16일)

김윤성 〈고 윤동주의 시〉(《경향신문》, 1955년 4월 30일)

윤일주 〈선백의 생애〉(《하늘과 바람과 별과 시》, 정음사, 1955년)

정병욱 《하늘과 바람과 별과 시》 후기(정음사, 1955년)

윤일주 〈형 윤동주의 추억〉(《시연구》 1집, 1956년 5월)

최일수 〈윤동주의 시―현대시와 민족 의식〉(《한국일보》, 1956년 5월 13일)

마해송 〈오래 사는 것만이 잘난 것이 아니다〉(《희망》, 1958년 1월)

장덕순 〈동주와 나―인간 동주 소묘〉(《자유문학》, 1959년 3월)

이상비 〈시대와 시의 자세―윤동주론〉(《자유문학》, 1960년 11~12월)

최홍규 〈윤동주 서설〉(《고대 국문학》, 1961년 11월 30일)

윤일주 〈동주 형님을 추모함〉(《현대문학》, 1963년 1월)

이유식 〈아웃사이더적 인간상〉(《현대문학》, 1963년 10월)

김열규 〈윤동주론〉(《국어국문학》 27집, 1964년 8월)

장덕순 〈윤동주 씨 20주기를 맞이하여〉(《서울신문》, 1965년 2월 16일)

정한모 〈저 하늘의 빛나는 별로〉(《경향신문》, 1965년 2월 17일)

박두진 〈순절의 시인 윤동주〉(《동아일보》, 1965년 2월 20일)

윤일주 〈형님 윤동주〉(《기독공보》, 1965년 2월 20일)

최홍규 〈존재와 생성의 역─윤동주 연구〉(《세대》, 1965년 9월)

김종길 〈시인이라는 것〉(《시론》, 탐구당, 1965년)

김상선 〈어둠의 윤리─윤동주론〉(《문학춘추》, 1966년 1월)

박두진 〈순절의 시인 윤동주─시비 건립 운동에 부쳐〉(《동아일보》,
1966년 3월 4일)

문익환 〈동주 형의 추억〉(《하늘과 바람과 별과 시》, 정음사, 1968년)

박두진 〈윤동주의 시〉(《하늘과 바람과 별과 시》, 정음사, 1968년)

백　철 〈암흑기 하늘의 별〉(《하늘과 바람과 별과 시》, 정음사, 1968년)

장덕순 〈인간 윤동주론〉(《하늘과 바람과 별과 시》, 정음사, 1968년)

김영수 〈시인 윤동주론〉(《교회연합신보》, 1969년 2월 16일)

김현자 〈아청빛 언어에 의한 이미지〉(《소천 이헌구 선생 송수 기념 논총》,
1970년 8월)

이건청 〈고뇌와 창조〉(《현대시학》, 1972년 1월)

Thomas W. Settle 〈Voice of Hope : The Poetry of Yun Dong-Ju〉(《시
사영어연구》, 1972년 10월)

정현종 〈시인과 그의 시대─윤동주와 관련해서〉(《시문학》, 1972년 11월)

박희진 〈저항시의 양상〉(《동성논총》 3집, 1972년)

김우규 〈밤에 뿌린 씨앗〉(《문학사상》, 1973년 3월)

문익환 〈동주, 내가 아는 대로〉(《문학사상》, 1973년 3월)

윤일주 〈유고를 공개하면서〉(《문학사상》, 1973년 3월)

김용성 〈문학사 탐방〉(《한국일보》, 1973년 4월 1일)

김병익 〈문단 반세기─불굴의 문인들〉(《동아일보》, 1973년 7월 5일)

김인환 〈윤동주 시론〉(《어문논집》, 고려대 국어국문학 연구회, 1973년 7월)

백승철 〈동주와 시인의 역설〉(《창조》, 1973년 8월)

고석규 〈동주와 시인의 역설〉(《크리스찬문학》 5집, 1973년)

김윤식 · 김현 〈윤동주, 혹은 순결한 젊음〉(《한국 문학사》, 민음사, 1973년)

김정우 〈윤동주의 소년 시절〉(《크리스찬문학》 5집, 1973년)

문익환 〈태초의 종말과 만남〉(《크리스찬문학》 5집, 1973년)

정병욱 〈인간 동주의 편모〉(《크리스찬문학》 5집, 1973년)

김상선 〈윤동주론〉(《인문학연구》, 중앙대 문학연구소, 1974년 3월)

박진환 〈어둠의 본질과 별의 형이상학〉(《현대시학》, 1974년 6월)

홍기삼 〈고독과 저항의 세계〉(《월간문학》, 1974년 7월)

김흥규 〈윤동주론〉(《창작과 비평》, 1974년 가을호)

김윤식 〈십자가와 별〉(《현대시학》, 1974년 12월)

김용직 · 염무웅 〈시적 저항과 그 비극성〉(《일제 시대의 항일 문학─한국 문학
　　과 민족 의식》, 신구문고 ⑪, 1974년)

김윤식 〈윤동주론─어둠 속에 익은 사상〉(《한국 근대 작가 논고》, 일지사,
　　1974년)

김종길 〈한국 시에 있어서의 비극적 황홀〉(《진실과 언어》, 일지사, 1974년)

최홍규 〈암흑기와 시인 의식〉(고려대 《교양논집》, 1974년)

정병욱 〈잊을 수 없는 사람─항일 시인 윤동주〉(《신아일보》, 1975년 2월
　　3~7일)

김윤식 〈윤동주론의 행방〉(《심상》, 1975년 2월)

윤일주 〈다시 동주 형님을 말함〉(《심상》, 1975년 2월)

정한모 〈동주 시의 특질과 시사적 의미〉(《심상》, 1975년 2월)

홍기삼 〈시와 시인의 생애〉(《심상》, 1975년 2월)

오세영 〈윤동주의 문학사적 위치〉(《현대문학》, 1975년 4월)

유 영 〈암흑기의 민족 문학의 보루―윤동주 동문〉(《연세춘추》, 1975년 6월 14일)

구중서 〈순국 시인 윤동주의 찬란한 고독〉(《구도의 언어》, 1975년)

김우종 〈암흑기 최후의 별―그의 문학사적 위치〉(《문학사상》, 1976년 4월)

김우창 〈손들어 표할 하늘도 없는 곳에서〉(《문학사상》, 1976년 4월)

문익환 〈하늘·바람·별의 시인 윤동주〉(《월간중앙》, 1976년 4월)

오세영 〈윤동주의 시는 저항시인가?〉(《문학사상》, 1976년 4월)

임헌영 〈순수한 고뇌의 절규〉(《문학사상》, 1976년 4월)

유 영 〈윤동주의 연전 시절〉(《연세춘추》, 1976년 6월 14일)

김용직 〈윤동주 시의 문학사적 의의〉(《나라사랑》, 1976년 여름호)

김윤식 〈한국 근대시와 윤동주〉(《나라사랑》, 1976년 여름호)

김정우 〈윤동주의 소년 시절〉(《나라사랑》, 1976년 여름호)

박창해 〈윤동주를 생각함〉(《나라사랑》, 1976년 여름호)

신동욱 〈하늘과 별에 이르는 시심〉(《나라사랑》, 1976년 여름호)

염무웅 〈시와 행동〉(《나라사랑》, 1976년 여름호)

유 영 〈연희전문 시절의 윤동주〉(《나라사랑》, 1976년 여름호)

윤영춘 〈명동촌에서 후쿠오카까지〉(《나라사랑》, 1976년 여름호)

윤일주 〈윤동주의 생애〉(《나라사랑》, 1976년 여름호)

장덕순 〈윤동주와 나〉(《나라사랑》, 1976년 여름호)

전규태 〈저항 시인으로서의 윤동주론〉(《나라사랑》, 1976년 여름호)

정병욱 〈잊지 못할 윤동주의 일들〉(《나라사랑》, 1976년 여름호)

정세현 〈윤동주 시대의 어둠〉(《나라사랑》, 1976년 여름호)

김시태 〈밤의 인식과 자기성찰〉(《현대문학》, 1976년 9월)

정병욱 〈동주의 독립 운동의 구체적 증거〉(《문학사상》, 1977년 5월)

곽동훈 〈윤동주 시에 나타나는 '어둠'의 의미〉(부산대, 1977년)

국정표 〈윤동주론〉(《영어영문학》2집, 서울대 영어영문학회, 1977년)

정 양 〈동심의 신화—윤동주론〉(원광대, 1977년)

조남익 《현대시 해설》(세운문화사, 1977년)

진희영 〈윤동주 시의 기본적 심상〉(고려대, 1977년)

정교영 〈동심의 신화—윤동주론〉(《조선일보》,1978년 1월 10~15일)

유시욱 〈이 상과 윤동주 시에 나타난 자아 실현의 문제〉(영남대, 1978년)

최동호 〈윤동주의 의식 현상〉(《현대문학》, 1979년 12월)

남송우 〈윤동주 시에 나타난 자기의 문제—자기 분열에서 통합까지〉(부
산대, 1979년)

이인복 〈1940년대 시에 나타난 죽음〉(《한국 문학에 나타난 죽음 의식의 사적
연구》, 열화당, 1979년)

주경자 〈윤동주론〉(동국대, 1979년)

유 영 〈높고 깊은 뜻은 어디에〉(《연세춘추》, 1980년 3월 3일)

윤일주 〈윤동주 사인 잘못 알고 있다〉(《조선일보》, 1980년 10월 24일)

고노 에이치 〈윤동주, 그 죽음의 수수께끼〉(《현대문학》, 1980년 10월)

고노 에이치 〈다시, 윤동주의 죽음에 대하여〉(《현대문학》, 1980년 12월)

김수복 〈윤동주 연구〉(《한국 문학 연구》, 단국대, 1980년)

김영수 〈윤동주의 저항시 재고〉(《한국 문학 연구》, 대광문화사, 1980년)

김우창 〈시대와 내면적 인간〉(《이육사·윤동주》, 지식산업사, 1980년)

이남호 〈윤동주와 서정주의 "자화상" 비교 분석〉(고려대, 1980년)

남송우 〈윤동주 시에 나타난 자기의 문제〉(《중앙일보》, 1981년 1월 19일)

유시욱 〈이상과 윤동주의 시〉(《시문학》, 1981년 4월)

허소라 〈윤동주론〉(《한국언어문학》 20집, 한국언어문학회, 1981년 12월)

김용직 〈비극적 상황과 시의 길〉(《나의 별에도 봄이 오면》, 문학세계사,
1981년)

신경림 · 정희성 《한국 현대시의 이해》(진문출판사, 1981년)

이건청 《나의 별에도 봄이 오면》(윤동주 평전 · 시집) (문학세계사, 1981년)

정재완 〈윤동주의 "또 다른 고향"〉《한국 현대시 작품론》, 문장, 1981년)

최동호 〈한국 현대시에 나타난 물의 심상과 의식의 연구—김영랑, 유치
환, 윤동주의 시를 중심으로〉(고려대, 1981년)

홍희표 〈윤동주의 "서시"〉《한국 현대시 작품론》, 문장, 1981년)

신 호 〈파도를 극복한 동주—윤동주론〉《현대문학》, 1982년 6월)

윤일주 〈새삼 이는 울분을 가누며〉《문학사상》, 1982년 10월)

김봉균 〈윤동주의 시 또는 사랑의 리듬〉《성심어문논집》 6집, 성심여대,
1982년 12월)

김선배 〈'부끄러움'의 시적 변용—윤동주 시 의식을 중심으로〉(고려대,
1982년)

박준효 〈윤동주 시 연구—이미지를 중심으로〉(고려대, 1982년)

변종식 〈윤동주론〉(동국대, 1982년)

신석진 〈윤동주 시 연구—동일성의 원리를 중심으로〉(중앙대, 1982년)

유영자 〈윤동주 연구〉(인하대, 1982년)

최창렬 〈윤동주 시 연구〉(중앙대, 1982년)

김열규 〈신화의 공간(1)—방위의 의미론과 윤동주〉《한국문학사》, 탐구당,
1983년)

마광수 〈윤동주 연구—그의 시에 나타난 상징적 표현을 중심으로〉(연세
대, 1983년)

박호영 〈릴케와 대비로 본 윤동주〉《한국 현대 시사 연구》, 일지사, 1983년)

이동순 〈창조적 진화의 꿈과 삶의 정직성〉《한국 대표시 평설》, 문학세계사,
1983년)

이사라 〈김광균 · 윤동주 시의 상상적 질서〉《이화어문논집》 6집, 이화여대
한국어문학연구소, 1983년)

정창헌 〈윤동주의 시 연구〉(연세대, 1983년)

김재홍 〈운명애와 부활 정신〉(《현대문학》, 1984년 5~6일)

김재홍 〈운명론과 자유의 문제〉(《현대문학》, 1984년 8월)

김주연 〈한국 현대시와 기독교〉(《기독교사상》, 1984년 9월)

권일송 《윤동주 평전》(민예사, 1984년)

김수복 《시인 윤동주》(예전사, 1984년)

김재홍 〈자기 극복과 초인에의 길〉(《현대시》 1집, 문학세계사, 1984년)

김현자 〈대립의 초극과 화해의 시학〉(《현대시》 1집, 문학세계사, 1984년)

마광수 《윤동주 연구》(정음사, 1984년)

박이도 〈한국 현대시에 나타난 기독교 의식—윤동주, 김현승, 박두진의
시를 중심으로〉(경희대, 1984년)

박호영 〈윤동주론의 문제점〉(《현대시》 1집, 문학세계사, 1984년)

배광흠 〈윤동주론〉(전남대, 1984년)

신용협 〈윤동주의 시와 인간〉(《국어국문학》 91호, 1984년)

심동섭 〈윤동주 시 연구〉(성균관대, 1984년)

이건청 〈윤동주 시의 상징 연구〉(《인문논총》 8집, 한양대, 1984년)

이기서 〈윤동주 시에 나타난 세계 상실 구조〉(《한국 현대시 의식 연구》, 고려
대 민족문화연구소, 1984년)

허장무 〈윤동주의 시 연구—시에 있어서의 시간성을 중심으로〉(청주대,
1984년)

홍정선 〈윤동주 시 연구의 현황과 문제점〉(《현대시》 1집, 문학세계사,
1984년)

이부키고 〈시대의 아침을 기다리며—윤동주의 유학에서 옥사까지〉(上)·(下)
(《문학사상》, 1985년 3~4월)

김남조 〈윤동주 연구—자아 의식의 변모를 중심으로〉(《현대문학》, 1985년
8월)

정의홍 〈윤동주 시의 정신사적 성격〉(《월간문학》, 1985년 11월)

김수복 〈윤동주 시의 원형 상징 연구〉(《국어국문학》93호, 1985년)

남기천 〈윤동주 시 연구〉(건국대, 1985년)

마광수 〈형이상학적 저항 시인 윤동주〉(《식민지 시대의 시인 연구》, 시인사, 1985년)

박호영 · 이숭원 〈윤동주 시의 인식론적 접근〉(《한국 시문학의 비평적 연구》, 삼지원, 1985년)

여명구 〈윤동주 시 연구〉(국민대, 1985년)

왕선희 〈윤동주 시 연구〉(인하대, 1985년)

정순진 〈윤동주 시에 나타난 세계 경험적 자아의 양상〉(충남대, 1985년)

정호승 〈윤동주 시에 나타난 기독교적 세계관〉(경희대, 1985년)

최동호 〈윤동주의 의식 현상〉(《현대시의 정신사》, 열음사, 1985년)

권택명 〈십자가의 시인 윤동주〉(《심상》, 1986년 3월)

이승훈 〈윤동주의 "서시" 분석〉(《현대문학》, 1986년 3월)

김옥순 〈윤동주 시 연구 어디까지 왔나〉(《문학사상》, 1986년 4월)

김용직 〈어두운 시대와 시인의 십자가〉(《문학사상》, 1986년 4월)

마광수 〈궁극적 이상과 현실적 시련의 암시〉(《문학사상》, 1986년 4월)

박호영 〈저항과 희생의 남성적 톤〉(《문학사상》, 1986년 4월)

이기철 〈삶의 시간과 기도의 공간〉(《문학사상》, 1986년 4월)

이승훈 〈윤동주 대표시 20편, 이렇게 읽는다〉(《문학사상》, 1986년 4월)

이남호 〈가혹한 시대의 순결한 영혼, 윤동주〉(《한국인》, 1986년 8월)

박태일 〈윤동주 시와 공간 인식의 문제 1, 2〉(《심상》, 1986년 10~11월)

권영상 〈윤동주 시의 원형적 탐구〉(성균관대, 1986년)

김경옥 〈윤동주 시에 나타난 동일성 상실과 회복〉(부산대, 1986년)

박남철 〈윤동주론〉(《한국학논집》10집, 한양대, 1986년)

신현봉 〈윤동주 시의 동심 지향성 연구〉(한양대, 1986년)

윤종호 〈윤동주 시에 나타난 공간 연구〉(경남대, 1986년)

이남호 〈육사의 신념과 동주의 갈등〉(《한심한 영혼아》, 민음사, 1986년)

이남호 〈윤동주 시의 의도 연구〉(고려대, 1986년)

최은혜 〈윤동주 시에 나타나는 기독교 정신〉(인하대, 1986년)

홍명규 〈윤동주 연구〉(경희대, 1986년)

김인섭 〈윤동주 상상 체계 소고〉(《숭실어문 4집》, 숭실대, 1987년 4월)

오무라 마쓰오 〈윤동주의 사적 조사 보고〉(《문학사상》, 1987년 5월)

이인복 〈한국 문학에 수용된 기독교 사상 연구〉(《월간문학》, 1987년 5월)

송우혜 〈윤동주의 일본 시절〉(《문예중앙》, 1987년 여름호)

이남호 〈"별 헤는 밤"의 의미 공간〉(《현대문학》, 1987년 8월)

김은자 〈"자화상"의 동굴 모티프〉(《문학과비평》, 1987년 가을호)

권영복 〈윤동주 연구─그의 시에 나타난 저항적 표현을 중심으로〉(충남
대, 1987년)

송경자 〈윤동주 시 연구〉(성균관대, 1987년)

이사라 〈윤동주 시의 기호론적 연구─이항 대립에 있어서의 매개 기능
을 중심으로〉(이화여대, 1987년)

오양호 〈윤동주 시에 나타난 '고향'의 의미〉(《월간문학》, 1988년 2월)

제해만 〈윤동주 시의 공간 구조 연구〉(《국어국문학》 99호, 1988년 6월)

송우혜 〈윤동주의 풍자시들─그 도전과 절망의 시 정신〉(《현대문학》,
1988년 8월)

마광수 〈청년 시인 윤동주의 내면 풍경〉(《문학정신》, 1988년 9월)

송우혜 《윤동주 평전》(열음사, 1988년)

이상호 〈한국 현대시에 나타난 자아 의식에 관한 연구─이상화와 윤동
주의 시를 중심으로〉(동국대, 1988년)

한명희 〈윤동주 시에 나타난 상징과 지향 의식〉(중앙대, 1988년)

계영복 〈윤동주 시 연구〉(성신여대, 1989년)

김영민 〈윤동주 연구사의 평가 정리〉(《윤동주 시론집》, 바른글방, 1989년)

김인규 〈윤동주 시의 이미지 분석과 시 정신 고찰〉(조선대, 1989년)

김훈임 〈윤동주 연구—그의 시에 나타난 세계관을 중심으로〉(연세대, 1989년)

윤영훈 〈윤동주의 시 의식 고찰〉(조선대, 1989년)

이선영 〈암흑기 시인, 윤동주 재론〉(《윤동주 시론집》, 바른글방, 1989년)

한계전 〈윤동주 시에 있어서 '고향'의 의미〉(《윤동주 시론집》, 바른글방, 1989년)

허 규 〈윤동주 시 세계 연구—기독교 사상을 중심으로〉(한양대, 1989년)

황경희 〈윤동주의 시에 나타난 '그리움'의 양상 연구〉(계명대, 1989년)

김경훈 〈외롭게 대화하는 자〉(《현대시》, 1990년 11월)

김수복 〈윤동주의 자아 성찰과 재생 의식〉(《현대시》, 1990년 11월)

구민애 〈윤동주 시 연구〉(성신여대, 1990년)

연정순 〈윤동주 시 연구〉(청주대, 1990년)

이계숙 〈윤동주와 이육사 시의 대비 연구—주요 이미지 분석을 중심으로〉(동국대, 1990년)

조병기 〈한국 현대시에 나타난 비극적 서정성 연구—이육사와 윤동주 시의 전통적 맥락을 중심으로〉(성균관대, 1990년)

태목근 〈윤동주 시의 비교 문학적 연구〉(숭실대, 1990년)

김상근 〈윤동주 시 연구〉(전남대, 1991년)

김의수 〈윤동주 시의 해체론적 연구〉(서울대, 1991년)

엄선영 〈윤동주 시의 시각화 연구〉(이화여대, 1991년)

이현숙 〈윤동주 시 연구—의식 변모 과정을 중심으로〉(숙명여대, 1991년)

채현주 〈윤동주 시에 나타난 기독교 정신〉(성균관대, 1991년)

김경승 〈윤동주 시편의 예술적 감동의 원천에 관한 정신 의학적 고찰〉(한림대, 1992년)

김미선 〈윤동주 시의 이미저리 연구〉(전북대, 1992년)

박호용 〈백석과 윤동주 시의 비교 연구〉(한국외국어대, 1992년)

정재규 〈이육사와 윤동주 시의 비교 연구—두 시인의 자아 인식과 시적 저항〉(부산대, 1992년)

정해천 〈윤동주 시 세계 연구—기독교 정신을 중심으로〉(수원대, 1992년)

최명표 〈윤동주 시 연구〉(전북대, 1992년)

강성자 〈서정주와 윤동주의 자의식 비교—서정주 초기 시와 윤동주의 시를 중심으로〉(한국교원대, 1993년)

박의상 〈윤동주 시의 사회 심리학〉(인하대, 1993년)

박춘덕 〈한국 기독교 시에 있어서 삶과 신앙의 상관성 연구—윤동주, 김 현승, 박두진을 대상으로〉(부산대, 1993년)

이어령 〈별의 관측자가 아니라 별을 만드는 사람이 되자—윤동주의 "서시" 구조 분석과 글을 쓰는 의미〉《이어령 회갑 기념 강연 초록》, 1993년)

이희구 〈윤동주 시 연구〉(배재대, 1993년)

김연옥 〈윤동주 시의 전통성에 관한 연구〉(한국교원대, 1994년)

나성훈 〈윤동주 시 연구〉(연세대, 1994년)

이건청 《윤동주—신념의 길과 수난의 인간상》(건국대 출판부, 1994년)

이세종 〈윤동주 시의 심상 연구〉(국민대, 1994년)

김승희 〈1/0의 존재론과 무의식의 의미 작용—새로 쓰는 윤동주론〉《문 학사상》, 1995년 3월)

이관형 〈윤동주 시 연구〉(배재대, 1995년)

이정화 〈윤동주와 이장희 시의 내면 의식 고찰—하늘의 이미지 비교〉 (원광대, 1995년)

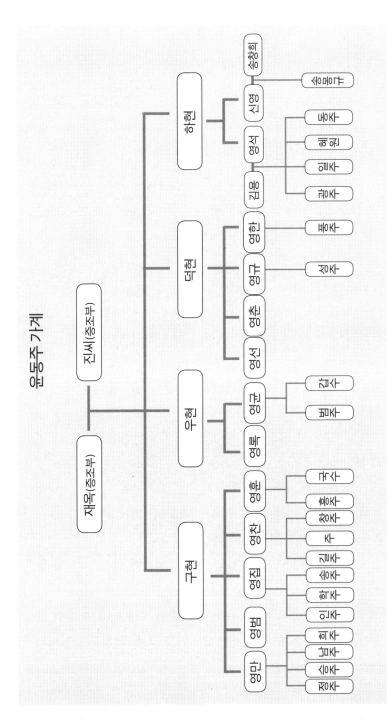

윤동주 가계

윤동주 연보

1917년(1세) 12월 30일(음력 11월 17일) 만주국 간도성 화룡현和龍縣 명
동촌明東村에서 본관이 파평坡平인 부친 윤영석(尹永錫, 1895~1962)
과 독립 운동가이자 교육자인 규암圭巖 김약연金躍淵의 누이 김용(金
龍, 1891~1948)의 장남으로 태어났다(호적을 비롯한 각종 기록에는 그의
출생 연도가 '1918년'으로 되어 있는데 그것은 출생 신고를 1년 늦게 했기 때
문이다).

윤동주 집안은 1886년 증조부 윤재옥尹在玉 때에 함경북도 종성鍾城
에서 북간도의 자동(子洞, 또는 紫洞)으로 이주, 1900년 조부 윤하
현(尹夏鉉, 1875~1948) 때에는 북간도의 명동촌으로 옮겨 와 살았
는데 소지주로서 비교적 넉넉한 생활을 했다. 윤동주가 태어난 명
동촌은 외삼촌 김약연 선생이 일찍이 이주해 들어와 개척한 지역으
로, 교육과 종교, 독립운동의 신문화 운동이 다른 어느 곳보다 활발
하게 일어났던 곳이다.

1910년에는 조부 윤하현이 기독교 장로 교회에 다니기 시작하여
입교했고 윤동주가 태어날 무렵에는 장로직을 맡게 되었다. 덕분에
윤동주는 태어나자마자 유아 세례를 받았다.

부친 윤영석은 1895년 음력 6월 12일 출생하여 명동중학교를 졸
업한 후 김약연의 주선으로 북경에 유학갔다가 돌아와 윤동주가 태
어날 무렵에는 명동소학교에 교편을 잡았다. 그 후 1923년 9월, 윤
동주가 7세 되던 때는 도쿄 유학 중이었다. 그해 12월엔 윤동주의
누이동생 혜원惠媛이 태어났다.

'윤동주'는 본명이고 아명은 '해환海煥'으로 태양을 가리키는 우리말의 '해'에 빛날 '환煥'자를 붙인 것이다. 뒤에《카톨릭 소년》지에 동요를 발표할 때 '동주童舟' 또는 '동주童柱'라는 필명을 쓴적이 있다.

윤동주는 3남 1녀 중 장남으로 누이 윤혜원尹惠媛과 동생 윤일주 (尹一柱, 전 성균관대 교수·작고), 윤광주尹光柱가 있다.

1925년(9세) 4월 4일 만주국 간도성 화룡현에 있는 명동소학교에 입학했다. 명동소학교는 김약연이 설립하여 경영하던 규암서숙圭巖書塾을 나중에 민족주의 교육을 시행하는 학교로 발전시켜 운영하던 학교로, 원래 소학교와 중학교가 있었지만 중학교는 폐교되고 윤동주가 학교를 다닐 당시에는 소학교만 남아 있었다.

윤동주는 명동소학교에서 조선 역사와 민족주의 및 독립 사상에 대해서 배우고 학교에 행사가 있을 때에는 태극기를 걸고 애국가를 부르며 애국심을 고양시켰다. 그것은 학업 성적에도 영향을 끼쳐 연희전문 1학년 때 한 학기밖에 없었던 조선어(2학기 때부터는 일제의 압력으로 조선어가 폐지됨)가 재학 4년을 통틀어 100점 만점을 받은 유일한 과목이 되었다.

당시 윤동주와 함께 명동소학교를 함께 다닌 친구로는 후쿠오카에서 옥사한 고종 사촌인 송몽규宋夢奎와 문익환(文益煥, 시인·목사), 외사촌 김정우(金禎宇, 시인·숭실고 교사) 등이 있다.

1927년(11세) 12월, 동생 일주가 태어났다.

1928년(12세) 명동소학교 4학년 재학 시절에 송몽규와 함께《어린이》,《아이생활》등의 아동 잡지를 정기적으로 구독했는데 두 사람이 다 읽고 나면 동리 아이들이 돌아가며 읽었다. 그 외에 연극 활동을 통해 윤동주는 문학적 재질을 키워 나갔다. 이즈음 명동에는 공산주의 사상이 만연했다.

1929년(13세) 송몽규 등과 함께《새 명동》이라는 등사판 문예지를 간행, 동요·동시 등을 발표했을 뿐만 아니라 그림에도 소질을 보였다. 4월에 명동소학교가 '교회학교' 형태에서 '인민학교' 형태로 바뀌었고, 9월에는 중국 행정 당국에 의해 공립 학교로 인가받았다.

외삼촌인 김약연은 평양 장로교 신학교에 입학했다.

1930년(14세) 신학교에서 1년간 수학한 김약연이 명동교회에 목사로 부임했고, 명동에서는 공산주의자가 주도하는 테러가 만연했다.

1931년(15세) 3월 25일, 명동소학교에서는 졸업생 14명에게 김동환金東煥의 시집《국경의 밤》을 졸업 선물로 주었다. 명동소학교를 졸업한 윤동주는 송몽규·김정우와 함께 중국인 관립 학교인 대립자 학교 6학년에 편입해 1년 동안 공부했다.

1932년(16세) 4월, 용정에 위치한 캐나다 선교부가 경영하는 미션스쿨인 은진중학교에 입학했다. 부친 윤영석은 윤동주의 통학을 위해 농토와 집을 소작인에게 맡기고 간도성 용정가龍井街로 이사했다.

은진중학 재학 시절 윤동주는 친구들과 함께 교내 문예지를 발간하여 문예 작품을 발표하는 한편, 축구 선수로도 활약했고, 〈땀 한 방울〉이라는 제목으로 교내 웅변 대회에서 1등을 하는 등 다양한 활동을 펼쳤다. 여기서 윤동주에게 가장 많은 영향을 끼친 사람은 동양사와 국사·한문을 가르치던 명희조明羲朝 선생으로 그에게 독립 사상과 민족 의식을 일깨워 주었다.

1933년(17세) 4월, 동생 광주가 태어났다.

1934년(18세) 12월 24일, 〈삶과 죽음〉, 〈초 한 대〉, 〈내일은 없다〉 등 3편의 시를 썼고, 이때부터는 작품에 시작詩作 날짜를 기록했다.

1935년(19세) 9월, 은진중학교 4학년 1학기를 마친 윤동주는 평양 숭실중학교 3학년 2학기에 편입해 공부했다. 숭실중학교 기숙사에서 창작 활동에 몰두해 10월, 숭실중학교 학생회에서 간행하는 《숭실활천》 제15호에 시 〈공상〉을 게재함으로써 그의 작품이 최초로 활자화되었다. 이 외에도 〈남쪽 하늘〉, 〈창공〉, 〈거리에서〉, 〈조개 껍질〉 등의 시를 썼다.

1936년(20세) 3월 말에 숭실중학교가 신사 참배 문제로 관에 접수接收되자 그에 대한 항의 표시로 자퇴한 윤동주는 용정으로 돌아가 광명학원 중학부 4학년에 편입했다. 간도 지방 연길延吉에서 발행하던 《카톨릭 소년》지에 '동주童舟'란 필명으로 동시 〈병아리〉, 〈빗자루〉 등을 발표했다.

1937년(21세) 8월에 백석 시집 《사슴》을 베껴 필사본을 만들었으며 광명중학 농구 선수로도 활약했다. 《카톨릭 소년》지에 〈오줌싸개 지도〉, 〈무얼 먹구 사나〉, 〈거짓부리〉 등의 동시를 발표했다.
상급 학교로 진학할 때는 의학을 공부하길 원하는 부친과 갈등이 있었는데, 조부 윤하현 장로와 외삼촌 김약연의 중재로 결국 연전 문과에 진학하기로 결정됐다. 〈유언〉, 〈한란계〉, 〈풍경〉 등 여러 편의 작품을 썼다.

1938년(22세) 2월 17일 광명중학교 5학년을 졸업하고, 4월 9일 고종 사촌 송몽규와 함께 연희전문학교 문과에 입학했다. 송몽규는 은진중학 시절에 명희조 선생님의 밀명을 받고 중국의 북경과 상해 등지를 다녀왔다는 이유로 일경의 요주의 인물로 피체된 적이 있었다. 그는 용정 대성중학을 졸업한 뒤에 연희전문에서 윤동주와 함께 공부했는데, 계속해서 일경의 감시를 받았다. 윤동주는 당시 연희전문에서 흥업구락부 사건으로 교수직을 박탈당하고 도서관에서 임시로 근무하던 외솔 최현배崔鉉培 선생에게서 조선어와 민족 의식을 전수받으며 정신적·사상적으로 깊은 영향을 받았다. 또한 이양하李敭河 선생으로부터 영시英詩도 배웠다.

이때 〈새로운 길〉, 〈슬픈 족속〉, 〈사랑의 전당〉, 〈이적〉, 〈아우의 인상화〉 등의 시와 동시 〈산울림〉, 〈고추밭〉을 썼다.

1939년(23세) 하숙을 하면서 방학 때에는 김약연 선생으로부터 시전詩傳을 배웠고 《조선일보》 학생란에 산문 〈달을 쏘다〉와 시 〈유언〉, 〈아우의 인상화〉를 '윤동주' 및 '윤주尹柱'란 이름으로 발표했고 '윤동주尹童柱'란 이름으로 《소년》지에 동시 〈산울림〉을 발표했다. 매달 《문장》, 《인문평론》을 사서 읽는 열성파이기도 했다. 윤동주의 가족들은 그해 가을, 용정의 정안구靖安區 제창로濟昌路로 이사했다.

1940년(24세) 8월, 일제의 압력에 의해 양대 민족지 《동아일보》와 《조선일보》가 폐간되었다. 1939년 9월 이후로 시를 쓰지 않다가 그해 12월에 〈병원〉, 〈위로〉 등의 시를 썼다.

1941년(25세) 〈서시〉, 〈또 다른 고향〉, 〈십자가〉, 〈별 헤는 밤〉, 〈새벽이 올 때까지〉 등 여러 편의 원숙한 작품을 쓰는 한편 연희전문 문과에서 발행한 《문우》지에 시 〈자화상〉, 〈새로운 길〉을 발표했다. 키르케고르, 도스토옙스키, 발레리, 지드, 보들레르, 잠, 릴케, 장 콕토의 작품과 정지용鄭芝溶, 김영랑金永郎, 백석白石, 이상李箱, 서정주徐廷柱의 시편에 심취했다.

5월에는 기숙사를 나와 김송金松의 집에서 정병욱과 함께 하숙하다가 일본인 형사들의 감시를 피해 9월에 다시 하숙을 옮겼다. 12월 27일, 전시 학제 단축으로 인해서 연희전문 문과를 3개월 앞당겨 졸업했다.

19편으로 엮은 자선 시집自選詩集 《하늘과 바람과 별과 시》를 졸업 기념으로 출간하려 했으나 실패했다. 일제가 2월부터 강제로 창씨개명을 강요하자 고향 집에서는 일제의 탄압을 못 견딘 데다가 윤동주의 도일渡日 수속을 원활하게 하기 위해서 성을 히라누마平沼로 개명했다.

1942년(26세) 연희전문을 졸업하고 일본에 갈 때까지 한 달 반 정도 고향 집에 머무르면서 키르케고르의 작품을 탐독했다. 졸업 증명서, 도항 증명서 등 수속에 필요한 서류 때문에 1월 19일, 연전에 히라누마로 창씨개명한 이름을 제출했다. 1월 24일에 쓴 시 〈참회록〉이 고국에서 쓴 마지막 작품이다.

3월에 일본으로 건너간 윤동주는 4월 2일, 도쿄 릿쿄 대학 문학부 영문과에 입학했고, 송몽규는 4월 1일에 교토 대학 사학과(서양사 전공)에 입학했다.

여름 방학을 맞아 귀국했다가 도후쿠東北 재국대학에 편입하기 위해 다시 일본으로 건너갔으나, 10월 1일에 교토 도시샤 대학 영문학과에 편입했다.

1943년(27세) 일제에 의해 징병제가 공포됨으로써 문과 대학·고등·전문학교 학생으로서 학도병에 지원하지 않은 재학생 및 졸업생에게는 일제히 징용 영장이 발부되었다.

7월 14일, 첫학기를 마치고 귀향하려고 차표까지 사놓았으나 교토 대학에서 유학 중이던 송몽규와 함께 사상범으로 구속되어, 교토 시모가모下鴨 경찰서에 구금되었다. 취조서에 윤동주의 죄명은 '독립 운동'으로 기록되었는데, 체포 당시 일본에서 유학하던 중에 썼던 상당한 분량의 작품과 일기를 압수당했다. 윤동주는 취조 형사의 심문에 못 이겨 결국 유고가 되고 만 상당량의 우리말 원고를 일어로 번역했다.

1944년(28세) 2월 22일 기소되고, 3월 31일 교토 지방재판소 제2형사부의 재판 결과 '독립 운동'의 죄목으로 2년 형을 언도받아 규슈 후쿠오카 형무소에 수감되었다. 3월 31일, 송몽규도 교토 지방재판소 제1형사부로부터 같은 죄목으로 2년 형을 선고받았다. 윤동주는 옥중에서 고향 집에 부탁하여 차입한《신약성서》를 읽었고, 고향 집에는 일어로 쓴 엽서를 한 달에 1장씩만 보낼 수 있었다.

1945년(29세) 매달 초순에 고향 집으로 배달되던 윤동주의 엽서가 2월 중순까지 끊기고 대신에 "2월 16일 동주 사망, 시체 가지러 오라"는 전보가 도착했다. 부친 윤영석이 고인의 당숙 윤영춘과 함께 시체를 인수하러 일본으로 떠난 사이에 "동주 위독하니 보석할 수 있음. 사망 시엔 시체를 가져 가지 않으면 규슈 제대에 해부용으로 제공할 것임. 속답 바람"이라는 통지서가 뒤늦게 도착했다. 그러나 교도소 측은 우편으로 먼저 보냈다고 주장했다. 일본에 도착한 부친과 당숙은 송몽규부터 면회했는데 매일 이름도 모르는 주사를 맞는다는 그는 매우 여위어 있었고 윤동주도 마찬가지로 주사를 맞아 왔다고 한다. 규슈 제대에서 방부제를 사용한(시체를 해부하기 위해서라고 추측됨) 윤동주의 시신은 생시와 다름없는 모습이었다고 한다. 송몽규도 윤동주가 죽은 지 23일 만인 3월 10일 옥사했다.

한줌의 재가 된 윤동주의 유해는 아버지의 품에 안겨 고향으로 돌아와 가족과 친지들에 의해 3월 6일, 북간도의 용정 동산에 자리한 교회 묘지에 묻혔다. 장례식에서는《문우》지에 발표되었던 〈자화상〉과 〈새로운 길〉이 낭독되었는데 그날따라 눈보라가 심했다고 한다. 이해 단오 무렵에 가족들은 윤동주의 묘소에 '시인 윤동주지묘詩人尹東柱之墓'라고 새긴 비석을 세웠다.

1947년 2월 13일, 해방 후 최초로 유작 〈쉽게 씌어진 시〉가 당시 편집국장이던 시인 정지용의 소개문과 더불어《경향신문》에 발표되었다. 2월 16일, 정지용·안병욱·이양하·김삼불·정병욱·윤일주 등 30여 명은 서울 소공동 플로워 회관에서 윤동주 2주기 추도 모임을 가졌다.

1948년 1월, 유고 31편이 정지용의 서문과 함께 시집《하늘과 바람과 별과 시》로 간행되었다.

1955년 2월, 윤동주 10주기 기념으로 흩어져 있던 유고를 보완, 88편의 시와 5편의 산문을 묶어 다시《하늘과 바람과 별과 시》가 출간되었다.

2월 16일에 연희대 문과대학 주최로 박영준·김용호·정병욱 등 친지·동문·후학들이 모여 윤동주 10주기 추도회를 가졌고, 이 날 저녁 당숙 윤영규 집에서 강소천·이한직·최영해·노천명·조병화 등 동문과 문단, 친지 20여 명이 모여 윤동주를 추모했다.

1968년 11월 2일, 연세대학교 학생회 및 문단, 친지 등이 모금한 성금으로 연희전문 시절 윤동주가 지내던 기숙사 앞에 윤동주 시비를 건립하고 제막식을 가졌다.

시비는 윤동주의 친동생 윤일주가 설계했는데, 윤동주의 〈서시〉가 확대되어 새겨져 있다. 제막식에는 연희전문 시절의 은사 최현배·김윤경 ·백낙준 선생과 박종화·박목월·박대선·유영 등 동문·선후배 수백여 명이 참석하여 요절한 시인 윤동주를 추모했다.

1970년 10월 15일부터 1주일 동안 윤동주 25주기를 기념하기 위해 고인의 친필 유고와 유품 전시회가 열렸고, 10월 22일에는 국립중앙도서관 회의실에서 백철·윤영춘·문익환·김정우·정병욱 등 13인이 참석해 윤동주 추모 좌담회를 열었다.

1985년 윤동주 연구가인 오무라 마쓰오大村益夫 교수에 의해 북간도 용정에 있는 윤동주의 묘와 비석의 존재가 한국 학계와 언론계에 소개되었다.

1990년 북간도의 유지들이 대랍자에 있던 송몽규의 묘와 비석을 찾
아내 용정 윤동주 묘소 근처로 이장했다.

1991년 《하늘과 바람과 별과 시》는 판을 거듭하면서 계속 증보되어
지금까지 발견된 윤동주의 작품 116편이 모두 실린 완보판이
간행되었다.

윤동주의 시집은 여러 출판사에서 각기 다른 제목으로 다양하게
출판되고 있다. 그의 전기를 비롯한 연구 서적이 10여 권에 이르
고, 박사 학위 논문을 비롯한 학술 논문과 평론 등은 근 300여 편
에 달한다.

1995년 2월 16일, 연대 총학생회 주최로 윤동주 시비 앞에서 추모식
및 시화전이 개최됐는데 윤동주 관련 자료도 함께 전시되었다.
같은 날 일본에서는 윤동주의 모교인 교토 도시샤 대학에서 윤
동주 시인 추모 심포지엄이 개최되었다.

작품 연보

1. 시

창작일	작품제목	비 고
1934년 12월 24일	초 한 대	
1934년 12월 24일	삶과 죽음	
1934년 12월 24일	내일은 없다	
1935년 1월 18일	거리에서	
1935년	공상空想	
1935년 10월 20일	창공蒼空	
1935년 10월	남南쪽 하늘	
1936년 2월 10일	비둘기	
1936년 3월 20일	이별離別	
1936년 3월 20일	식권食券	
1936년 3월 24일	모단봉牡丹峯에서	
1936년 3월 25일	황혼黃昏	
1936년 3월 25일	가슴 1	
1936년 3월	종달새	
1936년 5월	산상山上	
1936년 5월	오후午後의 구장球場	
1936년 6월 10일	이런 날	
1936년 6월 26일	양지陽地쪽	
1936년 6월 26일	산림山林	
1936년 봄	닭	
1936년 7월 24일	가슴 2	
1936년 7월 27일	꿈은 깨어지고	
1936년 여름	곡간谷間	

창작일	작품제목	비 고
1936년	빨래	
1936년 10월 23일	가을밤	
1936년	아침	
1937년 3월	황혼黃昏이 바다가 되어	
1937년 3월	밤	
1937년 봄	장	
1937년 4월 15일	달밤	
1937년 5월 29일	풍경風景	
1937년 7월 1일	한란계寒暖計	
1937년 7월 26일	그 여자女子	
1937년 8월 9일	소낙비	
1937년 8월 18일	비애悲哀	
1937년 8월 20일	명상瞑想	
1937년 9월	바다	
1937년 9월	산협山峽의 오후午後	
1937년 9월	비로봉毘盧峯	
1937년 10월	창窓	
1937년 10월 24일	유언遺言	《조선일보》학생란 1939년 1월 23일 발표
1938년 5월 10일	새로운 길	연전 학우회지《문우》 1941년 6월 발표 자선 시고집 수록
1938년 6월 11일	비 오는 밤	
1938년 6월 19일	사랑의 전당殿堂	
1938년 6월 19일	이적異蹟	
1938년 9월 15일	아우의 인상화印象畵	《조선일보》학생란 '39년 발표
1938년 9월 20일	코스모스	
1938년 9월	슬픈 족속族屬	자선 시고집 수록
1938년 10월 26일	고추밭	

창작일	작품제목	비 고
1939년 9월	달같이	
1939년 9월	장미薔薇 병들어	
1939년 9월	트루게네프의 언덕	
1939년	산골 물	
1939년 9월	자화상自畵像	연전 학우회지《문우》 1941년 6월 발표, 자선 시고집 수록
1939년	소년少年	자선 시고집 수록
1940년	팔복八福	
1940년 12월 3일	위로慰勞	
1940년 12월	병원病院	자선 시집 수록
1941년 2월 7일	무서운 시간時間	〃
1941년 3월 12일	눈 오는 지도地圖	〃
1941년	태초太初의 아침	〃
1941년 5월 31일	또 태초太初의 아침	〃
1941년 5월	새벽이 올 때까지	〃
1941년 5월 31일	십자가十字架	〃
1941년 5월 31일	눈 감고 간다	〃
1941년	못 자는 밤	
1941년 6월	돌아와 보는 밤	자선 시집 수록
1941년	간판看板 없는 거리	〃
1941년 6월 2일	바람이 불어	〃
1941년 9월	또 다른 고향故鄕	자선 시고집 수록
1941년 9월 31일	길	〃
1941년 11월 5일	별 헤는 밤	〃
1941년 11월 20일	서 시序詩	〃
1941년 11월 29일	간肝	
1942년 1월 24일	참회록懺悔錄	
1942년 4월 14일	흰 그림자	동경에서 씀

창작일	작품제목	비 고
1942년 5월 12일	흐르는 거리	동경에서 씀
1942년 5월 13일	사랑스런 추억(追憶)	〃
1942년 6월 3일	쉽게 씌어진 시	〃
1942년	봄	〃

2. 동시

창작일	작품제목	비 고
1935년 12월	조개 껍질	
1936년 1월 6일	고향 집	
1936년 1월 6일	병아리	《카톨릭 소년》 11월 발표
1936년	오줌싸개 지도	《카톨릭 소년》 1937년 11월 발표
1936년	기왓장 내외	
1936년 9월 9일	빗자루	《카톨릭 소년》 12월 발표
1936년 9월 9일	햇비	
1936년 10월 초	비행기	
1936년 가을	굴뚝	
1936년 10월	무얼 먹고 사나	《카톨릭 소년》 1937년 3월 발표
1936년 10월	봄	
1936년 12월	참새	
1936년 12월	개	
1936년	편지	
1936년 12월 초	버선본	
1936년 12월	눈	
1936년	사과	
1936년	눈	

창작일	작품제목	비 고
1936년	닭	
1936년 겨울	겨울	
1936년	호주머니	또는 1937년 1월
1937년	거짓부리	《카톨릭 소년》10월 발표
1937년	둘 다	
1937년	반딧불	
1937년 3월 10일	할아버지	
1937년	만돌이	
1937년	나무	
1938년	햇빛 · 바람	
1938년	해바라기 얼굴	
1938년	애기의 새벽	
1938년	귀뚜라미와 나와	
1938년 5월	산울림	《소년》1939년 발표

3. 산문

창작일	작품제목	비 고
1938년 10월	달을 쏘다	《조선일보》학생란 1939년 1월 발표
1941년	종시終始	제작 기일은 추정임
연대 미상	별똥 떨어진 데	연희전문 시절의 작품
연대 미상	화원花園에 꽃이 핀다	연희전문 시절의 작품

윤동주 전집

1판 1쇄   2017년   5월 12일
1판 4쇄   2021년 11월   1일

엮은이   권영민
펴낸이   임지현
펴낸곳   (주)문학사상
주소   경기도 파주시 회동길 363-8, 201호 (10881)
등록   1973년 3월 21일 제1-137호

전화   031)946-8503
팩스   031)955-9912
홈페이지 www.munsa.co.kr
이메일   munsa@munsa.co.kr

ISBN 978-89-7012-966-2 (93800)